I libri di Bruno Vespa

Bruno Vespa

QUESTO AMORE

Il sentimento misterioso che muove il mondo

Rai Eri
MONDADORI

Dello stesso autore
nella collezione I libri di Bruno Vespa

Telecamera con vista
Il cambio
Il duello
La svolta
La sfida
La corsa
Il superpresidente
Dieci anni che hanno sconvolto l'Italia
Scontro finale. Chi vincerà l'ultimo duello
Scontro finale. Ultimo atto
La scossa
Rai, la grande guerra
La Grande Muraglia
Il Cavaliere e il Professore
Storia d'Italia da Mussolini a Berlusconi
Vincitori e vinti
L'Italia spezzata
L'amore e il potere
Viaggio in un'Italia diversa
Donne di cuori
Nel segno del Cavaliere
Il cuore e la spada

Questo amore
di Bruno Vespa
Collezione I libri di Bruno Vespa

ISBN 978-88-04-61370-1

I edizione ottobre 2011

Indice

Premessa

Vorrei aver scritto questo libro molto tempo prima. Avrei imparato a conoscere meglio gli uomini, le donne (soprattutto loro), e la vita. Finora mi ero sempre occupato di fatti. Fatti di ogni genere: storia, cronaca, costume, politica. Per la prima volta mi occupo di sentimenti. Ho frugato nell'animo umano e ho scoperto un mondo che conoscevo solo in parte. Il mondo dell'amore. Adesso, quando vedo persone che passeggiano, lavorano, guidano, aspettano l'autobus, entrano in un cinema, in un teatro o a scuola, una donna splendida o dimessa, una ragazza in fiore, un uomo giovane o anziano, un manager o un mendicante, mi chiedo se abbiano conosciuto – e come e quando e quante volte – l'esaltazione e i tormenti dell'amore.

Già, quale amore? Come ho potuto essere così imprudente da avventurarmi nell'analisi e nel racconto di un sentimento che condiziona da sempre la vita dell'uomo e che ha ispirato scrittori, pittori, musicisti di ogni epoca e di ogni civiltà?

Lo stimolo a parlarne è venuto dall'evidenza di un grande equivoco. La parola «amore» è la più ambigua e violentata del vocabolario. Dice Voltaire nel suo *Dizionario filosofico*: «Vi sono tante qualità d'amore che non si sa a quale ricorrere per la definizione. Si suol chiamare audacemente "amore" un'esaltazione di pochi giorni, una relazione senza affezione, un sentimento privo di stima, le cerimonie dei cicisbei, un'arida consuetudine, una fantasia romanzesca, un capriccio del gusto seguito da un pronto disgusto: si suol dare questo nome a mille chimere».

Hanno pronunciato la parola «amore», in ogni lingua e in ogni epoca, miliardi di donne all'apice della tenerezza, del piacere e della menzogna. Ma l'ha pronunciata pure santa Teresa nel tormento – cerebrale, ma anche fisico e sensuale – dell'estasi divina. Dunque?

Ho sentito parlare di amore con sorprendente diffidenza i giovanissimi, che quasi schivano la parola per non restarne prigionieri, e con sorprendente leggerezza le ragazze, che chiamano così al telefono Silvio Berlusconi (magari solo dopo il primo incontro) e, invertendo la tendenza storica, sono diventate le protagoniste dell'approccio; le coppie anziane, che hanno costruito sull'amore la loro esistenza; le donne, che lo inseguono sempre senza trovarlo mai; gli uomini, che lo promettono per ricevere piacere; gli «scambisti», che si giurano amore sfiorando un piede del partner abituale mentre fanno sesso con quello occasionale; Olindo e Rosa Romano, che si amano teneramente dal primo incontro, ma non hanno esitato a compiere una strage tremenda per i motivi più futili e ora la negano perché non è coerente con la vita che hanno vissuto; i missionari, che hanno fatto della parola «amore» la pietra miliare della loro vita e che per amore di Dio, attraverso il prossimo, hanno rinunciato a ogni benessere materiale.

Ho cercato, poi, di capire perché la magistratura – dopo aver fallito i suoi molti attacchi a Berlusconi accusandolo di tutto, dalla corruzione alle stragi mafiose – è riuscita a metterlo all'angolo frugando invece nella sua più intima debolezza: le donne.

Ho parlato con persone comuni, gente dello spettacolo, leader politici. E mi ha sorpreso che nessuno di questi ultimi si sia rifiutato di rispondere alle domande sul loro primo amore: tutti, a distanza di decenni, ricordano benissimo nome, luogo e circostanze dell'incontro. Confermando che, sotto la cinica corazza di chi ne ha dovuto far tante per sopravvivere, ci sono uomini che hanno sofferto, amato, vinto e perduto nei sentimenti, come chiunque.

Così, il cronista abituato alla cruda semplicità dei fatti ha dovuto frugare nell'affascinante e insidioso labirinto dell'animo umano. E se il libro s'intitola *Questo amore*, è perché ciascuno è diverso dagli altri e ognuno di noi – ricco o povero, bello o brutto, giovane o vecchio – custodisce dentro di sé un patrimonio che nessuno potrà mai rubargli.

B.V.

Roma, 25 ottobre 2011

Questo amore

A chi mi vuole bene.
A chi ho deluso qualche volta.
A chi mi sopporta.
Con amore.

I

Primo amore
I ragazzi

Il primo bacio, la prima volta

«Mamma, non ce la faccio!» Gianni entrò ansimante nello studio dove la madre stava lavorando. Aveva portato in casa la sua ragazza per la prima volta. O meglio, ce l'aveva già portata, ma quel pomeriggio, dopo la scuola, era la prima volta che vi erano entrati decisi a lasciarsi andare fino in fondo, ad avere, insomma, un rapporto completo. Al momento clou, però, lui aveva avuto una crisi di panico. A 17 anni, Gianni era ormai un ragazzo esperto: molti flirt con amiche e compagne di scuola, sesso frequente e, se non aveva spinto per concludere, era perché le sue conquiste erano ancora troppo giovani e lui stesso non se la sentiva di impegnarsi seriamente. Ma adesso che Luisa, tra i 15 e i 16 anni, aveva deciso di non restare indietro rispetto alle sue coetanee, ecco la crisi.

Gianni sapeva che la mamma era in casa, ma l'appartamento ai Parioli era grande e non c'era il rischio di incontri imbarazzanti. «Vado un momento di là» disse alla ragazza, dissimulando al meglio il suo dramma, sicuro che la madre gli sarebbe stata ancora una volta d'aiuto. Si era premurata per tempo di impartire ai due figli maschi approfondite lezioni di educazione sessuale, dalle quali il padre si era invece sempre tenuto accuratamente lontano. Gli aveva insegnato che cosa una donna si aspetta da un uomo: dolcezza, partecipazione, comprensione. Ed era andata anche oltre, spiegando quel che, a suo avviso, una ragazza desidera fisicamente da un ragazzo per essere felice. I venticinque anni di differenza tra madre e figli non contavano: le regole del gioco sono immutabili.

Gianni, quindi, conosceva perfettamente ogni dettaglio, ma al momento di dimostrarlo era entrato in crisi, qualcosa di paragonabile ai vuoti di memoria all'esame di maturità, che il ragazzo viveva già come un incubo, pur dovendolo sostenere l'anno successivo. La mamma lo tranquillizzò, gli spiegò che inconvenienti del genere sono frequenti, gli consigliò di essere dolce e rilassato, e poi la natura avrebbe provveduto al resto. Gianni tornò di là, e tutto andò per il meglio.

Ma le testimonianze che ho raccolto tra i giovanissimi sono diverse. «Tutte le mie compagne hanno fatto l'amore tra i 14 e i 15 anni, e già a 12 hanno avuto le prime esperienze sessuali» mi dice Caterina, 15 anni, che frequenta la quinta ginnasio in un liceo di Roma. È una bella ragazza con gli occhi castani, la pelle chiara, i capelli lunghi, i jeans attillati come tutte le sue compagne. La incontro in compagnia del suo ragazzo, Andrea, 17 anni, seconda liceo classico, stesso istituto, alto, viso affilato e simpatico, sguardo ancora adolescente. Hanno fatto l'amore dopo cinque mesi che stavano insieme, senza sapere che la media italiana delle donne fra i 23 e i 28 anni aspetta otto mesi di – come chiamarlo? – «fidanzamento» prima di arrivare al rapporto completo, mentre i maschi di pari età in genere concludono dopo cinque mesi. Ma anche qui, tra i giovanissimi, le cose vanno più in fretta.

Caterina ha baciato per la prima volta un ragazzo tra la prima e la seconda media. «Lui aveva un anno più di me, era d'estate, ero piccola e le occasioni per uscire erano poche. Però, avevo puntato quel ragazzo da tempo e, quando sono riuscita a raggiungere l'obiettivo, ero felice...»

Tra gli 11 e i 17 anni, Andrea ha avuto sei o sette altre piccole storie, durate da una settimana a due mesi. I rapporti sentimentali dei ragazzi sono come quelli del ghiozzo pigmeo, un pesciolino della barriera corallina australiana che resta in vita solo due mesi e in sessanta giorni deve fare tutto. Anche Caterina ha avuto le sue storielle, prima di viverne una importante a 14 anni: undici mesi! Poi lui l'ha lasciata per un'altra.

Ho scoperto che le relazioni dei ragazzi passano per almeno tre stadi: il primo è quello di «affezionarsi», il secondo di «volersi bene», solo il terzo è di «amarsi». «Io mi ero affezionata a lui» mi dice Caterina parlando del grande amore ormai finito «molto più di quanto lui non si fosse affezionato a me. Se abbiamo fatto sesso, è perché pensavo che lui si sarebbe legato di più a me.»

I lucchetti dell'amore a Ponte Milvio

Quando chiedo ad Andrea e Caterina se abbiano appeso un loro lucchetto dell'amore alla catena di Ponte Milvio, lui mi guarda dall'alto in basso: «Alla mia età? Ma quelli sono ragazzetti mitomani...». Lei confessa, invece, di avere il suo lucchetto, ma firmato con un'amica venuta da fuori, che voleva vedere il ponte degli innamorati. Un ponte, peraltro, carico di storia – Costantino vi sconfisse Massenzio nel 312 dopo aver visto in sogno la croce di Cristo (*In hoc signo vinces*); Garibaldi ne fece saltare i piloni nel 1849 per rallentare il fatale arrivo dei francesi che avrebbero abbattuto la fragile Repubblica romana – ma diventato famoso soprattutto da quando, nel 2007, Riccardo Scamarcio e Laura Chiatti nel film *Ho voglia di te*, tratto dall'omonimo romanzo di Federico Moccia, scrivono i loro nomi su un lucchetto, lo sigillano con una frase d'amore e gettano le chiavi nel Tevere.

Qualcuno sostiene che l'idea non è nuova e chiama a testimone Benvenuto Cellini, incatenato da lucchetti amorosi sul Ponte Vecchio di Firenze ben prima che Moccia scrivesse il suo romanzo. Ma da tempo il comune fiorentino, dopo aver rimosso i vecchi lucchetti, ha proibito di metterne di nuovi e ha chiesto agli orafi di Ponte Vecchio di dare ai giovani innamorati l'indicazione di agganciare i loro lucchetti a una catena davanti agli Uffizi.

Moccia, in ogni caso, respinge con forza l'accusa di plagio. «Io sono partito» mi dice «da un'antica leggenda romana che parla di una statua di Venere sull'Aventino dove andavano gli innamorati. Sapevo, poi, che a Trieste alla fine della guerra i soldati, per festeggiare il ritorno a casa, appendevano a una grata di confine i lucchetti che servivano per chiudere gli zaini e gettavano la chiave. Roma non aveva un punto di ritrovo per gli innamorati.» Alla Fontana di Trevi si gettano monete per tornare nella Città Eterna. Qualcuno va alla Bocca della Verità, il mascherone del I secolo dove si vuole che chi infila la mano tra le labbra di marmo, giurando al partner una fedeltà inesistente, si ritrova con la mano mozzata. («Non vi costringerò a sposarmi davvero. Non abbiate quell'aria» dice Audrey Hepburn a Gregory Peck in *Vacanze romane*, prima che lui infili la mano nella Bocca simulando poi un'amputazione.) «Per costruire una leggenda d'amore» continua Moccia «ho pensato ai lucchetti mentre scrivevo *Ho voglia di te*.» Il giorno prima della pubblicazione, una mano maliziosa andò a collocare il primo lucchetto a Ponte Milvio perché, con il secondo, già si parlasse di una moda. All'inizio, suggeriva lo stesso scrittore, per rendere eterno l'amore bisognava lucchettare il terzo lampione a sinistra, venendo dal piazzale di Ponte Milvio.

Prima che nel 2007 la moda esplodesse con l'uscita del film, una banda di nomadi aveva provveduto a ripulire il lampione dai primi seicento lucchetti per vendere il metallo a peso. I lucchetti furono recuperati dalla polizia, e questo contribuì a lanciare ancora di più il fenomeno. Ma il povero lampione, appesantito di nuovo da tanto ferro e da tanto sentimento, cedette di schianto. Il comune di Roma corse ai ripari e mise a disposizione degli innamorati ben sette catene, pronte ad accogliere ciascuna centinaia di lucchetti: tre su ogni spalletta del ponte e la settima a chiuderne un accesso.

Nel film, al momento di giurarsi eterno amore gettando dal ponte nel Tevere le chiavi del lucchetto, il personaggio interpretato da Scamarcio ha 22 anni e quello della Chiatti 19. Ma la moda – esportata ormai da Ponte Milvio al Ponte di Rialto a Venezia, da Parigi a San Pietroburgo, da Madrid a Vilnius, alla Grande Muraglia cinese – è diventata trasversale per età, nazione, sesso. A Parigi, i ponti con i lucchetti sono addirittura tre. Il Pont des Arts, vicino al Louvre, ha subìto una misteriosa razzia notturna di lucchetti di cui furono seriamente sospettati il comune e la polizia, e da allora i giovani di mezzo mondo si sono riversati sul Ponte dell'Arcivescovado, che attraversa la Senna tra la Rive Gauche e i giardini di Notre-Dame.

Una passeggiata di sabato pomeriggio a Ponte Milvio (a pochi passi da un palazzo dove, oltre quarant'anni fa, feci il concorso che mi avrebbe portato in Rai) è rivelatrice di un mondo di sognatori che, nonostante la moda dei lucchetti sia oggi meno travolgente, continua a credere nella favola. Più che al Ponte Vecchio di Firenze e al veneziano Ponte di Rialto, da secoli ingombri di botteghe, Ponte Milvio assomiglia semmai, per la forma architettonica e la struttura dei lampioni, al Ponte Carlo di Praga, ieri testimone delle lugubri passeggiate notturne di Franz Kafka e dei misteriosi alchimisti della «città d'oro», oggi luogo di romanticissime soste di giovani (e non solo) di tutto il mondo. Ma se il Ponte Carlo è gremito di venditori degli oggetti più svariati e di musicisti di strada di buon livello, Ponte Milvio è splendidamente sgombro. Delle due sole minuscole bancarelle tenute da extracomunitari, una offre occhiali similgriffati e l'altra, ovviamente, lucchetti. Ne ho contati di cinque tipi e altrettanti prezzi: 10 euro il più grande, 3 il più piccolo. «A seconda dell'intensità del sentimento...» commenta perfido Moccia. (A Parigi il prezzo oscilla fra i 3 e i 5 euro.) L'uomo dei lucchetti vende anche pennarelli e mi dice di smerciarne non meno di cinque al giorno, nei periodi di magra. Una coppia di bei ragazzi venuti da Milano «a curiosare», precisano, ci pensa un po' e poi decide di non comprare il lucchetto. Perché? «Il nostro amore va oltre» e non arrugginisce come i lucchetti.

Tutti i lucchetti portano un nome o una sigla e la scritta «X sempre». La gran parte dei nomi si riferisce a coppie eterosessuali, ma non mancano quelli con soli nomi femminili. Sotto i miei occhi, due turiste spagnole sulla quarantina, non potendo lucchettare il loro amore per assenza di partner, scrivono sulla spalletta del ponte frasi struggenti piene di «*Te quiero*», «ti amo», con tanto di cuore dipinto. Poi fotografano il tutto e trasmettono per posta elettronica la testimonianza del loro amore al destinatario lontano. Lì accanto, un romanista d'importazione ha scritto: «Giallurussu è lu culure comu lu sule, comu lu core!».

Se Andrea e Caterina non hanno scritto «X sempre» su un lucchetto di Ponte Milvio, è perché nessuno dei due, ma soprattutto lui, si azzarda a programmare il futuro. In ogni caso, dopo quasi un anno stavano ancora insieme. Ed era lei a condurre il gioco...

L'amore, che cos'è?

Racconto l'esperienza di Federico e Giulia, entrambi quindicenni, perché nessuno dei due sa che cos'è l'amore. Si sono fidanzati il giorno di San Valentino del 2011 (e a ottobre erano ancora insieme), lei ha avuto il primo filarino a 10 anni, la prima storia «importante» in seconda media, a 12, le prime esperienze sessuali a 14, ma senza arrivare al rapporto completo, che invece lui ha avuto. «Ci avevo provato già prima» ammette Federico «ma avevo fatto il passo più lungo della gamba. Abbiamo continuato a frequentarci per un po', poi abbiamo deciso di stabilire ufficialmente un rapporto. Le ho chiesto se voleva fidanzarsi con me e lei ha detto di sì.» Possono vedersi quasi soltanto a scuola, perché abitano a molti chilometri di distanza l'uno dall'altra e impiegano un'ora per raggiungere l'istituto dove frequentano la quarta ginnasio. Non si sentono pronti per legarsi a un lucchetto di Ponte Milvio, in compenso indossano una catenina con la metà di un cuore.

Quando chiedo a entrambi che cosa significhi essere innamorati, non sanno rispondere. «Io non sono sicura di essere innamorata, non credo di aver incontrato l'amore e non saprei spiegare che cosa significa» risponde Giulia. E Federico: «Sono ancora alla ricerca di un amore e non ho termini di paragone rispetto alla storia che sto vivendo. Ho avuto un'altra esperienza importante e anche stavolta provo per Giulia un sentimento grande, ma non ho ancora capito se si sia trattato e se si tratti di un'infatuazione, di attrazione o di amore vero e proprio». Che significa allora essere fidanzati? Che differenza c'è con una forte amicizia? Si guardano e dicono all'unisono: «Fidanzarsi significa passare più tempo insieme e stabilire un forte legame fisico».

E l'ideale di amore qual è? Lunga pausa. Poi lei si nega: «Non ce l'ho ancora. Noi ragazze usiamo la parola "amò" perfino se parliamo tra femmine...». La risposta di Federico è più articolata: «Trovare una persona che magari non sia per te l'altra metà della mela, ma con cui tu abbia voglia di costruire un legame stabile, al di là del rapporto fisico. Un compromesso, diciamo, tra il rapporto fisico e quello psicologico». (Anche stavolta, con tutti i limiti statistici degli incontri che ho avuto, ho la sensazione che i ragazzi siano più sognatori delle ragazze. Roba rivoluzionaria per uno della mia generazione...) Insomma, posso concludere – ribatto – che voi due non siete innamorati? I due ragazzi si scambiano uno sguardo dolce e birichino insieme. Dopo un lungo silenzio, lui ammette: «Giulia mi piace e può perfino rappresentare a grandi linee quel che intendo per ragazza ideale, ma voglio approfondire la conoscenza». Lei ha i piedi ben piantati in terra e taglia corto: «È ancora presto per dire di essere innamorata».

Federico conferma che le ragazze sono sempre più intraprendenti. «La generazione precedente» mi spiega, alludendo a chi ha solo qualche anno più di lui, «aveva tempi più lunghi. Adesso anche le donne sono contagiate dall'istinto imitativo.» E aggiunge: «Se racconto la mia esperienza sessuale, trovo un'occasione di dialogo con amici e amiche. Altrimenti noi giovani siamo poveri di argomenti». L'argomento del sesso è infatti quello largamente prevalente nei discorsi giovanili. Intorno ai 15 anni, la domanda che rimbalza di gruppo in gruppo è: l'hai fatto? Hai avuto, cioè, un rapporto completo?

Sia Federico sia Giulia confermano che questo è il punto centrale di ogni confidenza, individuale o di gruppo. Chiedo a lei se conosce ragazze che hanno avuto un rapporto completo con quella che poi si è rivelata una persona sbagliata e se ne sono pentite. «Quelle mollate dopo una settimana, sì» ammette. E Federico aggiunge: «Alcuni miei amici si sono fidanzati unicamente per fare sesso completo. Conosco ragazze che hanno avuto la stessa idea. Quando la base del rapporto è solo questa, la storia finisce subito. In realtà, un rapporto completo con la ragazza alla quale vuoi bene non si può programmare. Arriva quando all'interno della coppia uno dei due sente che l'altro è pronto». Chiedo a Giulia se questo è un passaggio decisivo. «Secondo me, no» risponde secca.

Anche sul matrimonio la più fredda è lei: «Non penso di sposarmi. Vorrei convivere». Hai paura di un legame troppo solido? «Non si sa mai come vanno a finire queste cose.» Lui è meno preparato sul tema: «Ci sto pensando per la prima volta in questo momento. Deciderà il destino».

«Abbiamo lasciato i nostri ragazzi con un sms»

«Mi chiamo Laura, ho 16 anni e vivo a Milano. Domenica 20 marzo 2011 era il nostro "mesiversario", il giorno in cui si festeggia un mese di fidanzamento. Anche Luca, il mio ragazzo, ha 16 anni ed è mio compagno di classe alla seconda liceo scientifico. Anzi, lui è il mio primo ragazzo, perché mi ero "sposata" due volte alla scuola materna, ma prima dei 6 anni era finito tutto. Luca è arrivato dopo dieci anni di astinenza. Dieci anni con un solo corteggiatore, che però non mi interessava. È bastato un solo mese di fidanzamento, però, perché non mi interessasse più nemmeno Luca. Perciò quella domenica mattina, dopo essermi svegliata e aver fatto colazione, gli ho mandato un sms di 800 parole per dirgli che non provavo più niente per lui. Non chiamarmi, ho concluso, perché non riuscirei a parlarti. Ma soffrivo molto e ho vuotato un intero barattolo di Nutella. L'ho detto subito a mia sorella, che ha 18 anni, e lei mi ha dato della stupida, perché non si lascia uno con un sms.»

«Effettivamente è una roba da stronza» interviene Martina, 16 anni anche lei, single e compagna di scuola di Laura. «Queste cose si fanno a 12 anni, dopo è inammissibile» sostiene Pietro, che dall'alto dei suoi 18 anni guarda tutti, educatamente, con sufficienza. «Insomma» riprende Laura «ormai l'avevo fatto. Chiamai una mia amica e quella cominciò a urlare come una pazza. In genere è lentissima, impiega almeno un'ora per prepararsi, e invece dopo cinque minuti era a casa mia. Poi ho chiamato Martina: sono una stronza codarda, le ho detto, l'ho lasciato con un messaggino. Mi sentivo in colpa non per la decisione, quanto per il modo.»

«Non le ho detto che era una stronza» precisa Martina «perché avevo deciso anch'io di lasciare il mio ragazzo con un sms. Le ho detto, però, che la sua mi sembrava una decisione strana. Laura aveva sbavato per un anno e mezzo dietro Luca e adesso lo lasciava dopo un mese di fidanzamento... Mi aveva detto: non provo più niente per lui, mi sento malissimo. Ma insomma... Mi ha fatto leggere il messaggio e sono stata contagiata. Sarà che ero in ansia per il Pet, l'esame di certificazione del corso d'inglese che, per non farci perdere giorni di scuola, si svolge il sabato pomeriggio e la domenica mattina. Dopo il Pet dovevo andare a pranzo con il mio ragazzo, gli ho raccontato una balla, tipo che l'esame era stato spostato, poi ho fatto copia-incolla con il messaggio di Laura e l'ho mollato anch'io via sms... Lui ha risposto così: ah, ah, ah, no. E gli ho scritto: lo so, sono una codarda, ma ti lascio ugualmente...»

«Il lunedì a scuola» riprende Laura «tutti mi facevano gli auguri per il mesiversario: nessuno sapeva che avevo lasciato Luca. È stato imbarazzante.» «Poi tutti hanno fatto le condoglianze a Luca» aggiunge Martina, informatissima come si conviene a un'amica. «In effetti erano sorpresi, sembrava che lui e Laura stessero così bene insieme. Per farla breve, Laura era costretta a trascorrere tutta la ricreazione chiusa in bagno con me per non incontrare Luca.»

«Ci siamo lasciati il 20 marzo e ci siamo rimessi insieme il 30 maggio» è lo scoop di Laura. «Com'è possibile ripensarci in settanta giorni, visto che non sentivo più niente per lui? All'inizio Luca mi è stato molto vicino. Poi, quando ha smesso di mandarmi sms, ho capito che mi mancava. In classe i nostri posti erano lontani, ma gli ultimi giorni di scuola li abbiamo passati nello stesso banco. Innamorata? Penso di sì, nel senso che mi emoziono quando lo incontro, sono tutta agitata quando devo uscire con lui e non so cosa mettermi, lo cerco con lo sguardo in classe quando non siamo seduti vicini. E, alla fine, gli ho detto: ti amo.»

«Io al mio ex ho detto "ti amo" una sola volta per togliermelo di torno» mi racconta Martina, che ha modi più spicci. «Un giorno mi ha chiesto: perché non mi dici mai che mi ami? E io: va bene, ti amo. Ma non ero sincera. Ed è stata l'unica volta che mi hanno estorto una frase del genere. Del resto ho avuto un unico fidanzato, con un altro mi ero solo frequentata. Mi sono messa con Filippo, amico di un'amica, per provare come si sta con un ragazzo. L'ho conosciuto a novembre, a una festa di Halloween. È durata due mesi, ma non ci vedevamo mai perché trovavo sempre una scusa per non uscire con lui. Era dolcissimo [*mi dice con l'aria schifata*]. Ma dai, mi manchi troppo, come faccio a non vederti per una settimana? Insomma, davvero sdolcinato. Se preferisco un tipo brutale? No, ma, insomma, una via di mezzo andrebbe bene. L'ho mollato perché non ce la facevo più.»

«Io voglio avere dei bambini senza sposarmi» dichiara Laura. «Non voglio sposarmi perché mi sembra inutile, se succede qualcosa è più difficile mollarsi, eppoi senza matrimonio mi sento anche più libera. A proposito: l'uomo della mia vita deve essere più alto di me...» Martina interviene, stupita: «Ma non troppo, spero. Hai cambiato idea? Non avevi detto che lo volevi muscoloso?».

Laura: «Sì, ma nemmeno troppo muscoloso. L'importante è che sappia prendermi in braccio. Poi lo voglio svizzero...». Svizzero? «Sì, mi piace la Svizzera. Deve essere ricco, simpatico e più grande di me di due o tre anni...»

Adesso tocca a Martina: «Anch'io non voglio sposarmi, ma desidero una figlia. Vabbè, anche se nasce maschio mi accontento. Voglio farla con un italiano, perché non ho nessuna voglia di imparare un'altra lingua. Non deve essere troppo più alto di me, quindi deve essere normale. L'ideale sarebbe con gli occhi verdi. Simpatico. Assolutamente non dolce. Non troppo appiccicoso, che non ti chiami pretendendo che tu risponda al primo squillo, che non ti mandi troppi sms. Io non sono mai stata innamorata per davvero. Quella storia delle farfalline nello stomaco non esiste. Possono venirti anche prima di un esame. In una persona puoi trovare una corrispondenza profonda, un sentimento intenso, una bella attrazione fisica, ma il vero amore, secondo me, non esiste». Sesso completo? «Ancora no.» C'è bisogno di un sentimento più profondo? «No, dipende dal ragazzo. Se è passionale, succede. A me e a Laura non è successo perché finora non abbiamo trovato ragazzi passionali. Cioè, siamo psicologicamente pronte, ma non abbiamo trovato il ragazzo giusto.»

Quando chiedo quante ragazze della loro età l'hanno già fatto, Laura e Martina fanno l'appello e contano sulle dita. «Per adesso siamo sicure di cinque e abbiamo qualche dubbio sulla sesta» proclamano dopo il consulto. A quanti anni? «La media è 15. Reazioni? Una compagna ci ha detto che le è piaciuto, un'altra era addirittura esaltata, a una terza non gliene fregava più di tanto: quando ce l'ha detto, le era capitato già un paio di volte. Tra noi se ne parla apertamente e si raccontano anche le cose buffe, come quando Mary e il suo ragazzo stavano facendo l'amore e ha citofonato la sorella di lui. È salita, ha trovato Mary che si era tirata su la coperta e fumava... Sì, come nei film di una volta. Che è successo? Niente. La sorella sapeva che i due stavano insieme...»

«Il vero amore esiste, bisogna solo avere la fortuna di trovarlo»

Al nostro colloquio milanese assistono due ragazzi al momento single: Pietro, 18 anni, e Francesco, 17. Pietro ha un invidiabile aplomb, ha ascoltato pazientemente le confessioni delle ragazze e ha inarcato un sopracciglio solo quando Laura e Martina parlavano dell'altezza del loro uomo ideale, scartando la sua: è alto, infatti, un metro e novanta. «Io penso di sposarmi e di avere dei figli» dice, riprendendo il discorso dove l'avevano lasciato le ragazze. «Ma, a differenza loro, prima il matrimonio, poi i bambini. La donna ideale? Non ho una preferenza spiccata, mi piacciono sia le bionde sia le brune, anche se mi vedo più con una donna bionda, tipo svedese. Alta, certo non come me, e con un fisico normale. Oggi, più che nel fisico, le difficoltà si trovano nel carattere. Non mi interessa una ragazzina che vive di miti come Facebook e di altri mezzucci. Mi dispiace vedere tante di queste cose in giro.

Su Facebook si perde moltissimo del rapporto vero di coppia e io, francamente, vorrei far nascere qualcosa di più profondo.»

Nonostante abbia compiuto i 18 anni, Pietro non ha difficoltà ad ammettere di non avere mai avuto un rapporto completo con una ragazza. «Non ho ancora avuto l'occasione per farlo, e per "occasione" intendo un desiderio corrisposto. Naturalmente mi sento maturo per provare, ma finora non è successo.» L'unica volta che Pietro ha provato un «sentimento forte» è stato a 15 anni, durante una vacanza in Inghilterra. «Lei aveva un anno più di me e la storia è nata per caso. Le piaceva un altro ragazzo del nostro gruppo, forte, virile, ma lui non ci stava. Lei gli ha inviato una lettera attraverso gli amici e lui, sempre per lettera, ha risposto picche. Io passavo per una stradina del college quando lei mi ha chiamato, mi ha fermato, mi ha raccontato. Ci siamo baciati. È stata la prima e unica volta in cui ho percepito un sentimento forte, ma la storia è durata due settimane. C'è stato un contatto fisico, ma era un'infatuazione, niente di paragonabile a quello che credo sia il colpo di fulmine con la donna che ti cambia la vita. Poi ho avuto altre storielle, disseminate qui e là. Una ragazza mi ha detto che le piacevo, voleva mettersi con me, ma io ero preso da altri pensieri e l'ho liquidata. Due anni fa, durante l'estate, è capitata un'altra occasione, ma ci siamo limitati a uscire qualche pomeriggio e non è nato niente. Sms? Li amo poco. Certe cose mi piace dirle di persona o, al peggio, al telefono. Al contrario delle ragazze che sono qui con noi, credo che il vero amore possa esistere, bisogna avere la fortuna di trovarlo.»

Francesco ha avuto la prima storiella a 15 anni, in prima liceo. «È durata due o tre mesi. Ci piacevamo, ma non avevamo trovato l'amore. Poi nell'estate del 2010, a Berlino, ho conosciuto una danese e siamo stati insieme, anche a letto, per due settimane. Aveva 16 anni, non era alla sua prima esperienza, e con lei ho provato qualcosa che non conoscevo. È capitato tutto con molta naturalezza: capirà, stavamo nella stessa casa in dodici, sei ragazzi e sei ragazze di nazionalità diverse... Per lei il rapporto completo era naturale, per me era la prima volta, ma mi sono trovato subito a mio agio. Siamo rimasti molto uniti e ci siamo visti di nuovo nelle vacanze di Natale e di Pasqua. E, naturalmente, abbiamo fatto l'amore. Il mio ideale? Be', ovviamente una bella ragazza, ma mi interessa soprattutto che abbia un carattere compatibile con il mio. Voglio dei figli, ma prima voglio sposarmi.»

Pietro ammette: «Noi maschi siamo più *ciula*, le ragazze sono più mature». Si definisce di «vecchio stampo» e fa fatica ad abituarsi al mondo degli sms e di Facebook. Francesco sostiene che maturi e immaturi ci sono sia tra i maschi sia tra le femmine. Laura si sente attratta da ragazzi più grandi di lei di qualche anno e dice che difficilmente se ne trovano di dolci. Martina preferisce i coetanei, ma è d'accordo con Laura nel sostenere che i ragazzi sono, per lo più, immaturi. «I nostri coetanei si fermano al fisico della ragazza e, soprattutto, vanno al sodo e vedono se siamo disposte a darla. Parlano senza pensare e agiscono incuranti delle conseguenze.» I due maschi tacciono...

Giuditta e i suoi primi diciassette ragazzi

«Il primo bacio? Dopo la prima media, non avevo ancora 12 anni. Quanti ragazzi ho avuto finora?» La ragazza interroga con lo sguardo l'amica che l'ha accompagnata. Questa arrossisce un po', lei no. «Diciamo una decina.» Giuditta, la chiameremo così, ha 15 anni, capelli lunghi scuri, come gli occhi, un fisico flessuoso. È, insomma, la classica compagna di scuola bella e maliziosa che ogni ginnasiale vorrebbe avere. Ecco la sua storia.

«Il primo ragazzo aveva un anno più di me, non lo conoscevo bene. Il primo bacio me l'aspettavo diverso, ma in fondo non ero innamorata, e allora... Il nostro fidanzamento durò una settimana. Il secondo arrivò l'estate successiva, prima dei 13 anni. Cambiai scuola, c'erano tanti ragazzi carini; uno mi piaceva un sacco, ma ci siamo baciati soltanto una volta perché lui è uno di quelli che ci prova con parecchie ragazze. Gli altri fidanzati li ho avuti tutti tra i 14 anni e adesso che ne ho 15. L'anno scorso, in quarta ginnasio, mi ero baciata in febbraio con un ragazzo che mi piaceva da tempo, ma ho aspettato che si facesse avanti lui. Poi, tra marzo e aprile, ho avuto due ragazzi, ciascuno per un mese. In maggio mi sono messa con uno fisicamente molto bello, ma è stato una delusione. È durata un mese anche con lui. Mentre ero fidanzata si è fatto vivo di nuovo il ragazzo di febbraio, ma io non potevo. In ogni caso, in giugno mi sono messa con un altro.

«Un giorno di luglio ero a casa ammalata e il mio ragazzo è venuto a trovarmi con un amico, che mi è subito piaciuto molto. Aveva due anni più di me ed era fidanzato. Una sera andai a una festa con un'amica: avevo detto a casa che avrei dormito da lei, ma all'ultimo istante sua madre si era opposta, e mi seccava rinunciare al permesso di dormire fuori. Quella sera mi telefonò l'amico del mio fidanzato. È finita che ho dormito a casa sua, nella sua stanza. Ci siamo baciati per ore e poi è capitato anche il resto. No, non un rapporto sessuale completo. Non era la prima volta che facevo sesso, era già successo con il mio fidanzato di maggio. Sì, quello bellissimo. In luglio, la notte passata con l'amico del mio fidanzato mi aveva folgorato, speravo che sarebbe successo tutto quello che si può immaginare, che ci saremmo messi insieme. Invece no. Così, sono rimasta con il mio fidanzato, che però cercavo di non vedere perché mi sentivo in colpa: in fondo avevo dormito con il suo amico, che peraltro continuava a telefonarmi. Appena il mio ragazzo "ufficiale" partì per le vacanze, l'amico mi invitò ad andare nella sua casa al mare. Sono andata e abbiamo dormito insieme per tre notti. La madre? Sì, c'era anche la madre, che dormiva nell'altra stanza da letto con il suo compagno e non aveva niente da obiettare. Ma nemmeno allora ci siamo fidanzati.

«Dopo il mare, sono andata a un centro estivo di tennis e lì ho conosciuto due ragazzi. Ormai avevo perso le speranze di mettermi con quello con cui avevo dormito e mi sono baciata con questi due. Sono tornata a Roma decisa a lasciare il mio ragazzo: volevo vederlo, non mi piaceva lasciarlo con una telefonata, lui d'altra parte aveva scoperto che l'avevo tradito. Insomma la storia finì, ma io non ci restai per niente male. Il suo amico, quello con cui avevo dormito, si era intanto lasciato con la fidanzata. Io partii per le vacanze con i miei genitori, lui andò in campeggio con un amico e due ragazze, e al ritorno scoprii che aveva fatto sesso con una delle due e ci si era messo. In autunno abbiamo ricominciato a frequentarci e io continuavo a sperare. Siamo andati avanti così per tre mesi e a dicembre mi sono fidanzata con un ragazzo molto carino. Ma io pensavo sempre all'altro, questo nuovo abitava lontano e non mi dedicava molte attenzioni. Perciò non mi ci sono affezionata e, dopo due mesi, l'ho lasciato. Intanto continuavo a frequentare quello che mi piaceva: aveva mollato la ragazza del campeggio, ma nemmeno stavolta s'è messo con me e allora gli ho detto che era meglio non vederci per un po'. Così, all'inizio di aprile 2011 mi sono fidanzata con un altro: un immaturo che ho lasciato in maggio, quando ho fatto pace con quello che non volevo più vedere e spero sia la volta buona che ci mettiamo insieme.

«Ha tenuto il conto lei? Le ho raccontato di tredici ragazzi? E allora sarà così. Sono mai stata innamorata? Non lo so. Me lo sono chiesta anch'io più di una volta e non ho saputo rispondermi. Che cos'è l'amore? Non saprei definirlo. Non sono mai stata convinta di provare un'emozione particolarmente importante, e quindi non ho mai capito se ho conosciuto l'amore oppure no. Anche la storia che finora non ho avuto rapporti completi è curiosa. Io ho sempre fantasticato molto su questo punto. Ho immaginato di farlo per la prima volta in vacanza, al mare, o comunque in un posto particolare. Un po' di occasioni ci sono state, ma evidentemente nessuno dei miei partner era la persona giusta. Certo, non aspetterò fino a vent'anni per incontrare l'uomo perfetto, ma il fatto è che molti ragazzi si mettono con te perché vogliono incassare subito. Dopo un mese gli sembra che sia passato un secolo. E, allora, meglio aspettare...»

La risento in ottobre, dieci giorni prima dell'uscita di questo libro. Scopro che i giovanissimi non amano telefonare, ma sono fulmini nel rispondere agli sms. I ragazzi, nel frattempo, da tredici sono diventati sedici o diciassette. Ecco, dunque, quel che mi scrive testualmente Giuditta, che avevo lasciato a fine maggio: «Allora, a giugno sono stata con un ragazzo, il mio rappresentante di istituto, da cui sono sparita per mettermi con un ragazzo che non credevo avrebbe mai potuto considerarmi. Sono stata con lui un mese e più, ho avuto con lui il mio primo rapporto completo, per poi rendermi conto che non lo conoscevo per nulla e che avevo sbagliato tutto. Dopodiché sono partita in vacanza in Spagna con il famoso ragazzo, ma nulla è cambiato. A settembre sono stata con un altro, il quale sembrava molto coinvolto, ma a quanto pare non era così. Adesso non lo so, sto ancora aspettando il grande amore. Forse l'uomo "giusto" non esiste...».

Theo, le ragazze più grandi e le «scopamiche»

Theo ha quasi 18 anni, è molto alto, bello, con i capelli che gli scendono sul collo. Rappresentante d'istituto al liceo Mamiani di Roma, è quello che le ragazze definiscono un vero «macho», lo «sciupafemmine» di un tempo. Parla in modo fluente, vuol sembrare più adulto di quello che è: un ragazzo che deve andare in giro con la «macchinetta» perché non ha l'età della patente.

«Il primo amorino spirituale l'ho avuto a 3 anni. Il primo rapporto fisico completo a 13, anche se ufficialmente dicevo di averne 15. Ma ormai un ragazzino di 13 anni, l'età in cui si scopre davvero il corpo umano, sa descriverti tutte le procedure rituali di un rapporto fisico, rendendolo meno sacrale. Perciò tende a ridurre a fisica anche una relazione affettiva. Tra la terza media e la prima classe delle superiori, cioè tra i 14 e i 15 anni, si comincia a fare sesso, anche se io sono partito prima. L'età in cui, se non hai avuto un rapporto completo, sei fuori schema è 16 anni per i ragazzi, tra i 15 e i 16 per le ragazze. Ma negli ultimi anni c'è stata una fortissima accelerazione. La generazione del '93, per fare un esempio, ha esperienze uguali alla generazione del '91. Ogni anno vedi che le ragazzine, soprattutto, tendono ad anticipare. Le "quartine" – noi raggruppiamo le compagne di scuola per classe – sono già più vivaci delle "quintine". Io ho sempre dimostrato più anni di quelli che ho e sono stato perciò spesso con ragazze più grandi. In classe sai quando una ha fatto esperienza, e allora mi reputo abbastanza maturo per capire se posso subito avere un rapporto. Altrimenti meglio lasciar perdere: non posso certo aspettare che cresca. Le "quintine" presentano un corpo che può indurti a certi pensieri, ma devono svilupparsi mentalmente: pensano come le ragazzine, si offendono come le ragazzine. Ho due amici incastrati dalle gelosie e dalle ripicche di due quindicenni. Eppure io ho un buon rapporto con le mie compagne di classe, perché certe volte le donne ti capiscono meglio. Si parla di sesso con naturalezza, il rapporto fisico si sta via via sdrammatizzando. Nell'estate del 2010 avevo 17 anni e mi sono messo con una di 22. All'inizio ho mentito sull'età e mi vergognavo di andare a prenderla con la macchinetta, la "cosina" per i senza patente. Ma alla fine, quando le ho detto la verità, non ha battuto ciglio e anche la macchinetta ci è tornata utile.

«A 22 anni le donne sono molto più impegnative: ti chiamano, che fai?, rimani a dormire da me?, vieni a stare una settimana da me? Hanno avuto tante di quelle storielle da ragazzine che esigono un rapporto più impegnativo. Quindi devi vederle quasi ogni giorno. È vero che l'amore non ha età, ma bisogna stare attenti. Ricorda quel film con la colonna sonora di Cat Stevens in cui un ragazzo s'innamora di una donna molto matura? Voglio dire: la passione sessuale può azzerare le differenze generazionali, ma è difficile trovare l'affinità psicologica. Qualche volta mi è capitato di vivere un'età davvero diversa dalla mia.

«Ho la sensazione che al Nord (ho avuto un'esperienza a Genova) siano più individualisti. A Roma si vive in gruppi. Ci sono le parioline fricchettone che si fanno le canne e si riuniscono a piazza Euclide per far credere alla gente di essere diverse. A Ponte Milvio vanno le ragazzine di 17 anni che amano vestirsi molto bene, mettono tacchi e rossetto per far sembrare che ne hanno 25 e ti guardano dall'alto in basso con l'aria di donne esperte. Campo de' Fiori è il posto della movida dove si beve, si parla senza pregiudizi e, magari, c'è anche gente un po' violenta che è meglio lasciar perdere.

«Con quante ragazze ho fatto sesso? Dovrei contarle. Quindici? Venti? Ci sono rapporti seri, quelli non seri e poi ci sono le amiche che restano amiche ma che intanto ti porti a letto. Quelle che con un termine un po' forte noi ragazzi chiamiamo "scopamiche", *friends with benefits* come dicono gli americani. No, non uso il preservativo. Perché? Fare sesso con il preservativo è meno bello, anche se gli ultimi modelli sono migliori.

In ogni caso costano troppo, non capisco perché devo spendere due euro per fare la cosa più naturale del mondo. Se dovessi usarli, mi si dimezzerebbe la paghetta. E allora? Allora bisogna essere bravi. C'è chi fa il salto della quaglia, qualche volta non riesce a saltare, e allora ti viene la paura. Per le ragazze la paura è doppia: a scuola c'è una campagna di sensibilizzazione perché prendano la pillola, ma molte si vergognano di dirlo alla mamma, di andare dal dottore...

«Io non l'ho ancora provato, l'amore. Non so nemmeno con esattezza che cosa sia. I miei nonni sono stati insieme una vita senza alzare la voce. È amore quello? Penso che amore possa essere condividere con una ragazza pensieri, valori, per esempio la fedeltà. Da ragazzini, la fedeltà non ha molto senso. A 15 anni non sei in grado di apprezzarla fino in fondo. Le ragazzine impazziscono per quello che le lascia e poi ci si rimette insieme. Vivono tutte "tre metri sopra il cielo", come nel libro di Moccia. C'è il rituale della gelosia che certe volte si trasforma in stalking maschile e femminile, c'è il rituale di "amò, dai, rivediamoci", il fidanzamento che dura un mese, poi lui non si fa più sentire, lei va con un altro, lui torna e affronta l'avversario, come ti sei permesso, io c'ho il tatuaggio di lei. Tre metri sopra il cielo, appunto. Ma se ti tolgo Facebook e Moccia, che cosa ti resta? La vita non è un libro di intrattenimento, non è televisione. Non posso programmarmi una famiglia Kinder, entrare nello stereotipo della finzione.»

A quanto pare, Theo è un'eccezione. Al di là della loro esuberanza fisica, i rapporti dei ragazzi con le donne più mature non sempre sono soddisfacenti. «L'80 per cento dei miei pazienti giovani è affetto da eiaculazione precoce» mi dice Emmanuele A. Jannini, sessuologo dell'università dell'Aquila molto apprezzato in campo internazionale. «Il maschio ha imparato a misurare se stesso in base al piacere femminile, e quindi crescono le insoddisfazioni quando la prestazione viene considerata insufficiente. Le disfunzioni sessuali hanno certamente una componente psicologica, visto che il cervello è il nostro organo sessuale principale. Ma ai giovani, in quanto tali, la medicina di base non riconosce lo status di malati, se soffrono di eiaculazione precoce o di disfunzione erettile. Il 10 per cento dei miei pazienti è costituito da giovani che chiedono di curare la prima. La seconda è più difficile da confessare. In ogni caso, siamo alla punta di un iceberg sepolto di disfunzioni sessuali.»

«I diciottenni a letto?» sorride una trentenne che dice di averne frequentati un paio. «Grande esuberanza, ma altro che eiaculazione precoce: non hanno la più pallida idea di che cosa sia fare l'amore...»

La triste storia di Nina, brutta ma con le tette di panna

L'età del primo rapporto sessuale completo si è abbassata anche in Italia in modo vertiginoso. Secondo l'indagine diretta da Marzio Barbagli (pubblicata nel volume *La sessualità degli italiani*), le trentenni di oggi hanno avuto in media questa esperienza a 18 anni e mezzo, due anni prima delle loro mamme e quasi quattro anni prima delle loro nonne, che peraltro si sposavano prestissimo. (Un quarto delle sessantenni di oggi e un quinto delle cinquantenni di oggi sono arrivate vergini al matrimonio, contro lo 0 per cento della fascia d'età compresa tra i 23 e i 38 anni.) Solo un quarto degli uomini e un quinto delle donne che oggi hanno 23-28 anni hanno avuto un rapporto completo prima dei 16 anni.

Alessandra Graziottin, che dirige il centro di ginecologia e sessuologia del San Raffaele Resnati di Milano, eleva a 16-17 anni l'età del primo rapporto sessuale per ragazzi e ragazze. «Tendono a ritardare un poco la prima esperienza i giovani più seguiti dalle famiglie» mi dice. «Con genitori emotivamente e affettivamente presenti non hanno bisogno di cercare troppo presto le attenzioni fuori casa e fanno sbocciare gli amori all'interno di una solida cerchia di amicizie.»

Da un'importante parrocchia milanese arriva la smentita. «A Milano molte ragazze hanno il primo rapporto completo a 12 anni» sostiene don Renzo Vanoi, prefetto di Milano Ovest che sovrintende a 45 parrocchie. «La media è sui 13 anni. Quello della sessualità, per i giovanissimi, sta diventando un mondo senza barriere.» «Per i ragazzi è importante fare esperienza» interviene don Alessandro Digangi, dell'Opera don Orione, viceparroco di San Benedetto, nella zona Sud Magenta. «Siccome su Facebook tutti fanno esperienza di tutto, se non provi sei uno sfigato. Più anormale è l'esperienza, meglio è. Un fenomeno che si sta diffondendo nelle cantine delle case borghesi è quello di trovarsi, fumare qualche canna e abusarsi in gruppo. Il piano inclinato diventa sempre più scivoloso, farlo con l'amico di turno non basta più, si comincia con i messaggi sul telefonino e si organizzano vere e proprie orge. È successo persino qui da noi in oratorio. Una ragazzina ha visto un ragazzino che le piaceva e, per conoscersi meglio, si sono incontrati in bagno. Noi li abbiamo fermati, ma si può giurare che si sono trasferiti nel bagno di casa.»

Il sesso estremo tra giovanissimi non conosce confini geografici. Marida Lombardo Pijola, che ha condotto a Roma inchieste sulle trasgressioni giovanili, racconta nel suo *Facciamolo a skuola* la storia capitata a Nina, una ragazza di 13-14 anni, in una città dell'Italia centrale. Nina era ostinata nel sentirsi brutta, avrebbe voluto «un nasino invece di una proboscide… le cosce meno grosse e il culo meno basso, tipo quattro o cinque chili in meno e una decina di centimetri in più, tipo i capelli lisci e morbidi invece che ricci e stopposi come la lana dei golf da schifo che mi dà mia madre». Ma Nina aveva anche «tette che sembra che le ha preparate un pasticciere, tanto sono bianche e tonde e morbide, tipo una torta di panna con la ciliegina sopra. E in pratica a che ti servono le tette belle se non le mostri a nessuno, se non le usi, se non sai farci niente?». Così Nina ha cominciato a mostrarle. La prima volta a un compagno di scuola, nell'ultima fila dell'autobus che li portava con la classe in gita a Firenze. Il compagno le diede tre euro e Nina capì che le tette potevano renderle: «Tre euro a palpata moltiplicati per cinque (tanto a fare in fretta ce li tenevi tutti nel tempo della ricreazione) fanno quindici al giorno e se togli le domeniche e i festivi fanno tre e sessanta al mese, più o meno quanto guadagnano quegli sfigati [*dei genitori*] ad ammazzarsi di fatica nei loro uffici di merda tutto il giorno» dice pensando alla retribuzione oraria.

«È cominciata così, e poi è andata avanti con seghe, pompini, dipendeva da quello che la gente mi chiedeva... praticamente da tre euro a venti, secondo quel che vuoi.» Ed è finita su «un letto dal piumino rosa con sopra stampati i fiorellini azzurri... Erano ombre, erano uomini... Non so quanti erano, non so chi erano... Mi stavano addosso, sentivo il loro peso su di me ... sentivo che mi stavano rompendo ... Non so chi l'ha detta quella frase ... me la ricorderò per sempre: "Questa volta è gratis, troia. Per festeggiare la fine della scuola. Sei contenta?"... Piccole macchie di sangue sulle cosce... Lingue di fuoco, partono dalle parti più segrete del mio corpo, si arrampicano, mi arrivano alla testa... Bruciano... Sono viva, però sto morendo, mi hanno gettata a mare...». Alla riapertura dell'anno scolastico, Nina ha ripetuto la terza media, ha cambiato scuola, soffriva di anoressia, ha cambiato psicoterapeuta. Lo stupro non è mai stato denunciato.

«La castità è appassionante»

«Si rubano anni all'infanzia» sospira lo psichiatra Paolo Crepet, specialista in analisi giovanili. «I ragazzi di oggi sono in anticipo di un anno e mezzo, due rispetto a trent'anni fa. E il pianeta femminile è più in subbuglio e inquieto rispetto a quello maschile. Le ragazze hanno un'attenzione spasmodica per l'estetica. Una catena di supermercati inglese ha messo in vendita reggiseni rinforzati per bambine di 7 anni e i genitori fanno la fila per comprarli. Si stanno costruendo le pre-Lolite.» Crepet si dice molto perplesso dinanzi alla permissività dei genitori e ne parla nel suo ultimo libro, *L'autorità perduta*, uscito nell'autunno del 2011. «Quasi tutti per ragioni di tranquillità consentono che i figli di 14-15 anni facciano sesso in casa. Così conoscono il partner delle loro ragazzine, ma finiscono con il diventarne complici. Cadono la vecchia distanza tra genitori e figli e la voglia di trasgressione, che deve esserci in età giovanile. Tutto è scontato. E, invece, la sessualità è una conquista attraverso tentativi, errori...»

Vi sentite come i bambini che cercano di vuotare l'oceano con il secchiello?, chiedo a don Renzo: «Un po' sì. A noi è facile sentirci rispondere: tu dici queste cose perché sei prete. Cerchiamo allora di far nascere un'amicizia. Noi abbiamo i centri estivi per i ragazzi, che sono affollati perché è comodo parcheggiare i figli qui. Poi li portiamo in montagna tentando di avviare un percorso». «Cerchiamo di farli riflettere sui sentimenti» dice don Alessandro. «Certe volte gli chiedi come stanno e non sanno risponderti. Raccontano su Facebook quel che hanno vissuto, ma non sanno dare un sentimento a quel che provano.»

«La nostra generazione» interviene don Renzo «aveva limiti, paletti insuperabili. La trasgressione poteva rapirti, ma la famiglia e la società facevano da confine. Loro non hanno niente che li freni. Abbiamo fatto un'indagine con il consiglio di quartiere. Com'è la vita di una famiglia normale? Lavoro, spesa al centro commerciale, molta comunicazione con il telefonino, poi la sera mamma e papà rientrano a casa e chiedono ai figli: hai fatto i compiti? Sì? Bene. E non hanno voglia di approfondire perché sono stanchi. Allora dobbiamo curare i genitori prima dei ragazzi. E poi c'è il problema della scuola: l'educazione scolastica ha abbassato tutti i paletti. Se si permette che un ragazzo si alzi e insulti il professore senza conseguenze disciplinari, è difficile poi insegnare qualcosa. Un esempio. Qui da noi non si può fumare sotto i 15 anni. La risposta? Se a scuola possiamo farlo, perché qui no?»

Il lassismo sessuale è una conseguenza di tutto questo. Eppure don Alessandro – che si firma Ale per facilitare il dialogo con i ragazzi – ha scritto sul giornale della parrocchia un articolo intitolato *La castità è appassionante*. «Un ragazzo di 16 anni faceva sesso con la sua ragazza» mi racconta. «Io gli ho detto che la castità è un dono e gli ho suggerito di vivere il sentimento d'amore nella sua profondità. Lui ha provato per un paio di mesi, e quando una sera la ragazza gli ha detto facciamo l'amore, lui le ha detto di no. Hanno preferito parlare del loro rapporto e lui mi ha mandato questo messaggio: la castità è appassionante. Purtroppo si tratta di una minoranza, ma lavoriamo per allargare il gruppo.»

«La politica sessuofobica non giova» dice don Gianni Todescato, rettore a Roma di Sant'Agnese in Agone a piazza Navona, dopo molti decenni trascorsi nella parrocchia alto-borghese di Vigna Clara. «Quando i giovani vedono che tu vuoi parlare di sesso senza forzare la mano, in termini propositivi, ti dedicano un'attenzione incredibile. Se elevi la qualità del rapporto, trovi giovani deliziosi che ti seguono. Certo, i peccati sessuali sono passati in second'ordine rispetto ai grandi temi di fondo della vita: la fede, l'equilibrio interiore, la carità, l'ambiente. È questo, soprattutto, quel che la gente vuole nella confessione.» «Molti giovani e non solo» mi confida un sacerdote romano che chiede di restare anonimo «non confessano più le violazioni delle prescrizioni della Chiesa sulla contraccezione.» «In effetti» ammette don Renzo «quando nei corsi per fidanzati parliamo della *Humanae vitae*, facciamo un po' di fatica a essere seguiti...»

Sesso senza rete

Alessandra Graziottin conferma che la maggior parte dei giovani non usa precauzioni: «Soltanto il 25-30 per cento degli italiani, maschi e femmine, usa la pillola o il profilattico. Il dato nazionale per la pillola è del 16,3 per cento, contro il 43-45 dell'Europa settentrionale. Sono rarissime le ragazzine bene educate che a 14 anni, magari accompagnate dalla mamma, vengono a chiedere il contraccettivo per avere il primo rapporto con il fidanzatino. In molte famiglie questo tema è tabù, e sono davvero pochi i padri che raccomandano ai figli l'uso del profilattico». (Un'importante mamma manager mi ha raccontato di aver scoperto dei profilattici nel portafoglio del figlio adolescente. Dopo averlo aperto e richiuso con il cuore in gola, è corsa dal marito, il quale le ha detto: «Lascialo in pace...».) Secondo la Graziottin, le ragazze chiedono al partner l'uso del profilattico se si tratta di un'avventura, non quando sono innamorate. «Il pensiero inconscio è che l'amore sia un talismano protettivo. Siccome ci amiamo, non potrà accaderci niente di male. La conseguenza è che, tra le ragazze "molto innamorate", si raggiunge il picco di utilizzo della "pillola del giorno dopo". La contraccezione d'emergenza funziona nelle prime 12-24 ore e non sempre è facile arrivare in tempo. Negli anni Novanta, in Olanda ci fu una massiccia campagna in favore della pillola e si ebbe un crollo degli aborti e delle malattie sessualmente trasmesse.»

In effetti, in Italia l'uso della pillola è molto ridotto, ma non è affatto detto – come vedremo tra poco – che questo comporti un aumento del numero di aborti. Un'indagine del febbraio 2011 condotta da Carlo Flamigni, notissimo ginecologo, e Anna Pompili (*Contraccezione: gli italiani e la sessualità a 50 anni dall'arrivo della pillola*) conferma che il 70 per cento delle persone al di sopra dei 18 anni – uomini e donne – dichiara di non fare uso di anticoncezionali. Secondo Giovanni Fattorini (*Aborto*), il 40 per cento delle donne francesi usa la pillola, contro il 30 per cento di svedesi e inglesi.

L'ultimo congresso della European Society of Contraception and Reproductive Health ha reso noto che nel 2008 in Italia sono state vendute 381.000 confezioni di pillole del giorno dopo, un terzo della Francia e un quarto dell'Inghilterra, per limitarci a paesi con un analogo numero di abitanti. In Svezia, nello stesso periodo, si sono vendute 212.000 pillole del giorno dopo (meno di due terzi di quelle vendute in Italia), ma la popolazione (9 milioni) corrisponde a un settimo della nostra. In Francia, da anni la pillola del giorno dopo è negli armadietti delle classi con studenti di età pari o superiore agli 11 anni e può essere data all'insaputa dei genitori («la Repubblica», 6 gennaio 1999). In Inghilterra è stato avviato un progetto pilota in base al quale le ragazzine fra gli 11 e i 13 anni possono chiedere la pillola del giorno dopo via sms, per evitare imbarazzi e, di fatto, per «scavalcare» le famiglie («il Giornale», 25 marzo 2009). In Italia, invece, la pillola del giorno dopo deve essere prescritta dal medico e consegnata da un farmacista: di qui il consumo fortemente ridotto.

La Graziottin rileva che questi adempimenti di legge possono produrre ritardi fatali. D'altra parte, i primi passi compiuti nell'estate del 2011 per l'introduzione in Italia della pillola valida fino a cinque giorni dopo il rapporto hanno incontrato subito delle difficoltà.

Più contraccezione non significa meno aborti

Eppure, la medaglia ha anche una faccia positiva. In genere, il proibizionismo provoca un'esplosione del fenomeno che si vuole evitare. Ci si aspetterebbe, perciò, che in Italia il numero particolarmente elevato di gravidanze non volute determini un numero altrettanto elevato di aborti. Eugenia Roccella, sottosegretario alla Salute con delega a questa materia e cattolica rigorosa, mi segnala che, nonostante l'educazione sessuale insegnata a scuola e le facilitazioni in fatto di contraccettivi, Francia, Inghilterra e Svezia sono i paesi europei con il più alto tasso di aborti e di gravidanze tra le dodicenni, mentre l'Italia è l'unico paese in cui il numero di aborti diminuisce di anno in anno. La relazione sul tema presentata al Parlamento nel 2008 ha rilevato che, in donne con meno di 20 anni, gli aborti sono il 7,2 per mille, mentre in Inghilterra e in Svezia è il 24 per mille, negli Stati Uniti il 20, in Francia il 15,6, in Spagna il 13,5. Meglio dell'Italia ha fatto soltanto la Germania, con 5 aborti ogni 1000 ragazze. La conclusione della Roccella è che i buoni risultati dell'Italia sono da attribuire alla capacità di tenuta, nonostante tutto, dell'istituzione famiglia, che esercita ancora un certo controllo sui figli.

Eleonora Porcu, docente di fisiopatologia della riproduzione all'università di Bologna e membro del Consiglio superiore di sanità, conferma che gli studi internazionali più recenti hanno associato il maggior uso di anticoncezionali alla maggior frequenza di aborto: «L'ultimo caso è la Spagna, dove nei recenti decenni è avvenuta una formidabile rivoluzione sociale con un uso massiccio della contraccezione, e dove uno studio pubblicato nel 2011 certifica che il numero di aborti è raddoppiato rispetto agli anni in cui la contraccezione non era un costume abituale». E aggiunge: «L'illusione della donna di essersi liberata dal giogo obbligatorio della maternità rischia di trasformarsi in una trappola mortale. La certezza di non restare incinta porta la donna, in caso di "incidente" (pillola dimenticata, il profilattico che si rompe e così via), ad accettare l'eventuale gravidanza in un numero di casi infinitamente inferiore a quello dei periodi in cui il controllo della procreazione era meno pressante. Così si spiega che, paradossalmente, più contraccezione porta a più aborti».

Domando alla Porcu se, al posto della madre di una ragazza di 14 anni che può avere i primi rapporti sessuali, chiederebbe alla sua ginecologa di prescriverle la pillola. Una pausa, e poi la risposta affermativa: «Sì, alla fine sì, ma non esaurirei in questo modo la soluzione del problema». E fa il caso di sua figlia ventenne, informata fin dalla più tenera età della fisiologia della riproduzione, dei fenomeni dell'ovulazione e dei rischi relativi. «Certo, mia figlia è privilegiata, ma non è difficile educare le nostre ragazze all'idea che il coinvolgimento sessuale è il massimo livello di comunicazione che può esserci tra due esseri umani. Non possiamo essere ostaggio di una manciata di ormoni truffaldini, come accade agli altri mammiferi.»

La Porcu mette in guardia le donne da un altro pericolo: «Se si aspetta il raggiungimento di tutti gli altri obiettivi prima di pensare a far nascere un figlio, si rischia di arrivare ai 35 anni quando c'è un ampio calo della fertilità: gli ovociti sono meno e sono stanchi. Le donne rischiano allora di imboccare il tunnel della procreazione assistita. Guai a pensare: bene, se non ce la faccio da sola, provvedo con la procreazione assistita e, alla fine, qualcuno il bambino me lo darà. Le possibilità di avere un figlio in questo modo sono, in realtà, ridottissime e alimentano un business mondiale colossale. Bisogna invece che in Italia, dove pure la maternità è assai tutelata, si arrivi a considerarla come un traguardo prestigioso. Pensi che bello poter dire: lei fa il presidente del Consiglio? Bene, io ho avuto un bambino. Il prestigio della maternità». Eleonora Porcu ha avviato con il ministero della Salute un ciclo di incontri con medici e cittadini per insegnare alle donne e ai medici di base come far uso della propria fertilità e come praticare scelte consapevoli. E il successo è stato formidabile.

Sull'uso del profilattico per non trasmettere infezioni sessuali, la Porcu è d'accordo con la Graziottin. «Purtroppo, non tutti sanno usarlo correttamente» lamenta. «Anche qui non bisogna considerarlo una chiave salvifica ed è necessario trasmettere educazione e competenze fin da piccoli.» Per dimostrare quanto sia imprevedibile il contagio, la Graziottin mi racconta una vecchia storia.

Una ragazza bellissima, figlia unica di un'ottima famiglia, frequenta la ginecologa dall'età di 17 anni e non ha avuto nessun fidanzato fino a 19, quando s'innamora di un uomo di 37 anni: bellissimo anche lui, lavoro brillante che lo fa viaggiare molto. «Dopo sei mesi» racconta la Graziottin «lei era l'immagine della felicità. Venne per farsi prescrivere la contraccezione, mi disse che il suo fidanzato aveva già conosciuto i genitori, era stato accolto come un figlio, era in programma il matrimonio...» Dopo un po' la ragazza si fa viva di nuovo, allarmatissima. Chiede una visita d'urgenza. La ginecologa le riscontra verruche veneree trasmesse dal partner. «Il fidanzato aveva un papilloma virus come tanti. Da quel momento lui si fa vedere meno, cambia numero di telefono, infine scompare. Il classico caso di narciso vampiro.» Per la ragazza comincia, invece, una via crucis sanitaria e psicologica. «Per guarirla sono stati necessari sette interventi di laser vulvare. Ma il problema più grosso era quello psicologico. Lei viveva come malattia sporca l'esito di una storia d'amore pulitissima. Per otto anni non ha voluto saperne di un compagno, e nemmeno di fare sesso con qualcuno. Oggi ha una lievissima malinconia che ne aumenta il fascino, perché non ha l'istintivo e appariscente richiamo sessuale delle donne belle ed eleganti. Ma la ferita resta. La lesione della femminilità compiuta dalla trasmissione di una malattia sessuale è, spesso, irreparabile.»

II

Primo amore
I ricordi

Belén: «Che brutto il primo bacio...»

Il primo amore di Belén Rodríguez, la splendida compagna di Fabrizio Corona, si chiamava Mattia ed era un bambino biondo di 11 anni. «Avevamo la stessa età» mi racconta «ed eravamo compagni di scuola a Buenos Aires. Io avevo i capelli scuri ed ero attratta dai bambini biondi con gli occhi chiari. Eravamo fidanzati e stavamo sempre insieme, attaccati con la colla. Dividevamo persino le cartelle con i compiti. Il giorno del suo compleanno, mia madre gli comprò una cartella nuova e io dovevo consegnargliela, ma mi vergognavo. Allora ci fu un passamano da un banco all'altro e, quando arrivò a Mattia, lui diventò tutto rosso. Non ci siamo scambiati nemmeno un bacio.

«Dai 13 ai 15 anni non mi si filava nessuno, perché ero alta, magra, con un bel faccino, ma piatta come una tavola. Per sembrare meno magra, indossavo due paia di jeans uno sopra l'altro, ma il risultato era modesto. A 15 anni sono diventata finalmente donna, e Mariano Bruzzone, anche lui di origini italiane, come me, ha perso la testa. La nostra parrocchia aveva organizzato un campeggio a Bariloche, nella Patagonia argentina, e sotto la tenda ci siamo dati il primo bacio. Ma non mi piacque, all'epoca ero piuttosto capricciosa, e tutto finì lì.

«Il primo rapporto completo è arrivato a 17 anni. Da un anno ero davvero innamorata di un ragazzo che si chiamava

Damian, aveva 22 anni, la carnagione scura e i capelli biondi. Era un tipo fantastico e siamo rimasti amici. A quell'età, in genere, ci s'innamora dei compagni di scuola, ma lui mi faceva impazzire. Chissà perché sembrava un surfista. Veniva a prendermi a scuola con la macchina, mi faceva i dispetti, era un pazzo totale. Ma io ero persa per lui. Restammo fidanzati due anni e fu con lui che feci l'amore per la prima volta.»

Galeotto fu il mare

«All'asilo avevo una vera passione per un bambino che si chiamava Alessandro. Aveva grandi orecchie a sventola. L'ho rivisto a Legnano, in banca. "Sai, sono Alessandro..."» Sulla terrazza della sua nuova casa di Roma, Antonella Clerici snocciola i suoi ricordi d'infanzia. «Il primo vero batticuore arrivò per Luca, mio amico d'infanzia, durante le lunghissime vacanze estive a Rapallo. Stavamo lì tre mesi l'anno, vedevo montare le cabine a mare all'inizio della stagione e smontarle ai primi freddi. Avevo 13 anni e ricordo che, un giorno, lui mi disse: "Andiamo a limonare". Pensavo che volesse offrirmi una spremuta... Mi diede un bacio sotto un salice piangente e io dissi: "Che schifo!". Non ero preparata alla lingua. Ho capito allora che il bacio è la cosa più importante di tutte. Qualcosa di molto intimo, quasi più di un rapporto sessuale...

«Alle medie ero innamorata anche di Fabio, un bellissimo ragazzo che mi sono contesa con una compagna di classe molto più carina di me. L'ho trascinata per i capelli, ed è stata l'unica volta nella mia vita che ho litigato con una donna per un uomo. A 15 anni m'innamorai di un compagno di liceo, Carlo. Abitava non lontano da me, e io, con la "vespetta", sfidavo le nebbie padane per andare a trovarlo. Siccome era molto romantico, per fare colpo su di lui mi vestivo da Signora delle Camelie. Purtroppo, a scuola era meno bravo di me; anzi, diciamo pure che non aveva voglia di far niente, e per questo mia mamma gli faceva la guerra. "Carlo ha la schiena fredda" diceva. Tutto finì con un mezzo bacio.

«La prima volta che feci l'amore fu nell'estate del mio diciottesimo compleanno, sempre a Rapallo. Lui si chiamava Valerio ed era un amico d'infanzia. Mi sentivo protetta perché eravamo cresciuti insieme. E, nella mia testa, ero più preparata a farlo grazie ai racconti delle amiche. Per la verità eravamo ancora un po' tonte: pensavamo al dolore terribile che provi quando perdi la verginità. Invece, non ci fu niente di tutto questo. Non ho sentito un gran piacere, ma insomma niente di traumatico e, comunque, meglio del primo bacio. Ho vissuto serenamente le prime esperienze, perché tutto avveniva alla luce del sole e in un clima favorito dal forte legame tra mio padre e mia madre. Tutti i ragazzi che ho avuto in quel periodo erano persone di cui mi fidavo. Niente giochi da una botta e via. Nessun grande amore, ma tante grandi amicizie.

«A 20 anni andavo a sciare all'Aprica e m'innamorai di un ragazzo che ne aveva 23-24. Era paracadutista, praticava il football americano ed era fisicamente molto prestante. Fu il primo rapporto d'amore davvero intenso e appagante. Lui era un tipo contorto, a me faceva piacere interpretare il ruolo della crocerossina. Ma a un certo punto mi scocciai. Come mi scocciai, a 22 anni – per ragioni opposte – di Maurizio, il primo fidanzato ufficiale, cioè presentato in casa. Lui piaceva molto a mia madre. Figlio di ricchi industriali, serissima la famiglia, serissimo lui. Troppo perfetto per me, che ero un cavallo sciolto. Dopo due anni l'ho lasciato per noia. Poi mi sono sposata...»

«Il mio primo amore? Se parliamo di sesso, sono stato piuttosto precoce» mi racconta Christian De Sica. «Ho fatto l'amore a 12 anni con una ragazza francese di 16 in un bungalow di Sabaudia. Si chiamava Marie Christine. A me, per l'emozione, venne un febbrone a 39, tanto che mio padre corse a prendermi per riportarmi a Roma. Ma io non volevo tornare...»

Federica Pellegrini, 23 anni, nata a Mirano (Venezia), star mondiale del nuoto, ha cominciato a fare agonismo a 6 anni. A 12 si è innamorata per la prima volta «di un bel ragazzo moro un po' più grande di me: alto, con un bel fisico da nuotatore. Si allenava con me in una piscina di Mestre. Lo vedevo inarrivabile, e non siamo mai stati insieme...».

Ornella Vanoni: «Vedendolo, sentivo le arpe suonare»

«Quando lo vedevo, sentivo le arpe suonare» ricorda Ornella Vanoni, sdraiata su una poltrona del suo raffinato appartamento nel cuore di Milano. «D'altra parte, se Rosa, la moglie di Alberoni, dice che quando il marito la bacia sente le campane, che c'è di strano se io sentivo le arpe? Era bellissimo, bruno con gli occhi azzurri. Il primo batticuore. Aveva 20 anni ed era figlio di un'amica di mia madre. Solo che io ne avevo la metà. Niente da fare. Il primo bacio è arrivato a 14 anni, a Santa Margherita Ligure, dov'eravamo in vacanza. Una sera, durante una festicciola, Miro mi raggiunse su un balcone e mi baciò. Era alto, biondo, bellissimo anche lui. L'ho rivisto molti anni dopo, ed era sempre bello. Il primo rapporto completo è arrivato a 16 anni, a Losanna. Ho ceduto al corteggiamento spiritoso e affettuoso di un signore napoletano simpaticissimo, che viveva in Svizzera. Molto più grande di me, sposato con due figli. È stato dolce, mi dava fiducia...»

Fiducia, uno sposato con due figli? «Questione di sentimenti. Mi dava l'idea di poter fare qualunque cosa per me, mi faceva sentire una ragazza sicura. È durata un po' di mesi, poi lui è partito per il Brasile. Più tardi ha divorziato. L'ho rivisto qualche anno fa a Saint Moritz con una nuova compagna... L'incontro con il signore napoletano è stata un'esperienza forte. Prima di allora, avevo considerato amore anche il batticuore di ragazzina, quando non ti senti capace di gestire un uomo, sei timida, insicura... Quando il signore napoletano partì, ho cercato per anni di capire che cosa fosse l'amore. L'eros ti fa perdere la testa. Ma l'amore? Mentre studiavo a Cambridge ho tentato con qualche ragazzo. Ma non capivo bene quale sentimento provassi, analizzavo la cosa, ma non mi sembrava eccezionale. Poi, a 20 anni, ho conosciuto Giorgio Strehler. Quello sì che è stato un grande amore...»

Catherine Spaak e i dolci inganni

Catherine Spaak ha fatto l'amore per la prima volta a 15 anni, nel 1960, l'anno in cui turbò milioni di italiani interpretando, nei *Dolci inganni* di Alberto Lattuada, il ruolo di una ragazza giovanissima e spregiudicata che seduce un uomo molto più grande di lei. «Erano i tempi del delitto d'onore, del matrimonio riparatore. Fece scandalo la storia della protagonista che, per la sua prima esperienza, sceglie un adulto, che poi saluta molto serenamente e per sempre.» Quando le capitò davvero di fare l'amore per la prima volta, Catherine non ebbe la sensazione di vivere un'esperienza decisiva e mi par di capire che non fosse nemmeno innamorata del ragazzo con cui lo fece. «Lui aveva qualche anno più di me» mi racconta «ed era di origine polacca, molto carino. Il ricordo è buffo: la sessualità in Francia, dove sono nata, era tabù, anche se meno che in Italia. Il nostro abbraccio, come dire?, fu piuttosto curioso, e pensavo che lui avesse commesso qualche errore nella procedura. Mi sembrava impossibile che fosse successo tutto. Poi mi sono abituata...»

Annamaria Bernardini de Pace, notissimo avvocato matrimonialista, ha avuto il primo grande amore a 16 anni: «Lui ne aveva 19, partiva alle 8 di sera da Lecce con il suo "maggiolino" bianco e arrivava a Milano alle 8 del mattino. A quell'ora uscivo di casa per bigiare la scuola. Passavamo tutta la mattina a girare nei parchi baciandoci disperatamente. Migliaia di baci, come Lesbia e Catullo. Oltre i baci non si andava, ma vivevamo l'una nella vita dell'altro. Dopo cinque ore di baci, all'ora in cui finivano le lezioni io tornavo a casa e lui ripartiva per Lecce. Accadeva una volta al mese. Durante l'estate ci vedevamo un po' di più, ma con molte difficoltà. Io avevo un regime di vita severissimo e tre fratelli che mi controllavano. Andavamo in vacanza a Tricase, nel Salento; lui, a Santa Maria di Leuca. Ci incontravamo in mare: raggiungevamo a nuoto Castro e ci baciavamo in una grotta più bella della Grotta Azzurra di Capri. Insomma, un grande amore fatto soltanto di baci. E di lettere. In due anni me ne ha scritte 750, una al giorno. Dopo due anni mi ha tradito. Le brave ragazze non facevano sesso, e i bravi ragazzi non resistevano. Lui si vergognava di avermi tradito e mi scrisse la lettera numero 751 dicendomi che era indegno di me: avremmo dovuto scoprire il sesso insieme, dopo aver fatto le cose per bene».

La Bernardini de Pace è visibilmente emozionata mentre racconta queste cose, e il suo volto ancora solare s'imperla di sudore. «Mi ha lasciato lui, pur vergognandosene. Io ho avuto l'imprinting del dolore. È tornato da me dopo quattro mesi. L'ho trovato fuori di casa mia al mattino presto: ho visto il suo "maggiolino", una macchia bianca nella nebbia di Milano, e mi sono sentita morire. Avrei dovuto riprenderlo e non l'ho fatto, nonostante i suoi pianti disperati. Da allora non conosco il perdono. Non ho mai perdonato chi mi ha detto una bugia. Era il 1966, avevo 18 anni. Quando, a 22, mi sono sposata, gli ho mandato la partecipazione, e lui è entrato in crisi, si è precipitato a Milano, si è nascosto, voleva impedirmelo. Si è sposato tre volte. Siamo molto amici.»

Candida Morvillo, fino all'estate del 2011 direttore di «Novella 2000»: «Ero a un ritiro spirituale dell'Azione cattolica sul monte Faito, in Campania. Avevo 14 anni. M'innamorai di un ragazzo di 18 e riuscii a intrufolarmi nel ritiro spirituale dei maschi. Il nostro amore durò sette mesi...».

I primi amori di maggioranza e opposizione

Silvio Berlusconi, 75 anni, di Milano, presidente del Consiglio dei ministri, aveva 6 anni quando s'invaghì per la prima volta di una donna. «Era una mia coetanea con i boccoli neri e gli occhi scuri. Successe al Castello di Baradello, sul lago di Como.» L'iniziazione sessuale arrivò otto anni più tardi. Una procace cameriera gli stava insaponando la schiena mentre gli faceva il bagno, il ragazzo la baciò e il resto venne da sé. Ha quasi sempre avuto più di una fidanzata (insieme, voglio dire). Non è il tipo da avere una donna sola: «Lei, sempre lei, soltanto lei...». E, con il passare degli anni, ha esagerato.

Il suo delfino alla guida del PdL, Angelino Alfano, nato ad Agrigento nel 1970, provò i primi turbamenti sentimentali a

10 anni. «Abitavo in un piccolo quartiere residenziale della Valle dei Templi dove si erano stabilite molte giovani coppie, frequentavo la quinta elementare e giocavo in strada con gli altri bambini. Fui colpito da una bambina bionda con i capelli lisci, gli occhi azzurri e il viso angelico. Non ebbi mai il coraggio di confidarle il mio sentimento e, vista la mia timidezza, credo che lei non lo abbia mai capito. Adesso è sposata con figli e non so se si riconoscerà in questa brevissima descrizione. La cottarella durò un tempo che mi parve infinito, ma probabilmente si concluse nello spazio di un'estate. Ci furono piccoli e rapidi innamoramenti successivi fino a 16 anni, quando al liceo conobbi Tiziana, che sarebbe diventata mia moglie.»

Il primo amore di Massimo D'Alema fu «una bella ragazza di nome Giulia», di cui ricorda anche il cognome. «Eravamo in gita a Vigo di Fassa e, naturalmente, non combinammo niente. Era il 1963, avevo 14 anni. Il primo amore fisico? Era il '68...»

«Era il '68 anche per me» mi dice Antonio Di Pietro, classe 1950 (un anno meno di D'Alema), «quando ebbi il mio primo amore un po' tardivo. Stavo diplomandomi perito industriale a Roma e, a piazza Vittorio, prendevo un pullman della ditta Di Fonzo che partiva la sera e arrivava il mattino dopo al mio paese, Montenero di Bisaccia, in Molise. Mi sedetti vicino a una bella ragazza – bella stanga davvero –, di quelle che mio padre chiamava "giumente lancianesi". Insomma, viaggiando tutta la notte gomito a gomito, ginocchio a ginocchio, c'innamorammo. Dopo il diploma, mi mandarono a fare il militare a Chieti, poi avevano bisogno di un caporale istruttore al Car di Campobasso e la ferma passò a quindici mesi. Lei, figlia di un autista della stessa ditta di pullman sul quale avevamo viaggiato, vinse un concorso da assistente sanitaria a Milano. A Natale del 1970 mi disse che aveva conosciuto un altro mondo...» E un altro fidanzato? «Non ho avuto l'esperienza del cornuto perché chiudemmo in assoluta armonia il rapporto subito dopo il suo trasferimento. Non l'ho più rivista. Si chiamava Elsa, e approfitto di questo libro per salutarla...»

Renato Schifani, presidente del Senato, 61 anni, si è innamorato per la prima volta a 16 anni al liceo scientifico Cannizzaro della sua città, Palermo. «Si chiamava Giusy, frequentava la classe precedente alla mia, era una ragazza semplice e carina. Era un amore più che altro platonico, ma molto intenso. È durato quasi due anni.»

Fausto Bertinotti, milanese, 71 anni, già segretario di Rifondazione comunista e presidente della Camera dei deputati, padre politico di Nichi Vendola: «Uscendo di casa e percorrendo la discesa che portava verso il centro del paese dove abitavamo, Varallo Pombia, ero colpito da due bambine sedute sulla destra. Scoprii solo molto più tardi che una era Lella, che sarebbe poi diventata mia moglie. Ero attratto, peraltro, anche da un'altra ragazza, Elena, che si comportava come un maschio, trafficando sempre in mezzo alle motociclette…». Fausto s'innamorò di Lella quando lei aveva 15 anni e lui 21. Ma Lella, come mi racconta lei stessa, era fidanzata «con un ragazzo molto ricco. I miei erano commercianti, e questo matrimonio li avrebbe resi felici. Invece, ho sposato il più povero del paese». Si fidanzarono l'anno successivo, il 1962. Lui era direttore di una colonia elioterapica e Lella la sua assistente. Lei fu colpita dai suoi occhi azzurri e dalle mani affusolate. «Non era il solo con questi requisiti, ma gli altri non avevano il suo eloquio.» Bertinotti mi ha confessato di aver scritto molte lettere d'amore alla moglie e di scriverne tuttora.

Stefania Prestigiacomo: «Quando mi rivedo abbracciata a lui su quella moto…»

Rosy Bindi, 60 anni, di Sinalunga (Siena), presidente del Partito democratico, voleva farsi suora: «Da bambina, nella solitudine dei miei giochi, ho celebrato tante messe, tante omelie». Crescendo, si è innamorata «due o tre volte». Nessun amore è andato a buon fine, «ma un amore non corrisposto non l'ho mai preso in considerazione» ha detto a Mariella Venditti di «A» nel marzo 2011. Un amore corrisposto lo ha portato in casa: «Mia nonna era innamorata di quel ragazzo perbene con gli occhi azzurri». A Stefania Rossini dell'«Espresso» aveva confidato nel dicembre 2005, dopo aver ammesso l'esistenza di due fidanzati: «C'è stato anche un amore adulto, nella pienezza dell'età, a 30 anni. Era un collega dell'università. Per un po' è sembrato possibile, ma non ha funzionato. Non è stato abbastanza travolgente da farmi dire: "Rinuncio a Dio e mi rivedo tutta l'esistenza". Non era la persona giusta e ho potuto rinnovare con serenità la mia scelta di vita. Il sesso? Certo che mi manca. Le rinunce valgono per le cose che ci piacciono, mica per quelle che ci fanno schifo. Però, al buon cibo e al buon vino non riesco proprio a rinunciare...».

Stefania Prestigiacomo, siracusana, 45 anni, ministro dell'Ambiente, ha un ricordo struggente del suo primo ragazzo. «Ho scoperto per la prima volta l'amore – quello che ti fa battere il cuore – quando avevo 12-13 anni. Frequentavo la prima classe del liceo linguistico delle Orsoline (ero due anni avanti) quando un pomeriggio vidi su un "vespone" scassato (allora faceva figo andare sulle moto scassate) un ragazzo alto, bruno, con l'impronta mediterranea. Bellissimo. Aveva due anni più di me ed era già fidanzato con una coetanea. Restai incantata a guardarlo. Riuscii a farmelo presentare e tra noi scoppiò un grande amore. Ma io non ero disposta a viverlo al cento per cento. Ero piccola, non me la sentivo fisicamente. Avevo il complesso dell'altezza, ero improvvisamente esplosa fino a un metro e ottanta. Alta alta, magra magra, i capelli lunghi, la faccia da bambina, un "manico di scopa" ancora senza forme travestito da maschiaccio. Mentre le mie compagne di scuola, di due anni più grandi, cominciavano a essere formosette.

«Ero una ragazzina inafferrabile, ma persi la testa per lui, il bello di Siracusa, che, con le esplosioni ormonali tipiche della sua età, mi tradiva con ragazze più grandi. Io ero gelosissima. Un giorno scoprii che usciva con una ragazza della mia scuola, la affrontai dentro l'istituto e la presi a schiaffi. Convocata dalla preside, che era una suora, le urlai che avevo ragione e lei doveva stare dalla mia parte. Fui sospesa, venne mia madre a prendermi e non mi fece più uscire. Il mio ragazzo mi aspettava fuori della scuola all'una e mezzo seduto sul "vespone". Mi aspettava, per la verità, anche mia madre, ma io la salutavo per andare con lui. E quando mi rivedo abbracciata a lui sulla moto, penso che quello è l'amore puro. Mi vestivo come lui. Anzi, alla fine degli anni Settanta ci vestivamo tutti allo stesso modo: jeans Roy Rogers, zoccoli tipo sabot, felpe scolorite dalle quali doveva emergere giusto il filo bianco della maglietta giro collo che indossavamo sotto.

«Un giorno, papà mi vide appoggiata a un palo di piazza Adda (la piazza di ritrovo dei ragazzi) che mi sbaciucchiavo con lui e mi punì severamente. Non si era accorto che ero cresciuta ed era preoccupato perché frequentavo questo ragazzo. Era di ottima famiglia, ma molto, troppo scapestrato per i suoi gusti. E capì che avevo perso la testa per questo ragazzo. Lui fumava e io avevo cominciato a fumare sigarette. Lo facevo per posa, ma i miei si allarmarono, perché frequentava ragazzi troppo sbandati. Poiché ero piuttosto ribelle, i miei mi mandarono per due anni in collegio a Bergamo. Tornai per l'ultimo anno e le suore mi accolsero a braccia aperte. Anche lui, pur rimanendo in Sicilia, fu spedito in collegio, un istituto molto severo. Però, ogni volta che tornavamo a Siracusa per le vacanze, era come se non ci fossimo mai lasciati. Lui mi scriveva molte lettere, che ho sempre conservato. Le spediva a sua madre e io andavo a prenderle. Lettere un po' strampalate, piene di cuori trafitti e croci celtiche, perché era iscritto al Fronte della gioventù. Fino a 18 anni c'è stato tra noi un filo che ci ha sempre legato: un amore non consumato, ma da eterno batticuore. Ricordo un giorno d'estate, avevo 18 anni e lui 20: stavo in un baretto con le mie amiche, lui passò e mi mise in mano un fogliettino di carta strappato da non so dove. C'era scritto: "Vieni a mangiare una pizza?". Non potei andare, ma quella pizza non mangiata, quel biglietto di fortuna, erano piccole cose che mi riempivano la vita.

«Mio padre, purtroppo, aveva visto bene. Anche in provincia, anche tra i ragazzi di buona famiglia, si commettevano errori fatali. In quegli anni, dallo spinello si passava direttamente all'eroina. Quattro o cinque dei miei compagni della comitiva di allora sono morti così. Ed è morto così anche lui. Aveva avuto terribili problemi di salute, poi sembrava esserne uscito, si era sposato, ma è morto durante il viaggio di nozze, in America, nel 2008. Aveva 45 anni. Quando l'ho saputo, sono scoppiata in un pianto dirotto. Non l'ho mai dimenticato.»

«Se vieni con me allo zoo, ti faccio vedere i coccodrilli»

A 2 anni e mezzo Silvio Vanadia, figlio di Maurizio e di Marina Berlusconi, nipote del presidente del Consiglio, s'innamora, corrisposto, di una coetanea. Stanno insieme per tre anni. A 5 anni e mezzo Silvio si stanca e, nell'elenco dei bambini con i quali vuole cominciare la prima elementare, dopo l'asilo, non mette lei. Lei si dispera, lui è irremovibile. Non vuole scocciature in classe e, durante la ricreazione, preferisce starsene con i suoi amici.

Alessandro, figlio di Barbara Berlusconi e di Giorgio Valaguzza, secondo il nonno ha fatto una corte serrata alla cameriera di una pizzeria.

Caterina, figlia del proprietario del locale, gli aveva fatto dei complimenti, ampiamente ricambiati dal bambino: «Ma che begli occhi che hai, che bei capelli». Incoraggiato da una corte che gli sembrava corrisposta, il bambino diventò più audace: «Caterina, se vieni con me allo zoo, ti faccio vedere i coccodrilli». La ragazza riferì al padre, che scosse la testa: «Tutto suo nonno». E gli preparò una pizza a forma di coccodrillo, con tanto di lingua rossa. Caterina portò trionfante la pizza ad Alessandro, che però non si diede per vinto: «Caterina, se vieni allo zoo, ti faccio vedere quelli veri...».

Carmine, 63 anni, a 15 ha avuto il suo primo rapporto completo con una ragazza di 14. L'educazione sessuale del tempo a Fiumefreddo Bruzio (Cosenza) era piuttosto approssimativa. Un ragazzo più grande si dava arie da sciupafemmine e prendeva in giro Carmine perché non concludeva ancora con la sua ragazza. Carmine aveva paura di fare qualche imprudenza e gli chiese consigli. L'altro, con l'aria dell'uomo vissuto, gli disse: «Guarda, per non avere sorprese, evita soltanto di fare l'amore con la tua ragazza quando lei ha il ciclo: quello è il momento più pericoloso...». Carmine obbedì, e la sua ragazza restò immediatamente incinta. Lo scandalo fu grande e, appena il giovane compì i 16 anni, quattro mesi prima che nascesse il bambino, gli fu imposto di regolarizzare la situazione con il matrimonio.

Carmine faceva il barbiere in paese da quando aveva 13 anni e, a 17, decise di trasferirsi a Roma in cerca di fortuna. Leggendo un annuncio sul «Messaggero» trovò un posto da garzone presso un salone ai Parioli. Lo presero in prova per una settimana, ci restò sei anni e undici mesi, prima di mettersi in proprio. Il salone era ben frequentato, ma Carmine non sapeva niente dei suoi clienti. A Lucio Battisti chiese che mestiere facesse, e il cantante gli rispose sibillino: «Sentirai parlare di me». Insaponando un altro cliente, gli raccontò la sua vicenda matrimoniale. Quello, avvocato presso la Sacra Rota, in sei anni ottenne l'annullamento delle nozze per vizio di consenso. La moglie di Carmine tentò inutilmente di opporsi temendo che il bambino sarebbe stato trascurato, cosa che non avvenne. Libera suo malgrado da legami, si risposò prima di Carmine. Oggi lei ha tre figli e Carmine due. Il bambino nato a sorpresa, e mai trascurato dai genitori, si è sposato a sua volta e ha due figli. Alle nozze c'erano il padre e la madre con i rispettivi coniugi, e la nuova moglie di Carmine gli fece da testimone. Famiglia allargatissima, dunque. Il parrucchiere, rimasto profondamente calabrese, si domandò: «Siamo a Fiumefreddo Bruzio o in America?».

Tania, una giovane donna del Nord, con i capelli lunghi, color dell'oro di bassa caratura, tendenti quasi al rame, l'ovale pallido e perfetto, le gambe lunghe e i seni piccoli delle donne di Cranach, era reduce da una storia intensa e sfortunata. Era pronta a fare l'amore con il suo ragazzo, ma il legame finì prima che ne maturassero le condizioni. Lei aveva ormai 21 anni ed era vergine. Quindi decise – per una sorta di punizione, o di autopunizione – di concedersi a un uomo che le fosse piaciuto, ma di cui non fosse innamorata.

«Stabilii che sarebbe stato uno straniero» mi racconta. «Incontrai un ragazzo che mi attrasse perché aveva il fascino della terra dov'era nata mia madre, la Croazia. Andammo a una festa in casa di un mio amico, bevemmo un po' e, alla fine, ci ritirammo nella stanza degli ospiti. Non l'avrei mai fatto in una stanza abitata dalla sorella o da un qualunque altro membro della famiglia. Durante la festa il ragazzo mi confessò che non faceva l'amore da un po' di tempo e io gli dissi la stessa cosa. Tra un sorriso e un ammiccamento, gli tacqui che ero vergine. Lui non lo sospettava minimamente e, quando se ne accorse, restò senza parole. All'alba lavammo e asciugammo alla bell'e meglio quel che dovevamo sulle lenzuola e ci salutammo. Lui voleva che ci frequentassimo, ma io non accettai nessun altro incontro. Era stato piacevole, ma non ero innamorata e avevo deciso così. Molto tempo dopo passeggiavo nella mia città, nel Nordest, e mi sentii chiamare nella lingua di mia madre. Era lui. Fu gentile, mi fece piacere rivederlo. Ma quando mi chiese il numero di telefono, gli diedi quello di un cellulare che non usavo più. Da allora non l'ho più rivisto.»

L'autore di questo libro s'innamorò la prima volta a 6 anni. Frequentava all'Aquila la seconda elementare e la prescelta era una compagna di classe. Si chiamava Clorinda, aveva i capelli neri e occhi bellissimi dello stesso colore. Purtroppo, lo stesso sentimento lo provava un nostro compagno di classe, di nome Cesidio, oggi importante avvocato aquilano con la casa distrutta dal terremoto del 2009. Nessuno dei due voleva cedere e – quel che è peggio – nessuno dei due chiese il parere di Clorinda. Ci affrontammo virilmente e la nostra indimenticabile maestra ci divise. La cosa diventò così di dominio pubblico, e Clorinda ebbe una doppia soddisfazione. Ma nessun fidanzato. A meno che Cesidio non abbia proseguito a mia insaputa...

III
Amore, sesso e tenerezze

Le donne? «Dolcemente complicate…»

«L'amore è un'illusione di cui l'uomo ha bisogno.» Il noto imprenditore romano lasciò cadere la frase sul lino prezioso della tovaglia. La bella signora che gli stava accanto tenne a mezz'aria la forchetta con un bocconcino di mousse al pomodoro e sorrise: «L'uomo?».

Cena benefica d'estate a palazzo Farnese. L'ombra del Sangallo, di Michelangelo e del Vignola accarezzava i duecento ospiti dell'ambasciatore di Francia, ma in nessuno degli altri diciannove tavoli il discorso scivolava sull'intimità dei commensali. «Perché una donna s'innamori di un uomo» cominciò l'imprenditore «è indispensabile che ci stia bene a letto…» La sua bionda interlocutrice scosse la testa: «Non è affatto vero». L'altro insistette: nell'arco della sua vita aveva avuto numerose vicende sentimentali e più di un matrimonio. Non parlava, dunque, da testimone, ma da cattedratico: «Posso assicurarti che un uomo può innamorarsi di donne che sessualmente non gli offrono molto, mentre il contrario è impossibile». «E io posso confermarti» replicò lei «che una donna è capace di grandi amori anche se a letto le cose non funzionano bene.» «Non è così» ribatté lui. «È la stessa fisiologia a insegnarcelo. Un uomo arriva al piacere più facilmente, e perciò tende ad accontentarsi. La donna no: ha una natura più complessa, il corpo e l'anima viaggiano insieme, e l'anima vola solo se il corpo la spinge con la sua pienezza…»

La signora bionda non si lasciò convincere, e alzò gli occhi chiari al cielo: turbe di Beatrici dantesche, di Laure petrarchesche, di Ginevre e d'Isotte cominciarono a volare su quei soffitti pensati per coprire le delizie cinquecentesche dei cardinali Farnese, dediti ai piaceri non solo dello spirito. «No,» ribadì in via definitiva «le donne sono molto più romantiche di come tu le descrivi. Il sesso ha certamente la sua importanza, ma da solo non basta a rendere felice una donna.» E concluse: «Per voi, forse, è diverso», mentre un'altra bella e giovane donna fasciata da un lungo abito fucsia richiamava gli ospiti al tema centrale della serata.

Tra i brusii, le risate e i complimenti, nessuno pensò che in quelle sale Giacomo Puccini aveva ambientato la seduzione di Tosca per opera del capo della polizia pontificia Scarpia, che pagò l'ardire con una pugnalata al cuore...

Ha ragione l'imprenditore o la signora bionda? Le direttrici di due importanti giornali femminili sono in parziale contrasto. «Non sono d'accordo sul fatto che le donne sono felici con un uomo soltanto se hanno la felicità sessuale» mi dice Cipriana Dall'Orto, che insieme a Patrizia Avoledo dirige «Donna Moderna». «A parte le tempeste ormonali in cui, intorno ai vent'anni, la sessualità domina maschi e femmine e viene scambiata per amore, più passa il tempo e più per le donne sessualità e sentimento si intrecciano.»

«E invece ha ragione l'imprenditore» ribatte Vera Montanari, direttore di «Grazia» e «Flair». «Se si escludono le coppie anziane, le donne esigono sesso di buona qualità. Le donne isteriche sono quelle insoddisfatte a letto. Qualche lettrice ci scrive: ho tollerato che mio marito fosse sciattone, che arrivasse sempre in ritardo, ma adesso che tra noi non funziona nemmeno il sesso, allora è davvero finita...»

«Non è vero che per le donne il sesso sta in secondo piano. Dagli anni Settanta, quando hanno conquistato il diritto al piacere, lo pretendono» concorda Candida Morvillo, che nell'autunno del 2011 è tornata al «Corriere della Sera» dopo aver diretto per tre anni «Novella 2000» («Novella» nacque nel 1919 e pubblicava racconti di grandi autori, da Pirandello a Hemingway.

Nel 1967 arrivò in Rizzoli Enzo Biagi, aggiunse al titolo della testata «2000» e ne fece un giornale di cronaca rosa).

«Senza intesa sessuale una storia d'amore non nasce nemmeno» dice Elena, 28 anni, giornalista bolognese. E la Montanari è d'accordo: «I giovani partono tutti da lì. Senza combinazione chimica, non se ne parla. Una può pure dire: mi piace tanto perché mi fa ridere. Poi, però...». «Ma la felicità non sta solo nell'orgasmo» obietta la Dall'Orto. «Sta moltissimo in quella che si chiama intimità. Se le donne, quando fanno l'amore, amano i preliminari, non è solo per una questione fisica, perché noi abbiamo un motore che si scalda lentamente, mentre gli uomini si accendono con maggiore facilità. La donna è molto prigioniera dei suoi pensieri, ha bisogno di tenerezza, e i preliminari sono la chiave di accesso al suo abbandono psicologico. Per abbandonarsi, per avvertire la giusta atmosfera di intimità, ha bisogno di tempo. Certo, tutte vogliono provare il piacere sessuale, ma non credo che la felicità di una coppia consista in questo. Anzi, accade esattamente il contrario. Molti uomini tradiscono per un breve momento di felicità sessuale. Molte donne tradiscono per un fatto romantico, per provare di nuovo emozioni dimenticate...»

Anche la Montanari riconosce l'importanza dell'intimità nella vita di coppia: «La vera intimità sta nel ritrovarsi finalmente soli la sera, dopo una giornata in cui si è vissuti lontani l'una dall'altro. Allora la carne non basta, ci serve un po' di effusione di cuore». «Certo,» conviene la Dall'Orto «ci sono anche le donne alle quali piace l'uomo che le sbatta sul letto senza tante storie. Ma non si può certo generalizzare. Ci sono coppie che vanno sessualmente d'accordo in modo tempestoso cercando fantasie di ogni genere, e coppie che si sentono invece rassicurate dalla loro tranquilla routine sessuale. Il '68 ha insegnato anche alle donne il piacere dell'avventura e ne sono venute fuori magnificamente. Ma se parliamo di coppie che durano nel tempo, contano sentimento, batticuore, complicità: su questo si costruisce e si rafforza il desiderio sessuale. Come dice Fiorella Mannoia, siamo "dolcemente complicate"...»

Meglio uno sguardo di un mazzo di fiori

Vera Montanari, che il '68 l'ha vissuto in prima linea, si chiede quanto conti davvero il rapporto sessuale per un uomo e per una donna. «Gli uomini fanno sesso come una forma di ginnastica, anche con donne che non stimano. Le donne, pure molto emancipate negli ultimi decenni, nonostante si sforzino tuttora di cambiare e di diventare seduttrici fanno fatica a considerare il sesso solo un fatto muscolare. Anche le più ciniche, se il giorno dopo il loro partner non telefona, si dispiacciono. Gli uomini, invece, se non ricevono la telefonata stanno meglio. D'altra parte, molti uomini non vanno con le prostitute proprio per togliersi ogni problema?»

La storia degli uomini che «dopo» non telefonano è un classico, e ne riferisce Francesco Alberoni nel suo *Sesso e amore*, ultimo di una fortunata serie di libri sul tema: «L'erotismo è discontinuo, capriccioso e – salvo che nell'innamoramento o nelle infatuazioni erotiche – si esaurisce con il soddisfacimento. Nel suo racconto Henry dice: "Abbiamo cenato insieme, eravamo allegri, lei mi ha fatto ridere. E poi ci siamo quasi strappati di dosso i vestiti... Ma poi, quando abbiamo finito di fare all'amore, quando ci siamo rivestiti, ci siamo lasciati, io non desidero più rivederla immediatamente. Anzi non desidero rivederla affatto. È come se avessi mangiato a sazietà per una settimana. Sono sazio, satollo. Guardi che continuo a volerle bene, lei resta una mia carissima amica, ma..."».

Il sesso con le «carissime amiche» è molto frequente tra i giovani, come ci ha raccontato Theo nel primo capitolo. «Succede anche alla mia età» dice Nicola, trentenne professionista romano. «Sono andato con ragazze che, a letto, mi parlavano dei problemi con i loro ex. Ne ero attratto fisicamente per un paio d'ore e, dopo il sesso, mi faceva piacere una bella chiacchierata. Ma niente che abbia a che vedere con l'innamoramento e l'amore.» L'amicizia erotica, secondo Alberoni, può durare a lungo se entrambi i partner rinunciano a vivere insieme, all'esclusività, alla gelosia, e sono legati da una profonda intesa sessuale.

Il sociologo racconta l'esperienza di una ragazza che, pur avendo avuto molti partner, non è mai riuscita «ad avere con nessuno una intimità così profonda da raccontarci le nostre storie, le nostre fantasie, i nostri desideri in modo da soddisfarli pienamente». Finalmente, un giorno incontra l'uomo giusto: un collega di lavoro «sposatissimo», per nulla intenzionato a rinunciare alla propria famiglia, così come lei non voleva rinunciare alla propria libertà. Tra un incontro e l'altro passava del tempo: una settimana, un mese, anche di più. La relazione – o meglio l'«amicizia erotica», come la chiama Alberoni – durava da dieci anni quando la ragazza ne ha parlato un'amica più giovane. «Ci vogliamo bene e abbiamo raggiunto una intimità che nessuno di noi due aveva provato ... Ci possiamo dire tutto, raccontare tutto, senza inibizioni e cercare insieme il massimo piacere.» La lezione per la giovane amica è la seguente: «Questa intimità, questa confidenza la raggiungi solo lentamente. Tu perciò non avere fretta, non credere di poter raggiungere la felicità sessuale scopando un uomo diverso ogni giorno. Hai l'orgoglio della conquista, ma poi non ti resta niente...».

«La verità» puntualizza Cipriana Dall'Orto «è che tutte le donne si aspettano sempre qualcosa di più dagli uomini. Un'intimità almeno emotiva, la sensazione di sentire anche per un solo minuto nel corso della giornata che tu sei la prima cosa nei suoi pensieri. Questa è una richiesta assolutamente trasversale in tutte le categorie di donne, dalle casalinghe alle manager affermate, alle madri appagate dalla presenza dei figli. Abbiamo bisogno di quel piccolo, unico pensiero come l'aria che respiriamo. Quando lo chiediamo, l'uomo quasi sempre risponde in maniera disciplinata, e magari si presenta con un mazzo di fiori.» («Ma noi non abbiamo bisogno di un mazzo di fiori» mi dice con un sorriso malizioso la mia editor Nicoletta Lazzari. «Noi vogliamo che nostro marito, o comunque il nostro compagno, si accorga che abbiamo cambiato taglio di capelli.»)

«La storia del mazzo di fiori» continua la Dall'Orto «mi fa tornare in mente la storia di una cameriera che sentiva la padrona di casa discutere animatamente con il marito perché si era presentato con un mazzo di fiori. "Che cosa c'è sotto?" gli aveva chiesto. Lui era rimasto senza parole: "Ma come, vuoi che sia gentile e adesso mi fai l'interrogatorio?". E, in effetti, qualcosa da nascondere c'era. La verità è che i gesti clamorosi ci mettono in sospetto. Noi ci accontentiamo del minimo sindacale: se lui è tornato a casa stanco dopo una giornata di lavoro, ci saluti non distrattamente, si interessi a quello che gli diciamo, ci dia quel granello di romanticismo che è fondamentale per le donne di tutte le età.»

«Il rovescio della medaglia» osserva la Montanari «è che mentre le donne diventano sempre più esigenti in amore, gli uomini si sono scocciati di sentirsi criticati e contestati qualunque cosa facciano, e allora diventano sempre meno disponibili al colloquio. Qui cade a proposito la storiella di quel signore che, volendo fare una gita in bicicletta, pensa di chiederne una in prestito a un amico. Poi comincia a riflettere: se gliela chiedo, me la dà certamente. Però, chissà: l'altra volta me l'ha data, ma mi è sembrato un po' seccato. Insomma, rimugina al punto che, quando arriva dall'amico, gli grida in faccia, senza chiedergli niente: al diavolo tu e la tua bicicletta.» In effetti, se le donne esagerano nella contestazione, finiscono con il soffocare sul nascere qualunque tipo di dialogo e di attenzione.

«Tuttavia, le conseguenze sono devastanti» prosegue la Montanari. «La maggior parte delle lettrici che ci scrivono, età tra i 30 e i 40, celebra la morte del romanticismo, fa fatica a credere nell'amore, ha avuto delusioni ricorrenti. È vero che il nostro, come altri siti, viene frequentato soprattutto da chi è single e, quindi, ha più tempo. Ma alla domanda: quanto punti ancora sull'amore?, la risposta è stata catastrofica. L'80 per cento ha detto: non ci punto. E a un'altra domanda ancora più esplicita: credi nell'amore?, il 60 per cento ha risposto di no. Il sondaggio fatto su un sito non ha nessun valore scientifico, ma segnala certo un brutto clima...»

Qual è la ragione di questo disastro? «Il peccato originale degli uomini» mi spiega «è che non parlano, mentre le donne amano parlare. Sono egoisti, concentrati su se stessi, sui propri bisogni e interessi, mentre le donne sono empatiche, cioè sono capaci di entrare subito in sintonia con un'altra persona. Le donne li accusano, inoltre, di essere infantili, di volere che tutto sia pronto, la camicia ben stirata e così via...»

Proprio niente di positivo? «L'unica nota positiva è la paternità: sono diventati padri migliori, anche se non mariti migliori; sono più disponibili, più attenti ai bambini...»

«È vero» conviene il sessuologo Emmanuele A. Jannini. «Le cure parentali hanno messo l'uomo in sostanziale parità con la donna. Non solo: tutti gli uomini che conosco sanno cucinare bene. È in atto una rivoluzione silenziosa. Il maschio entra in territorio femminile senza andare in piazza, come hanno fatto le donne dal '68 in poi, perché negli ultimi tempi è diventato molto più sicuro di sé. Non sta più fuggendo, ha trovato soluzioni alle sue incertezze.»

E se è ancora incerto, diciamolo pure, è perché spesso le donne hanno comportamenti molto ambigui. «Prendiamo la lettera di un ragazzo che ha scritto a "Novella"» mi racconta la Morvillo. «"Le ragazze non vogliono uscire con me perché mi considerano solo un amico, e non sono il loro tipo. E allora comincio a deprimermi." Un problema personale? "No," continua il ragazzo "perché conosco diversi uomini che dicono: 'Tutte le mie amiche sostengono di volersi sistemare, sognano una famiglia, i figli, ma poi non si mettono con persone perbene e vanno con i mascalzoni'." È vero che le donne vanno con i mascalzoni e poi si lamentano. Il problema è che molte ragazze non capiscono che cos'è il vero amore. Identificare l'uomo della tua vita è un problema. Il classico è: "Lo amo, ma di lui non sopporto alcune cose".»

Le trentenni aggressive, i trentenni bamboccioni

I contrasti più forti tra uomini e donne si riscontrano nei giudizi dei trentenni (e delle trentenni). Mi dice Jannini: «L'idea che il maschio trentenne sia sentimentalmente immaturo è frutto di una società che non gli permette di evolversi, lasciandolo bamboccione. Le trentenni dicono: non mi trovo accanto un coetaneo, ma un ragazzino». Lo conferma Margherita, imprenditrice trentacinquenne: «I trentenni sono la categoria più in crisi. Non sono più ragazzi, ma non sono assolutamente uomini, e sono disorientati da noi coetanee, che sappiamo bene ciò che vogliamo. Non è più questione d'istruzione o di classe sociale. È come se dovessero dimostrare di essere arrivati, quando invece sono ancora in formazione. È più facile intendersi con un ventenne, che è se stesso, è più umile e vuole migliorare».

Ma le donne non saranno diventate un po' castranti? «Lo sono quelle che oggi hanno tra i 40 e i 50 anni» sostiene la Dall'Orto. «Le donne di quella generazione avevano una tale rabbia, una frustrazione così compressa, che non riuscivano a esprimere i loro legittimi desideri senza aggredire. Ogni pretesto era buono per scatenare una guerra. Avevano dovuto fare così tanti passi indietro che non erano disposte a fare quello in avanti della mediazione. Dal mio osservatorio, le donne che oggi hanno 20 o 30 anni sono più in pace con se stesse, più sicure, non hanno addosso il peso della frustrazione delle loro mamme, e quindi sono più morbide, più concilianti, materne.» Non stiamo esagerando nella beatificazione? «Certo,» ammette la Dall'Orto «sono donne molto esigenti: gli uomini devono raccontargliela giusta, e questo in genere mette in difficoltà i loro compagni, perché vogliono amare ed essere amate senza sacrificarsi in nome dell'amore. Spesso ce la fanno, e allora sono gli uomini a essere spaventati dalla loro potenza...»

«Le donne castranti» conferma Jannini «sono quelle cresciute negli anni Settanta, ma l'istanza orgasmica di quel periodo si è sedimentata nella società e ha influito moltissimo sui comportamenti femminili. L'immaturità dei bamboccioni spinge molte donne a rivolgersi ai cinquantenni, in cui oggi trovano sufficiente prestanza fisica e maturità sentimentale.»

«Ci sono ragazze di 30 anni che vanno con uomini maturi» conferma Nicola «ma accade anche il contrario. Conosco donne di 35-45 anni che frequentano ragazzi più giovani perché non si sentono desiderate da quelli della loro età. Le ragazze di 25-30 anni sono in genere molto sicure di sé, indipendenti, aggressive, un po' sfacciate. Vivono la loro sessualità senza limiti e senza complessi, e la esibiscono come fossero uomini. Non si può certo generalizzare, ma spesso sono loro a fare la proposta. Sono molto concentrate sulla carriera, che cercano di rendere compatibile con la stabilità del sentimento, anche se non sempre ci riescono.»

«Nell'area più giovanile» sostiene don Alessandro Digangi, il viceparroco milanese che abbiamo già incontrato nel primo capitolo, «le donne sono le più forti, le predatrici. Abbiamo maschietti di 25, 28, addirittura 32 anni che ancora non sanno che cosa farsene della vita: sono lenti nel prendere le decisioni, impiegano più tempo a laurearsi o lasciano la scuola e dicono di voler andare a vivere da soli in montagna. E vengono "sbranati" dalle donne.»

«Con noi trentenni» mi dice Paolo, 32 anni, giornalista milanese, «vengono donne di una fascia d'età piuttosto ampia, a partire da quelle ventenni che si considerano più mature dei loro coetanei e subiscono il fascino di chi ha vissuto un po' di più. Ho incontrato mie coetanee belle toste, con le idee chiare, che vogliono costruirsi una famiglia e avere dei figli, e quindi cercano di indirizzare subito il rapporto verso questa prospettiva, e altre che invece sono più attendiste e non vogliono metterti il cappio al collo. A 35 anni il quadro cambia completamente. Se non hanno un compagno, diventano più aggressive, perché rose dal dubbio di non sapersi costruire una famiglia. Poi ci sono le quarantenni sposate insoddisfatte dei mariti, che cercano una notte di passione con un uomo più giovane.»

«Nella buona borghesia romana» insinua Nicola, che conosce bene l'ambiente, «a 25 anni molte ragazze pensano al matrimonio non solo per ragioni di cuore. Se a 35 vedono questa prospettiva più remota, reimpostano la loro vita sul lavoro, sulle amicizie, sulla frequentazione di coetanei e anche di ragazzi più giovani. Se una trentacinquenne va a letto con un ragazzo che ha dieci anni meno di lei, non ha più alcuna ragione per nasconderlo.»

L'avvocatessa Annamaria Bernardini de Pace, che porta benissimo i suoi 60 anni, mi confessa di essere corteggiata da trentenni e quarantenni. «Esco a cena con uomini molto più giovani e poi scopro che mi corteggiano. Non do corda, ma se fossi un uomo la darei alla grande... Il fatto è che loro conoscono bene il corpo delle coetanee e sono affascinati dal pensiero delle donne più mature.»

Con tutte le approssimazioni del caso, Nicola divide le donne che ha frequentato in quattro categorie. «La prima è, ovviamente, quella delle ragazze di cui sono stato innamorato. Ero felice di farle felici, il sesso era la sublimazione dell'amore. Poi ci sono ragazze, o donne (incontri diciottenni con l'esperienza di Moana Pozzi e quarantenni che a letto sono una frana), che fanno sesso solo per il piacere di farlo, senza implicazioni sentimentali. La terza categoria è quella delle donne che vogliono vivere un sogno pur sapendo che non si avvererà mai, e fanno finta di illudersi. Se sono intelligenti, capiscono subito quando l'uomo non ha nessuna intenzione di portare avanti la storia, e allora creano una bellissima confezione in cui incartare il sesso, che considerano poco pulito. Infine, ci sono ragazze che, pur essendo fidanzate, hanno bisogno di qualcosa di diverso da quello che il loro ragazzo gli dà (o non gli dà più) e cercano qualcuno che le faccia sentire importanti, desiderate, perfino amate. Sono legate a un passato importante, che hanno costruito gradino dopo gradino, e abbandonarlo per loro significa far crollare un castello.»

Eppure i trentenni, così criticati e anche così severi nei confronti di se stessi, credono davvero all'amore. Nicola, che sostiene di avere avuto una cinquantina di ragazze, quando parla del suo unico colpo di fulmine ha lo sguardo del fidanzatino di Peynet: «Era l'amica di un mio amico. Ci demmo appuntamento in discoteca, arrivai, era di spalle, la chiamai, si girò, e in quel momento mi dissi: è troppo bella perché non diventi mia. Aveva occhi verdi che riconoscerei ancora tra mille e, da quel momento, feci le follie di un sedicenne: trenta rose il primo mese, sessanta il secondo, il ritratto chiesto agli artisti di strada, l'amore fatto davanti al tramonto su Roma. A proposito: la ragazza era fidanzata, e io lo sapevo. Le ho dato per un po' quello che le mancava». E Paolo è ancora più romantico: «L'amore? L'amicizia più grande tracima nell'amore, e quello per la tua famiglia è amore. Ma che il vero amore sia quello per una donna lo capisci quando senti che la stai perdendo e stai male fisicamente. Oppure quando le cose vanno bene, guardi un film in casa con lei sul divano dopo cena e ti sembra di essere l'uomo più ricco del mondo».

I quarantenni, in crisi per definizione

«È vero che i trentenni non s'impegnano e sono sfuggenti» dice Candida Morvillo. «Un caso estremo è stato segnalato in una lettera a Mina, che tiene una rubrica di posta su "Vanity Fair": "Ho 22 anni" scrive una ragazza "e un pancione di venticinque settimane. Dovevo sposarmi tra un mese, ma lui ha deciso che non mi vuole più perché non si sente pronto ad avere una famiglia. Che cosa posso aver fatto per meritare questo abbandono mentre aspetto una figlia voluta, peraltro, dal mio compagno di 31 anni? Sto provando a farmene una ragione, ma mi chiedo che cosa faccio qui, sola e incinta". Noi rilanciammo la sua domanda nelle "Lettere rubate" di "Novella", e la nostra risposta fu: alla bimba che arriverà non serve un padre così. Ma certo la condizione di quella ragazza è indice di una drammatica impreparazione maschile...»

Paolo concorda sull'immaturità dei trentenni: «Le donne hanno ragione quando dicono che noi abbiamo paura delle nostre responsabilità, non vogliamo né sappiamo assumercele. In molti casi siamo peggio che bamboccioni, abbiamo molta paura di crescere. Possiamo sparlare delle donne quanto vogliamo, ma è difficile trovare un trentenne disposto a mettere su famiglia. Io, per esempio, sono ancora molto lontano dal formarmela e non so, d'altra parte, se entro un'età ragionevole troverò una compagna ricca di valori e responsabile. Che significa? Una donna che sappia condividere le responsabilità e cambiare insieme a me prospettiva di vita quando nasce un figlio, mentre ancora adesso trovo troppe ragazze che dicono di prendere la pillola e magari non è vero... A tutto questo si aggiunga il pessimismo di un'età in cui sappiamo benissimo di dover vivere una vita molto più difficile di quella dei nostri genitori».

Le «rapinatrici di figli» non sono poche. Mi racconta la Bernardini de Pace: «Ci sono donne che arrivano a 35-40 anni senza essersi sposate perché consideravano il marito un intralcio alla carriera, hanno fatto sesso allegramente fino all'età limite, poi sentono all'improvviso l'urgenza di avere un figlio, seducono un uomo e, dopo la nascita del bambino, lo eliminano dalla loro vita. Se sono economicamente indipendenti, non sollecitano nemmeno il riconoscimento paterno. Vengono da me uomini che, addirittura, chiedono di riconoscere figli che sono il frutto di una "rapina" ai loro danni...».

«Le donne pensano al matrimonio molto più degli uomini» precisa la Morvillo «e gli uomini hanno molta paura del divorzio. Dalle lettere a "Novella" emerge che gli amori oggi sono complicati dalle difficoltà economiche: non ci sono i soldi per mantenere due appartamenti.»

«I trentenni» sostiene Margherita «sono concentrati solo su se stessi, cercano di capire se sono simpatici, se si sono comportati bene a letto, e così via. Sono presi da una forma di continuo autocompiacimento. Quando entrano in un locale, badano a essere guardati, incuranti della donna che li accompagna e che, invece, vorrebbe essere corteggiata. Insomma, pensano sempre al possibile ritorno d'immagine su se stessi. I quarantenni, viceversa, sono in crisi per definizione. Se sono separati, spesso non si sono realizzati, hanno perso fiducia nella vita, mettono in dubbio anche le cose certe. Ci sono poi i quarantenni più equilibrati, che hanno avuto le loro storie, con gioie e delusioni, sanno quello che vogliono, e allora possono rappresentare un incontro positivo. In ogni caso, vado convincendomi che, per funzionare, una coppia deve essere formata da partner con una notevole differenza d'età. Una mia coetanea si sente più donna con un cinquantenne, perché ha più voglia di dare che di ricevere. Quando, un tempo, le ragazze sposavano uomini molto più maturi, ne ricevevano esperienza e protezione. Che non fosse la strada giusta?»

«Le più romantiche sono le ventenni e le cinquantenni, queste ultime ancora capaci di farsi venire gli occhi lucidi» dice Vera Montanari. «In mezzo – le trenta-quarantenni – sono le più razionali, le ultrarealiste, che ogni tanto si concedono il sogno. Nel momento della riflessione sono terribilmente critiche e il nostro giornale le asseconda. Ma, attenzione: se si innamorano, se trovano l'uomo che gli fa girare la testa, allora ricomincia tutto...»

«Le trenta-quarantenni» aggiunge la Dall'Orto «quando si trovano insieme e parlano di uomini manifestano un'indulgenza sconsolata. A 50-60 anni, li diamo per irrecuperabili. Però, anche loro ogni tanto hanno ragione di sentirsi aggrediti. Un caso classico: vedi tuo marito che guarda nel vuoto e gli chiedi: "A che pensi?". E lui: "A niente". Per una donna è impossibile pensare a niente: gli dici, allora, che vuole nasconderti qualcosa, e lui scoppia...»

«La verità è che una donna può cambiare un uomo sentimentalmente anoressico» osserva perfida la Montanari «ma non sono affatto sicura che possa accadere il contrario. Un'amica si lamenta che suo marito urla e terrorizza i bambini. Io le ho risposto: "Perché te lo tieni?". E lei: "Perché i suoi eccessi di carattere sono una malattia, e io non me la sento di mollarlo per questo". Una cosa funziona ancora tra le donne: "Io ti salverò...".»

La dimostrazione della crisi dei maschi è testimoniata da una lettera della signora Michela di Vigevano a Carlo Rossella, che tiene la rubrica di posta del cuore su «Chi»: «Sono tornata a casa dal lavoro e ho trovato la porta chiusa a tripla mandata con mio marito barricato dentro, furibondo perché non era riuscito a prepararsi da solo un piatto di pasta e un uovo strapazzato. Il problema naturalmente non è l'ovetto, ma mio marito che non si abitua all'idea che io possa tornare tardi dal lavoro...».

Amore femminile e potere maschile

Osserva Francesco Alberoni: «Le donne sono molto più selettive dei maschi. Esse sono attratte dai maschi che emergono, che eccellono in qualche qualità: la bellezza, la forza, l'audacia, il coraggio, ma anche l'eleganza, la ricchezza, il potere. Avete mai visto un gruppo di preadolescenti in presenza di un loro idolo? Si protendono verso di lui, rosse, congestionate, lanciano urla roche, qualcuna sviene, i genitori faticano a trattenerle. È la prima manifestazione della sessualità. Ma anche dell'amore. Perché lo amano, lo adorano, per lui sarebbero disposte a fare qualsiasi cosa... Questa tendenza si attenua con il passare degli anni, ma non scompare mai».

Le donne sono sempre state (e sono tuttora) attratte dall'uomo di successo e di potere. Le splendide ragazze che formano l'harem degli oligarchi russi, trent'anni fa non li avrebbero degnati di uno sguardo vedendoli alla loro scrivania di grigi burocrati. Mussolini, Craxi e Berlusconi hanno avuto una certa fortuna con le donne anche prima di arrivare al potere, ma, dopo, le loro conquiste si sono moltiplicate.

«È vero,» conferma la Morvillo «le donne sono sempre state fortemente attratte dall'uomo famoso, o comunque di potere e di esperienza. Il periodo a "Novella 2000" mi ha insegnato che, appena un attore diventa single, legioni di donne gli si propongono, a dimostrazione della difficoltà prettamente femminile di trovare il vero amore, l'anima gemella. Le donne hanno un'esigenza di stabilità che gli uomini rifuggono. E infatti, quando s'innamorano di uomini maturi, difficilmente si tratta di storie molto lunghe, perché spesso l'amato è legato ad altre donne, oppure è uno scapolo impenitente. Insomma, l'uomo maturo, libero e disponibile è merce rarissima. Le donne ci costruiscono intorno sogni irrealizzabili e poi soffrono, perché gli uomini non sono disposti a vivere relazioni molto complicate.»

Le ultime generazioni di ragazze, come abbiamo visto nel primo capitolo, hanno vistosamente abbassato l'età del primo rapporto sessuale, riservando semmai agli anni più maturi una scelta consapevole, se non definitiva.

«Quando avevo 16 anni» mi dice Nicola «era difficile fare sesso con una ragazza. Se una sedicenne la "dava", come si dice, venivano a saperlo tutti, e cominciava la caccia. Oggi, quasi tutte a quell'età ne dimostrano 20 e hanno già avuto un rapporto completo.» Paolo ha un pessimo giudizio delle ventenni che ha frequentato: «Dieci anni fa le mie coetanee erano più attente, più prudenti. Le ventenni di oggi mi sembrano molto superficiali: è difficile sentirle fare discorsi approfonditi sui temi sociali, sulla politica, sulla guerra. Sono, come dire?, globalizzate nella testa, aperte a ogni esperienza, hanno sniffato cocaina almeno una volta, quasi tutte bevono molto, te le porti a letto la terza sera in cui ci esci, fanno sempre ragionamenti terra terra».

È ragionevole immaginare che queste valutazioni un po' sommarie trovino qualche riscontro soprattutto nelle grandi città e non siano certamente generalizzabili. Una nota docente universitaria emiliana, per esempio, mi ha detto che sua figlia ventenne è informatissima su tutti gli aspetti, i piaceri e i rischi della vita sessuale, ma non ha ancora trovato il ragazzo giusto con cui provarli. Tuttavia, la media delle giovanissime è oggettivamente disinibita, tanto da far apparire già superati nella pratica quotidiana, per quanto riguarda l'ultima generazione, i risultati dell'accuratissima inchiesta sui costumi sessuali degli italiani condotta nel 2007 dall'équipe diretta da Marzio Barbagli, già citata nel primo capitolo.

Si prenda, per esempio, il sesso orale. Si tratta di una pratica antica, che è stata sempre piuttosto diffusa nel corso dei secoli. I romani ne erano assidui cultori, ma non la consideravano un'attività nobile. Catullo minaccia di imporla a un certo Aurelio che si era permesso di censurare alcuni suoi versi, per la verità un po' sconci. Nel Medioevo la pratica fu assai limitata, perché in quel periodo vi fu una strettissima connessione fra atto sessuale e procreazione. Ma già nel Seicento la sua diffusione presso le classi sociali più elevate era notevole, e non si contano le citazioni letterarie in cui sono le stesse dame a sollecitarla ad amanti e servitori, felicissimi di prestarvisi.

Una certa ipocrisia anglosassone e orientale mantiene tuttora aperto il dibattito se il sesso orale configuri o no un vero rapporto sessuale. È ormai celebre la motivazione con cui Bill Clinton sfuggì all'accusa di aver mentito alla corte sulla sua relazione con Monica Lewinsky: lo definì un rapporto «improprio», e comunque «passivo» da parte sua, visto che era il beneficiario delle attenzioni della ragazza. Più recentemente, nel 2006, l'Alta Corte di Taiwan ha assolto un marito accusato dalla moglie di adulterio, teorizzando che il sesso orale non implica tradimento.

Nelle generazioni precedenti l'attuale, il sesso orale era assai più praticato dalle donne di cultura elevata. La più celebre indagine in materia condotta negli anni Quaranta negli Stati Uniti, il *Rapporto Kinsey*, accertò che il 22 per cento delle donne laureate nate prima del 1900 aveva praticato sesso orale attivo e il 27 per cento lo aveva ricevuto. Barbagli ha appurato che, già fra gli italiani che oggi hanno tra i 90 e i 100 anni, metà degli uomini e un terzo delle donne ha raggiunto più di una volta l'orgasmo con il sesso orale, ma tale media si è drasticamente elevata nelle generazioni successive. Quasi il 90 per cento degli uomini nati tra il 1957 e il 1976 ha stimolato oralmente i genitali di una donna, mentre la media scenderebbe all'84 fra i trentenni e al 71 tra i venticinquenni. Tre quarti delle donne nate tra il 1957 e il 1976 avrebbe fatto altrettanto con gli uomini, contro il 70 per cento delle trentenni e il 55 delle venticinquenni. Sulla base delle nostre interviste, la media tra le giovanissime dovrebbe, però, essere sensibilmente più elevata. Tra chi predilige questo gioco sessuale non c'è più, come in passato, differenza di classe sociale o di livello d'istruzione, e le donne – che tradizionalmente lo praticavano quasi solo all'interno della coppia – adesso lo fanno anche con compagni occasionali. Come vedremo nel sesto capitolo, le frequentatrici dei club di scambisti all'inizio della loro esperienza considerano il sesso orale assai meno impegnativo dell'accoppiamento tradizionale.

Come superare le disfunzioni sessuali maschili? Parlandone insieme

Qual è il rapporto di uomini e donne con il proprio corpo? Dice Emmanuele A. Jannini: «Se chiedo a cento donne affette da una disfunzione sessuale se sono disposte a sottoporsi a quella che io considero la giusta terapia, l'80 per cento risponde "no". Mentre gli uomini rispondono "sì" quasi nel cento per cento dei casi. Perché? Perché il rapporto del maschio con il proprio corpo è molto diretto. Quello femminile, invece, è sempre mediato dalla relazione con l'altro. Per questa ragione il maschio è capace di amori plurimi, di avere la porta sempre aperta, mentre la dimensione plurale è completamente inesistente nel territorio femminile. Il maschio, a differenza della donna, non ha bisogno del fallimento della sua storia d'amore per tradire». Secondo Jannini, centinaia di testi scientifici hanno dimostrato che la donna è molto meno capace dell'uomo di raccontare quel che accade all'interno del proprio corpo. «La domanda più frequente che mi rivolgono le donne è se raggiungono l'orgasmo. La donna ha un dubbio sulla propria percezione del piacere. Il suo corpo e la sua testa non parlano la stessa lingua.» Per ragioni culturali e ambientali, o piuttosto biologiche? «Con buona pace delle femministe, non è solo l'elemento culturale che conta. Freud diceva: l'anatomia è destino.»

È ormai pacifico che il cervello è l'organo sessuale più importante e che l'uomo ha imparato a valutare se stesso sulla base del piacere femminile che è in grado di procurare. I suoi problemi principali, con risvolti spesso drammatici, sono perciò l'eiaculazione precoce («prestazione sotto il minuto» mi spiega il sessuologo) e l'impotenza. L'eiaculazione precoce affligge l'80 per cento dei suoi pazienti giovanissimi; fra i trentenni metà ne soffre e l'altra metà cerca di farsi curare l'impotenza, che è invece il disturbo largamente prevalente fra i pazienti ultracinquantenni. Un caso classico è quello dell'uomo impotente a seconda della partner. Racconta Jannini: «Viene da me il signor Rossi, che ha 60 anni, e mi dice di avere problemi con la sua segretaria di 20, mentre non ne ha con la moglie quasi coetanea. In quel caso gioca lo stress, il desiderio di fare assolutamente una bella figura».

Le condizioni fisiche influiscono sullo stress? «Se il signor Rossi fuma quaranta sigarette al giorno, non le avverte quando sta con la moglie, senza stress; mentre gli piovono tutte addosso quando sta con la segretaria.» Tuttavia, può accadere anche il contrario: «Se il signor Rossi non sopporta più sua moglie e istintivamente la respinge, ecco che può trovarsi magnificamente con la segretaria e malissimo con la consorte. In ogni caso, è il cervello che decide lo stress».

Come si comportano le donne dinanzi alle disfunzioni maschili? «Sono, ovviamente, molto attente» risponde il sessuologo. «Otto volte su dieci l'appuntamento per l'uomo viene preso dalla sua donna. Ma soltanto tre di quelle otto accompagnano poi il partner a farsi visitare. E questo è un male. Molte donne dicono: "È un problema tuo, risolvilo tu". Difficilmente la donna vuole mettersi in gioco con un medico, mentre va volentieri dallo psicologo. In ogni caso, l'atteggiamento femminile è opposto a seconda che il compagno soffra di eiaculazione precoce o di impotenza. Ed entrambi gli atteggiamenti sono sbagliati. Nel primo caso arrivano furibonde: "Lui è un maledetto egoista," dicono "pensa solo a se stesso e non anche a me". Insomma, ritengono l'eiaculazione precoce frutto della mancanza di sensibilità del partner. Non capiscono che il poveraccio soffre moltissimo e che la sua qualità di vita è addirittura peggiore di quella di un impotente. Vengono qui e appoggiano il gomito sulla scrivania, con atteggiamento inquisitorio. Al contrario, la donna dell'impotente si sente ingiustamente colpevolizzata: "Non gli piaccio abbastanza, non so fare l'amore, non sono sufficientemente sexy". È difficile spiegarle che lei non ha colpe, che magari il suo compagno fuma troppo o è sovrappeso. Ma loro stanno rannicchiate sulla sedia, con atteggiamento remissivo. E, invece, parlare di questi problemi serenamente insieme aiuta moltissimo la ricerca di una soluzione.»

I transessuali «accudenti»

Le donne sono capaci di accudire affettivamente gli uomini fino in fondo? La domanda è tornata d'attualità dopo un'intervista rilasciata alla «Repubblica» il 15 agosto 2011 dall'ex presidente della regione Lazio, Piero Marrazzo. Nel 2009 Marrazzo, che è stato un popolare giornalista televisivo e dopo le dimissioni da governatore è rientrato in sordina nei ranghi della Rai (e ancor più in quelli della politica), fu vittima di ricatti, anche da parte di carabinieri, all'interno del mondo transessuale romano che – si scoprì – frequentava regolarmente da tempo. Nelle prime settimane dell'inchiesta due persone coinvolte nella vicenda – una transessuale e uno spacciatore – morirono in circostanze misteriose. Mentre infuriavano le polemiche, la moglie di Marrazzo, anche lei giornalista della Rai, gli fu vicina con molta dignità, salvo separarsi appena la questione scomparve dalle prime pagine dei giornali, portando con sé la figlia che, all'epoca dello scandalo, aveva 8 anni.

Nell'intervista concessa a Concita De Gregorio dopo un lungo silenzio, Marrazzo dichiara: «So che non è bello da sentire e non è facile da dirsi, ma una prostituta è molto rassicurante. È una presenza accogliente che non giudica. I transessuali sono donne all'ennesima potenza, esercitano una capacità di accudimento straordinaria. Mi sono avvicinato per questo a loro. È, tra i rapporti mercenari, la relazione più riposante. Mi scuso per quello che sto dicendo, ne avverto gli aspetti moralmente condannabili, ma è così. Un riposo. Avevo bisogno di suonare a quella porta, ogni tanto, e che quella porta si aprisse ... Io non sono omosessuale ... Dai transessuali cercavo un sollievo legato alla loro femminilità. Il fatto che abbiano attributi maschili è irrilevante nel rapporto, almeno nel mio caso...».

L'intervista è nel complesso dignitosa e piena di scuse (alla moglie, alla famiglia e a tanti altri), ma le affermazioni appena riportate aprono un problema gigantesco sui normali rapporti affettivi tra uomo e donna. Se, infatti, è noto che moltissimi uomini frequentano le prostitute perché non creano problemi, è la prima volta che una persona con un ruolo pubblico rilevantissimo tesse le lodi del ruolo protettivo dei (o delle) transessuali, esaltandone la femminilità. «Le parole di Marrazzo possono suonare stonate: quasi una provocazione per tante donne – mogli, compagne, madri – che si vedono scavalcate e umiliate nel loro ruolo» scrive Maria Luisa Agnese sul «Corriere della Sera» (17 agosto 2011). «Marrazzo sembra voler indicare che la vocazione della donna "all'ennesima potenza" è solo quella di confortare, e sembra voler dire alle donne contemporanee di non essere adatte a vivere questa "vocazione". Avvertendole che, se non sono capaci loro di essere nutrici e vestali del riposo del guerriero, l'uomo può cercare altrove. Colpisce in modo negativo che si esalti un'idea della donna – la donna geisha – che non pone problemi e non interloquisce e per ciò stesso risulta rilassante.»

Aggiunge Annamaria Bernardini de Pace sul «Giornale» (17 agosto 2011), pure all'interno di un articolo molto comprensivo per l'umanissima fragilità del protagonista della vicenda: «Marrazzo non si rende conto di quanto ulteriormente crudele e offensivo sia questo suo pensiero nei confronti di tutte le donne, ma soprattutto di sua moglie. E, contemporaneamente, questa considerazione suggerisce la necessità di una riflessione pubblica sul tema: è mai possibile che le donne di oggi, tutte le donne del mondo, qualsiasi donna, siano meno desiderabili, accudenti, accoglienti di un transessuale?».

Il caso Marrazzo non è isolato. Anche se l'ex presidente della regione Lazio considera i transessuali molto femminili e «accudenti», la pratica sessuale con loro viene abitualmente catalogata come «sesso estremo», spesso accompagnata dall'uso di droga. Nel suo libro *Sposami ancora*, Laura Logli raccoglie alcune testimonianze di specialisti sulla crescente diffusione di questa abitudine. Secondo i dati rilevati da una ricerca condotta sotto la guida del sessuologo Willy Pasini, il tradimento omosessuale o con un trans riguarda il 10-20 per cento delle coppie infedeli. Lo psicologo Giuseppe Rescaldina sostiene che la nuova tendenza è rappresentata da uomini «normali» che cercano nel sesso trasgressivo un gesto estremo e nella cocaina trovano il coraggio per farlo. Lo psichiatra e farmacologo Fabrizio Schifano afferma: «Più si prende cocaina, più le aree del piacere sono attivate. Per appagarle, però, non basta un classico rapporto sessuale. C'è bisogno di comportamenti più spinti, trasgressivi».

E se invece la novità, la vera trasgressione, fosse un ritorno alla «normalità eccitante» della vita di coppia?

IV

Amore e gelosia, tradimenti e separazioni

Gelosia senza amore

La gelosia, se non è patologica, è un sentimento sano. Una manifestazione d'amore, d'attenzione, perfino di corteggiamento e, naturalmente, di possesso. È la consapevolezza di avere una cosa preziosa e, quindi, è il legittimo desiderio di tenerla tutta per sé, di accarezzarla da soli e di non volerla dividere con altri. La gelosia rivela, inoltre, il desiderio di fedeltà. Chi dice di non essere geloso fa, paradossalmente, un complimento al proprio partner perché dimostra di fidarsene, anche se molte donne la pensano in maniera del tutto opposta ed esigono la gelosia come forma di attenzione. Richiesta anche questa comprensibile.

Eppure non è vero che la gelosia implichi sempre l'amore. In un recentissimo libro dedicato al tema (*La gelosia. Impulso naturale o passione inconfessabile?*) Sergio Benvenuto cita una delle celebri massime dello scrittore francese seicentesco François de La Rochefoucauld: «La gelosia nasce sempre con l'amore, ma non muore sempre con esso». Paolo, il giornalista milanese che abbiamo incontrato nel capitolo precedente, frequenta da tempo una ragazza, ma è gelosissimo di quella che ha lasciato. La ama ancora? Lui sostiene di no. Eppure…

Benvenuto ricorda molti casi in cui la gelosia prende il posto di un amore mai nato. Una signora francese non aveva mai amato il marito, dichiarando apertamente di averlo sposato per calcolo, ma quando questi si portò in casa un amico, il solo sospetto di un rapporto omosessuale le suscitò una gelosia folle nei confronti di chiunque – uomo o donna – si avvicinasse a lui. Chi racconta questa storia è un famoso neuropsichiatra: la signora probabilmente non aveva tutte le rotelle a posto, ma la letteratura (e la vita di ogni giorno) è piena di paradossi del genere.

Nel Seicento Lope de Vega, nella commedia *Il cane dell'ortolano*, racconta di una contessa che respinge ogni profferta d'amore, finché una notte scopre che il suo segretario, entrato di soppiatto in casa, si è infilato nel letto della cameriera. Pazza di gelosia, decide di sposarlo, dopo averlo dotato per convenienza sociale di un titolo nobiliare. La letteratura medievale e rinascimentale – Boccaccio e tanti altri – è piena di scene grottesche di gelosia, sempre a danno degli uomini. Benvenuto nota giustamente che si parla soltanto di corna femminili perché quelle maschili non vengono tenute in gran conto. Viceversa, più il vecchio coniuge tiene serrata la giovane moglie, più i due amanti riescono a farla franca per il sollazzo di tutto il paese. Di qui la convinzione, che ha attraversato i secoli, secondo cui la gelosia è inutile, tanto la donna, se vuol tradire, lo farà comunque. Marcel Proust, che era omosessuale, nel suo monumentale *Alla ricerca del tempo perduto* scrive un vero e proprio trattato della gelosia, sottolineando che essa è frutto della tragedia di non possedere l'altro per intero.

Nella società contemporanea l'amore viene quasi sempre considerato un pacchetto completo di fedeltà sentimentale e sessuale, mentre ai tempi di Dante e di Petrarca, ma anche di Goethe e dello stesso Proust, si cantava l'amore per donne ideali che non si sarebbero mai sposate. Non c'era il rischio, insomma, che si cantasse l'amore per la propria moglie. «L'amor passione, che brucia in modo talvolta devastante,» scrive Benvenuto «di rado porta al legame coniugale. L'amore coniugale è invece la tenerezza e l'interesse solidale che cementano una coppia, eterosessuale o omosessuale che sia.» Oggi, l'«amor passione» e l'amore coniugale devono marciare insieme, «il desiderio erotico reciproco non deve affievolirsi col tempo, e la gelosia non può avere spazio». Il traguardo è, perciò, così impegnativo che sempre più spesso la coppia si divide prima di arrivarci.

Un esempio clamoroso è stato raccontato da Emanuela Minucci sulla «Stampa» del 26 agosto 2011: un signore sessantenne di Torino è stato lasciato dalla moglie per aver affisso vent'anni fa, quando aveva 40 anni e non era sposato, centinaia di manifesti nei quali dichiarava il suo amore per una ragazza. È successo che la moglie ha digitato il nome del marito su Google ed è venuta fuori la storia che, già a suo tempo, aveva procurato all'uomo qualche guaio: la destinataria del messaggio d'amore non aveva apprezzato affatto la clamorosa iniziativa dell'estroso corteggiatore e non l'aveva più voluto rivedere. A motivo della richiesta di separazione, oggi la moglie lamenta di essere presa in giro dai colleghi di lavoro.

Gelosia del corpo, gelosia dell'anima

Esistono, però, anche coppie che accettano al loro interno – e nei momenti più intimi – la presenza (virtuale e non solo) di altri. Nel suo *Sesso e amore*, Francesco Alberoni cita casi ormai frequentissimi in cui durante il rapporto sessuale entrambi i partner pensano di fare l'amore con un'altra persona e raggiungono l'orgasmo nel momento in cui l'adulterio virtuale tocca l'apice. Nell'intimità le coppie sono solite raccontarsi le reciproche fantasie, per aumentare l'eccitazione: nessuno, in questo caso, manifesta gelosia nei confronti del compagno, anche se spesso tali fantasie non sono che il ricordo di esperienze vissute in passato.

Assai più trasgressivo è il momento in cui dalla fantasia si passa alla realtà. Nel capitolo dedicato agli «scambisti», vedremo che un tema ricorrente nei racconti delle persone intervistate è la netta separazione della gelosia fisica da quella sentimentale-intellettuale. Incontreremo partner che, mentre fanno sesso con altri, si stringono la mano, considerando paradossalmente quell'accoppiamento multiplo un momento di grandissima intimità. La regola, però, è che non ci si innamori dell'altro e che, anzi, durante il «gioco» (è questo il termine usato) non si dimentichi mai la presenza del proprio partner. Tant'è vero che uno degli scambisti che ho incontrato rimproverava (affettuosamente) alla moglie di essersi lasciata andare un po' troppo con un amico comune.

L'amore di gruppo lascia immaginare la totale assenza di legami affettivi: spesso avviene tra amici che si frequentano da tempo e che sono temporaneamente sprovvisti di legami o ne prescindono. Benvenuto riporta una famosa battuta che circolava in California negli anni Novanta. Durante una seduta di sesso collettivo, un ragazzo si avvicina a una ragazza e le chiede: «Senti, dopo l'orgia cosa fai questa sera?».

Quando invece non si rispettano le regole del «gioco», esplode la gelosia, con conseguenze che possono essere tragiche. Un caso ormai di scuola è quello del marchese Camillo Casati Stampa, 43 anni, che il 30 agosto 1970 uccise la bella moglie Anna Fallarino, 41, e il suo giovane amante venticinquenne, e poi si suicidò. Fin dall'inizio della relazione con Anna, il marchese voleva che lei si accoppiasse con altri uomini (in genere soldati di leva e gente di borgata), che venivano addirittura pagati per il disturbo e fotografati in ogni posa durante l'amplesso. Lo fece perfino con i camerieri del lussuoso albergo in cui la coppia soggiornò in viaggio di nozze. A un certo punto, però, Anna decise di scegliersi lei un amante: non era il solito uomo senza volto pagato dal marito, ma un bel ragazzo di buona famiglia. I due s'innamorarono. Camillo non poteva accettare la relazione. Cedeva volentieri il corpo della moglie, non la sua testa. E fece la strage.

Quando il tradimento comincia con un bacio

La già citata ricerca di Barbagli conferma che la quasi totalità degli italiani (il 95 per cento) considera la fedeltà sessuale «molto» o «abbastanza» importante (la stessa cosa avviene anche in paesi europei ritenuti, in genere, molto più liberi del nostro) e il «molto» corrisponde al 70 per cento della popolazione. Nel campione le donne sono un 10 per cento in più degli uomini, ma i valori complessivi di adesione sono talmente elevati da rendere pressoché ininfluente la differenza. Colpisce anche la sostanziale identità di vedute per fasce di età, di collocazione geografica e di titolo di studio.

«Il tradimento è ormai quasi alla pari» mi dice Annamaria Bernardini de Pace. «Le donne non hanno più un forte senso del tradimento e alcune lo accettano dagli uomini, e così gli uomini dalle donne.»

Martina Colombari ha tradito «Billy» Costacurta quando erano fidanzati, ma lui l'ha sposata ugualmente. «Io e Billy stavamo attraversando un lungo periodo di crisi» mi spiega. «Io ho vissuto un'altra storia vera, durata otto o nove mesi, e anche lui ne ha vissuto una sua, sia pure meno lunga e importante della mia. Poi entrambi abbiamo capito che il rapporto con i nuovi partner non funzionava e che quel che avevamo trovato era meno importante di quel che avevamo lasciato. Come spesso accade, ti rendi conto dell'importanza delle cose solo quando le perdi. E quando devi fare due conti, ti guardi allo specchio e capisci che cosa ti fa battere veramente il cuore...»

Stessa cosa per Lorenzo Jovanotti, che ha sposato Francesca Valiani anche se lo aveva tradito. Disse lui a suo tempo: «Alla fine sia io che lei abbiamo capito che non può esistere una grande storia d'amore senza un tradimento. Fa parte dei rapporti intensi: tradirsi, lasciarsi, sopportarsi, riprendersi».

Nella primavera del 2011 un settimanale pubblicò alcune foto di Ambra Angiolini e Pier Giorgio Bellocchio (lavoravano insieme nella pièce teatrale *I pugni in tasca* di Marco Bellocchio, tratta dal film omonimo) mentre si scambiavano effusioni, ma Francesco Renga, compagno dell'attrice, troncò i pettegolezzi commentando durante uno spettacolo a Brescia: «Anche se qualche sciacallo ha tentato di rovinare la nostra storia, dedico ad Ambra la canzone *Stai con me*».

Alessandro Gassman ebbe il coraggio di scusarsi pubblicamente per aver tradito la moglie Sabrina Knaflitz, sposata nel 1998: «Spero di non aver mandato a monte anni di cose costruite assieme per una stupidaggine del genere». E Sabrina capì.

Nell'estate del 2011 la pubblicazione di alcuni dossier dei servizi segreti americani ai tempi di John F. Kennedy, che tradiva la moglie in modo compulsivo, ha documentato che Jackie non se ne stava in lacrime fra le tristi mura della Casa Bianca, ma gli rendeva la pariglia flirtando, fra gli altri, con Gianni Agnelli.

Legittimando il tradimento femminile, Camilla Baresani ha scritto su «Sette» (21 luglio 2011) a proposito di queste vicende: «La cornuta annoia, per la banalità della sua condizione. Ce n'è così tante in giro, e sono state a tal punto raccontate in tutte le salse letterarie e cinematografiche, che di solito si gira alla larga... La donna traditrice, invece, è una figura divertente, audace e fa simpatia per il ribaltamento dei ruoli». E mostra grande partecipazione per le solitarie avventure di tante «operose casalinghe» finite a letto con un venditore di macchine per cucire che, con la scusa di insegnare il funzionamento di una Singer, si metteva alle loro spalle per guidarne la mano e intanto ne sfiorava la nuca con il mento.

Per salire di livello mondano, una delle grandi traditrici (a sua volta crudelmente tradita) fu Maria Callas, che nel Ferragosto del 1959, giorno del suo onomastico, telefonò al marito Giovanni Battista Meneghini notificandogli: «Resto con Onassis». Era stata proprio la moglie dell'armatore, Athina Mary Livanos, poi mollata per la Callas, a svegliare una notte sul panfilo *Christina* (97 metri, rubinetti d'oro, maniglie d'avorio) il povero Meneghini dicendogli che sua moglie lo stava tradendo in un salottino blu. Ma il brav'uomo, un po' non parlava lingue diverse dal dialetto milanese, un po' fece finta di non capire, e si riaddormentò con i suoi segreti tormenti.

Talvolta, però, i risvolti della gelosia sono drammatici. «È ormai frequentissimo il caso di donne che si contendono gli uomini» mi fa notare la Bernardini de Pace. «Prenda la vicenda di Melania Rea. Lei sapeva che il marito Salvatore Parolisi la tradiva, ma ha combattuto per salvare la relazione, ha preso il telefono, ha parlato con l'altra. Poi è finita come è finita. Le giovani donne che fanno separare i loro amanti dopo trenta o quarant'anni di matrimonio non hanno alcun rispetto per la coppia. Poi vogliono un figlio e, se serve, ricorrono alla fecondazione assistita. Questi bambini si chiamano, solo in apparenza, Dario o Francesca. Il loro vero nome è Visa Bankamericard...»

Con un occhio alla posta dei giornali «rosa», Candida Morvillo conferma: «Le donne tradiscono quanto gli uomini. Tradiscono quando non si sentono amate, sono trascurate: lui gioca troppo a calcetto e così via. Le donne sono più riflessive quando si avvicinano al tradimento, e cercano sempre di trovare una giustificazione. Gli uomini meno, spesso tradiscono senza motivo. Un signore scrive: non so che cosa mi sia successo, sono sposato, amo mia moglie, ma ho incontrato in ascensore una mia collega e abbiamo avuto un rapporto».

«L'uomo» dice il trentenne Nicola «tradisce quando si trova dinanzi a una tentazione che giudica irripetibile. Per le donne è diverso. Anche quelle che si considerano incapaci di tradire, si trovano a farlo con il cuore, sia pur mantenendo in piedi una situazione affettiva preesistente.»

Alcune donne sono disposte ad accettare il tradimento passeggero. Eleonora, 33 anni, intervistata dai ricercatori di Barbagli, fa una netta differenza fra «il tradimento fine a se stesso, detto volgarmente "una scopata e via": non me lo dire, che me ne frega? Attento alle precauzioni, non lo voglio sapere, basta che lo faccia nel mio rispetto... Può capitare a te come a me...», e la storia parallela: «Un'altra cosa è se sei insoddisfatto della tua storia e quindi vai a colmarla con un'altra». Secondo la stessa ricerca, 1 uomo su 5 e 1 donna su 10 non considerano l'infedeltà un problema e, anzi, la ritengono un'esperienza potenzialmente salutare per ravvivare o rafforzare una situazione. Per i giovanissimi, par di capire, più ancora del tradizionale concetto di «fedeltà» – un punto fermo per le persone mature – è il concetto di «intimità», che va salvaguardato. Eleonora non giudica importante la «scopata e via», perché l'incontro occasionale non violerebbe la sfera dell'intimità di vita (gusti, desideri, sogni da condividere e far crescere insieme). Naturalmente, non tutti la pensano allo stesso modo. Maurizio, 35 anni, quasi coetaneo di Eleonora, dice che «dovesse mai capitare anche solo una volta che la mia compagna baci un altro, per me sarebbe la perdita della fiducia nella sua persona, di conseguenza il decadimento di tutta la mia vita con lei».

Il bacio meriterebbe un capitolo a parte. Leggo su Internet che il bacio può essere delicato, amorevole, conclusivo, simpatico, educato, invitante, passionale, devastante o distaccato. Si tratta di distinzioni alle quali potrebbero aggiungersene molte altre. Senza scomodare Plutarco, che ha angosciato gli studenti della maturità 2010 sul tema se il bacio sulla bocca sia frutto d'amore o di possesso, e senza ricordare che per secoli il bacio sulla bocca è servito solo a controllare che la donna non bevesse vino, oggi il bacio tra un uomo e una donna, che non sia dato amichevolmente sulla guancia, è un'effusione molto intima. Gli attori sono maestri del bacio finto, a labbra serrate, per non ingenerare equivoci nel partner. E lo spettatore in genere si accontenta. Naturalmente, sullo schermo vediamo anche baci più passionali, ma pure lì ci sono tecniche per non costringere gli attori a fare quello che non vogliono.

Il diametro di apertura delle labbra, benché importantissimo nel grado di esposizione che i partner vogliono dare al gesto, dal punto di vista simbolico conta poco o nulla. Nel quadro più rappresentativo del romanticismo italiano, *Il bacio* di Hayez, le labbra non si vedono neppure, ma il dipinto è di una forza straordinaria. Nemmeno nel *Bacio* di Rodin le labbra sono «scatenate», eppure si tratta di una scultura sensualissima. In ogni caso, le prostitute di regola non baciano, salvo eccezioni con i clienti fissi con i quali stabiliscono una certa intimità. Una giornalista di 35 anni mi ha detto di fare abitualmente sesso senza baciare il partner. Il bacio, a suo giudizio, sarebbe riservato solo a chi merita una manifestazione superiore di interesse. Sono rimasto quindi sorpreso quando la maggior parte degli scambisti che ho intervistato mi ha detto che sempre più frequentemente l'approccio comincia con un bacio. E, visto il clima, non è certamente un bacio a labbra serrate. Come non capire, allora, le riserve che Maurizio avrebbe sulla sua compagna anche solo se desse un bacio a un'altra persona.

Anche gli uomini hanno bisogno di coccole

«Perché si tradisce così tanto?» si chiede Laura Logli nel libro *Sposami ancora*. «Ci si tradisce per sfuggire alla solitudine vorace e crudele di cui è permeata la società in cui viviamo ... Uno stato di tensione costante in cui serpeggiano malessere, fragilità, senso di isolamento e che contribuisce a creare un vuoto interiore. Ecco che, allora, l'occasione di un diversivo erotico o di una avventura passionale, oppure un'affettuosa amicizia clandestina, possono colmare questa insoddisfazione di fondo o, almeno, darne l'illusione. Anche a costo di perdere di vista i nostri desideri più autentici, i nostri veri sentimenti. L'amore, insomma, non è mai stato così complicato.»

Lo psicoterapeuta americano Gary Neuman, citato dalla Logli, sostiene che oggi soltanto l'8 per cento degli uomini tradisce perché inappagato sessualmente. A suo giudizio, la prima ragione del tradimento è l'insoddisfazione emotiva: «Non a caso, l'88 per cento degli uomini infedeli da lui intervistati ha ammesso che le proprie amanti non erano affatto più belle delle mogli, ma più capaci di esprimere gesti e parole d'affetto come: "Ammiro molto il tuo lavoro". Oppure: "Che magnifico uomo che sei". Apprezzamenti poco frequenti sulla bocca delle legittime consorti».

«Un altro elemento che emerge dalla posta dei lettori (e soprattutto delle lettrici)» dice la Morvillo «è che il tradimento è motivato dal calo del desiderio all'interno della coppia. Si fa poco sesso, e di solito per colpa degli uomini, anche se non abbiamo un riscontro diretto visto che gli uomini scrivono meno.» E infatti, quando vengono interpellati, come nella ricerca di Neuman, gli uomini, pur soddisfatti della routine del sesso domestico, dichiarano che vorrebbero farlo più spesso. La quantità, insomma, prevarrebbe sulla qualità. Se, dunque, è vero che è in crescita il numero di donne che tradiscono al solo scopo di fare sesso, sembrerebbe altrettanto vero che sta crescendo il numero di uomini che – contrariamente alle tradizioni – tradirebbe per le stesse ragioni per cui abitualmente tradiscono le donne: bisogno di romanticismo e desiderio di ricevere complimenti.

Realistica e disincantata l'analisi di Vera Montanari: «Il tradimento è per gli uomini un'antica abitudine, per le donne un'acquisizione più recente. Per molte donne, tradire sta diventando uno sport, lo fanno con leggerezza, senza calcolare i danni. È uno dei nuovi elementi della società. C'è la parità dei sessi? Bene, tradiamo anche noi. Ormai ci sono seduttrici e traditrici seriali. Ci sono le dongiovanni e quelle che tradiscono per reggere un matrimonio che va avanti da oltre un decennio. Dopo la storia di Dominique Strauss-Khan [*l'ex direttore generale francese del Fondo monetario internazionale arrestato a New York con l'accusa di aver costretto una cameriera d'albergo a fare sesso orale e poi scagionato per la scarsa credibilità della donna*] le nostre lettrici si sono divise a metà. Al di là dell'episodio dello scandalo, Strauss-Khan era un traditore seriale della moglie. Perdonarlo, come sembra aver fatto la consorte, o no? Alcune hanno risposto: se lo ami e pensi che la vostra storia possa andare avanti, perdonalo. Altre hanno reagito scandalizzate: uno che ti ha tradito sempre, continuerà a farlo».

«Dopo l'affare Strauss-Khan» puntualizza Cipriana Dall'Orto «alcuni psicologi hanno affermato che il tradimento può essere un salvagente. In certi momenti di lontananza, di disorientamento, il tradimento diventa un fuoco esterno che contagia la coppia.» Questo può valere sia per il tradimento confessato sia per quello non confessato. «Se non confessato, produce forti sensi di colpa e può riaccendere l'interesse per il compagno o la compagna traditi; se confessato, suscita gelosia, sentimenti forti in una coppia di vecchia data, che si è assopita in una convivenza lunga e un po' grigia. Be', certe volte il tradimento favorisce una cascata improvvisa di sentimenti forti di cui si avvertiva il bisogno.»

Donna Letizia, che ha tenuto per decenni una magnifica rubrica di posta sul saper vivere nelle pagine di «Grazia», suggeriva di non confessare mai il tradimento. «Se è una parentesi, ha ragione donna Letizia: mai confessarlo» concorda la Dall'Orto «perché chi lo compie si scarica la coscienza, ma ferisce l'amor proprio del compagno. Se dal tradimento nasce una nuova coppia, allora è un'altra storia.»

A proposito di rivelazioni traumatiche, la Montanari mi racconta la storia di una donna sposata con due figli. Avendo scoperto che il marito ha un'amante, lo affronta in modo aggressivo, lui nega, lei cerca di saperne di più, assume un detective e scopre che il marito ha, a tutti gli effetti, una seconda vita: un'altra donna e un figlio di 3-4 anni. La moglie dipende economicamente da lui, ma vuole ugualmente che il marito se ne vada di casa. Lui resiste, le dice di non far casino, che gli è nato questo figlio, che è una situazione che deve gestire, e che non vuole andarsene di casa. Naturalmente, per le donne che hanno raggiunto una sufficiente indipendenza economica, è molto più facile mettere i mariti fuori casa, spesso – lo vedremo parlando di padri separati – procurando al partner uno spaventoso stress personale, finanziario e sociale.

«Molte donne» mi confida la Bernardini de Pace «mi raccontano di aver scoperto le relazioni dei loro uomini perché li hanno visti cambiati in meglio, dotati di una nuova energia sessuale. Molti riempiono di attenzioni anche a letto le loro compagne per nascondere ciò che in quel momento è il loro interesse primario, altri perché scoprono che avere due compagne invece che una può essere piacevole...»

Tra gli elementi importanti che mettono in crisi la coppia, la Morvillo inserisce l'egoismo, l'incapacità di uscire da se stessi per andare incontro all'altro. «Le coppie spesso non durano anche perché non ci si mette d'accordo su temi banali: il cinema, le vacanze, la cucina, la dieta fatta contro il parere dell'altro. Nei primi anni Cinquanta la posta di "Novella" era tenuta da Brunella Gasperini. Abbiamo deciso di ripubblicare tante di quelle lettere. Era un mondo diverso, non esisteva il divorzio, l'ipotesi di lasciarsi era assolutamente residuale. Si sopportava, si subiva, ma si finiva anche con l'andare più d'accordo. Oggi ci si impunta su singole posizioni e si arriva più facilmente alla rottura.»

«I tradimenti non sono solo sessuali» aggiunge la Bernardini de Pace. «A 22 anni mi sono innamorata e sposata con il mio professore di diritto romano, che continuava a dirmi di avermi dato trenta e lode perché ero bella e non brava. Ho fatto due figli abbandonando gli studi, ma quando ho capito che non lo amavo più, mi sono rimessa a studiare, mi sono laureata, ho dato gli esami da procuratore legale e poi l'ho mollato, mantenendo peraltro un buonissimo rapporto con lui, preziosissimo per le mie figlie. Mio marito non mi ha tradita sul piano sessuale, ma nel progetto di vita. Io ero energica, volevo scrivere, fare politica, avevo tante aspirazioni. Lui mi voleva cristallizzata nel ruolo di mamma.»

«È proprio con la nascita del primo figlio che spesso esplode la crisi della coppia» osserva Alessandra Graziottin. «Un vero errore è sospendere l'attività sessuale in gravidanza. E invece si può continuare a fare sesso tranquillamente e allegramente, a meno che non ci siano controindicazioni specifiche per il rischio di aborto. Anzi, le coppie che fanno l'amore durante la gravidanza hanno un "aggiustamento" come coppia e come genitori dopo il parto. Poi c'è il problema dell'allattamento. L'ormone della prolattina è antidesiderio e produce secchezza vaginale. Ma noi ginecologi siamo perfettamente in grado di rimettere a posto la sessualità prescrivendo un estrogeno vaginale per combattere la secchezza e farmaci contraccettivi contenenti progestinici per riprendere l'attività sessuale già quaranta giorni dopo il parto. Altrimenti l'uomo si sente un fuco e fugge dalla coppia mamma-bambino. Va più spesso in palestra, triplica l'investimento sul lavoro o si fa l'amante. Non a caso, un numero eccezionalmente alto delle separazioni avviene nel primo anno successivo alla nascita del figlio.»

Naturalmente, il tradimento può portare alla separazione. «Dopo la fine del mio matrimonio» mi racconta la Bernardini de Pace «ho avuto una lunghissima storia durata sedici anni. Io devo amare moltissimo tutto il "pacchetto", anche i difetti, le debolezze, le fragilità del mio compagno. Ma l'unico patto che si può sottoscrivere con gli uomini è di lealtà. Ho percepito che lui mi diceva una bugia negando di dirmela, e io mi sono sentita spogliata, di colpo, di una fortissima corazza d'amore, che si è dissolta in un istante. E non capisco le donne tradite e massacrate dai mariti che, dopo tanti anni, dicono: io lo amo ancora.»

I «matrimoni della scaletta»

Secondo l'Istat, le coppie che hanno divorziato nel 2009 sono state quasi 55.000, con il coinvolgimento di altrettanti figli. Le separazioni sono state nello stesso anno quasi 86.000, con il coinvolgimento di quasi 100.000 figli. I minori interessati alla rottura del rapporto tra genitori sono perciò l'equivalente della popolazione di una grande città di provincia. La durata media dei matrimoni conclusi con la separazione è di 15 anni, che sale a 18 per quelli finiti con il divorzio.

Il tradimento sarebbe la molla decisiva della separazione nel 52 per cento dei casi. «In genere ci si separa quando nasce un'altra storia» mi dice Cesare Rimini, decano dei matrimonialisti italiani. «In genere è l'uomo che vuole farsi una nuova vita, ma sono in crescita anche le richieste femminili. Le donne sono sempre più indipendenti e acquistano progressivamente la capacità di guardare in faccia la realtà e di trarne le conseguenze. Ma il tradimento è l'ultimo anello. Il primo può essere addirittura la noia. Coppie che non hanno più niente da dirsi sul piano della testa, magari portano avanti il rapporto sessuale, ma non hanno più voglia di parlare, di confrontarsi. Finisce che la televisione diventa l'unico momento di incontro, che spesso vuol dire momento di non incontro...»

«Gli uomini si separano solo ed esclusivamente perché un'altra donna è entrata nella loro vita» conferma la Bernardini de Pace, questa volta nella sua veste di matrimonialista. «Ma sono sempre le donne a decidere la separazione, sia la loro sia quella del compagno. Nella mia lunga vita professionale mi sono occupata di 22.000 casi (non tutti finiti in tribunale) e non mi è mai capitato di ricevere un uomo che mi abbia detto: mi separo perché sono stato tradito o deluso. C'è sempre un'altra donna di mezzo. Poi ti raccontano che erano delusi della loro vita coniugale da un sacco di tempo, ma alla fine si separano perché l'altra donna dice: visto che vuoi continuare la nostra storia, devi separarti da tua moglie. C'è tuttavia una differenza tra uomini traditori e donne traditrici. Le donne sposate che mettono in piedi un'altra storia, a meno che non siano delle "zoccole", vogliono separarsi subito. Gli uomini no, tendono a continuare, hanno la sindrome del musulmano, l'idea dell'harem procura loro un senso di piacere superiore al senso di colpa che hanno, invece, le donne che tradiscono.»

Per Rimini, che ha alle spalle cinquant'anni di attività professionale, la vera rivoluzione femminile è cominciata nel 1970 con la legge sul divorzio: «L'emancipazione della donna che non voleva più subire una situazione penosa arrivò prima al Nord e poi al Sud. Per molto tempo, in passato, una donna separata non veniva ricevuta in società. E soltanto nel '68 fu dichiarata incostituzionale la norma che differenziava l'adulterio della donna dalla "relazione adulterina" dell'uomo. L'anno successivo cadde anche il reato di concubinato: la compagna convivente di un uomo non era più la sua concubina. L'impossibilità del divorzio moltiplicava le doppie famiglie. Ricordo un medico di Mantova che faceva la spesa portandosi dietro due pacchetti: uno per la famiglia regolare, uno per l'altra. La pillola anticoncezionale ha poi portato i figli a chi vuole averli, riducendo drasticamente i matrimoni riparatori, altra caratteristica costante di anni lontani».

«Si è dovuta aspettare la riforma della legge sul divorzio del 1987 per evitare che le donne fossero denigrate nella società e maltrattate dalla giurisprudenza» mi spiega la Bernardini de Pace. «Fino ai primi anni Settanta, le donne erano di proprietà del marito. È stato difficile far passare il principio che una pessima moglie poteva essere una buona madre e non doveva rinunciare ai figli. Ricordo lo shock di quando difesi una donna alla quale il compagno, regista cinematografico, aveva rotto un timpano con uno schiaffo. Il giudice disse che queste cose andavano considerate normali nel mondo dello spettacolo...»

La Bernardini de Pace ha cominciato a occuparsi a tempo pieno di diritto di famiglia nel 1989 (prima seguiva il diritto d'autore): «Le donne sono state succubi fino al 1996. Dal Duemila in poi i rapporti si sono invertiti e sono gli uomini le vere vittime della separazione. Le donne vittime hanno più di 45 anni, sotto quella età la fanno da padrone. Sono diventate feroci. Nel primo decennio di attività nel settore, il 95 per cento dei clienti del mio studio erano donne. Adesso il 70 per cento è costituito da uomini. Nell'ultimo decennio il costume è cambiato moltissimo. Una volta le persone si conoscevano e si sceglievano sulla base dell'educazione e della sensibilità reciproche. Oggi, a qualsiasi età, il primo approccio è di natura sessuale. Soltanto più tardi si va a cercare confusamente l'esistenza di una qualche comunione sentimentale. La conseguenza? I "matrimoni della scaletta": la scaletta dell'aereo, perché già al ritorno dal viaggio di nozze molti si accorgono dell'errore e chiamano l'avvocato. Quel che hanno risparmiato sul ricevimento, lo dilapidano in spese legali prolungando per un anno, un anno e mezzo, una situazione di incertezza, perché entrambi i coniugi vogliono la casa».

Se scopri il tradimento spiando nel telefonino

I nuovi mezzi di comunicazione elettronica hanno avuto un effetto sconvolgente sui rapporti interpersonali. «È incredibile il numero di ragazze che fanno indagini sui loro partner con sistemi che io non userei mai» mi dice la Dall'Orto, madre di una ragazza di 26 anni che non fa eccezione alla nuova regola. «Scoprono la password, frugano nella posta elettronica, controllano se il loro uomo ha scritto usando un nickname che non conoscono, guardano con regolarità il suo cellulare.» Fra l'altro, le ultime indagini ci dicono, in realtà, che sono le donne quelle che con maggiore frequenza navigano nei siti proibiti. Un'indagine pubblicata da «Sette» (21 luglio 2011) rivela che, su 5187 adulti frequentatori di un sito web dedicato a relazioni adulterine, l'83 per cento delle donne si dice predisposto all'avventura, contro il 67 per cento degli uomini.

Rimini sostiene che la scoperta di una relazione attraverso il computer o la lettura dei messaggini può rendere più difficile la separazione rispetto a una franca ammissione. Ovviamente non mancano le eccezioni: «Un marito scoprì che la moglie lo tradiva leggendo per caso una lettera che aveva scritto all'amante. Era così bella, così intensa, che il marito le disse con tranquillità: non posso combattere dinanzi a un sentimento così forte. Impiegarono due minuti a concordare la separazione. Il marito era un uomo importante e l'amante della moglie era dello stesso livello sociale. Il loro bambino restò con la madre e il padre lo vide con tutta l'ampiezza necessaria».

Naturalmente, il problema dei figli è cruciale nelle separazioni. E va gestito con molta cautela. «La mia porta è socchiusa per entrare» mi spiega l'avvocato «ma è spalancata per uscire. "Se avete in mente di fare porcate sui figli," avverto subito i miei potenziali clienti "è meglio che andiate via." Se in questo campo fai un errore di diritto, non muore nessuno. Ma se fai un errore psicologico, cioè non capisci che cosa frulla nella testa del tuo cliente, puoi provocare danni irreparabili. Questo vale anche per le cause di riconoscimento di paternità. Scoprire che la madre ha dovuto trascinare in giudizio il padre per farlo riconoscere, può procurare nel bambino uno shock indelebile. In genere si tratta di cause molto complicate. Ricordo una madre che abitava nelle campagne tra Mantova e Verona. Il padre del bambino non voleva riconoscerlo, anzi fingeva di ignorarne la stessa esistenza. Il piccolo aveva un difetto agli occhi e l'oculista fece domande precise per sapere se qualcuno in famiglia avesse lo stesso disturbo. La madre scrisse al padre per sapere se tra i suoi ascendenti ci fosse qualcuno con quel problema, lui si affrettò a rispondere che non c'era nessuno. E poiché la legge prevedeva che per il riconoscimento dovesse esserci una non equivoca dichiarazione scritta del genitore, con quella lettera l'uomo ammise indirettamente una connessione con il bambino e perse la causa. È molto triste doversi prendere i figli con il codice. Adesso, con il Dna, il problema è stato superato.»

«I figli sono le vere vittime delle separazioni» concorda la Bernardini de Pace. «Ci sono moltissimi padri assolutamente civili e consapevoli che i bambini stanno meglio con la madre. Ma, ormai, troppe donne nelle separazioni giudiziali usano i figli per avere denaro, denunciando falsi maltrattamenti a se stesse e ai bambini che avverrebbero con una frequenza irreale. I figli a volte ne approfittano, dicendo sia al padre sia alla madre: sto meglio con te, per avere più vantaggi da entrambi. Ma droga, anoressia, altri disturbi alimentari, bullismo, atteggiamenti violenti dipendono spesso dai genitori, ai quali tanti ragazzi dovrebbero davvero far causa. Le due caratteristiche negative del nuovo millennio sono l'invidia dell'uomo verso la donna e l'irresponsabilità affettiva dei genitori. I figli amano chi li ha messi al mondo molto più di quanto sono da essi amati. Brandire i bambini come armi è terribile.»

«Se non si riesce a giungere a una separazione consensuale» riprende Rimini «almeno uno dei due avvocati ha sbagliato. Certo, a volte incontri persone con problemi psicologici, se non con vere turbe psichiatriche, e allora hai la sensazione di combattere contro i mulini a vento. E purtroppo le cause devastanti sono più numerose delle riconciliazioni. Ci sono uomini di gran nome e di grandi sostanze che si sono mangiati tutti i soldi e lasciano all'asciutto mogli e figli. Ci sono nonni che combinano il guaio di garantire alla coppia un tenore di vita assai superiore a quello che si può permettere. E allora, in caso di separazione, sono problemi seri. Bisognerebbe che generi e nuore coltivassero con i suoceri un rapporto umanamente accettabile. Chiesi a una giovane signora: che rapporto ha con i nonni dei suoi figli? E lei: pessimo. Signora, le dissi, non deve dimenticare che sono stati loro a garantirle il tenore di vita che ha avuto...»

La regola è che il marito dia l'assegno di mantenimento alla moglie, e più avanti vedremo quali drammatiche conseguenze questo spesso comporta. Ma sono in aumento anche i casi – in Italia, dopo gli Stati Uniti – in cui è l'uomo a chiedere e ottenere l'assegno. Nello studio di vecchia, raffinata tradizione che Rimini ha da sempre al centro di Milano c'è un dipinto di cavalleria. «Un giorno» mi racconta l'avvocato «venne da me un signore che mi spiegò fin nei dettagli come era nato quel quadro: la scuola di cavalleria di Vienna e quant'altro. Era un esperto di equitazione. Aveva sposato una donna molto ricca e mi confidò di aver sperato che qualcuna delle molte società che facevano capo alla moglie gli riconoscesse un incarico e uno stipendio, almeno per salvare la forma. Invece non ebbe nulla, e il rapporto coniugale ne risentì. Lui cominciò a bere, ad andare a letto con la domestica: insomma, a un certo punto la separazione diventò inevitabile. Venne, perciò, da me a chiedere che gli facessi riconoscere un assegno dalla moglie. Mi sembrava impossibile che non guadagnasse nulla, tanto più che quando lo chiamai per fissargli l'appuntamento scoprii che si trovava all'estero per un'importante manifestazione. Mi spiegò che frequentava quell'ambiente a puro titolo onorifico e, alla fine, riuscii a ottenere per lui un assegno mensile di 8 milioni di lire. La moglie non protestò più di tanto. La separazione fu consensuale: i ricchi non amano le cause.»

«Il numero dei matrimoni crolla» conclude la Bernardini de Pace «perché si moltiplicano le convivenze. Ma anche queste cominciano ad avere strascichi giudiziari, come e più delle separazioni. Moltissime donne sono infatti convinte di avere diritto a una liquidazione dopo una convivenza di dieci, quindici anni. E invece non è vero. Se hanno fatto le cameriere del loro compagno, l'hanno fatto gratis.»

«I matrimoni sono in caduta verticale» conferma don Gianni Todescato, rettore di Sant'Agnese in Agone, in piazza Navona a Roma. «In Trentino si sposa civilmente il 55 per cento delle coppie, nell'Italia settentrionale la metà, a Roma il 47 per cento; il vicariato è passato dai 24-25.000 matrimoni all'anno a 5-6000. Ma nella capitale anche i matrimoni civili sembrano diminuire.»

«La stessa cosa capita a Milano» gli fa eco don Renzo Vanoi, che abbiamo già incontrato in queste pagine. «Il 90 per cento delle coppie che arrivano in città convivono da alcuni anni. Ragazzi e ragazze che vengono dal Sud trovano un lavoro e vanno ad abitare nello stesso appartamento, anche per ragioni economiche. Quando si sistemano, molti tornano nei loro paesi per sposarsi. E quando da noi arriva una coppia di conviventi, noi non possiamo certo dirgli che hanno fatto bene, ma cerchiamo di aiutarli a canalizzare il loro percorso verso una famiglia fondata sull'amore. Suggeriamo di prepararsi alle nozze anche con un periodo di riflessione e di astinenza, per non considerare il matrimonio soltanto come unione sessuale. E quelli che partecipano seriamente ai nostri corsi ci danno ascolto.»

«Le condizioni economiche certo pesano» continua don Gianni «ma se moltissime coppie preferiscono la convivenza al matrimonio è anche per la paura di svendere la propria libertà. Vedo centinaia di coppie rimandare il matrimonio non perché non si vogliano bene, ma perché animate da un sentimento poco profondo e perché vittime di una fragilità sconosciuta in passato. L'indipendenza economica della donna l'ha resa meno disponibile al compromesso. Ma anche quando ci si sposa, l'amore è lasciato in balìa di un sentimento aleatorio. Basta che in casa si rompa un bicchiere e già il matrimonio può soffrirne. Le cause delle separazioni sono spesso legate a meschinità spaventose in cui non c'è margine di attesa, di pazienza, di serietà, di quella sopportazione che era il segno dell'amore vero. Seguo molte coppie di separati e vedo un disimpegno affettivo frutto di una visione individualistica e di un relativismo morale che sta superando l'investimento di vita. È un fenomeno nuovo, che è andato via via accentuandosi negli ultimi dieci, quindici anni.»

E l'amore, in tutto questo? «L'amore è anche saper soffrire,» risponde don Renzo «è misericordia nei confronti degli altri. L'amore è perdono.»

«L'amore è un mistero e dura fino a quando dura il mistero» mi dice la Bernardini de Pace. «Io, che ogni giorno raccolgo le macerie dell'amore, mi sono fatta una convinzione: tantissime storie sopravvivono al tempo perché interpretate da persone intelligenti che condividono un progetto di vita, si stimano, hanno solidarietà reciproca, un senso comune dell'essere genitori. Ma se tanti matrimoni oggi non durano, è perché proprio l'amore ne rappresenta la variabile decisiva: è male interpretato, mal capito, mal vissuto, maltrattato.»

«Il matrimonio è una pianta che va innaffiata ogni giorno»

Nel momento in cui le separazioni si fanno più frequenti, ho creduto di dover chiudere questo capitolo raccontando la storia di una donna ormai matura la cui vita è sempre stata (ed è tuttora) condizionata dalla separazione dei genitori.

«Ormai ho più di cinquant'anni, eppure non c'è stato un solo giorno della mia vita in cui non ho pensato a come sarebbe stata diversa se i miei genitori non si fossero separati. Mio padre è morto da tempo, ma non lo sentivo da oltre vent'anni. Mia madre ha 90 anni, abita molto lontano, e la sento al telefono una volta all'anno. Ciao, come stai? Finito. Mia madre e mio padre si erano rifatti ciascuno una famiglia. E io? Chi pensava a me? Mia madre si è sposata tre volte, due dopo la mia nascita. Al primo divorzio avevo 11 anni, al secondo 18. A 11 anni decisi che non avrei mai avuto figli e che la mia vita si sarebbe concentrata sul lavoro. A 18 la mia decisione si è rafforzata. Mi sono trovata al centro di una guerra che non era la mia guerra. Questo mi ha molto influenzato e mi influenza tuttora. Può sembrare incredibile, ma la sofferenza è cresciuta con gli anni, con la progressiva consapevolezza di quello che avevo perduto. Nessuno dei ragazzi che hanno una famiglia normale, con i genitori che vivono insieme, può immaginare che cosa sia stata una vita come la mia.

«Perciò, quando mi sono unita con un uomo separato con figli, ho deciso che non ne avremmo avuti. Nemmeno lui ne voleva, e su questo siamo andati subito d'accordo. Separandosi, lui aveva lasciato due bambine piccolissime. Io sono arrivata molto dopo, ma il trauma per la sua famiglia è stato fortissimo perché, fino al mio arrivo, lui non aveva convissuto con nessuna donna e, quando abbiamo deciso di abitare insieme, lui ha subito avviato la pratica di divorzio. Le figlie erano ormai adolescenti, lui aveva ottenuto di vederle una volta alla settimana per alcune ore. Davanti a me? Sì. Lei mi sta dicendo che potevo mettere le ragazze in difficoltà? Credo di no. D'altra parte, lui le vedeva in casa, in casa c'ero io, io facevo da mangiare...

«Il primo incontro con loro? Ricordo che mi baciarono e capii che in quel bacio non poteva esserci affetto. Erano spaventate dalle conseguenze affettive e patrimoniali della nostra unione. Lo era soprattutto la loro madre, che certo non faceva nulla per tranquillizzarle. D'altronde, T. riteneva che la nostra unione non avrebbe funzionato se io non avessi avuto un rapporto normale con le sue figlie. La tensione si è un po' allentata soltanto alcuni anni dopo, quando si sono convinte che noi non avremmo avuto figli. A quel punto mi comunicarono apertamente le loro difficoltà nell'accettare la mia relazione con papà e io capivo perfettamente la loro apprensione. Al tempo stesso, lavoravo moltissimo per rendere stabile il rapporto con quello che, dopo sette anni di convivenza, sarebbe diventato mio marito, perché è troppo facile cedere alla tentazione di dirsi arrivederci.

«Adesso sono ventitré anni che viviamo insieme, andiamo d'accordo, ma il fantasma dell'altra famiglia non ci ha mai abbandonato. Perché? È la vita. Mio marito ha avuto sempre – e ha tuttora – il rimorso di aver abbandonato le bambine quando erano piccole e di aver compromesso per questo il rapporto con loro. Io gli dico che vengo sempre dopo le figlie. Lui nega, ma è così. Visibilmente. Lui lavora ormai da decenni per unire i due piloni del ponte. Eppure, non posso affermare che questo problema abbia pregiudicato la nostra vita coniugale. Adesso le ragazze sono entrambe sposate e hanno figli. Con i nipoti il nostro rapporto è migliore. Accade una cosa curiosa: chiamando nonno il nonno, chiamano me nonna e con il nome di battesimo la loro vera nonna. Questo mi imbarazza, vorrei che chiamassero anche me per nome, ma non ci riescono.

«Con l'ex moglie di T. ci siamo incontrate la prima volta in chiesa per il matrimonio della figlia più grande, poi ci siamo riviste per le feste. Non è una situazione comoda. Credo che a suo tempo, come capita a tante donne nella sua condizione, abbia messo le figlie contro il padre. Per esperienza diretta, posso dire che non è un buon sistema. Io non c'entravo niente con la loro separazione e, quando questo avviene, è quasi sempre colpa al cinquanta per cento di entrambi i coniugi. I figli non c'entrano niente e non devono essere usati come armi dall'una contro l'altro, e viceversa. Perché i figli maturano la convinzione che il matrimonio non può funzionare e, se si tratta di femmine, è molto difficile che credano alla sincerità dei maschi. Mantenere in piedi un matrimonio richiede un lavoro costante e non facile. Ogni giorno è un nuovo giorno. Ti innamori, ti sposi e già sei diversa da prima. Poi trovi lavoro e cambi ancora. Poi cambi al primo figlio e cambi al secondo. Ma non devi mai dimenticare tuo marito, le ragioni per cui lo hai amato e lo hai sposato. Sì, il matrimonio è una pianta che va innaffiata ogni giorno…»

V
Amori maturi, amori tardivi, amori per sempre

Se la vita comincia a sessant'anni

«Uomini maturi che lasciano la moglie per una donna molto più giovane? Eviterei il luogo comune secondo cui queste giovani signore o signorine verrebbero tutte attratte soltanto dai soldi. A volte la forza attrattiva è dovuta al mestiere dell'uomo, alla gente che frequenta, all'avanzamento sociale e culturale. Chaplin e Moravia hanno avuto magnifiche donne, e certo non soltanto per il denaro. Non c'è dubbio che anche i soldi contino, ma intelligenza e cultura possono contribuire in modo decisivo al fascino di un uomo. Anche se mia moglie dice maliziosamente: mai una volta che queste signorine si mettano con l'idraulico. Magari con quello fanno una botta e via...» Quasi tutti gli uomini la pensano come Cesare Rimini, che ha visto mezzo secolo di separazioni. E quasi tutte le donne la pensano come sua moglie.

È un fatto, comunque, che nel primo decennio del Duemila tra gli ultrasessantenni che si sono separati gli uomini sono aumentati di un terzo (il 9,4 per cento, 8086 individui) e le donne sono addirittura raddoppiate (6,1 per cento, 5213): insomma, il 15 per cento del totale, e arriva al 20 nelle grandi città. Il 16 per cento dei coniugi che decide di separarsi lo fa dopo oltre venticinque anni di matrimonio, il doppio rispetto al 1995. Una ricerca dell'università di Washington, i cui dati sono riportati nel citato libro di Laura Logli, ha accertato che tra il 1991 e il 2006 il tasso d'infedeltà degli uomini ultrasessantenni è aumentato di quasi il 50 per cento, fino a rappresentare oggi circa il 30 per cento del totale. Le ultrasessantenni che tradiscono sono una percentuale inferiore (15 per cento), ma, nel periodo preso in esame, il loro numero è triplicato. Che cosa sta accadendo?

«Vent'anni fa un pensionato era principalmente un nonno. Da lui ci aspettavamo che facesse le parole crociate e giocasse a bocce» spiega al «Corriere della Sera» (8 luglio 2011) Gianna Schelotto, psicoterapeuta della coppia. «Oggi i sessantenni sono sportivi, vitali, pieni di voglie. Un uomo non è disposto a vivere accanto a una compagna critica... due occhi nei quali vede riflessa l'età che avanza, mentre lui non ha altro desiderio che cambiare, essere diverso, non pensare al tempo... Anche la donna vuole riprendersi la vita, l'indipendenza. Se il partner la lascia, quasi certamente lo fa perché ha un'altra. Ma se lei pone fine a una relazione pluridecennale lo fa per se stessa, soprattutto.» E puntualizza sullo stesso giornale Pierpaolo Donati, sociologo della famiglia: «Quando si è giovani, è soprattutto lei a insistere per il matrimonio, desiderosa di procreare e di mettere su una famiglia. Dopo i sessant'anni la situazione si inverte ed è l'uomo ad aver voglia di famiglia, mentre la donna è perfettamente indipendente».

Se la crisi economica degli ultimi anni ha rallentato in generale la crescita delle separazioni (il problema della casa è quasi sempre decisivo), a galoppare sono invece quelle di coloro che fino a ieri avremmo considerato all'inizio della «terza età», e che oggi sono favoriti sul piano economico, se non altro perché i figli sono ormai diventati maggiorenni, quando addirittura non li hanno resi nonni.

Sulla base delle testimonianze che ho raccolto per questo libro, dividerei i mariti che lasciano la moglie anziana in due categorie. Ci sono quelli che, grazie alla chimica, hanno ritrovato l'energia sessuale e vogliono godersela, indifferenti al fatto di passeggiare accanto alla propria pensione di reversibilità. E ci sono quelli che trovano in un'altra donna, fatalmente più giovane vista la loro età, una compagna più comprensiva e affettuosa, soprattutto se la moglie è figlia della generazione rivendicativa e un po' castrante del '68. Dopo innumerevoli e memorabili gaffe, da anni mi astengo da qualsiasi accenno al grado di parentela quando incontro uomini maturi accanto a donne molto più giovani e aspetto che siano loro a chiarire se il fiore che li accompagna è la moglie, una figlia o, nei casi estremi, una nipote. E mai mi azzardo, facendo i complimenti a un bimbo nel passeggino, ad alludere al signore che lo porta a spasso come al papà o al nonno, visto che ormai possono benissimo avere la stessa età. «Sapessi quante volte mi dicono: "Com'è bello il suo nipotino..."» mi confessa con un sorriso il filosofo Stefano Zecchi, che ha avuto un figlio a 59 anni.

Mai confessare a una donna che usi il Viagra

«La seconda vita può rappresentare per il sessantenne una grande spinta a occuparsi della propria sessualità oppure può far emergere la fragilità sessuale del maschio» mi dice il sessuologo Emmanuele A. Jannini. «Un amico sessantenne è sposato con una quasi coetanea molto bella. Hanno un'intesa sessuale sufficiente, un piccolo cabotaggio senza mai accensioni di fuoco e di fiamme. La crisi nasce con la menopausa. Il desiderio di lei è affievolito, mentre lo specchio restituisce a entrambi un'immagine sessualmente attraente. Lei comincia a non ritenersi all'altezza, e sbaglia perché gli uomini sono molto più generosi delle donne nel giudicarne il fisico. Nonostante la grande intesa intellettuale, lui a un certo punto dice: "Non ce la faccio più", e lascia la moglie per una bellissima ragazza di 25 anni che s'innamora di lui. Ma qui nascono i problemi. Il mio amico comincia ad avere una disfunzione erettile mai capitata prima. Si sente in colpa, i sessant'anni gli cascano improvvisamente addosso, insomma è un candidato ideale all'uso del Viagra. Glielo prescrivo, rassicurandolo sull'effetto immediato nei rapporti con la ragazza, ma gli dico anche: "Vedrai che lo userai benissimo anche con tua moglie". Frase che sul momento sembrava senza senso. Come previsto, il Viagra funziona benissimo con la venticinquenne. L'amico torna da me e mi dice: "Questa pasticca mi ha ridato la vita, abbiamo fatto sesso tutta la notte, però…". Era triste. "Perché non sei contento?" gli ho chiesto. Nessuna risposta. In realtà, il rapporto sessuale con la ragazza stava diventando molto meccanico e lui non aveva mai dimenticato la mia profezia: "Vedrai che lo userai benissimo anche con tua moglie". Dopo quell'ultimo incontro, ha smesso di cercarmi. Tre mesi dopo un amico comune mi ha raccontato che era tornato con la moglie, ed erano innamorati come due fidanzati. La dimensione psicologica è formidabile: i farmaci sono essenziali se ben governati, ma i problemi sessuali non si risolvono occupandosi solo della mente o solo del corpo.»

Domanda fatale: la moglie sapeva del Viagra? «No, non bisogna mai dire che lo si prende, perché le donne purtroppo vedono queste pasticche come un concorrente: se è il Viagra a procurarti l'erezione, allora io non valgo niente. In realtà, se non c'è desiderio, nessun Viagra può funzionare. Noi medici diciamo che queste pillole sono rispettose e armoniche. Le condizioni perché funzionino sono legate alla sessualità femminile: la proiettività, innanzitutto, cioè la disponibilità verso il partner; il desiderio; la valorizzazione del proprio sex appeal, che sarebbe una buona dose di edonismo. Il Viagra, da solo, non provoca l'erezione. Una volta dissi a una signora: "Faccia prendere il Viagra a suo marito e gli faccia leggere 'Il Sole-24 Ore': a meno che non abbia fatto un grosso affare in borsa, l'erezione non ci sarà mai. Tutti gli animali hanno un osso nel pene e lo attivano come muscolo volontario. Nell'uomo, invece, l'organo sessuale non è collegato con la volontà. L'erezione è prodotta esclusivamente da elementi passionali.» Poi Jannini precisa: «La salute sessuale è uno straordinario indicatore della salute generale. Lo ha confermato recentemente anche la più importante rivista americana, il "New England Journal of Medicine": se a 70 anni un uomo ha l'erezione, vuol dire che non ha il cancro, il diabete, un colesterolo fuori norma. Tra gli ultrasettantenni, oltre il 60 per cento è impotente e la media sale a 70 oltre gli 80 anni. I tre ottantenni su dieci non impotenti sono perfettamente sani. Purtroppo, però, pochi vanno dall'andrologo. Il Viagra funziona sempre anche per loro, pur se prescritto in dosi più basse che a un giovane, perché in un anziano la componente psicologica è minore».

Recentemente, anche in Italia si è aperto un capitolo inedito, poco conosciuto, della sessualità maschile: la protesi nell'organo sessuale. «Negli Stati Uniti si usano molte protesi di questo tipo» mi racconta Jannini. «In Italia, invece, solo pochissime, ed è un peccato perché, pur essendo una soluzione estrema, è sempre meglio che non fare sesso. La protesi è un meccanismo idraulico posto all'interno del pene, munito di una pompa meccanica al silicone che crea un'erezione non distinguibile da quella normale. Applicata su pazienti che non siano stati operati di prostata, assicura orgasmi normali. La partner non si accorge di nulla, perché viene attivata con un gesto di fatto invisibile. Un professionista ottantenne fa normalmente sesso con signore molto più giovani, tra i quaranta e i sessanta: ha una protesi da dieci anni e mi ha chiesto se doveva rinnovarla. Allora abbiamo fatto un esame. Era perfetta.»

Anche alle donne mature piacciono i ragazzi

Se l'uomo è certamente più esposto alla tentazione di una seconda giovinezza, sono in aumento le donne che non resistono alla tentazione dell'avventura sessuale con ragazzi molto più giovani e che addirittura s'imbarcano in unioni che possono riservare sorprese sgradevoli. Una lettrice di «Diva e donna» ha scritto alla psicologa Vera Slepoj: «Sono stata al mare con un'amica quarantenne come me. Eravamo continuamente importunate da ragazzi che cercavano un'avventura. La mia amica era divertita e tentata. Sta nascendo anche da noi il turismo sessuale delle donne o questa è una versione moderna dell'avventura estiva?». Non sappiamo se la signora «divertita» abbia poi ceduto alla tentazione. Di certo lo ha fatto un'altra ultraquarantenne che si è sfogata con Natalia Aspesi nella sua rubrica «Questioni di cuore» sul «Venerdì di Repubblica». Va in vacanza in Tunisia, s'innamora di un ragazzo del luogo molto più giovane di lei e dopo il suo quarto viaggio si sposano con il rito civile, ma quando arrivano in Italia lui diventa un altro uomo: arrogante, prepotente, violento, e lei chiede la separazione. «Non si tratta di episodi isolati» mi dice Candida Morvillo, forte della sua esperienza a «Novella 2000». «Molti villaggi turistici, in Tunisia e in altri paesi, sono pieni di giovanissimi playboy che rimorchiano la donna non più giovane e poi, quando arrivano in Italia, si comportano molto male.» Non sospettavo, francamente, che anche in Italia, dopo gli Stati Uniti, il fenomeno delle donne mature a caccia di giovani fosse diventato così consistente. Secondo «La Stampa» (12 settembre 2011), sono già 30.000 gli iscritti alla community «Cougar Italia»: «Le coguare italiane sono le donne mature desiderose di conoscere uomini più giovani di loro». Nella pagina d'ingresso del sito, si descrivono come donne «fiere della loro età, indipendenti, che possono finalmente sedurre e frequentare uomini più giovani senza tabù e senza pregiudizi». E, a quanto pare, sono tanti gli uomini che vogliono incontrare una donna cougar, «forse più rassicurante delle coetanee».

Sono tuttavia rarissimi i casi come quello che mi racconta Alessandra Graziottin: «Seguo da vent'anni una signora rimasta vedova da dieci, bella famiglia. Avevo conosciuto anche il marito. Ha avuto un matrimonio molto felice, i figli sono sparsi per il mondo. Quando lei era entrata in menopausa, le avevo prescritto una terapia ormonale leggera. Bene, torna da me dopo molto tempo, ha 79 anni, che porta con garbo ed eleganza. Mi chiede una visita urgente per una vaginite infernale. La visito, ha una vaginite da candida. Le chiedo di dirmi la verità: chi è l'uomo, quanti anni ha? Lei arrossisce e dice che l'uomo è uno straniero e ha 50 anni. Mente, ne ha 30. Confessa di avere rapporti non protetti, ma di non aver mai sospettato niente: "Lui mi ama, sta solo con me. Oggi è la luce dei miei occhi, tenero, affettuoso, devoto". L'ha presentata alla famiglia nel suo paese (naturalmente non dicendo che era la sua fidanzata), ed è stata "accolta come una regina". "Alla mia età" mi confida "ho molto il senso del tempo, so che questa cosa può finire, ma la considero un inatteso regalo della vita. Una benedizione." La curo, torna per il controllo e mi dice: "Sto benissimo"».

Questa signora vive la sua storia con molta discrezione, e forse i figli non ne sanno niente. È verosimile, a meno di improbabili miracoli, che il giovane straniero tragga dalla relazione benefici economici, visto che la signora è molto ricca. Ma l'entità delle conseguenze fisiche di tali relazioni (o anche di semplici avventure) è superiore a ogni ragionevole previsione: «Oggi» conclude la Graziottin «c'è un netto incremento di infezioni contratte da donne sopra i 40 che hanno rapporti sessuali non protetti fuori del matrimonio. La donna non ci pensa, perché è convinta che le infezioni siano riservate ai giovani. E invece, illudendosi della fedeltà del partner, si trova poi in situazioni sgradevoli».

Amare in menopausa

«Era il 1985» mi racconta la Graziottin. «Viene nel mio studio una coppia: lui è un gran bell'uomo di 56 anni, lei una donna elegantissima e curatissima di 53, che ha bisogno di un controllo di routine. Lui è molto nervoso e a un certo punto dice: "Parlo io, perché è la terza volta che mia moglie va dal ginecologo, deve chiedere una cosa importante e non lo fa. Adesso voglio una risposta. Noi siamo sempre stati una coppia felice, mai problemi con il lavoro e i figli, ma stiamo attraversando la peggiore crisi dei nostri trent'anni di matrimonio. Perché? La nostra intesa sessuale era fondata soprattutto sul rapporto orale, in particolare il mio su di lei. Bene, da due anni i suoi genitali non profumano più, hanno un gusto neutro. Il rapporto sessuale con mia moglie non mi piace più. Io le voglio bene, mia moglie è ancora una bellissima donna, ma l'amore è finito. Non si può fare niente, prima di andare dall'avvocato?". È una domanda intelligente, risposi. E siccome è successo qualcosa che investe soltanto il fisico di sua moglie e l'unica recente novità è la menopausa, dobbiamo agire lì. Proviamo a fare una terapia ormonale, e intanto io ci studio sopra. La donna, che mentre il marito parlava aveva continuato a piangere, reagì con fierezza: "Devo fare io una terapia perché lui si diverta?". Mai al mondo, la rincuorai, proporrei a una donna una terapia solo per far piacere a un uomo. Io le propongo invece la teoria della ricompensa, perché un ruolo decisivo nella soluzione di questi problemi ce l'ha il cervello. Io le propongo una terapia che le dia una gratificazione fisica, psichica ed emozionale. Il suo vantaggio personale sarà di sentirsi più donna, più femmina, migliorerà la sua pelle, avrà una risposta fisica e sessuale entusiasmante. La soddisfazione di suo marito sarà la sua soddisfazione, il fiore all'occhiello della sua vita. La signora accettò. Tornarono sei mesi dopo. Fin dalla sala d'aspetto traspariva in lei la luminosità che hanno le donne amate, desiderate e fisicamente appagate. Lui mi disse: "Aveva ragione lei, era tutta colpa della menopausa. Grazie per avermi restituito la donna che amo". Restituire a una paziente il "profumo di donna" è molto gratificante per lei e per il suo partner. Le ghiandole sebacee ascellari e le secrezioni vaginali tornano quelle dell'età fertile, la pelle e la bocca ringiovaniscono, la donna ha più voglia fisica e risponde assai meglio agli stimoli maschili. L'intervallo temporale tra l'inizio del gioco e l'eccitazione preorgasmica è molto più breve, gli orgasmi sono più intensi e appaganti.»

L'età media dell'entrata in menopausa è di 50 anni e otto mesi. L'1 per cento delle donne entra spontaneamente in menopausa prima dei quarant'anni, mentre un altro 6-7 per cento ci arriva alla stessa età ma in conseguenza di cure mediche, soprattutto di terapie antitumorali. «La signora di 79 anni di cui abbiamo parlato poco fa» continua la Graziottin «ha vissuto molto bene le diverse stagioni della vita, ha saputo invecchiare con grazia e intelligenza, ma soprattutto ha seguito, dai cinquant'anni in poi, una precisa terapia ormonale. Così in un'età in cui molte sue coetanee cominciano a nutrire qualche apprensione all'idea di finire sulla sedia a rotelle, lei è messa così bene da essersi consentita un amore.»

Un amore che può lasciare sconcertati, non trova? «Diciamo un sentimento con benefit: lei ha un compagno giovane e piacevole, lui vive come un principe accanto a una donna che lo sta facendo crescere.»

La differenza con uno spregiudicato gigolò? «Non mi pare che lui risponda a queste caratteristiche. Nel mutuo scambio trovano la ricchezza reciproca. Lei ha una percezione molto chiara dell'eccezionalità della situazione e la vive con dolcezza e senso del tempo.»

Se le cure ormonali sono questo fantastico toccasana, perché soltanto il 4 per cento delle donne italiane vi si sottopongono dopo essere entrate in menopausa? «Questo dato nazionale è corretto, mentre tra le donne del Nord Europa è pari al 52 per cento, e sale all'82 tra le mie pazienti. Ed è imbarazzante dover dire che le donne ricche e colte ricorrono alle cure ormonali sette volte più delle altre.»

Perché la maggior parte dei medici le sconsiglia? «Sono terrorizzati dalle possibili conseguenze legali, perché temono che queste cure favoriscano l'insorgenza del cancro. Una paziente in terapia ormonale è impegnativa per due ragioni: ti porta via un'ora di tempo per la visita, mentre molti miei colleghi in un'ora visitano quattro donne, e soprattutto perché ti chiama spesso, allarmata da gente che le dice: "Guarda che ti verrà un tumore". Bene, prendiamo allora i dati internazionali. Una donna in terapia ormonale su dieci avrà un tumore alla mammella solo per il fatto di essere donna, proprio per la stessa ragione per cui gli uomini rischiano il tumore alla prostata. Se la donna ha un seno "denso", il rischio aumenta di sei volte. Sono fattori di rischio di tumore alla mammella anche la familiarità (mamma o sorella con cancro prima della menopausa), il fumo, gli alcolici (bastano più di due bicchieri di vino al giorno), l'obesità, l'assenza di figli o una gravidanza tardiva. Complessivamente, il rischio di tumore al seno per le donne ha uno zoccolo duro del 10 per cento, che può arrivare anche al 15. Passiamo adesso alla terapia ormonale. Uno studio del 2002 del Women's Health Initiative ha dimostrato che soltanto 8 donne sulle 10.000 sottoposte a terapia ormonale hanno avuto un tumore al seno. Significa lo 0,08 per cento. Chi assume sistematicamente un'aspirina corre l'1 per cento di rischio di emorragie gastrointestinali, e l'aspirina è un farmaco da banco...

«Insomma, credo che un rischio dello 0,08 per cento sia accettabile di fronte ai vantaggi offerti dalla terapia. Vantaggi sul cervello, per esempio, visto che le vampate di calore prodotte dalla menopausa aumentano il rischio di depressione, con deterioramento cerebrale che può sfociare nell'Alzheimer o nel Parkinson. Procurano un'alterazione precoce della pressione arteriosa, che si manifesta tra le 3 e le 4 del mattino, alterando la qualità del sonno, causando la riduzione della memoria e manifestando i primi segnali dell'ipertensione. Le donne che ne soffrono dormono poco e si svegliano stanche. La carenza di sonno procura stress, con conseguente aumento della grelina, un ormone che stimola l'appetito verso cibi dolci e grassi. Insomma, basta una bassa dose di ormoni per mantenere l'organismo in equilibrio, ammorbidendo così l'impatto dell'invecchiamento.»

Quando la donna «congela» la propria maternità

«C'è stato un gran dibattito sui rapporti tra menopausa e tumori, ma alla fine i risultati sono rassicuranti» mi conferma Eleonora Porcu. «Da un punto di vista statistico, l'aumento di tumori al seno dopo cinque anni di terapia ormonale è estremamente contenuto, per cui i farmaci possono essere assunti con relativa tranquillità. Se ne giova tutto l'apparato genitale e urinario, e si ritarda l'invecchiamento della pelle, perché gli estrogeni trattengono i liquidi cutanei e garantiscono un aspetto più giovane. È molto importante, poi, il miglioramento del tono dell'umore: la donna riesce ad affrontare meglio questo momento della vita che purtroppo, per motivi socioculturali, viene considerato di declino e non ha l'equivalente nell'uomo. Gli uomini non hanno una fine certificata della loro capacità riproduttiva. Nella donna, l'incapacità di generare può innescare percorsi negativi, fino alla depressione. Insomma, anche se la terapia ormonale non può essere eterna, si ritarda il momento della resa.»

La differenza di vedute tra la Graziottin e la Porcu riguarda la durata della terapia ormonale. Abbiamo visto che la prima la somministra alle sue pazienti a tempo indeterminato, fino a tarda età; la seconda, invece, è più cauta e consiglia una durata di cinque anni a partire dall'entrata in menopausa (senza ritardi nell'inizio della cura), anche se ammette che «la terapia va personalizzata caso per caso e vanno monitorati tutti i possibili motivi di allarme, ma le donne che hanno una perfetta adattabilità alla cura possono prolungarla senza effetti collaterali. Qui, più che in altri ambiti della medicina, il trattamento sostitutivo di quello che prevede la natura deve essere personalizzato».

La Porcu va oltre il prolungamento della felicità sessuale della donna. E si occupa soprattutto della sua maternità: «È terribile vedere donne di trent'anni precipitare in una menopausa precoce prodotta dalla chemio per curare un tumore. Ma negli ultimi anni siamo stati protagonisti di una rivoluzione meravigliosa. Nel 2007 abbiamo avuto, qui al Sant'Orsola di Bologna, il primo caso al mondo di gravidanza di una donna che aveva avuto un tumore alle ovaie con un'asportazione totale dell'organo, e quindi nessuna possibilità di concepire. Avevamo congelato gli ovuli prima della chemio, e quando la paziente è guarita, è tornata da noi, li abbiamo scongelati ed è cominciata la gravidanza, che si è conclusa con il parto di due gemelle. Dare una mano per cambiare il destino di una persona è stata la più grande soddisfazione professionale della mia vita».

Sempre nel tentativo di sconfiggere la menopausa, la professoressa Porcu ha iniziato a congelare gli ovuli di donne ancora giovani e senza partner, per poterli utilizzare in età relativamente avanzata. «Credo che questo serva da un lato a liberare la donna da alcune pesanti pastoie fisiologiche, dall'altro a evitare che finisca nel tunnel della procreazione assistita.»

Nell'autunno del 2011 la Porcu ha reso felice un'altra donna. Una signora emiliana si è ammalata di tumore al seno subito dopo il matrimonio, tre anni fa. Gli ovuli congelati prima della chemio le sono stati reimpiantati a due anni dalla guarigione. È la prima volta che una donna con questa patologia resta incinta. «Sto benissimo» mi ha detto. «Ho ripreso i sogni e le attese che avevano preceduto il matrimonio e che la malattia aveva interrotto.»

Sposarsi a ottant'anni, e fare sesso

Non sappiamo se Ilda M. abbia fatto la cura suggerita da Alessandra Graziottin prima di risposarsi a 72 anni, ma è felice e la sua storia, raccontata a Roberta Giudetti di «Confidenze», merita di essere riportata. Quando si è sposata a 26 anni, Ilda doveva essere una splendida donna, e Piero, suo marito, un tipo «travolgente, affascinante, coinvolgente»: Ilda vedeva che le altre donne se lo mangiavano con gli occhi. Ma capì ben presto che non si erano limitate agli sguardi: «Aveva bisogno di sedurre come di respirare».

Per fargli una scenata, attese la nascita del primo figlio, Renato. Piero, che non poteva negare l'evidenza, cercò di contrabbandare la sua vita sessuale extraconiugale come una manifestazione di riguardo nei confronti della giovane puerpera: «So perfettamente che in questo periodo sei stanca e che devi prenderti cura di Renato, ma io ho bisogno di sfogarmi. È solo sesso, per me quelle donne non contano nulla: io amo e amerò per sempre soltanto te». Era stato sincero nell'usare quella parola, «sfogarmi». Ilda mise «la dignità sotto le scarpe» e la sua unica reazione fu di non volere altri figli da quell'uomo, pur continuando in qualche modo ad amarlo.

Lui, però, non smise di tradirla e lei fece la scelta di tante donne che vorrebbero andarsene, ma poi non lo fanno. Prima perché il bambino era piccolo, poi perché non voleva creargli traumi nel difficile passaggio dell'adolescenza. Ilda aspettò persino che Renato si sposasse e che nascesse il suo primo figlio. Nel frattempo Piero continuava sempre più risolutamente per la sua strada. «Agli occhi di tutti, sembrava il nonno, il padre e il marito più affettuoso e presente del mondo. Ma non era così. Aveva, invece, una doppia vita. Quando ho scoperto che addirittura aveva un'altra compagna dalla quale aveva avuto una figlia ormai di trent'anni, sono finalmente andata da un avvocato.»

A un corso di erboristeria all'università della Terza età, Ilda aveva intanto conosciuto Giovanni, «garbato, colto, gentile, vedovo»: «Mi sono innamorata di lui a poco a poco, giorno dopo giorno, passeggiata dopo passeggiata. Pensavo che il mio cuore (tantomeno il mio corpo) non rispondesse più a certi stimoli, invece mi sono sorpresa, un giorno, a sognare».

Ilda capì che se si fosse separata da Piero, Giovanni sarebbe stato pronto a prenderne il posto. Avviò, dunque, le pratiche di separazione e di divorzio. La cosa paradossale è che Piero non voleva concederlo, ma poi, dinanzi all'evidenza di quella figlia avuta dall'altra, Ilda gli ha preparato le valigie e l'ha spedito da lei. «E quello, giuro, è stato uno dei giorni più belli della mia vita. Giovanni non ha atteso molto per farmi la sua proposta di fidanzamento, e io ho accettato, senza sensi di colpa.»

È stato l'epilogo di quarantadue anni di vita insieme. Il nuovo matrimonio fu una cerimonia sobria, con pochi invitati, i figli di entrambi, i nipoti e qualche amico. «Io comunque» racconta Ilda «avevo scelto un vestito bianco con un piccolo velo e mi sentivo emozionata come se fosse stata la prima volta.»

Ma Piero era in agguato con un'incredibile vendetta. Dopo la cerimonia Ilda ricevette una busta intestata a «Una deliziosa sposina di 72 anni e al suo delizioso consorte». Erano le foto di lei nuda (ma, a quanto pare, in una posa discreta) scattate dall'ex marito mentre Ilda faceva il bagno «al massimo del suo splendore». Giovanni non se l'è presa più di tanto e non le ha nemmeno strappate. Tornata dal viaggio di nozze a Parigi, però, Ilda andò da Piero e gli disse «tutto quello che pensavo di lui e che non avevo mai detto in quarant'anni: una vera liberazione».

Piero ora vive solo in una casa polverosa e senza luce, «anche l'altra lo ha cacciato». «Ogni tanto telefona nel cuore della notte,» conclude Ilda «dice che sta male e che la colpa è mia. Quando ci riesce, cerca di parlare con Giovanni, lo copre di insulti, oppure gli parla di me, gli racconta di quanto ero bella. Ma tu questo, gli dice, non lo puoi sapere perché da giovane è stata soltanto mia. Giovanni riaggancia sbuffando, ma sempre paziente... A me non interessa: io e Giovanni stiamo bene insieme e continueremo a essere felici. Anche se Piero ci telefonasse di qui all'eternità.»

A proposito di matrimoni in tarda età, Alessandra Graziottin mi racconta un'altra storia straordinaria. «Un martedì arriva un signore di 84 anni, mi annuncia che si sposa il sabato successivo e vuole assicurarsi che tutto dal punto di vista sessuale possa andare per il meglio. Faccio rilevare che quattro giorni di tempo non sono molti per qualsiasi tipo di cura, ma chiedo soprattutto perché si sia deciso a fare il gran passo alla sua età. "Perché sposo una ragazza straordinaria" risponde. Quanti anni ha la sua ragazza? "Ottanta." E perché è straordinaria? "Sa ridere con l'anima." Poi mi confida che non hanno ancora avuto rapporti. È il caso che dia un'occhiata anche a lei, non trova?, gli dico. "Lei è vergine" ribatte. Quando la donna arriva nel mio studio, mi trovo davanti una delle più affermate professioniste di Milano. Lui lo sistemo con la pasticca, lei con estrogeni e altri farmaci, per evitare che la penetrazione abbia effetti traumatici. Adesso sono pronti per il grande evento. Partono contenti e tornano sei mesi dopo per un controllo. Chiedo a lui: tutto bene? "Tutto bene, tranne una cosa che non sopporto: è talmente disordinata..."»

Giuseppe Marra, lo «zitello» padre a settant'anni

«Quale peso ha la differenza di età nella nostra vita? Nessuno. È stata rimossa giorno dopo giorno, dall'amore e dall'affetto, dalle scelte piccole e grandi condivise quasi sempre, da una vita di famiglia a quattro. A volte ci sembra di leggere la nostra differenza di età negli sguardi e nei pregiudizi di chi ci osserva senza conoscerci. Ma ora li ignoriamo o ci ridiamo su...» Giuseppe Marra, detto Pippo, Cavaliere del lavoro dell'informazione, ha 75 anni, è sposato con una bella donna di 42 ed è padre di due splendidi gemelli, Giuseppe jr e Pietro, nati nel 2008. «È una cosa "odiosissima" parlare dei propri sentimenti» mi dice. «Non sono "uomo di vetrina". A ogni modo...» A ogni modo eccoci qua, con Pippo che parla di un amore scoppiato quando la sua età stava scivolando verso i settanta e lui – «zitello» per vocazione, più che scapolo impenitente – ha ceduto a una svolta «all'inizio impensabile, comunque inconsapevole».

Il luogo d'incontro fu Anguillara, sul lago di Bracciano. Lei imprenditrice nell'industria cementifera, lui presidente di un impero multimediale nato sulle fondamenta dell'agenzia AdnKronos. Fra i due nacque un'intesa «immediata». «Nei miei frequenti viaggi all'estero, nonostante le mie telefonate siano di solito brevi, con lei parlavo per ore. Recitavamo, grano dopo grano, un rosario sentimentale per essere lucidamente consapevoli che la nostra relazione stava diventando una scelta di vita... I sentimenti d'amore sono come i sentimenti religiosi, sono eccitati dal mistero, dall'armonia nell'animo, dal sentirci felici senza dei perché e delle ragioni esattamente configurabili. Poteva un tipo come me, che aveva scelto una solitudine non solitaria, cambiare le carte in tavola verso la fine dei sessant'anni? Si trattava di asportare la scorza dura di una vita egocentrica, da scapolo, anzi da "zitello", come amavo ripetere quando mi presentavo. Per fortuna, le ragioni del cuore sono più forti e risolutive delle ragioni della Ragione.»

Pippo e Angela si sposarono nel novembre 2006 e, due anni dopo, arrivarono i bambini. «Per Angela, una famiglia senza figli è una storia senza futuro e senza memoria di sé in altri. Anch'io li avrei voluti da sempre. Nonostante sia ritenuto un uomo scaltro, navigato, volpe da pollaio politico e giornalistico, ho visto sempre nei bambini persone adulte con una storia ancora da raccontare. E infatti amo giocarci, porre loro delle domande, sorprendermi delle loro risposte. Ma sarei stato un buon padre a settant'anni? Ancora una volta la buona sorte, che mi accompagna da sempre, è stata una complice generosa. Tra un anno i bambini passeranno da un asilo del centro a una scuola americana. E gli anni vissuti da me e non da Angela adesso riempiono le pagine di quel romanzo che ci raccontiamo e commentiamo ogni sera.»

Uno strano caso di «amore paterno»

Ci sono amori che nascono tardi per imprevedibili circostanze della vita. La storia che raccontiamo adesso è maturata anni fa in una valle alpina dell'Italia nordoccidentale, ai confini con la Francia. Un uomo che ha superato i sessant'anni riceve un giorno una lettera che lo gela. L'ha scritta una donna ancora giovane, ma ormai sposata e con prole, che gli rivela di essere sua figlia, frutto di un amore lontano e prevedibilmente dimenticato. La missiva è molto circostanziata, e la donna – che non è mai stata riconosciuta – sembra non chiedere niente, se non di conoscere finalmente suo padre.

Il presunto genitore sa bene che questa vicenda è destinata a sconvolgergli la vita: lui è felicemente sposato da moltissimi anni, ha una moglie alla quale vuole bene, figli ormai sistemati, un pensionamento onorevole. Non racconta subito la storia alla consorte, ma lascia la busta su un tavolo. La moglie, facendo le pulizie, trova la lettera, la legge, resta ovviamente turbata e chiede spiegazioni al marito. «È una vecchia storia» le spiega lui. «Da giovane, prima di conoscere te, ebbi una relazione con una ragazza, ma non ero certo il solo a frequentarla. Perciò, quando me ne andai dal luogo in cui l'avevo conosciuta e lei mi disse di aspettare un bambino, le risposi che né lei né tantomeno io potevamo essere sicuri della paternità. Dopo qualche bisticcio iniziale, non ho saputo più niente e mai mi sarei aspettato una lettera del genere.»

Tuttavia, la lettera era così dettagliata, così garbata, perfino così tenera che era impossibile far finta di niente. D'accordo con la moglie, il presunto padre decise allora d'incontrare la presunta figlia, ma senza far parola ai figli della vicenda, per non creare ulteriori motivi di tensione, visto che quanto successo era già bastato a far perdere il sonno. L'incontro avvenne in territorio neutro: per ovvie ragioni erano stati esclusi il paese in cui viveva lui e la città in cui era cresciuta lei. Durante il viaggio – non breve, ma nemmeno troppo lungo – i due coniugi non aprirono bocca, ma rievocarono mentalmente i tanti anni trascorsi insieme: la conoscenza avvenuta nel corso di una gita in montagna, il lungo fidanzamento, l'amore felice coronato dalla nascita dei figli, l'avvio sereno a un congedo dal lavoro che non aveva però ridotto l'energia e la voglia di fare di entrambi. Ma questi teneri ricordi – che soprattutto alla moglie finirono per sembrare una colossale finzione durata una vita intera – non potevano non accavallarsi con l'incubo degli squilibri sentimentali e domestici che una nuova, traumatica paternità avrebbe provocato in una famiglia fino a quel momento apparentemente immune da possibili scosse. Quali pretese avrebbe avanzato la presunta figlia? Fino a che punto i sensi di colpa del presunto padre avrebbero inciso nella trattativa economica, inevitabile forse, anche se la lettera della giovane sembrava conciliante sotto ogni aspetto? E, soprattutto, come avrebbero reagito alla «novità» i figli della coppia?

Alla moglie bastò vederla da lontano, prima ancora che si stringessero la mano, per capire che la ragazza – anzi, la donna, benché di oltre vent'anni più giovane di lei – era davvero la figlia di suo marito. Gli stessi lineamenti, lo stesso sguardo... Un tuffo al cuore, il presentimento che nulla da quel momento sarebbe stato più come prima cedeva il posto a una drammatica certezza. In queste situazioni, l'intuito femminile non sbaglia mai. Superati gli iniziali momenti di imbarazzo, l'incontro fu gradevole: il presunto padre non voleva offendere la presunta figlia dicendole che la madre era stata un po' «leggera» nelle sue amicizie, d'altra parte doveva in qualche modo giustificare il fatto che, a suo tempo, si fosse rifiutato di riconoscerla. Uomo di montagna, non era abituato a fare discorsi raffinati, ma il cuore gli dettò le parole giuste: caute e al tempo stesso affettuose, entro i confini della necessaria reticenza, eppure mai sgradevolmente elusive. Si lasciarono con l'impegno di fare quello che ormai da molti anni è d'uso in questi casi: la prova del Dna.

Dopo le ultime riforme del diritto di famiglia, il codice è chiaro: i figli nati fuori del matrimonio hanno gli stessi diritti dei figli legittimi. Che cosa avrebbe significato questo per la loro famiglia, che conduceva una vita dignitosa ma che, certo, non aveva tanti beni da spartire? Che fine avrebbe fatto la casa, già destinata a una figlia? E il pezzo di terra sul quale uno dei figli sperava di costruirsi un giorno la propria, per riavvicinarsi ai genitori? Sebbene i ragazzi non fossero stati informati della terribile novità, sulla famiglia era calata una fortissima tensione. La moglie sapeva bene che il marito era in qualche modo incolpevole di quanto stava accadendo: se c'era stato un errore, era frutto di un lontano peccato di gioventù. Cercava di farsene una ragione, ma non le era piaciuto quel trasporto paterno, leggibile nelle pieghe di un colloquio tutto sommato formale, che lui aveva mostrato verso la figlia ritrovata. E quando i due coniugi andarono insieme a ritirare la busta con il risultato degli esami del Dna, non l'aprirono subito: per entrambi il risultato era scontato. Percorsero in silenzio il lungo tragitto tra la sede del laboratorio, in città, e la loro casa, e soltanto una volta giunti a destinazione lui strappò il lembo destro del grosso involucro con un gesto nervoso di cui fu il primo a sorprendersi. La moglie lo vide impallidire. «È negativo» disse quasi sottovoce.

Nessuno di noi sa che cosa sia passato in quel momento nella testa di due coniugi che, in altri tempi, avremmo definito anziani. O meglio, possiamo immaginare il sollievo, anzi la gioia della moglie nel veder ricostruito, con la velocità del «return» di un telecomando, l'equilibrio raggiunto dopo decenni di pazienza e andato in frantumi per un semplice sguardo dato dal marito alla presunta figlia. Non sapremo invece mai fino in fondo quel che accadde nel cuore di lui. Probabilmente in pochi istanti si azzuffarono il sollievo e la delusione, e forse alla fine accadde ciò che lui non ebbe il coraggio di confessare a se stesso: vinse la delusione. È inutile cercarne i motivi. Al cuore, si dice, non si comanda, e quell'uomo si era immediatamente, istintivamente legato a quella donna. Quest'ultima reagì con molta dignità alla notizia di aver perso il padre appena ritrovato, non tentò nemmeno per un momento di impugnare il referto, di chiedere una nuova prova (anche i chimici possono sbagliare, come ci insegnano tanti processi). E continuò, invece, a comportarsi – anche se fuori d'ogni equivoco – come se lui fosse davvero suo padre. O, forse, anche qualcosa di diverso. Perché, anni dopo, furono scoperte delle lettere che dimostravano come il mancato padre e la mancata figlia avessero maturato un rapporto sentimentale di tutt'altra natura.

Cesare Rimini: «Mai parlar male della suocera»

«Mi occupo di separazioni e divorzi da molti decenni, ma il mio è un amore per sempre» mi dice Cesare Rimini. «Mia moglie e io ci siamo fidanzati quando lei aveva 14 anni e io 16. Eravamo a Mantova, lei era la più bella della classe di mia sorella, e non solo. Adesso abbiamo entrambi tutti i capelli candidi... Mia moglie sostiene che a far scattare la nostra storia d'amore è stata la scarlattina. Nel senso che io ho cominciato a farle la corte quando portavo ancora i pantaloni corti e non ero molto credibile. Poi presi la scarlattina, i miei mi fecero finalmente indossare i pantaloni lunghi e ci fu il colpo di fulmine. Ci siamo sposati nel 1959, io avevo 27 anni e facevo pratica d'avvocato proprio in questo stesso studio. Mia moglie aveva 25 anni e insegnava lettere a Bozzolo, dove le lezioni di religione erano tenute da don Primo Mazzolari.

«Come abbiamo retto finora? Pensare che in un matrimonio non ci siano problemi e discussioni è pura teoria. Ma il mio mestiere mi ha insegnato una cosa fondamentale: quando due coniugi litigano, non devono mai pronunciare frasi senza ritorno. Delicatissimi sono i rapporti con le famiglie d'origine, che soprattutto oggi hanno una grande funzione di sostegno anche economico, ma commettono molti peccati di intromissione nella vita coniugale dei figli. Esempio classico di una frase senza ritorno: va benissimo dire quella cretina di mia madre, ma mai bisogna dire quella cretina di tua madre. Gli apprezzamenti troppo negativi possono lasciare segni indelebili. Per fortuna, però, c'è chi riesce a mantenere con i genitori un rapporto arricchito dai nipoti, che diventa assai prezioso.

«Ci sono poi da respingere i tentativi di seduzione ai quali ciascuno di noi è esposto. Venne da me un signore di 65 anni che si era innamorato di una ragazza più giovane di trenta. Intendeva separarsi e, prima di comunicarlo alla moglie, voleva assicurarsi che mettessi le cose a posto in modo che non le mancasse niente. Gli dissi che non le avrei scritto subito: era meglio ponderare una situazione così grave prima della scelta definitiva. Quel signore tornò dopo pochi giorni. Aveva preso il tram e una ragazza dell'età della sua fidanzata gli aveva ceduto il posto. Gli erano venuti dei dubbi...

«Naturalmente, anche in una coppia che sembra ideale come la nostra ci sono chiaroscuri di carattere invisibili dall'esterno. Una volta chiesi a mia moglie di accompagnarmi per una causa a Lucca. Fu una trasferta meravigliosa e alla fine, invitandoci a pranzo, la mia cliente disse: "Signora, avrebbe qualcosa in contrario a che io cloni suo marito per prenderne una copia?". E mia moglie: "Prenda pure l'originale, vedrà che dopo una settimana me lo rende". In realtà, non abbiamo mai rischiato di separarci. Godiamo insieme del frutto del mio lavoro. Io ho la mania delle case: Milano, Venezia, le Cinque Terre... Ho intestato tutto a mia moglie. Quando non c'è unione economica, talvolta nascono dei problemi. Vengono qui donne che vogliono separarsi e cominciano: "Io non so quanto guadagna mio marito, dove tiene i soldi". Capisco una certa prudenza, ma questi non sono di sicuro sintomi di unione...»

VI

Amore di gruppo

«Se mia moglie porta un marinaio in cabina...»

«Il mio momento più felice? Le crociere?» Vi piace il mare? «Sì, ma l'attrazione è un'altra. Appena saliamo a bordo, mia moglie individua tra l'equipaggio un uomo che le piace e lo invita a seguirla in cabina. Io aspetto in bagno. A un certo punto esco, il marinaio resta perplesso e chiede se c'è un problema. Io rispondo "no problem" e mi unisco a loro. Così facciamo l'amore per tutta la notte e la mattina sono l'uomo più felice del mondo.»

Ann & Ann (è il loro nickname) si stringono teneramente la mano. Stanno insieme dall'adolescenza, hanno avuto il primo figlio quando lei aveva 13 anni e lui 17. Si sono sposati tre anni dopo e la loro unione va avanti da trentacinque. Lei è una bella donna che dimostra meno dei suoi 48 anni, lui è un signore tranquillo e un po' anonimo. Abitano in una regione del Sud e fu lì che, quindici anni fa, cominciò la loro nuova avventura sessuale. «I figli erano ormai grandi» mi racconta lei «e mio marito fantasticava su questo tipo di esperienze. Frequentando una coppia di amici, ci scambiammo le nostre fantasie e decidemmo di provare. La prima volta andammo con loro in un locale della nostra regione. Io e mio marito ci tenevamo per mano e non combinammo niente. Ricordo solo un gran mal di testa. Davanti a noi si apriva un mondo che mi pareva irreale, ma al tempo stesso sensuale e coinvolgente. Vedemmo i nostri amici fare sesso con altre persone e concludemmo che quell'esperienza non faceva per noi: non saremmo più tornati.»

«E invece» continua il marito «ripensando nella nostra intimità a ciò che avevamo visto, decidemmo di tornare da soli. Desideravo vedere due donne fare l'amore tra loro. Mia moglie si ritirò in camera con un'amica, io rimasi in discoteca, ma morivo al pensiero di ciò che stavano facendo. Quando lei scese, la guardai negli occhi, lei mi sorrise e mi disse che aveva provato un grandissimo piacere. Eravamo ancora gelosi l'uno dell'altra, eppure dopo quella sera io non solo non mi sentii tradito, ma nella nostra unione corpo e anima erano fusi come non era mai accaduto.»

«Fu così» prosegue lei «che ogni sabato e ogni domenica tornammo nel locale. E ogni volta accadeva qualcosina in più. Facemmo per la prima volta l'amore in quattro con una coppia che ci intrigava. Prima toccò a noi donne stare insieme mentre i nostri uomini guardavano. Poi ognuna fece l'amore con il suo partner. Il primo scambio? Quando ci sembrò di trovare la coppia giusta. Lasciammo la nostra regione per venire nel Lazio, prima a Grottaferrata, poi qui a Fiano Romano. Schiavi di questo mondo? No, felicemente partecipi. A casa facciamo l'amore spessissimo, siamo attratti l'uno dall'altra come il primo giorno. E, naturalmente, continueremo a venire in posti come questo fino a quando sarà possibile.» L'intervista è finita. Ann & Ann si alzano e scendono al piano di sotto per la loro serata di sesso di gruppo.

Lezioni di sesso a Fiano Romano

Notte d'estate a Fiano Romano, 38 chilometri dal centro di Roma, castello costruito nell'Ottocento con tanto di merlature dai marchesi Montagna nel cuore di un bellissimo bosco e ora ristrutturato come albergo. Grandi saloni, biblioteca in cui figurano autori che hanno fatto la storia della sinistra italiana, da Emilio Sereni a Mario Alicata. Ventidue camere da letto, area fitness con sauna, bagno turco, vasca idromassaggio. Sala con il casinò online. Terrazza affacciata sul parco, grande piscina scoperta e campi da tennis in ristrutturazione, ristorante per 80 persone. Aperto 365 giorni all'anno. Qui, all'inizio del 2011, Augusto

Pistilli e Riccardo Lisi hanno creato un «centro benessere del sesso» con la prospettiva di ospitare ogni anno 3000 persone.

Il Castello di Fiano è uno dei 135 locali per «scambisti» aderenti alla Federsex, sui 400 esistenti in tutta Italia. «Siamo presenti da Palermo a Trieste, a Ventimiglia» mi dice Pistilli. Federsex è nata nel 1993 per iniziativa di un milanese (Pino Torres), un torinese (Franco Recondito) e un romano (Augusto Pistilli, appunto, che ne era il presidente, con Lisi segretario nazionale). «Ci siamo incontrati per mettere ordine e difendere un ambiente controverso, in cui spesso i controlli si trasformavano in abusi di potere, con irruzioni pesanti. È nata perciò un'organizzazione di circoli privati assolutamente legali per chi ama vivere in libertà, rilassandosi e nutrendo il proprio corpo con nuove esperienze.»

La notte alla quale ho assistito si è aperta con una lunga cena sulla terrazza ai margini del bosco, seguita da un intermezzo di un'ora, imprevisto e curioso, soprattutto nella prima parte, quando Chiara Camerani, una psicologa specializzata in criminologia delle perversioni e altri aspetti della sessuologia (materia per la quale è consulente dell'Arma dei carabinieri), ha tenuto un'autentica lezione scientifica sul piacere indotto, dall'antichità a oggi, con la descrizione dettagliata di abitudini sessuali nei diversi secoli e nelle diverse civiltà.

È poi intervenuto un elegante signore emiliano, Daniele Droghetti, che, dopo un'esperienza professionale in Ibm, nel 1994 ha aperto un sexy shop a Ferrara (La Mela Blu) e, tre anni dopo, una «love boutique» (Lovely Toys) a Occhiobello, in provincia di Rovigo, la capitale italiana del sesso. A cavallo tra due regioni (l'Emilia e il Veneto), che più delle altre hanno il culto dell'edonismo in tutti i suoi aspetti, con poco più di 11.000 abitanti, Occhiobello – noto alla cronaca nazionale per l'alluvione del Polesine dell'autunno del 1951 – ha oggi il più alto tasso pro capite di divertimento e di tentazioni sessuali, con cinque night-club e due locali per scambisti. Aprire un sexy shop a Occhiobello, perciò, è come mettere una bancarella di articoli religiosi accanto a un santuario. E infatti Droghetti si è ingrandito e adesso importa dalla Germania e dalla Svezia il campionario più ampio e fantasioso di stimolatori sessuali di nuova generazione. Droghetti è un'autorità nel ramo: ha fatto da tramite per fornire di giocattoli erotici personalizzati lo stilista Roberto Cavalli, che li ha esposti nel nuovo negozio di Parigi. (Dolce e Gabbana si servono direttamente in fabbrica.) Per farla breve, assistendo alla sua lezione e parlandoci separatamente più tardi, ho scoperto che non vanno più di moda i falli giganteschi alla Rocco Siffredi, ma attrezzi di dimensioni più naturali, igienicamente testati e tecnologicamente più avanzati.

Più scientifica la Camerani, più brillante Droghetti, senza nessuna concessione alla volgarità e ai doppi sensi. Anche la lezione della psicologa è stata ascoltata nel più assoluto silenzio dalla trentina di persone presenti: una dozzina di coppie e quattro uomini single. Provenienza: Roma, Milano, Napoli, provincia di Frosinone, Molfetta, Matera e Bitonto. L'età delle donne variava tra i 35 e i 40 anni, per gli uomini dai 35 a oltre i 50. Le donne indossavano abiti con qualche tocco sensuale e una mascherina (la mia, invece, copriva l'intero viso), mentre gli uomini erano quasi tutti in giacca e cravatta.

All'una del mattino, per scaldare l'ambiente, la comitiva si è trasferita nel night-club, con divani bianchi sistemati a destra e a sinistra della pista da ballo. Una bella spogliarellista si è esibita sfiorando più o meno tutti gli uomini presenti e alla fine ha scelto uno tra i più giovani, denudandolo parzialmente e simulando quello che c'era da simulare. Sui divani, intanto, qualche signora si era messa in libertà e cominciava a invitare qualche signore a sciogliersi. Una, in particolare, era piuttosto vivace e passava da un divano all'altro.

La legittimazione delle corna

È a quel punto che mi sono appartato, si fa per dire, con una coppia: lei, milanese, tra i 40 e i 45; lui, romano, sopra i 50. Lei sposata e divorziata, con una figlia ormai grande; lui scapolo. Lui era cliente del negozio di lei e, dopo due anni di frequentazione, dieci anni fa hanno deciso di vivere insieme. «L'idea di venire qui è stata di R.» mi dice la donna, il cui nome comincia con la stessa lettera. «Voleva conoscere questo mondo, e abbiamo iniziato a frequentare il Castello fin dalla sua apertura, all'inizio del 2011. Qui si sdogana la legittimità delle corna. Abbiamo conosciuto diverse coppie con venti o trent'anni di matrimonio che hanno l'esigenza di evitare il tradimento tradizionale, l'uno all'insaputa dell'altra, e hanno deciso di vivere il sesso insieme, in maniera aperta e condivisa. Qui scopro come sono davvero, scrivo sera dopo sera un libro nella mia testa. Qui una donna di quarant'anni fa sesso con un ragazzo molto più giovane, cosa più complicata nella vita di tutti i giorni. E lo fa sotto lo sguardo del suo uomo che, con il suo consenso, giustifica quello che sta accadendo e non si sente affatto tradito.»

R. è un fiume in piena. È lei che racconta sia la filosofia sia la pratica del sesso di gruppo, confermando – come risulta anche da tutte le inchieste condotte su questo mondo – che sono le donne a dare la linea, a dirigere il gioco: «Noi donne qui riusciamo a liberarci meglio degli uomini, riusciamo a fare sesso senza complessi, senza porci il problema di quel che può pensare lui. Vuole sapere un paradosso? Nella vita di tutti i giorni, spesso l'approccio maschile a una donna è volgare. Qui si è molto più educati: se uno vuole avvicinarsi a me, chiede il permesso al mio compagno». Il quale, come prevedibile, viste le regole del gioco, difficilmente si sottrae. Poi R. fa un'altra rivelazione: «Nei club privé il 90 per cento delle donne sono bisessuali e qui trovano l'occasione per manifestarlo senza che nessuno ti dica che sei lesbica, come succede fuori».

Chiedo al suo compagno se è geloso quando la vede fare sesso con un altro, e lui dice di no. Ma R. è lesta a riprendersi la parola: «La gente è convinta che, quando si entra in un posto come questo, ci si scateni subito in un'orgia. Non è così. Non è scontato che accada o che debba accadere. Se succede, è perché è scattato il feeling con qualcuno. Per dirla tutta, ci sono posti che vengono definiti "normali", come certe discoteche, in cui si fa sesso in modo molto più volgare. Qui c'è una sorta di corteggiamento, un gioco molto più trasparente di quel che si vede fuori. Che ne sai di che cosa accade al tuo uomo durante la giornata? Qui, se una donna lo guarda e lo invita sotto i miei occhi, sento che, grazie alla mia complicità, il rapporto di coppia si rafforza. Anzi, tornando a casa e ripensando a ciò che hai visto qui, fai sesso con il tuo partner con un'eccitazione e una fantasia che prima non conoscevi. Da quando veniamo qui, lui è molto migliorato nei miei confronti: è più tranquillo, più rilassato. Gelosia? Io sono gelosa della sua testa, non del suo corpo. Se lo vedo fare sesso con un'altra donna, so che lo fa per una pulsione. Ma la sua testa rimane mia». Il suo uomo annuisce silenzioso.

«Per il mio lavoro» riprende lei «incontro molte donne. Bene, almeno il 30 per cento ha un'altra relazione e molte sono del tutto insoddisfatte del rapporto sessuale con il proprio compagno. L'età media delle donne insoddisfatte è 40 anni. Del resto, come spiega che si trovino un nickname per andarsi a cercare rapporti sessuali su Internet o che abbiano una gran voglia di frequentare un posto come questo? Il problema è che non hanno il partner giusto per venirci. Eppure, quando una donna si sente coinvolta, è lei l'amante migliore...»

Tutte le testimonianze raccolte qui a Fiano Romano sono in linea con il risultato delle inchieste compiute negli ultimi cinque anni: secondo gli scambisti, condividere il proprio partner con un altro uomo o un'altra donna lo rende più desiderabile.

Faccio un salto al piano inferiore, dove è cominciato il gran gioco. Non è facile distinguere le figure nel buio. In una stanza, una ragazza si destreggia tra due uomini: se hanno rispettato le regole, uno dovrebbe essere il suo partner abituale. In un'altra c'è stato lo scambio di coppia: così almeno mi assicurano. Deve esserci stato un colpo di fulmine reciproco, perché le due nuove coppie fanno sesso ognuna per conto proprio, dandosi le spalle.

Scopro che qui il sesso si chiama «gioco». «È arrivata una coppia siciliana che, alla vigilia delle nozze, ha voluto dare qui l'addio al celibato» mi dice Pistilli. «Anzi, al nubilato, perché la festa, chiamiamola così, è stata un regalo di lui a lei.» Regalo? «Be', sì. Lui si è assicurato che quella sera qui ci fosse qualche ragazzo, la sua compagna ha giocato con tutti e lui è rimasto a guardare. Il giorno dopo erano felici.» Contenti loro...

Amore di gruppo per festeggiare il matrimonio

«Siamo venuti qui a festeggiare il nostro matrimonio» mi dicono Zeus e Maia, quarantenni emiliani, lui ingegnere, lei attiva nel turismo. «Io avevo l'abito bianco» racconta Maia «e lui l'abito da cerimonia. Siamo arrivati nel privé con gli amici. Una quarantina di persone. Abbiamo fatto un sesso di gruppo molto goliardico...»

«Qui» è il Bolero Palace di Altedo, 20 chilometri da Bologna, 25 da Ferrara, punto d'eccellenza del sesso allegro che, nel giro di pochi chilometri, ha altri otto locali simili (quattro a Bologna, due a Ferrara, uno a Modena, uno a Massa Lombarda). Altedo è un quieto e prospero centro agricolo di 10.000 abitanti, noto per la produzione degli asparagi e, dal settembre 2010, per il «centro più visionario d'Europa», ispirato dal motto di Oscar Wilde «Nulla ha più successo dell'eccesso». In effetti, la sera dell'inaugurazione, qui c'erano 1500 persone e altre 660 se ne sono contate nel settembre 2011 per festeggiare il primo anniversario del locale. «Nell'agenda di questo cellulare ci sono i numeri di settecento coppie» dice Claudio, manager di una multinazionale e socio del locale insieme con Moreno Costa e altri. «Il Bolero è frequentato da un ceto medio-alto: manager, avvocati, ingegneri...»

Zeus e Maia sono sposati da un anno, dopo dieci di convivenza. Nella vita precedente avevano entrambi coniugi moralmente molto rigorosi: «Impossibile condividere con loro una qualsiasi fantasia erotica» mi dicono a una voce. Dopo la separazione, i figli di lei (lui non ne aveva) sono andati a vivere dalla madre «e lui è stato per loro il padre che gli era mancato». «Avevo un collega» racconta Zeus «che ogni lunedì mattina raccontava le sue incredibili avventure della domenica in un privé. Scapolo, aveva incontrato una ragazza che lo aveva introdotto in questo mondo. La sua vita ne era uscita rivoluzionata e io avevo una grande curiosità, ma guai a parlarne con mia moglie. Le mie fantasie restavano inconfessabili. Quando, dopo la separazione, mi sono messo con Maia, che conosceva l'amico in questione, ho visto che anche lei era incuriosita.» «Così,» prosegue lei «quando il mio compagno mi ha proposto di fare questa esperienza, ho detto subito: bene, si va?»

Andarono in quattro a Massa Lombarda. «L'impatto fu gradevole» ricorda Maia. «All'ingresso c'erano divani e un piano bar. Abbiamo bevuto un po', chiacchierato. Poi ci siamo divisi dall'altra coppia e siamo saliti nel privé. Ci siamo imbattuti subito in un accoppiamento di gruppo e non eravamo sicuri che fosse quella l'esperienza che volevamo provare. Ma eravamo molto eccitati, ci mettemmo in un angolo e facemmo l'amore per conto nostro. Il giorno dopo, a casa, ricordammo tutto quello che avevamo visto e questo ci suggerì nuove fantasie. Che cosa avremmo fatto in quattro in un letto? Dopo esperienze pesanti con persone molto rigide, avevamo voglia di brividi nuovi, nella libertà di fare esperienze insieme con il nostro compagno. Era una cosa importante per noi, non per la presenza degli altri.» Aggiunge Zeus: «C'era un bombardamento di emozioni e non sapevamo dove saremmo voluti arrivare».

La coppia non tornò a Massa Lombarda. La nuova meta era Occhiobello. «Lì ci trovammo subito a nostro agio» mi spiega lei. Il locale era diverso, fatto per esperienze, come dire?, più intime. Luciano, il gestore, ci mise subito a nostro agio. All'inizio giravamo per le stanze limitandoci a guardare quel che facevano gli altri, poi ci appartavamo per conto nostro. Abbiamo conosciuto una coppia che ci piaceva e che ci ha iniziato concretamente a questo tipo di gioco. Lo scambio è consistito soltanto in baci ed effusioni, poi ognuno ha fatto l'amore con il proprio compagno, ma sullo stesso letto.»

«Dico ti amo a mio marito, mentre faccio sesso con un altro»

Zeus e Maia avevano intanto cominciato ad allargare il loro giro di conoscenze attraverso le «communities» di Internet. «Come ha detto Maia, con una coppia avevamo fatto sesso insieme, ma senza scambio. Fummo noi a decidere di fare il salto e andammo a casa loro. La nostra ospite ci offrì una magnifica cena di pesce, poi ci spostammo in camera da letto e ci scambiammo i partner.» «L'esperienza fu assai piacevole» racconta Maia. «Eravamo tutti rilassatissimi. Ero molto eccitata nel vedere mio marito con l'altra donna e, per un momento, ho avuto paura di perderlo. Ma è stato solo un momento, e a lui è capitata la stessa cosa.» «Quando realizzi la fantasia» interviene Zeus «rimani con il fiato sospeso. Quella notte nessuno di noi dormì e la mattina capimmo che avremmo proseguito su quella strada.»

Da allora la coppia ha avuto numerose esperienze e sostiene che il rapporto ne è uscito molto rafforzato. «Io viaggio tanto» dice Zeus «e di occasioni me ne capitano parecchie. Ma è impensabile che possa fare l'amore con un'altra se non c'è mia moglie. Mi manca lo stimolo principale: fare sesso in sua presenza per eccitarla.» «A me accade la stessa cosa» conferma lei. «Quando mio marito è assente, qualche volta vengo da sola al club, incontro gli amici, bevo qualcosa, ma sesso mai. Ho bisogno di lui, come lui ha bisogno di me. Se nello scambio lui fa qualcosa che mi piace particolarmente, mi unisco a loro due e so cosa fare per aumentare il suo piacere. Lo stesso accade a lui quando io sto con un altro. Devo avere mio marito vicino, toccarlo con un piede o con una mano. Avere la sensazione concreta che sto facendo l'amore anche e soprattutto con lui.»

A un certo punto, è arrivato anche il sesso di gruppo. «In media accade con tre o quattro persone, coppie e anche qualche single» mi racconta Zeus. «Nelle feste private si fa sesso con un numero maggiore di persone. È capitato anche con venti coppie. Ma in quel caso sembra di stare al luna park, è un momento di follia collettiva dove non ci si accoppia mai in stanze separate.»

Maia confessa di raggiungere l'orgasmo soltanto con alcuni dei suoi partner e, soprattutto, con suo marito: «La cosa più bella è fare l'amore con lui alla fine della serata, dopo esserci raccontati le nostre esperienze con gli altri».

Che valore ha per voi il bacio? «All'inizio gli davamo molto peso, baciare un altro era un tabù. Adesso questo problema è stato superato: baciare un'altra persona aggiunge piacere allo scambio.» Poi Maia dice a Zeus sorridendo: «Ricordi quella ragazza alla quale piaceva baciarti? Ti aveva monopolizzato...».

Entrambi considerano il sesso orale meno impegnativo del rapporto completo tradizionale. Maia trova normale fare sesso con altre donne: «Mi hanno avvicinato in modo molto naturale, mi è piaciuto e ho giocato. La prima volta che ho ricevuto sesso orale da una ragazza è stato molto gradevole e ho continuato. Ma preferisco fare sesso con i maschi. Le lesbiche non mi piacciono».

Le chiedo qual è la differenza tra uomo e donna quando compiono gli stessi gesti: «La donna è molto più delicata» mi risponde. «Capita in certi gruppi di trovare uomini violenti, e allora vado con una donna per essere lasciata in pace. Certo, ci sono donne che amano anche un piccolo schiaffo, ma devi essere prudente, devi saper interpretare i segnali. Gli uomini che hanno un approccio troppo ruvido vengono estromessi dai giochi.» «I singoli» aggiunge Zeus «vogliono ammortizzare il costo di un biglietto più caro del nostro, ma certe volte non combinano niente proprio per il loro approccio sgradevole. Tanto vale che vadano con una prostituta. Un singolo fra quattro o cinque coppie va bene. Noi abbiamo provato una sola volta a fare l'amore in tre con un uomo e un'altra in tre con una donna, ma non ci è piaciuto. Il rapporto è sbilanciato...»

Naturalmente, chi ama questo tipo di sesso non si lascia sfuggire l'occasione quando si trova all'estero. Zeus e Maia hanno una discreta esperienza sia in Europa occidentale sia in quella orientale. «La scuola francese è più libertina della nostra. Appena entri in un locale, ti danno le chiavi di un armadietto e ti spogli subito, come in piscina. Si gira nudi, le donne restano con la lingerie per essere più sexy. Questo scalda subito l'atmosfera, si fa sesso dappertutto, ma in modo garbato e spontaneo. Una sera a Bruxelles capitammo in una festa di compleanno. Fummo presentati come i nuovi amici italiani e versarono subito champagne addosso a Maia. Facemmo sesso soprattutto con una coppia israeliana e continuammo la mattina dopo in casa loro. Nell'Est le cose sono molto più selvagge. Una volta a Budapest ci trovammo in una bolgia dantesca, ci siamo spaventati e siamo andati subito via.»

Vi capita mai di usare la parola amore? «Mi viene spesso» confessa Maia. «Quando faccio sesso con uno e accanto a me Zeus lo fa con un'altra, lo guardo e gli dico: ti amo. Agli altri, naturalmente, non l'ho mai detto...»

Tre fori in alto e cinque in basso

Al contrario dei castelli di Fiano e di Grottaferrata, vicino Roma, dove gli scambi avvengono all'interno di vecchie o antiche strutture nate per altro, il Bolero Palace di Altedo è stato pensato, progettato e costruito come luogo di trasgressione o, come preferiscono definirlo qui, luogo di «gioco». All'ingresso c'è una discoteca vera e propria, con tanti divani eleganti e un grande buffet che domina la sala. L'unica differenza rispetto ai locali in cui ci si limita a ballare è che, al centro, c'è un enorme letto triangolare disegnato come la prua di una nave. «È il posto più ambito» mi dicono «perché chi si accoppia là sopra viene visto da tutti.»

Il costo della tessera annuale è di 10 euro a testa per la coppia e di 50 per i singoli. Il biglietto per le serate varia da 30 a 50 euro per le coppie e dai 50 ai 150 per i single, a seconda dell'evento. Ci sono serate mascherate e serate a tema. Vedo le foto di quando è stata scelta Miss Gambe e la selezione, dal punto di vista estetico, vale quanto quella di Miss Italia. La vincitrice del Carnevale 2011 è una splendida ragazza che si è fatta dipingere quasi l'intero corpo. All'entrata si viene dotati di un numero e, mentre si chiacchiera al bar, si sceglie la coppia o il singolo con cui iniziare. I numeri dei prescelti compaiono su un grande display elettronico (quello dove scorre abitualmente il motto di Oscar Wilde sull'eccesso e il successo) e si comincia.

Al pianoterra le stanze immediatamente raggiungibili e aperte a tutti hanno un lettone di 1,50 × 5 metri. Noto che sulla parete scorrevole che funge da porta ci sono tre grandi fori ad altezza d'uomo e cinque più in basso. Intuisco che quelli in alto servono per guardare stando in piedi e, con la mia inguaribile ingenuità, annoto sul taccuino che quelli in basso servono per guardare da inginocchiati. Moreno e Claudio mi danno un'occhiata di cortese compatimento e mi spiegano che, sì, i fori in alto servono per guardare (l'occhio deve abituarsi, perché c'è buio fuori e buio dentro), ma i fori in basso, se ci faccio caso, sono esattamente all'altezza del bacino… («Gli inglesi» mi informano «chiamano questi angoli con un nome molto suggestivo, *Glory Hall*, e hanno preso spunto da quel che accade tra omosessuali nei bagni di alcuni autogrill. Noi abbiamo realizzato una versione più intrigante e raffinata.»)

Da un lato del corridoio si prosegue verso il centro benessere, dove ci sono vasche idromassaggio, saune e bagni turchi comuni a uomini e donne, in cui c'è il divieto assoluto di fare sesso per evidenti ragioni igieniche. Dall'altro continua la serie di stanze con letti di 4 × 3 metri. Su una delle pareti, la gigantografia di quattro modelli strafichi aiuta a migliorare il clima. Alcune stanze sono protette da una doppia tenda: una è trasparente, per i giochi in penombra a beneficio dei passanti. Un altro paio di stanze sono chiuse da una parete di elastici: fatale la tentazione di scostarne qualcuno per dare un'occhiata a quanto succede dentro. «Noi scambisti» mi dice una coppia «siamo anche esibizionisti. Ci piace essere guardati mentre facciamo sesso. Ma guai a dirci che veniamo qui per fare le orge. È molto offensivo...»

Vedo un sedile di pelle nera fissato al soffitto da catene. «È un'altalena?» chiedo. Senza rispondermi, uno dei presenti vi si siede e, come un acrobata al circo, aggancia le gambe alle catene. I signori che passano possono servirsi a piacimento. Un rigoroso cartello: «Niente singoli, solo coppie» introduce alla grande ala al primo piano del Bolero. Qui si aprono quattordici piccole suite. Il tema è introdotto da raffinate pitture alle pareti luminose. (Inutile soffermarsi sui singoli temi.) Due camere comunicanti con letto quadrato di 3 × 3 metri, una più grande con due letti 3 × 3 e grande feritoia su una parete per affacciarsi, chiedere di partecipare o essere invitati a farlo. E poi salottini per conoscersi e guardare insieme film di contenuto intuibile.

Il cuore della stagione va da settembre ai primi di luglio, i giorni ovviamente più affollati sono quelli del fine settimana. L'assortimento dei frequentatori è imprevedibile: «Ci sono giorni con quindici coppie e venti singoli e giorni con centocinquanta coppie e dieci singoli». Di pomeriggio vengono le coppie clandestine, poi loro tornano a casa dai rispettivi partner e vengono sostituiti la sera dalle coppie regolari.

«Qui nascono i rapporti di amicizia più autentici» mi dice una signora. «Si sviluppano sentimenti di solidarietà che fuori è più difficile incontrare.» Claudio annuisce: «Ho subìto un intervento chirurgico molto pesante. Le coppie di amici che frequentano il Bolero sono corse a darsi il cambio per non lasciarmi solo la notte».

«Quando Roberta fa l'amore con un altro, per me è il massimo»

Una di queste coppie è quella di Roberta e Gabriele. Lei, bionda e graziosa, sui 35 anni, assomiglia a Deborah Caprioglio e fa l'operaia: lui è massiccio, ha una decina d'anni di più e lavora nell'edilizia. Stanno insieme da quattordici anni e hanno una bambina. Lui ha la battuta facile: «Ho dovuto prenderla per le orecchie per portarla dentro, adesso devo prenderla per la coda per tirarla via...». «È stato lui a convincermi» conferma Roberta. «Ho impiegato più di due anni» continua Gabriele. «Io ho sempre avuto la trasgressione dentro il corpo, ma ho dovuto convincerla piano piano.»

Così da cinque anni la coppia frequenta i club privé. «Ne conosciamo ormai una decina, tra Milano, il Veneto e l'Emilia» racconta lei. «La prima volta siamo andati a Desenzano del Garda. C'era una sala discoteca e poi tante stanzette dove potevi guardare quel che facevano gli altri. Dire che ero imbarazzata è poco. Nonostante fossimo tutti e due vestitissimi, quando mi si è avvicinata una donna e mi ha toccato mi son sentita morire. Ho capito che non era il mio ambiente e sono rimasta seduta su un divanetto in discoteca. Lui è entrato nel privé. Gelosa? No, tanto sapevo che sarebbe tornato a casa... A un certo punto arriva il buttafuori e mi chiede cosa sto facendo da sola. Aspetto, ho risposto. Lui è andato a cercare Gabriele, pensava che fosse uno di quei furbi che si portano dietro una donna che non partecipa per risparmiare sul biglietto. Comunque, non fu un'esperienza gradevole e non siamo più tornati lì. La seconda volta fu a Villafranca. Io ero sempre molto guardinga, molto fredda. Mi sentivo soffocare per il buio delle salette piccolissime. Nemmeno allora è successo niente. La svolta decisiva c'è stata dopo la nostra iscrizione a una "community" trovata su un sito. Abbiamo conosciuto una coppia bellissima con figli. Siamo andati a casa loro e abbiamo cominciato a giocare quando i bambini sono andati a letto. L'approccio è sempre di una donna con un'altra donna. Lei venne da me, io non immaginavo di essere bisex, abbiamo amoreggiato un po' e, non solo non mi sono sentita per niente a disagio, ma mi è piaciuto. Lei era bella e dolce, aveva tutte le caratteristiche per iniziarmi bene.» «Ha messo in moto la macchina da guerra» aggiunge Gabriele. «All'inizio noi uomini guardavamo, poi la ragazza che era stata con mia moglie è venuta con me e Roberta è andata con il marito.»

«Io non mi sono sentita a disagio nemmeno a fare sesso con lui mentre Gabriele lo faceva con lei. La prima impressione? Eccitazione e, all'inizio, anche un po' di gelosia, ma una gelosia strana perché finiva con l'aumentare l'eccitazione...» «Anch'io ero molto eccitato» dice Gabriele «e non geloso, perché eravamo tutti nella stessa camera da letto. Bastava il contatto di una mano, di un piede per sapere che eravamo lì insieme.» «Un suo sguardo» conferma Roberta «bastava a ristabilire la sintonia tra di noi...»

Un moto (represso) di gelosia Gabriele lo ebbe al Kristal di Vicenza, con una coppia di Brunico anch'essa contattata attraverso il sito. «È un bel privé,» ricorda Roberta «il migliore del Nordest prima dell'apertura del Bolero Palace. Molto giovanile, bella gente, bella musica, la possibilità di fermarsi soltanto per ballare. La coppia che avevamo contattato festeggiava il compleanno di lui. Quando andammo in camera, lui venne subito con me, e Gabriele restò spiazzato.» «Certo che restai spiazzato» interviene Gabriele. «Si era un po' troppo lasciata andare con quell'altro. Si era dimenticata di me...»

Una volta entrati nel giro, i due non ne sono più usciti e non hanno nessuna voglia di farlo. «Prima andavamo nei privé un paio di volte al mese, ma dal settembre 2010, quando hanno aperto il Bolero, veniamo tutte le settimane. All'inizio andavamo lontano per paura di conoscere gente del nostro paese. Poi ci siamo resi conto che più scappi, più incontri gente che conosci. E allora non ci abbiamo fatto più caso. Abbiamo provato con gruppi numerosi, ma non ci troviamo. Noi siamo più passionali, più selettivi. Se una coppia non ci convince, magari prendiamo solo un caffè.»

Incontri abituali? «Da tre anni» racconta Gabriele «viene con noi un amico che fuori ha tante ragazze, ma qui vuole fare sesso solo con Roberta. Io non sono geloso, lui mi rispetta, lei si sente realizzata. Per un periodo abbiamo anche invertito il gioco: siamo stati in tre, io, Roberta e un'altra nostra amica, molto vicina a noi.»

Con quante coppie avete giocato? I due mi guardano spiazzati. «È come azzeccare i numeri del Superenalotto» risponde Gabriele. «Diciamo almeno quaranta. Gli incontri più eccitanti? Quelli di Roberta con il nostro amico di cui parlavo poco fa. Lei si sente appagata, io mi sento tranquillo. Con lui andiamo sul sicuro, mentre con molte coppie è difficile raggiungere lo stesso livello di piacere. Qualche volta sto meglio io, qualche voglia sta meglio Roberta. Altre volte, invece, ci eccitiamo a guardare gli altri e poi facciamo l'amore noi due.»

Roberta indica il lettone a forma di prua che sta al centro della pista da ballo della discoteca. «Qualche volta mi sono esibita lì in mezzo. Ero eccitatissima. Gabriele? Faceva le foto per conto del locale. Quelle foto che, da qui, non escono mai...»

Nessuna frequentatrice dei locali di scambio viene pagata per le sue prestazioni. Eppure, a Catania la magistratura si è occupata di una clamorosa inchiesta su ciò che accadeva in una villa sulla strada provinciale Misterbianco-Camporotondo Etneo. Per circa un anno i carabinieri hanno filmato sesso di gruppo con microcamere nascoste nei condizionatori e registrato ogni sospiro con microspie piazzate ovunque. A mezzanotte del 26 giugno 2010 hanno fatto irruzione nella villa portando in caserma le ventidue persone che facevano sesso e si erano rivestite alla bell'e meglio. Dieci mariti o fidanzati sono stati arrestati per sfruttamento della prostituzione e le loro compagne denunciate per favoreggiamento.

A Cristiana Lodi, che il 7 agosto 2010 l'intervistò per «Libero», una delle nove signore, Giuseppina, disse: «Trovo assurdo proibire a una donna di dare sfogo alle proprie fantasie sessuali, anche se bizzarre e perverse. Cosa c'è di male se una moglie si sente pienamente appagata quando fa sesso con uomini diversi, anche tanti in una volta sola, in presenza del proprio marito?».

Nel frattempo il tribunale del riesame ha scarcerato tutti, ma nell'autunno del 2011 l'inchiesta non era ancora definita.

VII

Amori omosex

Gay si nasce o si diventa?

Gay si nasce o si diventa? Bella domanda. Pier Paolo Pasolini scrisse a un'amica: «Fu a Belluno quando avevo tre anni e mezzo ... che io provai per la prima volta quell'attrazione dolcissima e violentissima che poi mi è rimasta dentro sempre uguale, cieca e tetra come un fossile. Non aveva un nome allora, ma era così forte e irresistibile che dovetti inventarglielo io: fu "tela velata", e te lo scrivo tremando tanto mi fa paura questo terribile nome inventato da un bambino di tre anni innamorato di un ragazzo di tredici, questo nome da feticcio primordiale, disgustoso e carezzevole».

Pensavo che il problema fosse risolto da tempo, da quando nel 1990 l'Organizzazione mondiale della sanità ha escluso l'omosessualità dall'elenco delle malattie (non c'è evidenza scientifica del contrario), sposando una tesi pubblicata nel 1973 dall'American Psychiatric Association. Avevo, perciò, qualche disagio quando ho posto in termini secchi la domanda («Gay si nasce o si diventa»?) a Emmanuele A. Jannini, il sessuologo dell'università dell'Aquila che abbiamo già incontrato in queste pagine. Sfiorando un'arnia che credevo disabitata da decenni, sono stato invece travolto da uno sciame d'api di una polemica scientifica che non accenna a chetarsi.

Jannini, infatti, mi ha inviato un saggio pubblicato nel 2010 dal giornale della International Society for Sexual Medicine, frutto della ricerca di un gruppo di studio di scienziati italiani e americani da lui diretto, che esamina tutte le possibilità, propende per il fattore ambientale, ma mette sul tavolo anche la componente genetica. Jannini sostiene che il dibattito all'interno della Società si concentra sull'omosessualità maschile perché è più comune di quella femminile, ed è stata quindi molto più studiata, oltre ad aver richiamato con maggior frequenza il giudizio morale e religioso.

La domanda intorno alla quale si sono arrovellati – e si arrovellano – gli scienziati è dunque la seguente: l'omosessualità è genetica o è il risultato di un condizionamento ambientale, in genere molto precoce? Freud, per esempio, era per la seconda tesi, attribuendo lo sviluppo omosessuale del bambino a una forma irrisolta del «complesso di Edipo»: il bimbo si rifugia nelle abitudini protettive della madre «forte» contro il padre debole e assente. Alcuni avversari di questa teoria invertono le parti: sarebbe il bambino, già geneticamente omosessuale, ad avvicinarsi istintivamente alla madre.

Nel saggio di Jannini e colleghi vengono presentate oggettivamente le due tesi opposte. Negli ultimi vent'anni, frotte di scienziati hanno studiato le «evidenze biologiche» dell'omosessualità maschile: l'ipotalamo (delicatissima struttura del sistema nervoso centrale) degli omosessuali sarebbe diverso da quello degli eterosessuali; se un gemello monozigote è omosessuale, la probabilità che lo sia anche l'altro gemello è superiore al 75 per cento dei casi, anche se i due bambini vengono allevati da famiglie lontane per collocazione geografica e per abitudini personali e sociali; il cervello dei gay, maschi e femmine, avrebbe alcune modalità di funzionamento diverse da quelle dei maschi etero. I gay avrebbero, inoltre, un livello di testosterone più alto degli etero, un organo sessuale più sviluppato e un'attività sessuale più intensa. Secondo alcune teorie, poi, l'orientamento sessuale dei maschi gay maturerebbe durante la vita fetale.

Jannini osserva che mentre i sostenitori dell'origine genetica dell'omosessualità non escludono l'influenza sul suo orientamento sessuale dell'ambiente in cui il bambino cresce, i fautori dell'educazione come elemento decisivo non prendono in considerazione gli aspetti genetici, in quanto ritengono che il bambino alla nascita sia «neutro» sotto il profilo psicosessuale e giudicano decisivo il ruolo di genitori, parenti, educatori e amici. In questa corrente di pensiero si trovano, ovviamente, anche medici e psicologi che considerano l'omosessualità «curabile», una tesi che fa letteralmente infuriare le associazioni gay.

Nel saggio citato, Jannini riporta l'unico articolo scientifico presente in letteratura su un massiccio tentativo di restituire a un orientamento eterosessuale 143 gay maschi e 57 lesbiche. I risultati sarebbero stati complessivamente modesti, con un maggior successo presso le donne. Al tempo stesso, il medico americano John Bancroft, del gruppo di studio di Jannini, conclude il suo contributo affermando che, se non esiste una chiara evidenza del fattore determinante per la genesi dell'omosessualità, ci sono indicazioni che fattori variabili da uomo a uomo possano costituire la base per l'insorgere di un certo tipo di attrazione sessuale, consolidatosi poi nella formazione dell'identità sessuale vera e propria grazie all'impatto con la realtà socioculturale di appartenenza.

La lobby gay internazionale è molto forte e gli scienziati convengono nel riconoscere che se l'Organizzazione mondiale della sanità ha cancellato l'omosessualità dall'elenco delle patologie, non l'ha fatto perché le organizzazioni gay lo hanno chiesto, ma probabilmente ha anticipato i tempi della decisione. Per dimostrare quanto sia forte il pregiudizio verso chiunque sostenga che l'omosessualità «si può curare», basti citare la denuncia della Casa della legalità (oltre che gli esposti di alcune organizzazioni gay agli ordini dei medici e degli psicologi di Genova) contro monsignor Paolo Rigon, presidente del Tribunale ecclesiastico della Liguria, secondo il quale «l'omosessualità è un problema che si risolve se la psicoterapia viene affrontata nella prima adolescenza». La stessa Procura genovese ha chiesto l'archiviazione del reato nell'estate del 2011.

Le testimonianze che abbiamo raccolto – alcune di persone note, altre di gente comune – dimostrano quanto sia differenziato e spesso tormentato il percorso di gay e lesbiche verso l'accettazione della loro condizione sessuale, e quanto sia complicata la vita di chi ha deciso di «guarire» e di prendere moglie.

«Quando la mia ragazza scoprì che amavo un uomo»

«Era la notte di Capodanno del 1976, la prima della nostra nuova vita insieme. Avevamo prenotato una vacanza in uno sperduto alberghetto dell'Appennino emiliano. Io avevo comprato in gran segreto le fedine e, prima di fare a Sergio la sorpresa, avevo messo su una cassetta con una musica molto raffinata, di quelle che usano nei matrimoni. Accesi il mangianastri, aprii la scatoletta e lui, invece di commuoversi e di abbracciarmi, mi gelò dicendo: "Che cattiva incisione...".»

Sergio e Mario, li chiameremo così, ridono. Stanno insieme da trentacinque anni, hanno ancora la fedina all'anulare sinistro, accanto alle tre fedi intrecciate di Cartier («Ce le siamo scambiate al trentesimo anniversario»). Sono due affermati professionisti veneti e vivono la loro omosessualità con discrezione, senza nasconderla ma senza ostentarla. Non sono mai ricorsi a «matrimoni» e la simbolica cerimonia coniugale si è svolta in una piccola camera d'albergo al suono di una bella musica registrata male.

L'Arcigay sostiene che il 5 per cento della popolazione italiana, tra maschi e femmine, è omosessuale, mentre da una ricerca pubblicata nel citato saggio di Barbagli emerge che nel 2007 – in una fascia d'età compresa tra i 18 e i 30 anni – l'1,7 per cento degli uomini e lo 0,8 delle donne si definiva omosessuale, mentre un altro 2,8 per cento – diviso equamente tra maschi e femmine – si considerava bisessuale. Il totale della popolazione italiana che ha, stabilmente o occasionalmente, rapporti omosessuali equivale, dunque, alla percentuale fornita dall'Arcigay.

Prima di votarsi esclusivamente all'omosessualità, anche Sergio e Mario hanno avuto esperienze etero e bisessuali. «Quando avevo 8 anni» mi dice Mario «un signore ha voluto che facessimo un giochino e la cosa mi ha traumatizzato, ma non troppo. Ho avuto un erotismo prepuberale e una pubertà molto precoce. A 14 anni bastava un ballo con una ragazzina per eccitarmi moltissimo. A quell'età ho avuto il primo rapporto sessuale etero semicompleto. Lo facevano tutti, l'ho fatto anch'io. Ma cominciai anche qualche esperienza con i maschietti, mai pensando, però, che avrei potuto innamorarmi di un uomo.

L'ultima fidanzatina seria risale al primo anno di università. Con lei ero un po' frustrato perché non si andava mai oltre il petting. La sua educazione era così rigida che un giorno dovetti andare a scusarmi dalla madre per averle lasciato un segno sul collo. Ma facendo sesso con i maschi capii che avrei potuto innamorarmi di un uomo...»

«Fin da bambino» interviene Sergio «ero affascinato dal bello, grazie alle cose che mi circondavano. In casa si parlava più di una lingua, mia madre e mia nonna erano appassionate di musica e d'arte. Fisicamente, il bello s'identificava con una figura maschile. La perfezione, voglio dire, era maschile. Al liceo ero molto attratto dalle statue greche e ho sempre fatto giochi sessuali con i miei compagni di scuola fin dalle elementari. Che noia, dicevo, avere una famiglia come tutti gli altri e fare figli. Eppure, allora mi piacevano anche le ragazze. La mia bisessualità latente è scomparsa quando ho deciso di vivere con Mario. Ma tra i 18 e i 24 anni sono stato fidanzato con una ragazza e facevamo sesso tranquillamente. Ne ero innamorato. Non riuscivo a fare sesso con uomini e donne senza esserne innamorato.»

«Anch'io sono stato fidanzato con una ragazza» racconta Mario «ma a 18 anni e solo per nove mesi. Poi, un giorno, lei mi piantò per un litigio banale, e nonostante le insistenze della madre, che forse vedeva in me un buon partito, dissi basta con le donne. O meglio, una volta, durante una gita in gruppo a Parigi incontrai in un locale una ragazza bellissima e volevo andarci, ma lei aveva il treno... Ero così frustrato che, tornando in albergo, mi portai a letto la prima che mi capitò a tiro.»

«La mia tendenza omosessuale esplose in famiglia quando stavo per laurearmi» mi spiega Sergio. «Pur essendo ancora fidanzato, per la prima volta partii con un amante per il Festival di Spoleto dicendo ai miei che andavo a un congresso a Perugia. Rimasto senza notizie, mio padre mi cercò dappertutto e poi, pur senza denunciare la mia scomparsa, pensò a un rapimento. Al tempo stesso, sperando nel mio ritorno, si piazzò per tre giorni nella stazione ferroviaria della mia città. Mio fratello e la mia promessa sposa piombarono a Padova, dove studiavo, misero a soqquadro il mio appartamento, trovarono lettere e foto compromettenti e chiamarono sconvolti mio padre, che intanto mi aveva visto scendere dal treno con l'amante. Andammo a casa, presi una bottiglia di whisky, riempii due bicchieri, li diedi a mio padre e mia madre, e dissi: "Sedetevi". Raccontai tutto concludendo: "Se non vi sta bene, da domani lascio la vostra casa". Loro restarono muti. Mezz'ora dopo arrivò mio fratello con la mia ragazza. Lei scoppiò in lacrime: "Vuoi davvero che finisca così?". L'indomani sua sorella mi riportò gli anelli e gli altri regali. Era l'estate del '76.»

«Era bello come l'ufficiale austriaco del film "Senso" di Visconti»

«Il '76 è stato il nostro anno fatale» continua Mario. «Io ero riuscito a camuffare sempre le mie amicizie maschili. Gli uomini che portavo in casa dei miei genitori avevano comunque una ragione per esserci. Ancora oggi, dopo trentacinque anni di convivenza con Sergio, mia madre non mi ha mai detto una parola. Ma ha sempre intuito. "Dio li fa e poi li accoppia" sospira ogni tanto.»

«Sì, il '76 è stato il nostro anno fatale» ripete Sergio. «Ma ci vedemmo per la prima volta nel '75. Eravamo in fila allo sportello della segreteria di facoltà. Mario era davanti a me. Si voltò e rimasi fulminato da questo giovanotto biondissimo, con i baffetti chiari. Sembrava un ufficiale austriaco uscito da *Senso* di Visconti. Lui se ne andò senza vedermi, ma io avevo sbirciato sul registro annotandone nome e indirizzo. Per un anno non mi feci vivo. Ci ritrovammo il 15 ottobre 1976, tre mesi dopo che avevo lasciato la mia ragazza. Ancora in fila allo stesso sportello, ma stavolta a parti invertite: io davanti, lui tre posti indietro.»

Mario: «Restai conquistato. Ci fu uno scambio di occhiate d'intesa, mentre a me veniva in mente quella canzone di Mina che fa: "Ma chi è quello lì dietro il banco dei peperoni...". Sergio finisce la sua pratica, esce e se ne va. Io ci resto male: mezz'ora di sguardi e questo non mi dice nemmeno "ciao"? Peccato, una bella botta ci stava. Io pensavo soltanto al sesso, mai immaginando di innamorarmi».

Sergio: «Lo aspettavo all'uscita e gli ho detto: "Ciao, che bella bocca hai". Lui voleva concludere subito: "Guarda che ho l'appartamento" mi ha detto. E io: "Anch'io ho l'appartamento"».

Mario: «Pensai che avevamo soltanto l'imbarazzo della scelta. Lui, però, mi propose un aperitivo e disse che doveva passare prima in banca. Aveva la erre francese e pensai di aver puntato troppo in alto. Aspettai seduto su una panca del salone che finisse i suoi traffici: assegni, bonifici, roba che io non avevo mai visto. Pagò l'aperitivo con un biglietto da diecimila lire, mentre la mia paghetta era di cinquemila. Finì che ci scambiammo l'indirizzo, senza concludere niente. Ma lui non mi diede il numero di telefono e non si fece più vivo. Ci restai male perché, qualche giorno dopo, ero corso a Roma per chiudere la relazione con un amichetto. Avevo 23 anni».

Sergio: «Scomparvi perché stavo per laurearmi ed ero preso dai libri. E, poi, perché volevo studiarlo. Mario mi piaceva moltissimo, ma volevo capire bene con chi mi sarei messo...».

Mario: «Dopo un mese andai a casa sua. Chiesi al portiere in quale appartamento abitasse e gli infilai un biglietto sotto la porta: "O ti fai vivo o arrivederci"».

Sergio: «Vidi il biglietto per caso, perché si era infilato sotto una piega della moquette. Lo chiamai subito, lo invitai a una grandissima festa di laurea nella mia casa di campagna e dormimmo per la prima volta nella stessa stanza».

Mario: «La prima volta fu una delusione. Cominciavano a venirmi le paure, il passaggio dal sesso all'amore. Io volevo innanzitutto il sesso, lui innanzitutto l'amore. I primi tempi andammo a dormire in casa di una ragazza con cui Sergio aveva studiato. Lei ci restò malissimo. Aveva delle mire su di lui, ma né io né Sergio ci siamo mai accorti di essere corteggiati anche dalle donne...».

Sergio e Mario mi raccontano di essere passati dal sesso all'amore «senza spiegazioni e senza traumi di nessun tipo, lontanissimi da chi va dall'analista o dallo psicologo». Sono stati accettati subito nel loro ambiente, anche se riconoscono che è molto più facile incontrare questa naturalezza nei ceti sociali più alti. «Naturalmente» mi dicono «siamo stati accettati senza difficoltà anche grazie al nostro comportamento. Non abbiamo mai ostentato la nostra omosessualità, e ci capita molto raramente di frequentare gay. I nostri amici migliori sono coppie etero senza figli che cercano coppie analoghe. Desiderio di un figlio? Sergio lo ha avuto molti anni fa. Opportunità che un bambino abbia due padri o due mamme? Se le coppie sono giovani e mature, non crediamo che sotto il profilo affettivo il bambino abbia meno. Anzi, chi dice che una coppia omo non possa essere migliore di una coppia etero, vista anche l'assenza, quasi sempre, di quei litigi familiari che traumatizzano tanti bambini? Eppure riteniamo inopportune queste scelte, perché la scuola e la società mettono il bambino in difficoltà. Se gli chiedono: "Come si chiama la tua mamma?", è complicato per lui rispondere: "La mia mamma si chiama Mario". D'altra parte, quante coppie laicissime battezzano i loro bambini e li portano alla prima comunione solo per non farli sentire diversi dai loro compagni?»

Pur non credendo a riti matrimoniali tra gay, Sergio e Mario trovano grave che non ci sia una legge che consenta alla coppia di assistersi in ospedale, di ereditare la casa in cui abita, di aver diritto alla reversibilità della pensione.

Momenti di crisi? Sergio ha fatto molta fatica ad accettare l'invecchiamento fisico subito dopo aver superato i quarant'anni. Non era più sicuro di Mario, ha avuto qualche attimo di sbandamento. Per Mario è facile avere l'incontro sessuale di un giorno e non subirne nessuna conseguenza (e chissà che non l'abbia fatto). Sergio fa sesso solo se s'innamora e, allora, la coppia è finita. «Eppure» mi confessano alla fine «che soddisfazione poter dire che poche coppie etero, dopo tanti anni, marciano bene come noi.»

Paola Concia: «Presi marito per dimenticare di essere lesbica»

«Gay si nasce o si diventa? Spero che gli scienziati non lo scoprano mai.» Ricarda Trautmann, 45 anni, ha l'eleganza fredda e intrigante delle donne tedesche degli anni Trenta. Capelli corti, lineamenti marcati, psicologa laureata a Heidelberg, impegnata a Francoforte in un programma federale di recupero dei detenuti, è la compagna di Paola Concia dal 2008, l'anno in cui Walter Veltroni candidò alla Camera per il Pd la deputata abruzzese, che ha sposato nel municipio della città tedesca venerdì 5 agosto 2011. «Sono possibili entrambe le cose» continua. «Si può essere gay a causa dei geni e a causa delle relazioni. È una variante naturale della sessualità che, in genere, si manifesta nell'adolescenza.»

Ricarda è nata a Colonia, «città cattolica, ma molto aperta e con una grande cultura di tolleranza. Anzi, la nostra parola *Toleranz* indica qualcosa di più della semplice tolleranza, indica accettazione. Mi sono innamorata a 18 anni di una ragazza dopo essere uscita dall'ospedale per una grave malattia. La storia è durata quattro anni e siamo rimaste amiche. Come con le mie due partner successive, anch'esse frequentate ciascuna per quattro anni. Coming out? Mai, ho aspettato che i miei genitori lo scoprissero da soli. Quando mi sono innamorata di una mia compagna di università, non mi sono chiesta se ero lesbica oppure no. Provavo amore per quella persona, pensavo che magari, dopo, sarebbe arrivato un maschio. Ma non è mai successo e, a dirla tutta, non sono mai stata attratta dagli uomini».

La storia di Paola Concia, 48 anni, è molto diversa. Avezzano negli anni Settanta non è Colonia. «Dopo un paio d'anni di relazione con una ragazza più grande di me di cinque anni» ricorda «un amico di mio padre lo avvertì. L'incontro fu traumatico: stai facendo una cosa terribile, mi disse, non puoi fare un torto del genere a tua madre, che sta malissimo. Uscii a pezzi da quel colloquio, cominciò un periodo durissimo di soffocamento della mia omofobia, in cui cercai in tutti i modi di rimuoverla. Non troncai subito la mia storia, ma mi trasferii all'Aquila, dove frequentavo l'Isef e poi mi sono laureata in scienze motorie. Lì cominciai la mia militanza nel Pci e m'innamorai di una compagna di università. L'episodio più importante di quegli anni fu, tuttavia, la storia d'amore che ebbi con un ragazzo aquilano. Gli avevo parlato della mia attrazione per le donne, ma lui reagì con tranquillità. Si era appena lasciato con la fidanzata; morì poco dopo in un incidente in montagna. Era la metà degli anni Ottanta. Continuai per qualche tempo in una drammatica confusione tra il desiderio degli uomini, che mi ero imposta, e l'innamoramento per le donne, che mi tornava naturale. Finché a 23 anni, dopo una storia tormentata con una ragazza, dissi adesso basta e decisi di sposarmi.

«Mio marito era un professionista aquilano più grande di me di otto anni. Un uomo molto perbene, una persona straordinaria. Scelsi di vivere all'Aquila accanto a lui, facendo la maestra di tennis e insegnando educazione fisica alla scuola media. A mio marito dissi che, durante l'adolescenza, ero stata attratta da una donna – una sola –, ma era una storia lontana e ormai finita da tempo. Glielo dicevo sinceramente, convinta che dovessi cancellare dalla mia vita anche il ricordo di quelle che mi sembravano esperienze sbagliate. Ma capii che l'orientamento sessuale è incontrollabile, la tua inclinazione è come la gramigna, non riesci a liberartene. A mio marito dissi anche che non volevo figli e restammo sposati per quasi quattro anni. Il 12 agosto 1990 mentre tornavo da Castel di Sangro, il centro abruzzese in cui avevo fatto tirocinio da maestra di tennis, ero disperata, e durante il lungo viaggio mi dissi che la mia vita non poteva continuare a essere tortuosa come la strada che stavo percorrendo, e che dovevo perciò affrontare la situazione. A 26 anni non avevo il diritto di prolungare la mia e la sua infelicità. Arrivai a casa, mi misi a sedere su un divano e dissi a mio marito che volevo separarmi. Non gli rivelai immediatamente la ragione, ma soltanto che ero infelice. Eravamo in crisi, e continuare così non avrebbe giovato nemmeno a lui. A un certo punto non ce la feci più e gli confessai la verità. Fu una rivelazione per lui assai dolorosa. Mi amava molto, capì che non c'era un rivale contro cui lottare: avevamo già avuto una crisi l'anno prima. Soffrì parecchio, ma non provò a trattenermi. Lui non si è più risposato, ma ha avuto un figlio da una relazione importante.»

«... e poi ho sposato Ricarda a Francoforte»

«Per me all'Aquila cominciò un'altra vita» continua Paola Concia «ma facevo fatica a vivere apertamente la mia omosessualità. Dopo dodici anni di malattia morì mia madre: aveva capito tutto da tempo, si era meravigliata più del mio matrimonio che della separazione, e mi era stata comunque molto vicina. Quando mia madre morì, raccontai a mio padre tutta la verità. Poi decisi di trasferirmi a Roma, pensando che nella grande città la mia vita sarebbe stata meno schizofrenica. Nel Pci c'era stata la svolta della Bolognina, dopo la caduta del Muro di Berlino, e mi avvicinai a Franca Chiaromonte. Continuai a fare la maestra di tennis e vivevo più serenamente. Ebbi un altro paio di storie e, dopo il 2000, feci finalmente il coming out. Avevo fondato insieme a Imma Battaglia il Gay Village, portammo i manifesti dentro il partito e cominciammo a non nascondere la nostra condizione. I dirigenti mi dissero: "Va bene, se tu la vivi bene". Ma sono rimasta una delle poche a rivelare la mia omosessualità. In ogni caso ero riuscita a fare la cosa più importante: superare l'omofobia interiorizzata.»

Nel 2008 l'incontro con Ricarda. «Ero presidente dell'Agenzia regionale dello sport» racconta la Concia «e organizzai una grande assemblea europea sportiva dei gay. Ricarda era una delle delegate. Ci conoscemmo durante una gara di ballo: donne con donne, uomini con uomini.» Hanno cominciato a vivere insieme, compatibilmente con la residenza in città lontane di Stati diversi. Il 21 aprile 2011 passeggiavano in Campo Marzio a Roma. «C'era molta gente in giro e noi scherzavamo felici, tenendoci per mano» ricorda. «Stavamo per prendere l'auto e andare al concerto di Carmen Consoli e Patty Smith. La felicità, evidentemente, deve essere insopportabile se un omone sui trent'anni, molto aggressivo, ha cominciato a insultarci: "Lesbiche di merda, guarda che ti ho riconosciuto, mi fai ancora più schifo; sei un'insegnante, dovrebbero mandarti nei forni crematori". Io ho reagito gridando, ma lui era sicuro della sua impunità. La gente che assisteva non è intervenuta, anzi due signori mi hanno rimproverato per aver reagito. "Lei non doveva rispondere" mi hanno detto. Evidentemente pensano che una lesbica debba abbassare lo sguardo. No, non l'ho denunciato. Nemmeno se fosse stata approvata la mia legge che punisce l'omofobia come aggravante gli sarebbe accaduto niente. L'aggravante sarebbe scattata solo in caso di aggressione fisica, quando il movente è l'omofobia.» (La legge è stata comunque bocciata il 26 luglio 2011 in quanto la maggioranza, e l'Udc, l'hanno considerata incostituzionale, perché avrebbe posto gli omosessuali in una condizione di privilegio rispetto agli altri cittadini.)

Paola e Ricarda, abbiamo detto, si sono sposate a Francoforte all'inizio dell'agosto 2011 e hanno dato l'annuncio solo a nozze avvenute con una notizia apparsa sul sito del settimanale «Vanity Fair», che ha avuto anche l'esclusiva fotografica (gratuita, ha precisato Paola Concia). E con un post della Concia sul suo profilo Facebook: «L'amore è un mare aperto e noi siamo due naufraghe. Ciò che conta è non perdersi mai di vista, non distogliere mai lo sguardo l'una dall'altra». Le spose indossavano entrambe una giacca beige (Ricarda sopra i pantaloni e Paola sopra un abito chiaro) con peperoncini, ripresi per entrambe da una lunga sciarpa e, per Ricarda, anche dalla camicetta. Identico il bouquet di rose bianche e peperoncini.

Naturalmente c'è stato lo scambio d'anelli, ma erano le stesse bellissime fedi – omaggio di una gioielliera che ne fece fare una coppia con i nomi incisi e il simbolo femminile – che le spose portavano dal 2009. «Abbiamo il permesso di adottare e la reversibilità della pensione» dice Ricarda. «Con la differenza che, se muoio io, Paola ne ha il diritto, ma non avverrebbe il contrario.» Ricarda, infatti, ha adottato il cognome Concia (in Germania si può scegliere), mentre Paola non ha potuto fare altrettanto perché in Italia, si sa, il matrimonio gay non è riconosciuto. Com'era prevedibile, le spose hanno ricevuto tanti auguri, ma il matrimonio ha scatenato anche molte polemiche.

Il quotidiano della Conferenza episcopale italiana, «Avvenire», ha giudicato la scelta di Paola Concia «aderente ai peggiori modelli mediatici e commerciali ... per trasformare un momento comunque intimo in un episodio segnato da una pesante etichettatura ideologica ... È davvero così stravagante la nostra Costituzione che riconosce e regola la famiglia come società naturale fondata sul matrimonio tra uomo e donna?».

Paola Concia ha replicato rendendo pubblica la lettera ricevuta in occasione delle nozze dal padre Enzo (83 anni) che, come abbiamo visto, reagì in modo traumatico alla scoperta dell'omosessualità della figlia: «Neanche per me è stato facile accettare e capire fino in fondo. Quello che però voglio dirvi è che né a me né ad altri dovete rendere conto, ma solo l'una all'altra. Perché il diritto di amarvi è scritto più in cielo che in terra: in Paradiso i matrimoni non ci sono, ma l'amore sì...».

Enzo Concia ha conosciuto Ricarda ad Avezzano il 27 agosto successivo al matrimonio e c'è stata la replica dei pianti di commozione che accompagnarono la lettura del suo messaggio nel municipio di Francoforte. Al matrimonio hanno assistito i tre fratelli di Paola: Maria Rosaria, Pierluigi e Lorenzo (regalo di nozze: una lavastoviglie), una sua vecchia fidanzata di Avezzano, Giulia, mentre Dani, una ex di Ricarda, le ha fatto da testimone.

Paola e Ricarda hanno deciso di non adottare bambini. «Io non ho mai avvertito il desiderio di maternità, senza alcun pregiudizio per la mia femminilità» dice Paola «e Ricarda non sarebbe capace nemmeno di educare un cane, figuriamoci un bambino.» Ma respingono l'idea che un bimbo vivrebbe male con genitori dello stesso sesso, «sulla base dell'esperienza tedesca e americana».

Quando osservo che, da noi, i Gay Pride così rumorosi e con i cartelli che offendono il papa finiscono con il nuocere alla causa omosessuale, Ricarda e Paola ricordano che si tratta della festa dell'orgoglio gay in memoria della grande retata del 1969 a New York contro gli omosessuali. «A Colonia non ci sono seni nudi, né palestrati un po' volgari. È una festa barocca, un carnevale allegro al quale la gente assiste senza disagio. Nel 2011 la festa romana è stata migliore e diversa dagli anni passati.»

Concludo chiedendo che cos'è l'amore. Paola: «Il desiderio dell'altro, legato alla sessualità e alla voglia di condividere la vita». Ricarda annuisce: «Sì, l'amore è progettare insieme il futuro e condividerlo».

«Guido, mi dono a te...», «Ciro, mi dono a te...»

«Guido, / mi dono a te, confido in te e in te mi rallegro. / La tua fiducia scioglie il mio dubbio, / la tua gioia dissolve la mia solitudine. / La mia casa sarà la tua casa, / i tuoi progetti saranno i miei progetti. / Con te affronterò con coraggio ogni passo, / andrò con te laddove Dio ci chiamerà. / Questa è la mia promessa solenne.»

«Ciro, mi dono a te, confido in te…»

Ciro ha 42 anni, occhiali, baffi e pizzetto, fronte stempiata. Fa l'architetto in un piccolo studio di Milano. Guido ha vent'anni di più, capelli bianchi e radi, un orecchino nel lobo sinistro. Analista programmatore, molti anni in Generali (tanto da diventare amico dell'attuale amministratore delegato Giovanni Perissinotto), adesso lavora per una società privata. Mi consegnano la «bomboniera» del loro matrimonio (anzi, della loro «benedizione dell'unione di vita»). È un foglietto, lungo e stretto, arrotolato e legato con una cordicella: fa pensare ai desideri e alle preghiere che gli ebrei osservanti infilano nelle fessure del Muro del Pianto a Gerusalemme. Ma Ciro e Guido sono valdesi e mi raccontano la loro storia nella sala riunioni attigua al tempio, quattrocento posti a sedere, ricostruito nel 1951 in centro a Milano dopo la distruzione bellica di quello romanico in piazza Missori, di cui è rimasta la sola facciata, rimontata qui.

Ciro è di famiglia battista, una variante del cristianesimo vicina al mondo valdese, come i metodisti e i luterani (50-60.000 persone in tutta Italia). Guido era cattolico, ma nel 1996 è approdato ai valdesi: «L'ho fatto per rapportarmi col Signore in modo diretto, senza la mediazione di sacerdoti». Negli anni è diventato uno degli esponenti più attivi della chiesa valdese di Milano, e la pastora Anne Zell l'ha incoraggiato a formare una comunità gay. «Il nostro gruppo di studio» racconta «era particolarmente interessato a rileggere la Bibbia con un metodo diverso (che noi chiamiamo "storico-critico") e che giunge a conclusioni differenti rispetto alle interpretazioni che altri cristiani hanno dato di alcuni episodi come Sodoma e Gomorra.»

In due parole, mentre la lettura tradizionale di quel brano del Genesi attribuisce a Dio la distruzione di Sodoma per punirne gli abitanti accusati di praticare la sodomia, secondo l'interpretazione di una parte della chiesa riformata non fu questa la ragione del castigo. Sarebbe stato infatti punito così il tentativo di violare l'ospitalità che Lot diede a due stranieri (erano, in realtà, angeli inviati da Dio). Gli abitanti di Sodoma volevano abusarne e per questo meritarono il castigo divino, mentre Lot difese gli ospiti offrendo ai cittadini di Sodoma perfino (e invano) le due figlie vergini, e fu salvato. È evidente quanto sia importante per una comunità di gay credenti derubricare a violazione dell'ospitalità il peccato di sodomia denunciato dalla tradizione cattolica.

Così, dopo molti studi, dibattiti e adeguata preparazione, il 26 giugno 2011 la pastora Zell ha benedetto l'unione di Ciro e Guido, la prima coppia gay che possa dire di essersi «sposata» in Italia. «La liturgia è stata creata per noi a partire da liturgie già esistenti di benedizioni e matrimoni» mi spiegano i neosposi. «I pastori ci hanno chiesto se volevamo scambiarci le fedi, ma noi già le portavamo e allora abbiamo preferito lo scambio della promessa, come nella Bibbia. Un contratto: io sosterrò te, tu sosterrai me. La formula è stata scritta dalla pastora Dorothee Mack.» Poi il viaggio di nozze, a Vienna.

Ciro non è convinto che omosessuali si nasca: «Un bambino di 5 anni non può dire di avere un'identità sessuale precisa. Nel mio caso, solo quando ho raggiunto la maturità sessuale, tra le medie e il liceo, ho capito di essere omosessuale. Alle medie avevo avuto qualche innamoramento per le compagne di classe, ma i primi fidanzati arrivarono alla fine del liceo. I genitori? Le mamme capiscono prima. Io ho confessato quello che allora mi sembrava un problema a mia cugina, poi a mia sorella, infine a mia madre. "Io voglio che tu stia bene" mi ha detto lei. È una donna aperta. Allora vivevamo a Bari ed era la segretaria dell'editore Vito Laterza. Nonostante la sua comprensione, non è stato facile vivere serenamente la mia omosessualità. Agli amici, per esempio, non riuscivo a dirlo. Quando ci trasferimmo a Milano, ormai era un segreto di Pulcinella. Mio padre [*industriale nel settore della biancheria per la casa*] naturalmente lo sapeva, ma io ero molto preoccupato: avere un figlio gay non era facile. E invece mi disse: "A me non interessano gli altri. A me interessi tu. Chiunque sarà contro di te, sarà anche contro di me". Sul lavoro non ho avuto problemi. Il mio studio è molto aperto. Fidanzati importanti? Prima di Guido, una storia durata un anno e mezzo».

Storia di un libertino senza mai una donna

Guido ha avuto una vita sentimentale e sessuale molto più movimentata. «Sono nato a Mantova da una famiglia modesta (padre operaio, madre magliaia, cattolica e anarchica), ma rigidissima. Basti sapere che ho potuto mettere il primo paio di jeans soltanto a 21 anni. Ho scoperto l'attrazione per gli uomini molto presto: ho avuto i primi rapporti con i compagni di scuola e ne soffrivo un pochino. Ma a Milano, dove ci siamo trasferiti quando avevo 10 anni, mi sono accettato dicendo: è inutile che viva male e faccia vivere male anche gli altri. Non ho mai avuto amicizie femminili. Sono geloso ma libertino, anche se mi secca un po' ammetterlo davanti a Ciro. Ho avuto parecchi fidanzati, e con uno è stata una storia molto importante, durata sedici anni.

«Le Generali, dove ho cominciato a lavorare giovanissimo con la licenza di terza media, mi avevano mandato per un anno a New York, ed è lì che ho conosciuto Perissinotto. Mentre ero in America, Franco – così si chiamava il mio "fidanzato", ancora sposato ma senza figli – mi scriveva una lettera al giorno. Anche questo mi ha indotto a tornare. Così un giorno ho riletto le lettere, le ho fatte rilegare, sono andato da lui e gli ho detto: "Guarda, Franco, qui c'è quello che mi hai scritto; se sgarri di una virgola, ti faccio mangiare le lettere con tanto di copertina...". Lui, nel frattempo, si era separato dalla moglie. Mi abbracciava e mi giurava: "Guido, noi non ci lasceremo mai". Poi si è ammalato, è stato una delle prime vittime dell'Aids [*Guido scoppia in lacrime*], e ripeteva: "Hai ragione, Guido, non bisogna mai dire 'Non ci lasceremo mai'". Una sera mi è spirato tra le braccia...»

Guido racconta di essere stato aiutato nella conquista della libertà sessuale anche dalla militanza politica. «Ero impegnato ideologicamente in Lotta continua, nel '77 ho partecipato all'occupazione di Bologna contro il ministro dell'Interno "Kossiga", mi sono battuto molto con Mario Meli [*leader del movimento degli omosessuali, morto nel 1983*] per l'occupazione della casa di via Morigi, dove poi rimasero le lesbiche che ci avevano sbattuto fuori... Dopo la morte di Franco nel 1996, ero libero e ho avuto altre storie, ma sempre alla pari: se le "braghette cadono insieme", bene, altrimenti ognuno per i fatti suoi. Non sono mai stato alla canna del gas...»

Guido e Ciro si sono conosciuti nel 2004 durante una serata organizzata dall'Arcigay di Milano, dove scoprirono di aver ricevuto entrambi un'educazione religiosa protestante. «Ci fu subito un interesse reciproco, scoprimmo grosse affinità, la pensavamo allo stesso modo sui temi fondamentali e anche sulle piccole cose.» Vissero per un paio di mesi in casa di Guido. «Poi» racconta «mi sono scocciato di accompagnare Ciro tutte le mattine a casa sua perché si cambiasse per andare in ufficio. Alla fine gli ho detto: "Diamoci un taglio, disdici l'affitto e vieni ad abitare da me".»

Adesso gestiscono un grosso bed & breakfast in un paese di 319 anime sopra Bordighera chiamato «il principato di Seborga» perché negli anni Cinquanta i suoi abitanti «scoprirono» di non aver mai accettato l'annessione al regno di Sardegna e, da allora, hanno avuto per quarantasei anni come «principe» Giorgio I (Carbone) e, dal 2010, Marcello I (Menegatto), ripristinando – in modo ovviamente virtuale – indipendenza e privilegi del 951 dopo Cristo. Guido è già in pensione, e Ciro può lavorare anche a Seborga. Il «principato» sarà il loro nido d'amore permanente.

La «chiacchierata» di Tiziano Ferro e una coppia di padri felici

Il cantante Tiziano Ferro vive con molta discrezione la sua omosessualità. Nato nel 1980 a Latina, ha avuto un'adolescenza difficile e bulimica (solo a vent'anni è riuscito a perdere rapidamente 40 chili). A 15 anni ha cominciato a tenere un diario segreto, sperando che nessuno lo leggesse mai, e al compimento dei 30, martedì 21 febbraio 2010, alle 12.53, ha scritto il brano decisivo: «Credo che sia stato il mio Dio, quello che ho pregato con fede per anni, nonostante il timore che il primo a non accettarmi per quello che sono fosse Lui. Il Dio che non ho mai smesso di interrogare, sforzandomi di credere che – qualsiasi cosa dicano gli altri – Lui ama tutti, sempre e comunque, vittoriosi o sconfitti, felici o disperati. Fatto sta che

Dio era con me nel momento in cui ho confessato: "Non ce la faccio più". ... Mi sento così diverso mentre scrivo questa pagina. Per la prima volta non chiuderò il quaderno augurandomi che nessuno lo legga mai. Per la prima volta sono io che voglio farlo leggere a tutti». Cosa che ha fatto pubblicandolo nel libro *Trent'anni e una chiacchierata con papà*.

«Quella sera, verso le nove, ho visto Manlio a piazza Ungheria e mi sono innamorato.» Così il giornalista romano Claudio Rossi Marcelli, autore di un libro molto divertente pubblicato nell'autunno del 2011 (*Hello daddy! Storie di due uomini, due culle e una famiglia felice*), racconta l'incontro con il suo compagno Manlio (sposato a Ginevra a luglio) con il quale, ricorrendo alla fecondazione eterologa negli Stati Uniti, ha avuto tre anni e mezzo fa due splendide gemelle (Clelia e Maddalena) e, ad agosto, Bartolomeo. Naturalmente i genitori di Claudio, oggi nonni felici, all'inizio non avevano accettato con entusiasmo – in particolare la madre – la sua omosessualità. «Mia madre è entrata senza bussare e con le lacrime agli occhi: "Sai cosa mi piacerebbe avere questo Natale? Un figlio normale... come quello che avevo prima!", e scoppiando in un pianto disperato è corsa via dalla stanza» ricorda Claudio, che allora aveva 18 anni. Aveva poi tentato di riportare il figlio all'agognata «normalità» con due anni di psicoterapia e risultati completamente nulli («Semmai era lei da psicanalizzare»). Dopo brevi fidanzamenti, era arrivato Manlio («Se tu fossi stato una femmina, sarei stata così contenta che ti sei trovato un ragazzo tanto bravo!» gli avrebbe confessato sua madre). E, insieme, avevano deciso di diventare padri.

La prima soluzione alla quale aveva pensato per realizzare il loro sogno fu «quella di trovare un'amica che volesse avere un bambino con me e Manlio, per crescerlo tutti e tre insieme». Non funzionò. Eccoli dunque, allora, alla New York Fertility Clinic: avevano deciso che il padre biologico del nascituro fosse Claudio perché l'assistenza medica per i giornalisti italiani copriva alcune spese e riconosceva le coppie di fatto omosessuali; inoltre, il suo lavoro gli avrebbe consentito più facilmente di prendere un ampio congedo parentale. L'agenzia cui si erano rivolti aveva già scelto la donatrice (anonima) di ovuli e anche la madre «in affitto», che si chiamava Tara, viveva nell'Ohio con suo marito Nick e due figli, ed era entusiasta di rendere felici due persone: avrebbe investito il denaro ricevuto dalla coppia (l'equivalente «per comprare una macchina nuova e neanche tanto bella») nel fondo universitario per i propri figli. Del resto aveva una sorella lesbica, perciò nessun pregiudizio contro gli omosessuali.

Il medico che seguiva la pratica dei due aspiranti padri consigliò loro di impiantare due embrioni per raddoppiare le possibilità che almeno uno attecchisse. E infatti: «Hello daddy!», ciao papà! Da una prima telefonata di Tara, Claudio seppe che lei era incinta, e da una telefonata successiva che i bimbi – anzi le bimbe – in arrivo erano due. Claudio e Manlio (per fortuna) non se la sentirono di «ridurre la gravidanza» a un solo figlio e confidarono nell'aiuto economico delle loro famiglie, visto che se entri «nel magico mondo della sanità americana ... devi sperare che la salute ti assista, perché altrimenti vai in bancarotta». Nacquero, come Dio volle, due bambine bellissime, che, come si venne a sapere più tardi, avevano due «fratelli biologici», pure loro gemelli, in Australia, nati dagli ovuli della stessa donatrice.

Claudio scoprì, intanto, un fantastico paradosso italiano. Poiché le coppie gay nel nostro paese non sono riconosciute, lui era a tutti gli effetti un ragazzo padre con diritto di priorità nei nidi comunali gratuiti («Anche se abitavo ai Parioli»), assegni di povertà a fine mese («Nonostante abitassi in un attico»), ventidue mesi di congedo facoltativo dal lavoro («Sarebbero undici, ma per i gemelli si raddoppia»). Mentre, quando si trasferirono in Svizzera perché Manlio aveva avuto un'interessante opportunità di lavoro, la loro coppia gay era sì riconosciuta, ma gli asili erano carissimi e solo una convenzione con la multinazionale per cui lavorava Manlio consentiva alle bambine di accedervi superando la lista di attesa. Insomma, tra ipocrisia americana (se non hai una buona carta di credito, muori pure) e ipocrisia svizzera (vi riconosciamo come coppia, ma siamo protestanti e abbiamo una morale imprescindibile: mica siamo a Roma, dove la Chiesa cattolica perdona tutto...), Claudio e Manlio si lamentano dello stato civile italiano, ancora «vecchio stile», ma forse in cuor loro...

«Ero gay, ora ho una moglie»

«"Luca era gay e adesso sta con lei / Luca parla con il cuore in mano / Luca dice sono un altro uomo." Quando il 17 febbraio 2009 sentì questi versi al Festival di Sanremo, Luca Di Tolve ebbe un sussulto: sul palco del teatro Ariston, Giuseppe Povia stava cantando la storia della sua vita. Luca era gay e adesso non lo è più...» Comincia così la lunga intervista-ritratto che Stefano Lorenzetto ha dedicato il 24 luglio 2011 al «convertito»: due pagine del «Giornale» che hanno fatto infuriare l'intero mondo gay italiano. Come tutti i «convertiti» di qualunque causa, infatti, Di Tolve – che attribuisce alla Madonna di Medjugorje il suo passaggio alla pratica eterosessuale sfociata nel matrimonio – ha assunto posizioni oltranziste e gira l'Italia per convincere i gay, almeno quelli che hanno voglia di «tornare indietro», che «guarire» è possibile.

In breve, la storia raccontata da Di Tolve a Lorenzetto è questa. Una mamma «amorevolmente oppressiva» lo manda alla scuola elementare in calzamaglia. «Sei maschio o femmina?» lo tormentano i compagni. Alle medie le prime pulsioni sessuali e l'attrazione per il vicino di banco. La madre lo accompagna da due psicologi che emettono la sentenza: «È omosessuale, si deve solo accettare». Luca interrompe gli studi e comincia a farsi mantenere. Riccardo, trentenne milanese figlio di un miliardario e attivo nel mondo della moda, lo presenta in giro come il suo fidanzato: casa milanese in via Montenapoleone, uno stipendio mensile di 3 milioni e mezzo di lire solo per stare con lui, regali, carta di credito e quant'altro. Luca cura il proprio corpo per renderlo sempre più attraente, fa «carriera» nel mondo omosessuale (il suo nome compare su *Spartacus*, la guida internazionale dei gay), accompagna i ricchi a fare spese o in vacanza, si stabilisce a Miami, organizza crociere gay in Italia, conosce e frequenta gli stilisti gay più famosi, entra nel direttivo dell'Arcigay di Milano. Confessa a Lorenzetto di aver avuto circa 1900 partner, un paio a settimana, dai 13 ai 31 anni.

Poi un suo compagno muore di Aids, Luca si scopre sieropositivo, torna dalla madre, e un giorno trova per caso un opuscolo di Joseph Nicolosi, uno psicologo clinico americano fondatore di un'associazione che si propone di curare gli omosessuali. Una specie di diavolo per i gay militanti, che ritengono di non dover essere curati da niente. La lettura dei princìpi fondamentali predicati da Nicolosi coincide con un fatto singolare: Luca vede una corona del rosario appesa a un contatore della luce e, improvvisamente, cambia vita. Preghiere, crisi mistica, devozione alla Madonna di Medjugorje, «guarigione».

Luca non si stacca subito dal suo ambiente, dove gli amici gay lo prendono bonariamente in giro per la sua conversione. Intanto, però, contatta Giancarlo Ricci, un terapeuta allievo di Nicolosi, lascia il mondo gay, si fa assumere come guardia giurata, si mette alla ricerca della sua virilità perduta. E s'innamora di una ragazza bionda, bella ma atea. Però a Luca non basta una donna, vuole una che la pensi come lui. La trova al ritorno da un pellegrinaggio all'amato santuario, in casa di amici. Si chiama Teresa. Si conoscono nel 2005 e il 22 agosto 2008 si sposano. Luca vuole diventare padre, dice che da quando si è convertito la carica virale dell'Hiv è completamente azzerata: «Un altro miracolo».

Adesso è partito lancia in resta contro la lobby omosessuale, che ritiene potentissima. E considera le proposte di legge sull'omofobia «una precisa strategia dell'attivismo gay per arrivare a sanzionare la libertà di pensiero e di espressione. Un attacco alla Costituzione».

Un mese prima dell'intervista di Lorenzetto a Di Tolve, il 23 giugno 2011, l'eminente oncologo Umberto Veronesi era intervenuto contro il sindaco di Sulmona, Fabio Federico, che aveva definito l'amore gay un'«aberrazione sessuale», e contro il sindaco di Bologna, Virginio Merola, che aveva lanciato un'iniziativa che favoriva le coppie sposate rispetto a quelle di fatto, anche omosessuali. «Quello omosessuale è l'amore più puro» sostiene Veronesi «al contrario di quello eterosessuale, strumentale alla riproduzione.» (Secondo lui, l'omosessualità non è genetica e «la sessualità si diffonde in rapporto agli stili di vita, alla cultura del momento».)

Di Tolve, il quale concorda sull'assenza di una prova che l'omosessualità sia genetica, reagisce con molta durezza alla tesi della «purezza» dell'amore gay: ricorda il sordido mondo della prostituzione omosessuale, ammonisce sui rischi delle mutilazioni alle quali si sottopongono molti transessuali e conclude: «Se due omosessuali desiderano stare insieme, lo facciano. Ma perché una ristretta minoranza pretende di stravolgere i valori maschili e femminili e di snaturare la famiglia, che è architrave di qualsiasi consorzio umano?».

Un mese dopo la pubblicazione dell'articolo, ho rintracciato Di Tolve al santuario mariano di Medjugorje (25 chilometri da Mostar, in Erzegovina), visitato da centinaia di migliaia di persone nonostante la Chiesa non abbia ancora sciolto le riserve sulle apparizioni. È lì che Di Tolve torna periodicamente in ritiro con ragazzi che hanno superato, o sperano di superare, la loro omosessualità all'interno del gruppo Lot, da lui fondato e dedicato alla Regina della Pace, come viene chiamata la Madonna di Medjugorje. «I militanti omosessuali» mi dice «ci dipingono come persone che ignorano la scienza. Noi ci riferiamo soprattutto a un testo di psicologia di Roberto Marchesini, in linea con moltissimi altri studi e ricerche, secondo cui l'omosessualità è un problema legato ai rapporti con i genitori, che si complica quando i ragazzi non riescono ad avere un'identificazione con il loro gruppo naturale di riferimento. Questo comporta lo svilupparsi di un complesso di inferiorità, il timore di intraprendere il percorso sessuale ordinario, e porta molti a identificarsi nell'altro sesso.»

Abbiamo visto in queste pagine quanto sia complessa e autorevole la battaglia sulle possibili cause genetiche dell'omosessualità e cerco di insinuare qualche dubbio anche in Di Tolve, che invece non ne ha: «Non esiste nessuna prova che dimostri la derivazione genetica dell'omosessualità» ribadisce. E mi racconta dei suoi amori gay. «Sono stato tre anni con l'imprenditore milanese. Cercavo allora più un padre che un compagno, e lui mi ha offerto sicurezza e una condizione economica vantaggiosa. Poi ho visto che in questo campo non c'è fedeltà: cercavo continuamente la mascolinità con una voracità da cannibale, cercavo negli uomini un completamento che non potevano darmi, cercavo, insomma, me stesso negli altri. Era una specie di nevrosi, perciò queste relazioni erano tutte piuttosto brevi.»

Gli chiedo qual è la differenza tra il rapporto coniugale, recente ma intenso, e quelli omosessuali. «Adesso sono assai più sereno, mia moglie mi completa e mi sento molto più in pace con me stesso anche durante le sensazioni forti che provo nel rapporto sessuale. Oggi sono felice di fare l'amore con lei; prima, nel desiderio bulimico di cambiare partner non trovavo mai la felicità. Il problema dell'omosessualità è un problema, innanzitutto, di relazioni. Io sono stato gay con la G maiuscola per vent'anni. Quando ho cominciato a lavorare sulle mie paure e a considerare gli altri uomini persone normali, ad abbattere le mie fantasie erotiche, la pulsione che mi portava verso di loro è crollata. Quando ho finalmente visto una donna con gli occhi di un uomo, mi si è aperto davanti un mondo sconcertante e bellissimo. Dopo il matrimonio, mi hanno cercato in tanti, ragazzi che vogliono cambiare e psicologi che vogliono aiutarli. Io continuo a fare la guardia giurata, ma questo gruppo "Lot-Regina della Pace" mi sta dando moltissime soddisfazioni. Abbiamo matrimoni, bambini che nascono. Noi non forziamo nessuno, non vogliamo abbattere il pensiero dominante della militanza gay per sostituirlo con un altro pensiero dominante. Ognuno faccia liberamente la sua scelta. Ma vogliamo riaprire un'importante partita scientifica.»

VIII
Amori d'ufficio

Quando i vescovi segnalavano le (e gli) amanti

Prendiamola alla larga. Barack e Michelle Obama si sono conosciuti nello studio legale in cui a lei fu chiesto di fare da «babysitter» al nuovo arrivato. L'idea di un flirt nero-nera dovette sembrarle di grande tristezza, tant'è che Michelle accettò con molta diffidenza il primo invito a cena di Barack. Poi nacque l'amore, e le conseguenze sono sotto gli occhi di tutti.

Quello tra il presidente degli Stati Uniti e sua moglie è l'«amore d'ufficio» più famoso del mondo, ma non è certo un'eccezione. In Italia, secondo un'indagine compiuta nel 2010 dall'associazione Donne e qualità della vita su un campione di 480 intervistati tra i 25 e i 55 anni, addirittura il 60 per cento delle donne lavoratrici avrebbe una relazione con un collega che occupa una posizione gerarchica superiore («la Repubblica», 28 luglio 2010). Il 45 per cento non sarebbe pentita di aver avuto una relazione in ufficio e il 34 per cento sarebbe convinto di aver migliorato in tal modo la stessa qualità del suo lavoro. La «posizione gerarchica superiore» del partner procura talvolta alla donna promozioni o altri vantaggi professionali, e quando la relazione diventa nota è fonte di scandali e di terremoti aziendali. Il caso recente più clamoroso è quello di Paul Wolfowitz, potentissimo presidente della Banca mondiale, dimessosi in seguito alla diffusione della notizia che aveva promosso e aumentato lo stipendio alla sua fidanzata Shaha Riza. Ma, di vicende simili, se ne contano a centinaia (se non a migliaia) in ogni paese.

Uno studio ha accertato che il 12 per cento dei flirt in ufficio si è concluso con il matrimonio, mentre un altro ha stabilito che tali relazioni determinano un aumento della produttività, se non altro perché le persone coinvolte tendono a trascorrere più tempo sul posto di lavoro. Non devono essere di questo avviso i dirigenti della Richemont, la multinazionale svizzera del lusso (Cartier, Gucci, Montblanc), che ha varato un pesantissimo codice di comportamento. Chi ha la ventura d'innamorarsi di un collega ha il dovere d'informare i suoi diretti superiori e l'ufficio del personale per i provvedimenti del caso, che vanno dalla separazione della coppia al licenziamento.

In Italia, le categorie più esposte agli innamoramenti sul lavoro paiono essere i politici e chi opera nel mondo televisivo. Gli «amori d'ufficio» di Silvio Berlusconi non si contano. Anzi, alcuni perfidamente li contano anche tra alcune giovani parlamentari italiane ed europee, selezionate – dice lui – perché sono laureate e intelligenti, e perché – dicono altri – sono soprattutto molto carine. In Parlamento però, sia pure su scala più ridotta, gli amori tra colleghi ci sono sempre stati.

Tra gli anni Cinquanta e gli anni Ottanta la Chiesa ha esercitato un ruolo di costante controllo sulla moralità dei dirigenti democristiani. Alla direzione nazionale del partito arrivavano segnalazioni di ogni genere sugli amanti (o le amanti) di questa o di quell'esponente locale. Le segnalazioni non particolarmente autorevoli venivano lette dal segretario politico (che le teneva a mente, a ogni buon conto) e poi bruciate. Ma se si trattava dell'indicazione personale e nominativa di un vescovo al segretario della Dc, le lettere dovevano essere archiviate, anche se non sono mai state pubblicate nemmeno a molti decenni di distanza.

Amori in Parlamento

Nella Prima Repubblica gli «amori d'ufficio» più noti nacquero all'interno del Pci. Palmiro Togliatti lasciò la sua storica compagna Rita Montagnana per unirsi alla giovane deputata di Reggio Emilia Nilde Iotti, mentre il suo delfino Luigi Longo (nome di battaglia «Gallo», non a caso) aveva sposato (e ripetutamente tradito) Teresa Noce, donna certo non bella, ma di straordinario vigore rivoluzionario. Per rimanere nella stessa area politica, sono sposati da anni Piero e Anna Fassino (lui in seconde nozze), ma non si può dire che sia stato lui a lanciare lei, visto che l'onorevole Serafini siede in Parlamento da sei legislature contro le quattro del marito, oggi sindaco di Torino e tuttora rinomato tombeur.

Nell'ultima fase della Seconda Repubblica, la bellezza di Mara Carfagna, 36 anni, ieri donna dello spettacolo, oggi ministro delle Pari opportunità, è stata fatale prima a Silvio Berlusconi e poi a Italo Bocchino. Alla festa dei Telegatti di Canale 5 nel gennaio 2007 il Cavaliere le disse: «Se non fossi sposato, ti sposerei», provocando una letteraccia di Veronica Lario alla «Repubblica» che costituì il primo passo verso la separazione. Mentre Bocchino, 44 anni, si è separato nel 2011 dalla moglie Gabriella Buontempo, 45, dopo che si era diffusa la notizia di una sua stretta vicinanza, non soltanto politica, con l'affascinante ministro. L'amicizia di Bocchino con la Carfagna era da tempo nota nel Palazzo, ma diventò politicamente «sensibile» tra il 2009 e il 2010, quando crebbe la tensione tra Berlusconi e Gianfranco Fini, di cui il giovane deputato era ed è il collaboratore più fidato. Il presidente del Consiglio trovava inaccettabile che la sua ministra preferita fosse così legata al campo dei «congiurati». E Bocchino, a sua volta, accusava la Rai di discriminare le produzioni televisive della moglie per rappresaglia contro il suo allontanamento da Berlusconi.

Il 1° dicembre 2010 la signora Buontempo aveva accennato alle voci su una presunta relazione del marito con il ministro delle Pari opportunità in un'intervista ad Annalisa Misceo di «Novella 2000»: «Tutto quello che è stato scritto e detto su Mara Carfagna e mio marito Italo è solo gossip. E comunque, seppure il tradimento ci fosse stato, forse mio marito ha fatto una scelta». Ma il 15 marzo 2011 dovette lei stessa confermare la liaison fra i due in un'intervista a Sara Faillaci di «Vanity Fair», ammettendo di essere a conoscenza da due anni e mezzo della relazione, e aggiunse: «Purtroppo Italo non l'ha gestita bene, perché questa storia la sapeva tutto il Parlamento e a un certo punto è arrivata anche al mio orecchio. Ho dovuto reagire: non mi va di passare per la scema del villaggio ... In politica, la Carfagna è stata sempre "telecomandata" da mio marito: segue tutto quello che lui dice. Se non era per Italo, mica li prendeva tutti quei voti... [*A questo proposito, si è detto che il ministro non è stato candidato a sindaco di Napoli per il PdL "per non consegnare il comune a Bocchino". Nessuno immaginava che, alla fine, sindaco sarebbe stato eletto Luigi De Magistris*]».

Gabriella Buontempo raccontò di conoscere personalmente la Carfagna: «Si presentava ovunque io andassi in vacanza. È addirittura andata dal mio parrucchiere». E continuò: «Italo sostiene di aver troncato la relazione. Per carità, l'avrà troncata: lei si è fidanzata, ora dice che si sposa». Ma non volle rispondere alla domanda se l'avesse perdonato: «Quello che succede all'interno di un matrimonio lo sanno solo marito e moglie».

Il 27 marzo, ospite di Fabio Fazio a «Che tempo che fa», Bocchino sottolineò che non si aspettava che gli attacchi nei suoi confronti per la scelta politica di abbandonare Berlusconi si sarebbero spinti fino al punto di toccare gli affetti personali. In ogni caso, commentando l'intervista della moglie a «Vanity Fair» e prendendo atto della sua sofferenza, disse: «Se ho sbagliato, ho il dovere di chiedere scusa degli errori che ho commesso».

La Carfagna, da parte sua, è intervenuta sulla vicenda una sola volta, il 29 marzo, con un comunicato video sul suo sito. Dopo quasi 3 minuti di dichiarazioni sulla sua attività ministeriale, dedicò 45 secondi alla vicenda: «Mi si chiede se confermare o smentire quel gossip che ha alimentato le pagine dei giornali in questi giorni. Di queste cose devo parlare con una sola persona, anche se mi imbarazza molto perché riguarda la mia vita privata. Ma credo che ne debba parlare solo con Marco Mezzaroma, che è l'unica persona che amo dal 2008, la persona che ho deciso di sposare nei prossimi mesi... Sono solo chiacchiere al vento e che il vento se le porti, ed è l'ultima volta che parlo di vicende personali». Qualcuno ha osservato che in questo modo, di fatto, la Carfagna non smentiva la liaison con Bocchino prima del 2008. Ma anche questo è gossip. La realtà è che il matrimonio Mezzaroma-Carfagna è stato celebrato il 25 giugno 2011 alla presenza del gotha del governo e della maggioranza.

Una settimana dopo, il 1° luglio, Bocchino ha annunciato di aver presentato al tribunale di Roma domanda di separazione consensuale dalla moglie. Gabriella Buontempo è tornata sulla vicenda con un'intervista ad Angela Frenda del «Corriere della Sera» il 16 settembre 2011 parlando di «tre anni di dolore» per la relazione del marito con la Carfagna e lo ha accusato di ingenuità per il suo tempestoso flirt estivo con Sabina Began, attrice trentasettenne considerata l'«ape regina» dell'alveare di Berlusconi, sua amica personale e reclutatrice di ragazze per le feste in casa del premier.

Amori all'ombra di Fini e Berlusconi

C'è un'altra grande storia d'amore sbocciata in Parlamento all'ombra di Fini e poi trasferitasi sotto le bandiere di Berlusconi e della maggioranza. Prima delle elezioni politiche del 2006, Fini chiese a Giulia Cosenza, imprenditrice del settore turistico e vicepresidente della Camera di commercio di Avellino, di candidarsi nelle liste di Alleanza nazionale. Lei accettò e fu eletta. Andrea Ronchi, allora il più stretto collaboratore del leader di An, s'innamorò immediatamente dello «sguardo meraviglioso» della più giovane collega (lei, del '68, era priva di legami sentimentali; lui, del '55, era allora sposato da venticinque anni e padre di una ragazza di 24). Nacque un'importante vicenda sentimentale, che portò Ronchi a lasciare la famiglia e a unirsi a Giulia nel 2008, quando entrambi furono rieletti nelle liste del nuovo Popolo della Libertà, in cui An era confluita.

Il 2010 fu, per la coppia, un anno decisivo dal punto di vista personale e politico. Dopo la rottura tra Fini e Berlusconi, infatti, entrambi passarono a Futuro e Libertà per l'Italia. Il 14 dicembre, giorno del drammatico voto di fiducia al governo che seguì l'uscita di Fini dalla maggioranza, la Cosenza andò a votare nonostante fosse al nono mese di gravidanza (poco dopo avrebbe dato alla luce una bellissima bambina); e il 16 marzo 2011 annunciò inaspettatamente il suo ritorno nel partito di Berlusconi, mentre il suo compagno Andrea Ronchi – che nel novembre precedente si era dimesso da ministro delle Politiche comunitarie – restava con Fini. Fu la stessa deputata a motivare con «ragioni personali» non chiarite il suo gesto clamoroso. In quel periodo, in effetti, la coppia visse una grave crisi che, tuttavia, superò nei mesi successivi. Oggi Giulia e Andrea abitano insieme in una casa nel cuore barocco di Roma; lui mostra con orgoglio paterno agli amici le foto della bambina, si è separato dalla moglie nel 2010 e ha annunciato che si sposerà appena i termini tecnico-giuridici lo consentiranno.

Amore felice anche quello tra Manuela Repetti e Sandro Bondi. «Mi ha inviato un sms scrivendomi "Ti penso". Era stato totalmente indifferente nei miei confronti fino a quel momento, ho pensato che avesse sbagliato numero. Quindi non ho risposto...» La Repetti, 45 anni, deputato del PdL, ha raccontato così a Barbara Romano di «Libero» (13 marzo 2011) la nascita della sua storia d'amore con Bondi, 52 anni, ministro dei Beni culturali dal 2008 alla primavera del 2011, quando si è dimesso «per gli infiniti, estenuanti attacchi subiti dall'inizio del mandato». Entrambi hanno lasciato i rispettivi coniugi: lui, Gabriella Podestà, una compagna di liceo rivista nel 1993 e sposata due anni dopo (il figlio Francesco è nato nel 1998); lei, Roberto Indaco, sposato a 16 anni e con il quale, solo un anno dopo, ha avuto Fabrizio.

Sandro Bondi, laureato in filosofia e sindaco comunista di Fivizzano (Massa Carrara) dal 1990 al 1992, conosce Silvio Berlusconi nel 1994 grazie allo scultore Pietro Cascella. Manuela Repetti, laureata in lingue, figlia di un costruttore di Novi Ligure e imprenditrice lei stessa, incontra Bondi alla scuola di formazione politica di Gubbio, che frequentò prima di essere candidata come deputata alle elezioni del 2008. Lei dice di essersi avvicinata alla politica perché nel 2001 Forza Italia condivise la sua battaglia animalista contro la macellazione rituale praticata nel mattatoio civico di Novi Ligure.

Dall'inizio della legislatura i due parlamentari sono inseparabili, dividono di fatto persino il numero di cellulare, e aspettano i tempi di legge per sposarsi. «La svolta nella nostra storia c'è stata grazie alla mia grande determinazione» racconta Manuela nell'intervista a «Libero». «All'inizio non è stato facile perché Sandro era impenetrabile e sfiduciato verso i rapporti con le donne. Il nostro amore è maturato volendoci bene ogni giorno di più al di là di ogni situazione, facile, difficile, a volte ultradifficile ... Il suo matrimonio praticamente era già finito, il mio no ... Non si buttano via venticinque anni di matrimonio per un colpo di testa, anche perché ho voluto molto bene a mio marito e gliene voglio ancora. Sandro lo sa.» La Repetti confessa di essersi innamorata di Bondi «per la dolcezza, l'assoluta e sopraffina intelligenza, la grande sensibilità e il fatto di essere un uomo forte». E a chi si meraviglia di quest'ultima definizione risponde: «Sandro sa darti sicurezza. Non mi sarei mai innamorata dell'uomo che viene ritratto dai giornali ... È un uomo passionale, su questo ci siamo trovati in totale sintonia ... La passione è tutto, io ne ho assoluto bisogno, già ci sono tante tristezze nella vita ... È molto silenzioso e nemmeno troppo romantico. Non è uno che parla come le sue poesie. Oddio! Se fosse così sarei fuggita a gambe levate». Non a caso, non gliene ha ancora dedicata nessuna...

La grave vicenda giudiziaria che ha coinvolto il deputato del PdL Marco Milanese ha rivelato anche una storia d'amore sbocciata all'interno del ministero dell'Economia. Milanese, 52 anni, nato nel capoluogo lombardo da genitori irpini, separato da alcuni anni e con una figlia, ha avuto un'improvvisa e rilevante fortuna politica quando da ufficiale della guardia di finanza è diventato aiutante di campo di Giulio Tremonti al ministero dell'Economia nel secondo governo Berlusconi. Successivamente, da deputato del PdL nella legislatura iniziata nel 2008, è stato per tre anni il potentissimo consigliere politico del ministro, occupandosi in prima persona delle nomine più importanti negli enti economici e finanziari pubblici.

Quando la Procura di Napoli lo ha indagato per corruzione, è venuta alla luce la sua relazione con Manuela Bravi, portavoce di Tremonti. La liaison, già nota a Montecitorio, è comparsa sui giornali quando la donna è stata interrogata come testimone dai magistrati. Manuela Bravi, 42 anni, figura elegante e slanciata, lunghi capelli biondi sciolti sulle spalle, era stata addetta stampa di Forza Italia quando Claudio Scajola ne era coordinatore nazionale, e cominciò la sua collaborazione con Tremonti nel 2005 quando il ministro dell'Economia, dimessosi dalla carica, diventò vicepresidente del partito. Poco dopo le dimissioni di Milanese da consigliere politico di Tremonti, anche lei ha lasciato il ruolo di portavoce a una vecchia volpe del mestiere, il giornalista Pippo Pepe. Ma l'amore tra i due sopravvive, nonostante le traversie del parlamentare. «È l'unica cosa positiva in questo disastro» mi dice la Bravi. Che, naturalmente, è stata accanto a Milanese nelle drammatiche ore del 22 settembre 2011 quando la Camera doveva decidere se accettare o respingere (come poi è avvenuto) la richiesta di arresto del parlamentare avanzata dalla magistratura napoletana.

Quando il cuore batte per l'avversario politico

A Montecitorio fioriscono anche simpatie bipartisan. Fece molto rumore, nei primi anni Ottanta, l'amicizia di Adriana Poli Bortone (Msi) e di Franco Ferri (Pci), direttore dell'Istituto Gramsci e medaglia d'argento della Resistenza. Erano anni in cui i comunisti chiamavano «fascisti» i missini, che li ricambiavano definendoli «figli di Stalin». I due si conobbero alla commissione Istruzione di Montecitorio, di cui erano entrambi membri, e diventarono una coppia inseparabile in Parlamento. Stando seduti ai lati opposti dell'emiciclo, potevano frequentarsi solo alla buvette, dove qualche volta litigavano anche in modo plateale.

Il primo democristiano a sdoganare sentimentalmente una deputata leghista è stato Mario Baccini, che nel 2002 ha sposato Diana Battaggia. Ma nell'estate del 2007 fece scalpore il matrimonio tra Carolina Lussana (Lega Nord), 40 anni, consulente legale di Bergamo, deputato da dieci anni e vicepresidente della commissione Giustizia della Camera, e Giuseppe Galati (ieri Udc, oggi PdL), nominato sottosegretario alla Pubblica istruzione il 14 ottobre 2011.

I due si conobbero durante la legislatura iniziata nel 2001 con il secondo governo Berlusconi (lei era alla prima legislatura, lui alla seconda). Nel 2004 si rividero a cena da amici e lui cominciò a farle una corte spietata. Per due anni lei non ne volle sapere, ma poi cedette. Le croniste parlamentari non se ne facevano capaci ritenendo che lei fosse molto più bella di lui (anche se Galati, negli anni, ha migliorato il proprio aspetto). Incredule che Amore avesse potuto trafiggere la Lussana con un dardo fatale, le «jene dattilografe» (come le chiamò a suo tempo Massimo D'Alema, associando cronisti maschi e femmine) cominciarono a chiedersi se la Lussana fosse piuttosto attratta dalle floride condizioni patrimoniali di Galati. Nient'affatto, perché lei è ricca almeno quanto lui. Bisognava allora «riparare» l'imminente nascita di un figlio? Assolutamente no. Insomma, anche le più acide tra le croniste parlamentari dovettero rassegnarsi.

Chi invece non si rassegnò, perlomeno all'inizio, fu il popolo leghista. «Ma che fai?» le scrissero sul blog. «Ti metti con un terrone?», «Traditrice!» e via insultando. «Ci fu, in effetti, qualche obiezione all'interno del movimento» mi racconta Carolina Lussana «ma Bossi mise tutti a tacere dicendo che al cuor non si comanda e partecipando al matrimonio, dove ci furono simpatici scambi di battute.» La questione venne definitivamente risolta dalla stessa deputata, una delle più attive e autorevoli della Lega: dimostrò a tutti che il suo amore «terrone» con un avversario politico non l'avrebbe distratta dal dovere della presenza sul territorio. Così, ogni settimana, la Lussana è a Bergamo. La coppia ha un figlio, Alessandro, nato nei tempi giusti, e ne aspetta un secondo. Intanto Giuseppe Galati, che era stato sottosegretario per l'Udc nel governo Berlusconi 2001-2006, poco prima delle elezioni del 2008 ha lasciato il partito per passare al PdL. Motivo: dissapori con il segretario Lorenzo Cesa e, soprattutto, con Pier Ferdinando Casini, che in Calabria gli hanno preferito il giovane Roberto Occhiuto.

Nunzia De Girolamo (36 anni, deputata PdL di Benevento) e Francesco Boccia (43 anni, deputato Pd di Bisceglie) hanno fissato le nozze per l'estate del 2012: «Sarà un matrimonio piuttosto affollato» spiega riferendosi a importanti invitati dei due partiti «e Benevento d'inverno non offre strutture ricettive adeguate». La De Girolamo si considera la tipica ragazza del Sud e ha alle spalle tre lunghe storie. L'ultimo fidanzamento, con un architetto, è durato sette anni. «Ma quando ho conosciuto Francesco, la nostra relazione era già in crisi, perché il mio ingresso in politica aveva fortemente ridotto le occasioni d'incontro.» Boccia, scapolo impenitente, ha avuto due figli da una donna con la quale è vissuto a lungo, e che ha lasciato nel 2006. (Esponente dell'ala cattolica del Pd, un anno prima era stato sorprendentemente bruciato da Nichi Vendola alle elezioni primarie che dovevano designare il candidato di centrosinistra alla presidenza della regione Puglia.)

Boccia e la De Girolamo si conobbero a Napoli il 6 febbraio 2009, durante un convegno («I giovani protagonisti del cambiamento») presso l'università Federico II. Francesco Emilio Borrelli, che aveva organizzato il convegno insieme a Tommaso Pellegrino, sindaco Pd di Sassano, nel Cilento, e che nel 2011 diventerà commissario regionale dei Verdi, ricorda ancora «la faccia sbalordita di Boccia quando l'ha vista entrare: era radioso e turbato allo stesso tempo. È corso a salutarla e a presentarsi. E devo dire che non è stato l'unico». È cominciata così una frequentazione molto discreta, anche grazie all'associazione bipartisan di quarantenni VeDrò (Dro è il delizioso centro sul Garda dove ha sede), fondata da Angelino Alfano, Enrico Letta e Giulia Bongiorno. Ma la data galeotta fu il 16 luglio 2009. Al mattino i due s'incontrarono a palazzo Chigi per una tavola rotonda organizzata da Federlegno Giovani e il pomeriggio viaggiarono insieme fino a Otranto, per partecipare alla «summer school» politica di Francesco De Leo. Un giorno di lavoro e poi, finalmente, un bagno (il primo insieme) alla Baia dei Turchi. «Francesco» mi racconta Nunzia «non aveva nessuna intenzione di sposarsi. La sua tesi era di convivere fino a 70 anni e di chiudere con il matrimonio, soltanto allora, la storia che gli fosse apparsa più convincente. "Così non sbaglio" diceva. E io avrei dovuto aspettarlo fino a 70 anni?» Si narra che sia stata lei a rendere pubblico il fidanzamento. «Ma, alla fine, è stato lui a chiedermi di sposarlo prima della data prevista...» ci tiene a sottolineare.

Flavio Cattaneo e Sabrina Ferilli misero in crisi i «comunisti»

In televisione le relazioni clandestine non si contano. Si può dire che non esista redazione in cui non ce ne sia almeno una. Tra quelle emerse e ufficiali, il matrimonio di Maria Luisa Busi, conduttrice per molti anni del Tg1, e Riccardo Chartroux, giornalista del Tg3, e la storia di Luca Giurato che si è unito in seconde nozze con Daniela Vergara, inviata del Tg2 presso il Quirinale. Ma i colpi più vistosi li hanno messi a segno un paio di direttori generali. Chi scrive, entrato in Rai con i pantaloni alla zuava, finora ne ha avuti venti, e può vantare, quindi, un certo know how. I direttori che hanno fatto tutta la loro carriera all'interno dell'azienda sono cresciuti tra le belle donne e sono, perciò, più corazzati. Ma quelli che arrivano dall'esterno trovano un mondo di lustrini che spesso li rapisce e spazza via in cinque minuti fascicoli, conti, strategie e bilanci delle pur prestigiose carriere precedenti. Il caso più clamoroso è l'amore tra Flavio Cattaneo e Sabrina Ferilli.

Il primo a scoprirli è stato «Novella 2000» (estate 2005), subito ripresa l'11 agosto dal «Riformista», che titolò: *Si sono presi anche la Ferilli*. «Da un lato» scrisse il giornale «il simbolo del comunismo verace senza aggiustamenti siliconati che sanno troppo di fascio e di biscione; la donna-copertina della sfortunata battaglia contro i cattivi teo-con ciccioni nel referendum sulla fecondazione assistita. Dall'altro, invece, l'amico di Gigi Marzullo, Paolo Berlusconi e Ignazio La Russa che ha cacciato Lucia Annunziata dalla Rai; il manager brianzolo che ha blindato viale Mazzini in nome e per conto del premier, al punto da mettere un giornalista dello staff berlusconiano al posto di Enzo Biagi.»

Possibile un amore del genere? «Possibile» continuava «Il Riformista» «secondo la rizzoliana "Novella", che pur con le dovute cautele garantite dall'uso del condizionale, butta la notizia a pagina 15. In pratica, la diessina Sabrina starebbe divorziando dal marito Andrea Perone, sposato appena due anni fa, a causa della scintilla scoccata con il forzista Flavio, anch'egli regolarmente coniugato. Galeotta sarebbe stata, a metà dello scorso marzo, la presentazione a Parigi della fiction ferilliana sulla cantante Dalida. In quell'occasione Flavio avrebbe fatto follie ... e dopo mesi di voci e gossip dentro e fuori la Rai, [*la notizia è stata sbattuta*] sul settimanale rosa.»

Lui (e probabilmente anche sua moglie) non l'ha presa bene e ha querelato senza avere soddisfazione. Lei ha smentito seccamente. D'altra parte, proprio nel mese di agosto uscivano le foto dell'ormai ex marito della Ferilli, Andrea Perone, in dolci atteggiamenti con una nuova fiamma. E così è stato più facile per gli amanti del gossip fare due più due, e immaginare un amore che travolge le barriere: lei icona della sinistra, lui fidato sostenitore della destra.

Poi il settimanale «Oggi» ci ha investito tre fotografi, un weekend lungo, notti insonni e appostamenti che nemmeno lady D., e ha portato a casa il servizio e le prove. I tre paparazzi hanno seguito i due presunti amanti fino a Parigi. Sabrina è partita da Fiumicino venerdì 21 ottobre 2005. Pantaloni neri, cappotto nero, occhiali neri, credeva di mimetizzarsi, ma era già pedinata. Una Mercedes con i vetri oscurati l'ha raccolta al Charles de Gaulle. Sosta strategica alle Galeries Lafayette, finta registrazione al Bristol Hotel, e poi via a place de la Concorde, indirizzo rue Boissy d'Anglas 15, al Sofitel Le Faubourg. Dove aveva già preso alloggio Flavio Cattaneo. Cena in camera con delicatezze recapitate dal fido autista sull'uscio. Da dove Sabrina è uscita soltanto per girare un servizio fotografico. E per ripartire domenica 23 ottobre con il volo delle 20. L'ex direttore generale, oggi amministratore delegato di Terna (la società delle reti elettriche nazionali), per prudenza era rientrato a Roma già al mattino.

La storia, riepilogano su «Oggi», sarebbe cominciata già un anno prima, quando Cattaneo era ancora in Rai e Sabrina girava la fiction su Dalida, appunto, a Parigi. Il matrimonio di Sabrina era già finito. Non quello di Cattaneo, però, sposato con Cristina e padre di due figli. Di qui le mille cautele.

2 novembre 2005. «Cattaneo? È un bel ragazzo» si lascia sfuggire la Ferilli davanti alle telecamere di «Striscia la notizia», che le consegna il Tapiro d'oro. E alla precisa domanda di Valerio Staffelli sulla presunta relazione con l'ex direttore generale, l'attrice non smentisce. Alla fine del mese ci si mette pure Alfonso Signorini, che su «Chi» descrive nei dettagli l'incontro segreto nell'elegante palazzo del centro di Roma a due passi da via Condotti, dove l'ad di Terna, fresco di nomina, si è trasferito. Flavio (42 anni) e Sabrina (41 anni), dopo la serata in un defilato ristorantino di Trastevere, entrano in casa nel cuore della

notte. La Ferilli, mimetizzata dietro un vistoso paio di occhiali da sole, lascia l'abitazione alle prime luci dell'alba pur di sfuggire a occhi indiscreti. Tre ore dopo esce lui, rasato di fresco e con un invidiabile sorriso stampato sulle labbra.

Queste notizie gettarono nello sconforto il mondo «comunista». Mettersi con un uomo vicino alla destra, proprio lei che aveva definito Cofferati «il Totti dei Ds», lei che aveva il mito di Berlinguer e di Nilde Iotti, lei che, quando Bertinotti stava per affondare Prodi, lanciò il mitico proclama: «A Fausto, ripensace!», lei che fu invocata perché fermasse il senatore Turigliatto per non far mancare all'Unione il voto decisivo, lei che mette nei contratti la clausola che, in caso di elezioni, deve essere lasciata libera di andare a votare («Alle elezioni del 2006, con quei risultati in bilico per poco me moro»), lei che «papà lavorava alle Botteghe Oscure, conosceva Berlinguer ed è stato il segretario di Maurizio Ferrara, padre di Giuliano. A 10 anni passavo le domeniche vendendo "l'Unità" porta a porta». Lei, capace di essere la più amata dai camionisti e dalle casalinghe.

Dopo mesi di chiacchiere e paparazzate in esclusiva al settimanale «Gente», nel dicembre 2005 Sabrina infine ammette l'amore che la lega a Cattaneo: «Sono sicura che è stata la mia anima maschile a mettersi in contatto con la concretezza lombarda di Flavio, che ha un pragmatismo esemplare, paradigmatico», «Di lui mi hanno colpito la pazienza ferma, il carattere forte, la sua incapacità a corteggiarmi», «Non ci sono stati né fiori né regali, la vera seduzione, in un rapporto paritario come il nostro, è il rispetto delle promesse».

In un'intervista a «Oggi», il 6 ottobre 2010, Sabrina confessa: «Ci siamo conosciuti in età matura ed evitiamo di punzecchiarci, di creare situazioni o atteggiamenti di fastidio reciproco. Così non è mai successo che io lo rendessi geloso, né che lui facesse soffrire me ... Ci legano i valori della buona politica, valori trasversali. E quindi l'integrità, la serietà, l'onestà, la lealtà. Abbiamo passioni identiche. Facciamo vita casalinga quando non si lavora, guardiamo talk show di approfondimento politico oppure film. Flavio è uno pratico, concreto. Io sono più fantasiosa e credo di aver trovato in lui un compagno molto equilibrato».

E alla domanda «Niente matrimonio in vista?», lei risponde: «Se fossi una donna che intende il matrimonio come realizzazione di se stessa e il mio compagno non fosse d'accordo, sarebbe un problema. E allora mi muoverei in un'altra direzione. Ma per fortuna non è così. La verità è che, fino a oggi, nessuno di noi due ha pensato che questo passaggio fosse indispensabile».

Oggi, nel 2011, dopo sei anni di convivenza, non si può dire che la loro non sia una coppia solida.

Monica Guerritore: «Terribile l'attrice che si mette con il presidente della Rai»

Mauro Masi è un bell'uomo: 58 anni, fisico atletico in linea con il suo passato da paracadutista, baffi curati, il gessato come divisa, nei due anni da direttore generale Rai, fino alla primavera del 2011, qualche cuore l'ha conquistato. Eppure, perché la sua ultima fidanzata, Ingrid Muccitelli (32 anni), laurea in scienze della comunicazione, potesse tornare sugli schermi aziendali («Uno mattina Estate weekend») si è dovuto aspettare che lui approdasse alla Consap, la società del Tesoro che si occupa di servizi assicurativi pubblici.

In verità, quando è giunto in viale Mazzini dopo la carriera in Banca d'Italia e il lavoro a palazzo Chigi con Berlusconi e D'Alema, Masi era fidanzato con Susanna Smit, un'attrice caprese che sembrava la sua scelta definitiva. Tutto il gotha del Palazzo e della televisione partecipò infatti, il 24 giugno 2009, alla festa al Vittoriano per il trentacinquesimo compleanno di Susanna. Ma i due continuarono a vivere in case diverse, Masi non avviò le pratiche di divorzio dalla moglie americana (che vive tuttora negli Stati Uniti insieme al loro figlio), e la loro storia conobbe risvolti passionali tempestosi che portarono infine alla rottura proprio alla vigilia – ha dichiarato la Smit – del matrimonio.

Ingrid Muccitelli, che vive con Masi dal 2010, ha raccontato a «Diva e donna» (28 giugno 2011) di aver cominciato a lavorare nelle redazioni televisive subito dopo la laurea: «Portavo il caffè, facevo le fotocopie». Poi ha lavorato a lungo a La7, collaborando anche con Piero Chiambretti, con cui è stata fidanzata per sette anni, e che ha lasciato perché non si decideva a imprimere alla storia una svolta definitiva (Chiambretti, 55 anni, nel maggio 2011 ha avuto una bambina dall'attrice Federica Laviosa, 27 anni). Quindi è entrata in Rai per lavorare con Milo Infante nel programma pomeridiano di Michele Guardì «Insieme sul Due». Poi il fidanzamento con Masi e, dopo la sua uscita dalla Rai, il passaggio alla trasmissione del mattino.

«Ho appena cominciato a camminare da sola, non voglio un altro padre più grande di me, per di più professore, lui insegna diritto costituzionale, a dirmi cosa devo fare o non devo fare, e poi un'attrice che si mette con il presidente della Rai. È terribile! Non volevo.» Così scrive nel libro *La forza del cuore* Monica Guerritore a proposito della nascita della sua storia con Roberto Zaccaria. La Guerritore ha avuto un'intensa vita sentimentale, come racconta nell'autobiografia. A 13 anni il primo amore per il quindicenne Giancarlo Leone, allora figlio del presidente della Repubblica e oggi brillante direttore dell'Intrattenimento Rai: «Io lo amavo e lui amava il mio mondo». Poi l'infatuazione contraccambiata per Gianni Agnelli, padre della sua amica Margherita, conosciuto in un collegio svizzero: «Autorevolezza, analisi, razionalità, curiosità, dinamismo, resistenza e forza fisica. Lui era tutto questo». E il grande, tormentato amore per Gabriele Lavia, «quel matto con i capelli rossi che recitava Amleto». Lui era sposato, «non ce la faceva a stare lontano da me, ma non riusciva neppure a lasciare la sua famiglia», da cui alla fine si staccò. Vissero insieme sedici anni «di un amore grandissimo, fatto di passione, di creatività artistica, a teatro, nel cinema. Abbiamo fatto una casa, due figlie. Che hanno sofferto della nostra distanza». «È stato il mio maestro, mio padre, il mio amante» scriverà di lui.

Monica cominciò a girare film scandalosi come *Fotografando Patrizia* di Salvatore Samperi, il regista di *Malizia*: «A me piaceva il racconto, piaceva il regista e mi piaceva usare il mio corpo». Sul set della *Lupa*, regia di Lavia, reincontrò Giancarlo Giannini, vecchia passione, alle spalle tre anni passati insieme quando lei ne aveva 19 e lui 36, e finiti una notte, quando lui scomparve come se non fosse mai esistito. Diciassette anni dopo, la vendetta: lei lo baciò con forza, rotolarono in terra, lui si ruppe due costole. Infine, fu la volta del presidente della Rai, sposato anche lui e con figli, e con tutte le complicazioni del «cattocomunista».

A Zaccaria era stata attribuita una liaison con Paola Saluzzi, conduttrice romana dai capelli rossi allora a «Uno Mattina», oggi brillantemente impegnata in Sky. La diceria fu ripresa da Emilio Fede nel suo libro *Samba dei ruffiani*, del 2001. «Quando quelle voci sono cominciate a girare» ha raccontato la Saluzzi «ho commesso l'errore di non smentirle. Invece bisognava mettere dei paletti. Anche perché la storia era falsa dall'inizio alla fine.» E affermò di essere rimasta «molto delusa» dalla decisione di Zaccaria «di non rispondere a queste porcherie per non gettare benzina sul fuoco». Fatto sta che, quando si spensero le voci sulla Saluzzi, già ne giravano altre sulla storia con la Guerritore.

Mimma Nocelli, regista Rai e amica di entrambi, cercava di convincere l'attrice che erano fatti l'uno per l'altra. Lei resisteva: «Così siamo andati avanti per un anno. Cominciavo a conoscere una persona senza la malia dell'amore». Prenotarono finalmente due stanze nello stesso albergo a Siracusa, dove, quando arrivarono, ebbero la piacevole sorpresa di incontrare Maurizio Gasparri, fresco ministro delle Comunicazioni del governo Berlusconi e avversario irriducibile di Zaccaria, capo della «resistenza» Rai contro il Cavaliere. Lei prese la mano di Zaccaria e lo salvò dall'imbarazzo portandolo a passeggiare sul molo («Il primo passo verso la nostra intimità»). Le prime foto di loro insieme in atteggiamento affettuoso vennero scattate qualche tempo dopo all'Aquila, mentre si baciavano «per strada, al freddo, avvolti nei piumini». Si sono sposati il 16 agosto 2010, a Forte dei Marmi.

Naturalmente, nemmeno i direttori di rete sono immuni da tentazioni e corteggiamenti (in verità, più quelli subiti di quelli fatti). Fabrizio Del Noce, scapolo impenitente e raffinato signore d'altri tempi, si è equamente e serenamente diviso fra quattro giovani aspiranti conduttrici, tutte brave e molto belle, e scegliendo tra loro per farsi accompagnare a cene e feste. La stessa serenità pare non abbia avuto qualcuna di loro se, come vuole il gossip di Palazzo, almeno una ha assoldato un investigatore privato per controllare i movimenti dell'ambito dirigente.

E Lucio Presta insegnò al figlio di Paola Perego a fare la pipì in piedi

Un tipico «amore d'ufficio» nel mondo televisivo è quello tra Lucio Presta (51 anni) e Paola Perego (45 anni), coronato il 25 settembre 2011 dal matrimonio dopo quindici anni di unione. Presta è uno dei più importanti agenti di personaggi della televisione ed è molto più di un agente: non si limita a gestire i contratti dei suoi artisti, ma ne discute il ruolo e ne difende la presenza in palinsesto.

Paola e Lucio vengono entrambi da storie sentimentali lunghe e diverse. Lei – oggi designata al posto di Simona Ventura nella conduzione dell'«Isola dei famosi» – è stata la moglie di Andrea Carnevale, campione del Napoli dei mitici scudetti. «Avevo 21 anni quando ci siamo messi insieme» mi racconta. «Credo che a ogni età si provino i sentimenti in maniera diversa. Quella era l'età della spensieratezza, l'età in cui perdi la ragione. Io lavoravo a Milano, lui giocava nel Napoli: il 1987, le follie del primo scudetto. Furono gli anni degli innamoramenti sui quali non si ragiona, del grande divertimento, delle serate folli in discoteca fino alle 7 del mattino. Mio padre diceva che le brave ragazze non convivono, si sposano. Io volevo un figlio, e perciò ci sposammo, senza romanticismi particolari. Anzi, con un po' di leggerezza. Lo facemmo più per gli altri che per noi. Ci sposammo nel 1990 subito dopo i Mondiali di calcio e i nostri sette anni di vita insieme furono caratterizzati interamente dagli impegni calcistici di Andrea.

«Nacque una bambina e io cominciai a fare la mamma. Il problema è che dovevo fare anche il padre, perché mio marito ci raggiungeva soltanto il lunedì, per il resto era sempre fuori. Dopo Napoli, vennero Roma, Udine, Pescara... Se non fosse nato il secondo figlio, il nostro matrimonio sarebbe finito ancora prima. Perché, anche quando tornava per poche ore, Andrea non si occupava della gestione familiare e dei figli. Lui era molto giovane, come me, e per di più faceva il calciatore. Non so adesso, ma allora i calciatori erano abituati a una corte che gli risolveva ogni problema pratico. Non aveva nemmeno idea di come si pagasse una bolletta... Andrea aveva fatto il gol con cui il Napoli aveva vinto il primo scudetto; poi il Napoli di Maradona aveva vinto anche il secondo. Lo ripeto, erano anni folli. Andrea non faceva in tempo a pensare una cosa, che già gli altri la eseguivano. Vivevamo in un mondo di favola, ma la realtà era un'altra cosa. Così ci separammo, perché eravamo cresciuti in maniera diversa e perché io avevo bisogno di qualcuno a cui appoggiarmi. Ma i nostri rapporti sono ottimi: Andrea e Lucio sono amici e scherzano anche alle mie spalle. Nel frattempo Andrea si è risposato e adesso ha una bambina di 9 anni.»

A quel punto è arrivato Lucio Presta. Anzi, no: Paola e Lucio già si conoscevano, perché lui era il suo agente. «Quando ho iniziato a lavorare con Lucio» racconta Paola «ai nostri incontri mi accompagnava Andrea. Lui calciatore della Roma, Lucio tifosissimo della Roma, si conoscevano anche bene. Ho cominciato a condurre, prima con Alessandro Cecchi Paone e poi con Massimo Giletti, "In famiglia", nei fine settimana su Raidue. Poi "Mille lire al mese", trasmissione del sabato sera con Pippo Baudo e Giancarlo Magalli. Quando rimasi incinta di Riccardo, avevo il terrore di confessarlo a Lucio: se devo interrompere il programma, questo mi dice grazie e arrivederci. E invece scoprii allora il suo lato umano. "Qual è il problema?" esclamò. "Sospendi e poi riprendi." Fu molto rassicurante (poi ho scoperto che tratta tutti i suoi artisti come figli).»

La solidarietà personale fece maturare un sentimento diverso. «Ci lamentavamo entrambi dei nostri problemi familiari, e quella è una fregatura: non si dovrebbe mai raccontare a un fidanzato il proprio passato. Ma allora Lucio era soltanto un amico... Sia come sia, quando io mi sono separata, lui stava separandosi. Vivevo da sola con un bambino di 5 mesi e una bimba di 4 anni e mezzo in una città come Roma, che non era la mia, e dove Andrea frequentava unicamente gente del mondo del calcio. Dopo la separazione, qui mi sentivo un'estranea. Lucio mi fu vicino con molta discrezione. Mi telefonava ogni sera, con garbo: "Come va? Hai bisogno di niente?". Una volta tornai a casa tardi e non presi la sua telefonata. Scoprii che mi mancava. Il 17 aprile 1997 era il mio primo compleanno da separata. Ero sola a Monza, a casa dei miei, mentre Lucio era a Conegliano Veneto con Paolo Bonolis. Mi chiamò: "Perché non vieni a festeggiare con noi?". Mi mandò un'auto e andai. Festeggiammo con un po' di gente, torta, candeline, chiacchiere nella hall. Fino a quando rimanemmo da soli. Fu allora che mi propose: "Andiamo a parlare su da me?". Ecco qua, pensai, questo vuole provarci subito. Ma ero imbarazzata a dire: non posso. Immaginavo che mi sarebbe saltato subito addosso, e invece ci mettemmo a chiacchierare sul serio. Fu la sua arma vincente. Così, alle 6 del mattino, fu quasi naturale...»

Il matrimonio è arrivato quattordici anni e mezzo dopo quella sera. Presta si era sposato una prima volta a 19 anni e si era separato di lì a un anno. Poi è vissuto a lungo con la donna che gli avrebbe dato due figli (una ragazza che oggi ha 22 anni e un ragazzo di 19) ed è morta nel 2006. «Lucio ha impiegato parecchi anni a fare il casting per la sua terza donna, che sarei io» scherza Paola. «Perché abbiamo aspettato quasi quindici anni per sposarci? Abbiamo voluto far crescere i nostri figli che, freschi di separazione, sarebbero rimasti traumatizzati di fronte a una nuova, immediata convivenza. Soprattutto i miei figli, visto che i suoi vivevano con la mamma, anche se Lucio è stato un padre molto presente. Per undici anni siamo vissuti ognuno a casa propria. Mi piaceva che la sera mi lasciasse sotto casa mia: buonanotte, buonanotte. Certo, facevamo le vacanze insieme, e qualche volta lui si fermava da me o io da lui. Ma la nostra convivenza è cominciata soltanto quattro anni prima del matrimonio. Lui è stato un secondo padre per i miei figli. A Riccardo ha insegnato a fare la pipì in piedi, visto che, circondato da femmine com'era, la faceva seduto...»

Non deve essere tanto facile avere rapporti sentimentali duraturi nel mondo dello spettacolo... «E invece no,» risponde Paola «basta considerare lo spettacolo un lavoro. Il lato B della vita è fatto di altro: la normalità, le piccole cose. Quando si spengono le telecamere, la presentatrice cede il posto alla donna, alla madre. Anche Lucio è così: a lui piace una vita tranquilla, riservata. Adesso vuoi chiedermi del famoso cattivo carattere di Lucio, così brusco, così calabrese nella sua durezza?

E invece lui è un uomo completamente diverso da quello che viene descritto. È un uomo molto disponibile nei confronti degli altri, perfino apprensivo. Se al ristorante, al tavolo accanto al nostro, una bambina tossisce, lui è capace di alzarsi per assicurarsi che non le sia andato niente di traverso. Chiunque lo chiami per un problema personale, trova un amico che fa di tutto per risolverlo. E poi...»

E poi? «È un uomo che con la sua donna non dà mai niente per scontato. Lui si comporta ancora come il primo giorno. Tutte le mattine mi sveglia accarezzandomi con la stessa dolcezza. Le mie amiche si lamentano di essere trascurate. Io no: nota il vestito nuovo, il colore dei capelli...»

Gelosia per le belle donne che gli girano intorno? «Non sono gelosa delle donne belle, ma delle donne interessanti. Perché Lucio è preso dalla testa delle persone. Se una donna piace a me, so che piace anche a lui.» Ma a quanto pare, da quindici anni, è lei la più interessante.

La fine improvvisa dell'ultimo amore di Carlo Conti

«Il vero punto non è la differenza di età, ma i 25 anni di Roberta. Lei è una ragazza matura, però deve vivere ancora tante esperienze della vita, deve scivolare e rialzarsi, e non sempre con la stessa persona. Se ci fossimo sposati, io avrei rischiato di cambiare ruolo, diventandone il tutore, se non proprio il padre. Per questo è stato meglio fermarsi.» Carlo Conti mi racconta così la fine improvvisa del suo legame con Roberta Morise, annunciata nel settembre 2011 da un comunicato di Cataldo Calabretta, avvocato della ragazza: «La loro è stata una bellissima storia d'amore, ma purtroppo non tutte le favole hanno un lieto fine. Roberta e Carlo continuano ad avere un ottimo rapporto d'affetto e di stima reciproca e chiedono che venga rispettata la privacy...».

Nel mondo dello spettacolo tutti sanno quanto sia stata per decenni inespugnabile la cassaforte del cuore del bravissimo, semplice, direi umile conduttore di Raiuno, rimasto impermeabile al successo. Eppure, sembrava che questa volta lo scapolo più scapolo della Tv sarebbe caduto. Me l'aveva fatto intuire in una puntata di «Porta a porta» e l'aveva in qualche modo ribadito in un'intervista al settimanale «Dipiù». «Per Carlo sono la sua Befana del 2010 ... Da quel momento sono diventata la sua metà» aveva detto lei a «Gente» il 30 novembre di quell'anno. La metà esatta, visto che il 13 marzo 2011 Roberta ha compiuto 25 anni e Carlo ne ha 50 tondi tondi. «Ma tra i due» si affrettava a dire «il ragazzino è lui, pieno d'entusiasmi e d'energia. Io sono giovane all'anagrafe, ma dentro sono più matura della mia età.»

La splendida finalista di Miss Italia 2004 aveva trovato subito lavoro in televisione, appunto accanto a Carlo Conti. «Per anni c'è stato solo un rapporto di stima, fortificato nel tempo. Un'amicizia fatta di consigli, di chiacchiere, di uscite con tutto il gruppo di lavoro. Fino a quando, nel novembre 2009, ho cominciato a barcollare, a vederlo con occhi nuovi. Ma lui niente, abbottonatissimo.» Lo ha corteggiato lei. «Lui all'inizio era titubante, voleva assicurarsi che per me non fosse un capriccio... Così, un giorno sono entrata in sala riunioni con una crostata a forma di cuore. C'era lui con tutto il gruppo degli autori. "È per te" gli ho detto. Da quel momento Carlo si è aperto. Molto.» La loro prima volta fu in una beauty farm in Toscana. «Tale era l'emozione di stare tanto tempo insieme che ci siamo presi un virus influenzale.»

Nell'estate del 2010 lui, ormai fidanzatissimo, è sceso a Cirò Marina, in Calabria, dove è nata Roberta. Il passo fatale è stato conoscere i genitori. Lui imbarazzato perché tutti stavano intorno al personaggio famoso e anche perché lei era tanto più giovane. «Il mondo si è proprio rovesciato» commenta una mia collega che conosce bene gli amori televisivi. «Un tempo sarebbe stato il presentatore ad allungare le mani sulla soubrette con la metà dei suoi anni, adesso lui si difende e lei batte la concorrenza delle altre coriste con una crostata allusiva...»

Conti, alla fine, si è difeso al punto di chiudere la storia. «Naturalmente» mi dice «la storia tra noi è finita forse anche perché è finito il sentimento. Un sentimento complicato da costruire, perché il rapporto non era tra uomo e donna, ma tra uomo e ragazza. Abbiamo riconosciuto entrambi che era meglio interrompere il legame affettivo, anche se stima e amicizia sono fuori discussione e, da settembre, abbiamo ripreso a lavorare all'"Eredità". Lavoravamo nello stesso programma prima di metterci insieme e non c'era nessuna ragione per interrompere la collaborazione dopo la chiusura del legame sentimentale.»

Conti mi ha confessato che non è stata Roberta la donna che lo ha portato più vicino al matrimonio. «È stata un'altra, ma è meglio lasciarla in pace.»

Lo scapolo d'oro della Tv ha, dunque, rinunciato al matrimonio? «Nemmeno per idea. Anzi, è una scelta che devo fare al più presto, altrimenti, invece che il padre di mio figlio, ne diventerei chissà che cosa.»

Spaventato all'idea di avere un figlio in età matura? «Dovrò inventarmi un ruolo che non conosco. Forse anche per questo ho rinviato la scelta. Ma adesso è ora di farla.»

Il falso flirt tra Fabrizio Frizzi e Mara Carfagna

Se Carlo Conti è un uomo con tratti non comuni di umiltà, non mi meraviglierei, un giorno, di incontrare Fabrizio Frizzi con il saio francescano e i sandali ai piedi. Dopo un'edizione non brillante di «Miss Italia» (2002) l'allora direttore di Raiuno Fabrizio Del Noce lo definì «noioso e troppo buonista». Sul «noioso» non so pronunciarmi, non avendo visto quello spettacolo. Sul «troppo buonista» posso convenire, perché il cuore di Fabrizio è tale che, se fosse lui a occuparsi di Medio Oriente, israeliani e palestinesi avrebbero già fatto la pace da un pezzo. Ma nelle competizioni televisive, purtroppo, a quanto pare occorre anche un po' di cattiveria, e così Frizzi fu allontanato dalle conduzioni di trasmissioni in prima serata su Raiuno che aveva portato avanti con onore per quindici anni.

Fabrizio – e qui sta la sua umiltà francescana – fece allora quello che altri colleghi di pari caratura non avrebbero mai fatto: partecipò come concorrente a «Ballando con le stelle» e spopolò con la sua simpatia ingenua e fanciullesca; fece «Piazza grande» con Michele Guardì, che è un programma di fine mattinata su Raidue e nella borsa dei conduttori vale molto meno della prima serata, e infine condusse addirittura «Cominciamo bene», la trasmissione del mattino su Raitre. «Un percorso che mi ha donato spessore e sicurezza» confessò nel 2007 a «Tv Sorrisi e canzoni». Finché lo stesso Del Noce, con i «Soliti ignoti», lo riportò con grande successo alla prima serata di Raiuno. E, nel settembre 2011, Frizzi è tornato a condurre di nuovo la finale di «Miss Italia».

Che cosa c'entra l'amore con tutto questo? C'entra perché, in genere, nei periodi di bassa stagione per gli uomini dello spettacolo le difficoltà lavorative hanno come conseguenza difficoltà sentimentali. È facile stare accanto a un uomo di successo, più difficile essere la compagna di un uomo in crisi professionale. Frizzi era reduce da quindici anni di unione (convivenza 1983-91, matrimonio 1992-98) con un'altra grande professionista della televisione, Rita Dalla Chiesa, di undici anni più matura, figlia del generale ucciso dalla mafia, e conduttrice storica di un programma di successo come «Forum» sulle reti Mediaset. Tra i pettegolezzi usciti sui giornali nel 1998, quello secondo cui Fabrizio aveva un flirt con Mara Carfagna, sua valletta ventitreenne a «Domenica in». Frizzi ride di cuore: «Ma sai che questa voce la mise in giro una nostra cara e notissima amica comune? Venne fuori all'inizio del 1998 mentre io ero fermo per la frattura di una spalla. Mara aveva partecipato l'anno precedente alla finale di "Miss Italia", che io conducevo, e poi era stata scritturata per l'edizione successiva di "Domenica In" per opera di Michele Guardì e senza che io me ne occupassi. Lei era molto disponibile: disse a me e Guardì che era in grado di ballare e di suonare il pianoforte. Con lei avevo il rapporto di rispetto e di affetto che avevo con tutte le ragazze che lavoravano con noi. Quando uscì la voce, priva di qualsiasi fondamento, di un nostro flirt, io fui inseguito invano dai paparazzi e la povera Mara fu particolarmente tormentata, con grave disturbo anche per la sua vita privata».

In realtà, finita la bella unione con Rita, Frizzi ha avuto una storia importante (quasi quattro anni e mezzo) con Graziella De Bonis, cantante del gruppo «6 come sei», che aveva conosciuto a «Domenica in». Nel 2002 si unì a Carlotta Mantovan, arrivata seconda l'anno precedente a «Miss Italia» ed eletta Miss Deborah. Lei aveva 20 anni, lui 44. Ed è a lei che Frizzi attribuisce il merito della rinascita. «Ci siamo messi insieme» mi racconta lui «nel momento più buio della mia carriera professionale. Lei ha un carattere solido, mi ha dato molta forza, è stata capace di gestire le mie tensioni.»

Carlotta ha fatto una bella carriera. Entrata nel Meteo di Sky Tg24 nel 2004, ha superato gli esami da giornalista e ora lavora nella redazione giornalistica di Sky. Matrimonio? «Ci stiamo pensando da anni» mi confida Frizzi «ma il mio lavoro non ha orari, il suo ha orari spesso non compatibili, insomma, facciamo molta fatica a vederci... Adesso l'importante è restare insieme. Appena i nostri orari saranno più compatibili ci sposeremo e avremo dei figli. Per me comincia a essere tardi.» Lo stesso discorso che mi ha fatto Carlo Conti. «E infatti ne abbiamo parlato...»

Quando lei s'innamora del superiore

Anche in altri settori estranei al mondo dello spettacolo abbondano le coppie nate sul lavoro. Non c'è progetto dell'architetto Massimiliano Fuksas senza la matita della moglie Doriana. «Nel lavoro non so se io sono i fiori o il tronco, ma insieme siamo l'albero» ha detto Fuksas a Laura Laurenzi («la Repubblica», 17 luglio 2010). Ottavio e Rosita Missoni, insieme dal 1954, litigano furiosamente di giorno sul lavoro, in modo da andare perfettamente d'accordo la sera quando tornano a casa. Non si contano, poi, le coppie formatesi in cucina. Quelle celebri di più lungo corso sono Giorgio e Annie Pinchiorri a Firenze, Aimo e Nadia a Milano, Antonio e Nadia Santini a Canneto sull'Oglio, in Lombardia.

Le coppie famose, però, non fanno molto testo. I veri problemi nascono quando la relazione sboccia nella routine quotidiana d'ufficio, tra un fascicolo e una e-mail.

«A un certo punto della storia ho dovuto parlarne con l'amministratore delegato» mi dice il dirigente di un'importante casa discografica. «Quando ho conosciuto la mia attuale compagna, di cui ero il diretto superiore, eravamo entrambi sposati con figli. Il mio rapporto matrimoniale era complicato e stanco, io non prendevo decisioni e, alla fine, fu mia moglie a mollarmi. La separazione arrivò dopo dieci anni di matrimonio ed ero ben deciso a non dar vita a un'altra convivenza. Poi mi ammalai, dovetti fare dei cicli di chemioterapia, persi tutti i capelli. Fu un periodo molto difficile della mia vita, e questa mia collega mi fu molto vicina. Vivevo solo, mi affaticavo facilmente, e la sua comprensione mi fu di grande aiuto. Questa vicenda indubbiamente ci legò, crebbe la stima reciproca, ma non c'era tra noi nessun sentimento che assomigliasse all'amore.

«Una sera, a una festa aziendale, ballammo un po' più stretti. Lì avvertii una scossa e capii che il mio sentimento nei suoi confronti non era limitato all'affetto. Cominciai allora a corteggiarla, ma il nostro rapporto in ufficio rendeva tutto molto complicato. La prima volta che la invitai a cena scelsi con cura un ristorante completamente fuori mano, sicuro che non avremmo incontrato nessuno del nostro mondo. Naturalmente, al tavolo di fronte c'erano due imprenditori discografici che mi conoscevano perfettamente.

«Tra me e lei scoppiò una passione travolgente. È la donna più bella e affascinante che abbia mai incontrato in vita mia. Dopo qualche mese, a quattro anni dalla mia separazione, si separò anche lei, e andammo a vivere insieme. Fu allora che ne parlai con l'amministratore delegato: mi è capitata questa situazione, dimmi se è un problema, cerchiamo di risolverlo. Non c'è nessun problema, mi rispose lui, perché so che la tratterai peggio degli altri. E così è stato.»

Lei aveva un figlio ormai grande, che continua a vivere con il padre. Lui, due bambine piccole che, rimaste con la madre, naturalmente non gradirono la novità, e all'inizio erano molto diffidenti della nuova compagna del padre, che poi, via via, hanno accettato. Adesso il dirigente discografico e la sua compagna, che hanno superato entrambi i 50 anni, lavorano in settori affini, lei a Torino, lui a Milano. «Mi sposto io, sempre in auto, per stare insieme più tempo possibile» mi racconta lui. «Il problema delle convivenze, spesso è di essere stroncate dalla routine. Be', non è il nostro caso. A proposito: io ho avuto il divorzio, lei lo sta ottenendo. L'anno prossimo ci sposiamo.»

Anche Giulia si è innamorata del suo superiore, Arturo. Lei disegnatrice, lui stilista affermato di una casa di moda. La distanza di livello professionale era molto più ampia dell'età che li divideva. Lavoravano a pochi metri di distanza e si davano rigorosamente del lei. Non c'era nulla, assolutamente nulla tra loro, nemmeno una simpatia sospetta, finché non accadde un episodio assai curioso. Arturo aveva interrotto da poco la relazione con un'altra collaboratrice dell'azienda, la quale aveva intuito la nascita tra Giulia e il suo ex di un sentimento di cui non si vedevano ancora nemmeno i germogli. Sesto senso femminile? Fatto sta che Giulia comincia a ricevere una serie insistente di telefonate esplicite e offensive: «Lascialo in pace! Lui è mio!», e altro ancora. All'inizio non aveva idea di chi fosse l'autrice di queste telefonate minatorie. Poi cominciò ad avere dei sospetti e, poiché aveva notato che lo squillo del telefono tradiva una chiamata fatta dall'interno dell'azienda, decise di segnalare le minacce all'ufficio del personale, chiedendo di mettere sotto controllo il telefono per scoprire chi fosse la persona che si accaniva contro di lei. La risposta, fredda e quasi risentita, fu che ciò è vietato dalla legge, e quindi non se ne parlava nemmeno.

Giulia se ne tornò delusa in ufficio, ma siccome, probabilmente, l'anonima molestatrice cominciava a sentirsi mancare il terreno sotto i piedi, le telefonate cessarono di colpo. «Fui molto colpita» racconta Giulia a parecchi anni di distanza «perché la nostra storia sarebbe iniziata soltanto alcuni mesi dopo. Probabilmente, lei si era accorta che qualcosa stava maturando addirittura prima ancora che se ne accorgesse Arturo.»

Giulia, che è una donna timida, lavorava rannicchiata su se stessa e sui suoi disegni, mai immaginando che il capo carismatico potesse un giorno prenderla in considerazione. «Così» ricorda «quando mi invitò a cena per la prima volta, pensai a uno di quei terribili scherzi goliardici che nascondono una scommessa del tipo: se riesci a portarla fuori, paghiamo noi. A tavola lui mi disse cose gentili, sembrava coinvolto, ma io ero profondamente diffidente. Impiegai alcuni mesi e alcune cene prima di convincermi che gli interessavo davvero, che dietro quell'interessamento apparentemente sincero non c'era qualche diabolica macchinazione.

«Quando ci mettemmo insieme (nessuno di noi due era sposato), il problema fu come porci nei confronti dell'azienda. Decidemmo di tacere, di continuare sostanzialmente a ignorarci. Per tre anni il segreto non fu svelato. Ne erano a conoscenza soltanto un paio di colleghi, che seppero tenere la bocca chiusa. La storia venne fuori nel modo più banale: sembrò curioso a tutti che io e Arturo andassimo in vacanza in Grecia nello stesso periodo. Benché non vivessimo ancora insieme, i tempi erano ormai maturi perché la nostra storia fosse conosciuta. E, infatti, ci sposammo due anni dopo.

«In azienda nessuno ha battuto ciglio, anzi il nostro lavoro comune ne ha beneficiato anche nei contatti con i nostri interlocutori esterni. Il problema, semmai, era nostro. Potevamo stare insieme ventiquattro ore al giorno? No. E allora, nella vita professionale abbiamo mantenuto alcune regole rigide della nostra clandestinità, che si sono rivelate tuttora un toccasana della vita coniugale. Quali? Pur lavorando nello stesso posto e nello stesso settore, usciamo di casa separatamente e torniamo in momenti diversi. Non c'è l'incubo di chi deve aspettare l'altro: dai, sbrigati, ho un appuntamento, siamo in ritardo...

«Anche in ufficio teniamo i contatti strettamente indispensabili, per esempio non abbiamo mai mangiato insieme. Abbiamo, insomma, costruito un cuscinetto di libertà perché non ci si senta controllati e si possa vivere in piena autonomia la propria identità professionale. Il fatto di mantenere le distanze è una forma di protezione e di difesa. La comunione di vita ci fa conoscere l'altro anche nei suoi difetti e nelle sue debolezze. Io conosco i suoi punti deboli e, se mi accorgessi che sta facendo degli errori, entrerei in agitazione. Lui, d'altra parte, conosce i miei limiti, e infatti mi guardo bene di parlare all'esterno di una collezione in sua presenza. Insomma, ci sono due parti della mia vita che mi fa piacere tenere separate. Anche se in casa, quando non ci occupiamo dei nostri figli, ci capita di parlare di lavoro. È un'esperienza totalizzante, ma molto positiva. E se uno dei due cambiasse azienda? Chissà che succederebbe...»

«Come faccio a sapere qual è il diametro del tuo dito?»

Quante volte ci s'innamora di una voce e poi la conoscenza diretta non porta a niente? E invece, Elena e Gianmarco si sono conosciuti al telefono e poi si sono piaciuti. Lavorano nella stessa casa editrice con ruoli diversi: lui fa il giornalista in un settimanale, lei, quando lo conobbe, si occupava delle iniziative promozionali di quel giornale. Lei, 28 anni, mai fidanzata; lui, 44, con qualche storia importante alle spalle. Avevano lavorato occasionalmente insieme e non era successo niente. O meglio, forse qualcosa covava nei recessi profondi del cuore di entrambi, se alla prima occasione seria il rapporto si consolidò. Lui si scoprì il cuore affaticato per ragioni estranee all'amore e si assentò dal lavoro per alcune settimane. Lei iniziò a chiamarlo ogni sera, prima di uscire dall'ufficio: gli raccontava la giornata e forse anche qualcos'altro. Lui, naturalmente, dopo la terza sera capì che non si trattava soltanto di interesse professionale e si scoprì infastidito all'idea che, per una qualche ragione, una sera il cellulare restasse muto.

Poi, qualche mese dopo, le parti s'invertirono. La mamma di lei venne improvvisamente ricoverata a Perugia per donare il midollo osseo a sua sorella, ed Elena decise di accompagnarla senza avvertire Gianmarco. Lui si accorse quasi subito della sua assenza e chiese al capo di lei se quella «ragazza con gli occhioni azzurri» avesse concluso il suo contratto. Ottenne un indirizzo e-mail, e presto ripresero le loro telefonate. Un giorno in cui Elena era particolarmente giù di corda dall'ospedale si sfogò al telefono: «Non riesco a dormire, sono senza macchina, non posso muovermi. Trovassi almeno qualcuno con cui andare a cena...». Gianmarco non se lo fece ripetere. Partì da Milano senza dirle niente, arrivò a Perugia e la chiamò: «Se hai voglia di andare a cena, io sarei qui sotto...». Fu una cena allegra, lui non le chiese nulla della zia per non rattristarla, lei finalmente riuscì a parlare d'altro. «Io gli avevo comunicato una cosa di cui avevo bisogno, e lui l'ha fatta» ricorda Elena. Milano-Perugia-Milano nella stessa serata per una cena.

Tornata in ufficio, un giorno lei gli disse: «Vado a correre al parco». E lui: «Vengo anch'io». Alla fine della corsa le diede il primo bacio. Era il 4 giugno 2009. Si misero insieme, tuttavia quell'anno fecero vacanze separate. Elena non se la sentì di tradire la sua migliore amica con la quale aveva programmato una vacanza in Sicilia, e Gianmarco se ne andò in Grecia. Al ritorno, il contratto di Elena si avvicinava alla scadenza e lui la scongiurò di non rendere pubblica la loro relazione, temendo che ciò non le giovasse e venisse trasferita agli «inferi» della casa editrice. Per fortuna, in un altro settore interessante dell'azienda cercavano una sostituzione di maternità. Elena fu molto contenta del suo nuovo incarico e del distacco lavorativo da Gianmarco. («Non mi piaceva» racconta «vederlo tutti i giorni in ufficio.») Anche adesso che non c'erano da temere trasferimenti sgraditi, la coppia continuò a tenere nascosta la propria relazione. Ma presto si seppe. E per Elena la reazione generale fu una piacevole sorpresa: «I colleghi di Gianmarco cominciarono a considerarmi in una luce diversa. Non ero più la ragazza del marketing, ma la fidanzata di uno di loro...».

Quindici mesi dopo il loro primo bacio, arrivò la decisione di vivere insieme. «Lo decidemmo una domenica a Camogli» ricorda lei. «Gianmarco mi portò in una piccola trattoria familiare. A tavola mi disse: "Ho 43 anni, ho perso tanti treni, questo non vorrei perderlo. Non ha senso che tu viva in casa tua e io in casa mia". Io, in verità, vivevo ancora dai miei, nonostante dopo la laurea mi avessero regalato un appartamento. Era l'appartamento ideale per una coppia, ma io non avevo mai voluto andarci, perché avevo il terrore di dormire da sola. I miei, però, non avevano voluto affittarlo: vedrai, dicevano, che un giorno ci andrai. Quel giorno era arrivato. A Camogli, Gianmarco mi propose di trasferirmi a casa sua o di occupare insieme finalmente la mia. Prima di dargli una risposta, mi consultai con un'amica e poi decisi di fare il salto per capire se era una storia su cui investire. Lui ha chiuso casa sua e siamo andati ad abitare da me. Dopo un anno, casa mia è davvero diventata casa nostra. Mi sembrava impossibile abbandonare la mia camera da letto di ragazza: adesso mi è capitato di dormirci una notte e mi sono sentita un'estranea.

«Penso che ci sposeremo presto, anche se lui è incapace di gestire certe cose. Un giorno che mi ero stesa sul letto per un'emicrania, lui mi è venuto vicino e mi ha chiesto: "Se uno volesse conoscere il diametro del tuo dito, come farebbe?". "Ma come ti viene in mente di farmi una domanda simile?" gli ho risposto. E poi ho aggiunto: "Basta guardare i miei anelli...". "Grazie..." ha ribattuto lui. "Ma non ci capisco niente: uno è più stretto, uno più largo..." Adesso avremmo voglia di un bambino: lui è bravo con i piccoli, fa volontariato in una parrocchia e aiuta i bambini nel gioco, nei compiti, li tiene durante le vacanze. Un giorno mi ha detto: "È una vita che mi occupo dei figli degli altri. Ne vorrei uno mio...". Io sarei d'accordo, mi farebbe piacere, però, prima sistemarmi nel lavoro, essere assunta. Ma al tempo stesso non vorrei che il padre di mio figlio invecchiasse. Insomma, mi trovo di nuovo a un bivio e devo decidere quando fare il salto. La mia generazione deve uscire dallo schema ordinato dei miei genitori, che avevano la possibilità di mettere bene in fila le cose della vita. Adesso noi ci rendiamo conto che la vita corre e non ci aspetta. Ma certe scelte non sono facili. Intanto, posso dirlo?, siamo felici...»

«I mariti sono come i letti, vanno accarezzati»

Si conobbero nella radio in cui lavoravano entrambi, lui ne era il direttore, lei una redattrice femminista (e, quasi trent'anni dopo, lo è rimasta). Non successe niente. «Poi cambiammo lavoro e andammo insieme a Parigi a trovare un'amica» mi racconta lei. «Io e lui soli? Sì, nel clima degli anni Ottanta non c'era niente di male se una ragazza faceva un viaggio con un uomo. Erano anni disinvolti. No, non andavamo ancora a letto insieme, eravamo solo amici. Ci innamorammo in un albergo del Marais. Tornai da Parigi e lasciai mio marito nel giro di quindici giorni. Non avevamo figli, ma eravamo molto legati. Sedici anni insieme, tra scuola e politica, cancellati con un tratto di penna. Avvertii il bisogno di aprire degli spazi per me, anzi di liberare degli spazi perché il mio nuovo compagno entrasse nella mia vita. Lui era sposato da più di dieci anni, l'aveva fatto quando era giovanissimo, e aveva un figlio. Per lui, mollare tutto era più complicato. E infatti impiegò due anni tra uscite di casa e rientri.

«Finalmente andammo a vivere insieme. Com'è andata? Una catastrofe [*ride*]. Abbiamo passato la vita a litigare, uno scontro muscolare a tutti gli effetti. Lui mi accusa di essere psicologicamente un camionista: io ho l'atteggiamento di chi dice: "Fatti sotto che ti spezzo". L'ho accusato di essere freddo, insensibile, perfino cattivo. Insomma, le cose peggiori che si possono dire (e si dicono) sugli uomini. Adesso litighiamo molto meno, anche se restiamo due teste dure e siamo capaci di non parlarci per un mese. Sono convinta, però, di averlo salvato da se stesso, dall'essere l'uomo rigido, austero, freddo, punitivo che era. Insomma, l'ho fatto diventare una persona migliore. E poi guardi: per tutta una fase della vita, il litigare ha avuto anche risvolti quasi erotici...

«È stato un rapporto molto passionale, non c'era bisogno di tradimenti e di interferenze esterne. Adesso abbiamo un ragazzo di 18 anni, il suo primo figlio ne ha 40, siamo una vera famiglia allargata perché, quando è nato il nostro, il suo abitava con noi...

«Non ho alcun rispetto per la privacy di mio marito. Cerco di sapere tutto: guardo i messaggi sul suo telefonino, il suo computer, il suo iPad. No, non ho alcun ritegno. Gli apro perfino la posta: arriva a casa mia, quindi è anche mia. Lei dice che tutto questo è una vergogna? No, è solo una manifestazione di interesse. La verità è che sono molto gelosa. Non ho mai avuto sospetti, ma sono freddamente, consapevolmente gelosa. Se, mentre siamo in casa, gli arriva un messaggino alle 10 di sera, gli chiedo: "Chi è?". Lui protesta: "Io a te non lo chiedo". E io: "Chiedimelo pure, tanto non ho niente da nascondere". Una volta entro in un ristorante con dei miei colleghi e vedo che lui è a tavola con i suoi e tiene un braccio sullo schienale di una compagna di lavoro, che conosco anch'io. Mi avvicino e gli dico: "Via quel braccio". I mariti non vanno mai persi di vista. Come dice una anziana signora: "I mariti sono come i letti, vanno accarezzati...".»

IX

Amore di mamma

Dalila Di Lazzaro e i cuori di Christian

Adesso che la rivedo in un vecchio film di Alberto Sordi, bellissima, con i grandi occhi chiari che colpiscono al cuore, dico: no, deve averlo girato prima. Dopo il 1991, Dalila non era più così. E, infatti, *Tutti dentro* è del 1984: la Di Lazzaro era un'altra donna, un'altra mamma. «Non piangevo ancora il vuoto delle sue parole,» mi dice «l'assenza di qualcosa che non posso cercare da nessuna parte, la parte perduta della mia anima.

«Christian è nato nel 1969, quando io avevo soltanto 15 anni. È stato il frutto del mio primo amore, un ragazzo di 17. Per sposarci dovemmo avere il permesso della Santa Sede. Facemmo il viaggio di nozze accompagnati da mia suocera che, per riuscire ad avere una camera d'albergo per noi due, doveva mostrare un altro documento con il nullaosta canonico al matrimonio. La nascita di Christian travolse il perbenismo dei miei genitori, che mi avrebbero ammazzata volentieri. Hai presente Udine negli anni Sessanta? Lo scandalo: "E adesso cosa diranno gli altri?". Io sono sempre grata ai miei per l'educazione che mi hanno dato, ma allora dissi: "Chissenefrega degli altri...". Il travaglio del parto durò sedici ore, ma poi arrivò questa piccola meraviglia donatami da Dio, un figlio, un fratello minore, un amico, un compagno che mi è stato vicino per ventidue anni.

«Il padre era, allora, un ragazzino viziato, troppo giovane e immaturo per sopportare il peso di questa responsabilità. Io ero molto più tosta e non volevo pagare per tutta la vita un errore apparente che, poi, non era un errore. Dopo tre anni sono andata via, non gli ho mai chiesto nemmeno cinque lire, e lui non ha mai voluto né cercato questo figlio. Christian piangeva perché il papà non si faceva mai vivo, ogni tanto glielo portava mia madre. A lui mancava completamente il senso paterno. Mai ha tenuto il piccolo a dormire con sé, mai una telefonata per il compleanno, mai una vacanza d'estate, mai un Natale insieme. Eppure, Christian non ha mai detto una parola contro di lui. Ma quando nostro figlio è morto, tutti i fiori che trovavo sulla sua tomba erano del padre. Un giorno lo incontrai al cimitero: stava pulendo la lapide. Perché non amarlo prima e portarsi questo peso addosso quando ormai era tardi?

«Christian se n'è andato una mattina alle 4 in un terribile incidente stradale. Aveva tre giorni di licenza dal servizio militare che prestava come carabiniere (lui studiava da dentista), era venuto a Roma e quella sera uscì con gli amici... Ci avvertirono i carabinieri al mattino molto presto, diedero la notizia al mio compagno, che mi disse: "Christian è seriamente ferito...". Cominciai subito a prepararmi per correre in ospedale, lui mi abbracciava e io gli dissi di smetterla perché dovevo sbrigarmi. Allora lui mi strinse a sé e mi sussurrò in un orecchio: "Dalila, Christian non c'è più". Io gridai che era pazzo, che doveva lasciarmi correre in ospedale, poi cacciai un urlo e svenni... Non volli vederlo morto, una madre non dovrebbe farlo mai.

«Una notte andai a cercare e ad accarezzare la camicia bianca che si era tolto quella sera prima di uscire, un'altra venne lui a trovarmi. Feci un sogno terribile. Sognai due carabinieri che mi portavano in un posto strano, la cripta buia di un convento abbandonato. C'era un letto coperto da un lenzuolo e, sotto quel lenzuolo, c'era Christian. Lo abbracciai, lo strinsi, gli dissi: "Allora sei vivo, amore mio. Dai, vestiti che andiamo a casa". Ma lui rispose: "No, mamma, non posso. Sono solo venuto a chiederti di perdonarmi perché non ti ho ascoltato". Poi si mosse, sollevò il lenzuolo e, invece del suo corpo, apparve un infinito cielo celeste. Allora capii che mio figlio se n'era andato per sempre.

«Christian venne a darmi un segnale il giorno del suo primo compleanno dopo la scomparsa. Ero in casa, ed era venuta a trovarmi Monica, la sua fidanzata: mi aveva chiesto un ricordo di Christian, e io le avevo dato un giubbotto di pelle. Fu allora che mi telefonò mia sorella. Si era svegliata dal riposino pomeridiano e mi raccontò di averlo sognato. Le aveva detto che non ero sola, perché era venuta a trovarmi la sua amichetta (mia sorella non lo sapeva), e che, comunque, non dovevo essere triste, perché lui era felice e sereno, aveva raggiunto una dimensione ideale e non mi avrebbe mai abbandonato. E, per darmene una prova, disse: "Mamma sta girando un film, le prepareranno una scena in cui sarà vestita di blu e avrà un figlio che si chiamerà come me". Raccontai il sogno di mia sorella a Monica e scoppiammo tutt'e due a piangere. Un paio di giorni dopo, durante le riprese di *La scalata*, era prevista la scena del battesimo di mio figlio. Mi fecero indossare un vestito blu e mi misero in braccio un bambino bellissimo. "Come si chiama questo fiore?" chiesi alla sua vera mamma. "Christian" mi rispose.

«C'è un altro episodio che mi ha lasciato senza parole. Dopo la sua morte, ricevetti migliaia di lettere di condoglianze. Un giorno, rientrando da un breve viaggio in Tunisia, vidi che la domestica filippina stava mettendo a posto il sacco dove le avevo sistemate. Qualcuna cadde per terra e io ne raccolsi una. Portava la data del 29 maggio 1991 e un'ora, le 23.30. La lettera cominciava così: "È la mano di una sconosciuta, ma le parole sono di suo figlio". E poi: "Mamma, tu non puoi essere felice in questo momento, invece cerca di esserlo ... La mia vita mi è stata mutata, non tolta ... Convinciti che sono semplicemente partito per un paese lontano che né tu né io conosciamo. Per alcuni anni non potremo rivederci, ma potremo sentirci con le ali dell'amore ... Non ci sarà bisogno di guardare una foto per sentirmi vicino ... Sarò l'albero, il fiore, l'onda che ti accarezzerà i piedi sulla sabbia, sarò il vento che entrerà nella tua stanza e ti accarezzerà il volto da me tanto amato. Sorridi. Sorridi e sorridimi...".

«Non ho mai capito chi l'abbia scritta. So che un giorno Christian mi ha preso la mano, l'ha appoggiata al suo cuore e mi ha detto: "Lo senti il mio cuore? Lo vedrai per sempre". Da allora può capitarmi di vedere cuori nei posti più impensati. Ecco, adesso, mentre parliamo, se ne sta formando uno, contro la parete, nel sole del tramonto...»

La mamma di Yara: «L'amore non s'insegna»

C'è una mamma che non riceve lettere dalla figlia richiamata in cielo, ma gliene ha scritte tante e forse gliene scrive tuttora, nella discrezione più assoluta. Si chiama Maura Gambirasio e abita a Brembate di Sopra, un paese della Bergamasca di cui pochissimi conoscevano il nome prima che nel novembre 2010 scomparisse sua figlia Yara, trovata morta tre mesi dopo vicino a un capannone industriale. Yara aveva 13 anni, un'età in cui molte sue coetanee – l'abbiamo visto nel primo capitolo – cominciano ad avere un'attività sessuale piuttosto intensa. Per Yara, invece, il termine «bambina» usato tante volte dai media era ancora appropriato: il suo interesse prevalente era davvero la ginnastica ritmica, e chi l'ha portata via ha interrotto sogni forse appena abbozzati.

Per tre mesi Maura ha composto ogni giorno il numero del cellulare della figlia, lasciando messaggi strazianti sulla segreteria. E quando il suo corpo è stato ritrovato, ha cominciato a scriverle lettere, ovviamente mai spedite e mai lette da altri. «Io e mio marito non crediamo di essere genitori speciali» mi scrive Maura con una calligrafia femminile larga, chiara e serena «e io come mamma credo di aver fatto quello che ogni madre farebbe per i propri figli, in qualunque parte del mondo esse si trovino. Non credo di dover trasferire nulla a nessuna di loro, tantomeno a insegnare ad amare i propri figli, perché l'amore non lo insegna nessuno, è una cosa che nasce con te e ogni mamma questo lo sa...»

Maura ha trovato pace solo ai tardivi funerali di Yara. «Finché non è stato rinvenuto il corpo di mia figlia» ha confidato a don Corinno Scotti, il parroco del paese che le è stato vicino con costanza e discrezione, «ero nella disperazione più grande, perché non sapevo dove fosse Yara e potevo immaginarla preda di mani cattive. Quando il corpo è stato trovato, mi sono rassegnata perché so che è nelle mani di Dio.»

Maura e il marito Fulvio sono genitori «eccezionali nella loro normalità»: aborriscono la pubblicità, non hanno mai parlato davanti a un microfono o a un taccuino, gentili con tutti, complici di nessuno. Rispondono con un saluto garbato a chi li incrocia in paese o sulla strada del cimitero, ma non si fermano mai per perdere tempo in chiacchiere. «Abbiamo altri tre figli» dicono. «Per noi la normalità è un dovere...»

«Due lineette nel test di gravidanza, e la mia vita cambiò»

Non ho mai conosciuto personalmente S. Ho però seguito la sua storia dall'inizio e ora le ho chiesto di raccontare qui il suo «amore di mamma».

«Il giorno in cui scoprii di essere incinta, mia madre ebbe il primo infarto. La mia storia parte da qui: da due lineette rosse comparse come per incanto in un test di gravidanza e dalla terribile notizia che mia madre era stata ricoverata d'urgenza al San Paolo. Scoprire di essere in attesa fu per me uno shock e, al contempo, una conferma. Erano giorni, infatti, che timidamente acquistavo test di gravidanza in farmacie sempre diverse, che ero però costretta a buttar via. Ogni volta che provavo a farne uno, quello mi rimandava inspiegabilmente il segno di errore. E così, un po' delusa e un po' sollevata, mi rimettevo alla ricerca di una nuova farmacia e di un ennesimo test.

«Quel giorno, però, eseguii correttamente tutta la procedura. Mi chiusi in bagno. Raccolsi un po' delle mie urine in un bicchiere pulito. Immersi per pochi secondi la penna bianca del test e attesi gli attimi necessari al responso. Positivo. Rimasi lì immobile a guardare le due lineette rosse. Rilessi non so quante volte la leggenda impressa sulla confezione del test, chiedendomi se per caso avessi letto male le istruzioni. No, era proprio così: 1 linea rossa, non sei incinta; 2 linee rosse, sei incinta. Da quel giorno tutta la mia vita cambiò.

«Quando rivelai la notizia a mio marito, la sua reazione non mi fu di grande conforto. Ne parlammo molto. In realtà, lui parlava e io piangevo. Lui riteneva che fosse impensabile e da egoisti mettere al mondo un figlio quando la nostra condizione economica era, a dir poco, precaria. Diceva che non saremmo stati in grado di rispondere adeguatamente a tutti i bisogni che la nascita del bambino avrebbe inevitabilmente comportato, visto che non riuscivamo neanche a far fronte ai nostri, di bisogni. Io mi lasciai convincere dai suoi ragionamenti, anche se, come scoprii molto dopo, le sue, in realtà, erano paure d'altra natura. Lui era terrorizzato all'idea di dover crescere e diventare un uomo responsabile e maturo, in virtù del fatto che un'altra vita sarebbe dipesa da lui. Ma questa fu una doccia fredda che mi bagnò solo dopo qualche mese.

«Per il momento, la mia vita era stretta a un bivio. Sentivo di amare già intimamente quella magia che si stava consumando dentro il mio ventre, quella nuova vita che già mi rimandava sensazioni ed emozioni mai provate. Anche il fortissimo senso di nausea che accompagnò questo lungo periodo mi sembrava prezioso. La nausea, il costante mal di stomaco, le corse al bagno per vomitare anche l'anima erano la dimostrazione tangibile che qualcosa di ancora invisibile stava crescendo dentro di me. Eppure, la mia scelta non fu così facile. Da un lato c'era mio marito, che aveva ormai deciso, e dall'altro c'era la mia famiglia, che era sconvolta da un momento difficile. Con mia madre in ospedale, io avevo perso anche la mia più grande confidente e consigliera. Di certo non avrei potuto darle una notizia tanto forte in una situazione così delicata.

«Fu così che, mio malgrado e con l'angoscia come mia unica compagna, mi presentai per una visita al centro dell'Ivg (Interruzione volontaria della gravidanza) del Policlinico di Napoli. Qui, ad attendere il proprio turno, c'erano donne di tutte le età ed etnie, e immaginare le loro storie e le loro motivazioni non faceva che acuire la mia ansia. Pensavo che, forse, loro avevano delle buone ragioni per avere, infine, deciso di dire addio al proprio bambino. Tra noi c'era anche una ragazzina che avrà avuto sì e no 13 anni ed era accompagnata da una donna che, quasi sicuramente, era la mamma. Io la guardavo e pensavo che, se mia madre fosse stata lì con me, probabilmente mi avrebbe portata via da quel posto tanto triste. Ma lei era in terapia intensiva e stava lottando con ben altri demoni.

«Spettava a me la scelta. Solo a me. Non riuscivo a darmi pace. Pensavo che fosse assurdo che, a quasi 30 anni e con una vita di sacrifici fatta di voti alti all'università e di "lavoretti" tra i più disparati, adesso mi trovassi in una sala d'attesa a rinunciare a quanto di più bello e prezioso abbia da offrire la vita. E perché? Solo perché il mio stupido conto in banca era perennemente in rosso? Non riuscivo a rassegnarmi. Sapevo che la mia famiglia, una volta passato il momento difficile dovuto alla salute di mia madre, si sarebbe stretta a me come aveva sempre fatto. Ma sentivo di non avere il diritto di chiedere tanto. Non più.

«Quando, anni addietro, mi ero innamorata di un ragazzo cubano al punto da decidere di sposarlo, fu solo grazie all'aiuto della mia famiglia che avevo potuto realizzare il mio sogno d'amore. All'epoca, ero poco più che una studentessa e una lavoratrice saltuaria che svolgeva attività poco qualificanti e mal pagate. Nonostante ciò, chiesi a mia madre il denaro necessario per far sì che il mio innamorato si trasferisse in Italia e poi gliene chiesi altro per poterlo sposare. E lei, vedova e pensionata, con tre figli a carico, decise di indebitarsi fino al collo pur di veder realizzata l'aspirazione di sua figlia. E altrettanto fece la mia dolcissima zia Maria, anch'essa vedova e pensionata, che ci ospitò in casa sua trattandoci come principi. Pensavo, perciò, che non fosse giusto chiedere altri sacrifici. A nessuno.

«Fu allora che mi sedetti a un computer e scrissi una lettera al presidente Giorgio Napolitano. Gli rovesciai addosso tutte le mie frustrazioni di giovane donna, chiedendogli il perché di tanto buio e chiedendogli di aiutare la mia generazione a risollevarsi dalle ceneri di quest'epoca che stiamo vivendo, ma che non siamo stati noi a costruire. Gli chiedevo di dare un contributo serio, un segnale forte affinché tutti i giovani che, come me, desiderano lottare per potersi costruire una famiglia, non si sentissero sempre come degli uccellini a cui qualcuno, nottetempo, abbia spezzato le ali.

«Inviai la mia lettera alla "Repubblica", ma certo non mi aspettavo che potesse scatenare tanto trambusto. La mia lettera e un'intervista uscirono sulla prima pagina del giornale in forma anonima, come avevo chiesto per non rendere più acuto il trauma di mia madre. Titolo del mio sfogo: *Necrologio di un bimbo che è ancora nella mia pancia*. Tutte le televisioni parlarono della mia lettera, e molti giornali ne ripresero ampi stralci.

Laura Laurenzi, la giornalista che aveva raccolto la mia intervista per conto del quotidiano, mi chiamava o mi scriveva quasi tutti i giorni, parlandomi in modo gentile e mai invadente delle gioie dell'essere madre. Tutto questo mi scosse profondamente.»

«Un puntino respirava con me. E decisi di tenermelo»

«Ne riparlai con mio marito e gli dissi che io, questo bambino, lo desideravo. Gli dissi, così come avevo scritto nella lettera, che se anche in futuro ce ne fossero stati degli altri, questo mio bambino non sarebbe tornato mai più. L'avevo visto muoversi. Nell'ultima ecografia avevo sentito questo puntino respirare all'unisono con il mio respiro. Quando io inspiravo, lui pulsava, e quando trattenevo il fiato, si fermava anche lui. Non so se fosse stata solo un'illusione ottica, ma so che quello che avevo visto era mio figlio. Il mio bambino. Il mio cucciolo. La parte migliore di me. Il mistero della vita. La magia della vita, e io non potevo darle un calcio come se niente fosse, ignorando che lui era lì e che respirava perché io respiravo. Mio marito accettò passivamente la mia decisione, un po' come tutto ciò che riguardava la nostra storia.

«Un nuovo sole sorse sul mio mondo. Ormai non ero più una donna che stava per abortire. Non avrei mai più dovuto recarmi in quel luogo tremendo, dove i bambini vengono presi e portati via. Adesso ero una futura madre che aspettava il suo bambino e che poteva concedersi di passare ore su Internet alla ricerca del nome più bello da dargli. Quando comunicai la mia scelta a Laura Laurenzi, lei ne fu entusiasta e pubblicò la notizia sul suo giornale. Manifestazioni di approvazione e di solidarietà mi piovvero da ogni parte. Volti sconosciuti mi dedicarono frasi e pensieri affettuosi e incoraggiamenti inaspettati, e qualcuno mi fece arrivare addirittura piccoli sostegni economici. Quando finalmente mia madre tornò dall'ospedale, le rivelai che aspettavo un bambino, e anche lei, così come zia Maria, mi disse che dentro di sé già lo sapeva.

«Il periodo della gravidanza, già piuttosto complicato, fu sconvolto dalla scoperta che, durante le vacanze estive, mio marito aveva allacciato una relazione con un'altra donna. Il mondo mi cadde addosso. Piansi fiumi di lacrime e lo odiai come solo una donna innamorata può odiare. Non riuscivo a credere che, mentre io mi sentivo felice all'idea che di lì a breve saremmo stati una famiglia, che avremmo stretto tra le braccia il nostro cucciolo, lui se la spassasse con una squallida donnetta.

«Non so chi mi diede la forza di fare ciò che feci, forse lui, il mio piccolo, ma in quei giorni mi comportai come una leonessa inferocita. Parlai con l'altra donna, dapprima educatamente confidando in una sorta di solidarietà femminile. Ma quando scoprii che lei continuava a tempestarlo di telefonate ed e-mail, l'affrontai a muso duro e le intimai di lasciar perdere mio marito, le dissi che lui ormai era un padre e che lei non aveva nulla a che fare con noi tre. Con lui tentai il tutto per tutto, ma presto mi resi conto che, mentre mi assicurava che l'altra non rappresentava nulla e che voleva stare solo con me e con il nostro bambino, in realtà continuava a frequentarla. Allora lo cacciai di casa e gli vomitai addosso tutto il mio sdegno.

«E piansi. Chissà quante emozioni negative trasferii al mio piccolino e quanto anche lui avrà sofferto a causa del mio stato d'animo. Credo che per questo non potrò mai perdonare mio marito. A ogni modo, poco prima della nascita di Andrea, volli credere alle sue buone intenzioni, al suo sincero pentimento. E così lo riaccolsi in casa. Ma sbagliai ancora una volta. Quando una donna diventa madre, cambia. Inevitabilmente. Per una madre è impossibile credere che, per qualcuno, possano esistere altre priorità al di fuori del proprio figlio, e men che meno può pensare che il suo stesso padre possa non sentire il medesimo trasporto che spontaneamente avvolge lei. Le doglie mi sorpresero nella fredda serata dell'antivigilia di Natale.

«Quando, dopo quasi otto ore di travaglio, Andrea vide la luce e l'ostetrica lo mise tra le braccia del padre che mi aveva assistito per tutta la notte, io non riuscii a frenare le lacrime. Una tempesta di emozioni mi attraversò. Non sentivo più dolore, né fisico né mentale. Tutto era stato spazzato via. Andrea era nato ed era sano. Null'altro importava. È impossibile spiegare quanta gioia mi diede vedere il mio bambino.

Bellissimo. Morbido. Profumato. La sua pelle liscia mi accarezzava come un velluto quando lo stringevo tra le mie braccia. I suoi occhioni grandi e neri mi fissavano con conturbante intensità quando, adagiatolo su un angolo del letto, provavo a dargli le prime, maldestre, poppate.

«Ad attendermi a casa trovai un immenso cesto di fiori inviatomi, insieme a un bellissimo biglietto d'auguri, dal presidente Napolitano. Ma non tutto era così roseo.

«Ricordo che il giorno in cui tornammo a casa piansi ininterrottamente per ventiquattr'ore. Un'angoscia inaspettata mi aveva invaso e sembrava non volermi abbandonare più. Sarei stata all'altezza del mio bambino? Avrei saputo far fronte a tutte le sue richieste, ai suoi bisogni, ai suoi cambiamenti? Al tempo stesso avvertivo nettissima la sensazione che, se lui dipendeva da me, ancor di più io dipendevo da lui, dalla sua felicità. Nei primi tempi suo padre fu presente. Cercava di rendersi utile. Correva in farmacia, se finivano i pannolini o le vitamine. Chiamava la dottoressa, se vedevo in Andrea qualcosa che non andava. Come quel giorno in cui gli diedi un intero biberon di camomilla per farlo dormire qualche ora e lui, invece, restò addormentato per tutto il giorno perché gli avevo dato la camomilla per adulti, ignorando che ne esistesse una pediatrica.

«Ben presto, però, le cose cambiarono. Mentre io ero ormai totalmente presa dalla crescita del bambino, dal mio ruolo di madre, dai bagnetti, dallo svezzamento, dalle visite dalla pediatra, mio marito si era preso un'altra "cotta", che diventò una sorta di ossessione: questa volta per Facebook. Passava intere giornate e intere nottate attaccato a quello stupido computer, fino a estraniarsi completamente dalla realtà.

«Quando la sua ossessione si trasformò in una patologia paranoide, lo accompagnai da medici e in centri specializzati nel tentativo di aiutarlo a superare quel brutto momento. Questa volta, però, a differenza delle altre in cui mio marito aveva avuto bisogno di me, non mi lasciai assorbire totalmente da lui e dai suoi problemi. Adesso c'era qualcuno di infinitamente più importante che reclamava tutta me stessa.

«Non misi subito mio marito alla porta, ma cominciai a farne a meno, senza recriminazioni, senza rancori. Lui avrebbe risolto le sue difficoltà e io mi sarei dedicata al mio piccolino. La sua prima pappa, i suoi primi passi e, qualche anno più tardi, il suo primo giorno di scuola materna, la sua prima festa in maschera, ecco soltanto alcuni dei momenti che il padre si perse. Comunque, spero che Andrea non ne abbia avvertito troppo la mancanza. Adesso suo padre sta bene e ha ritrovato la serenità in un'altra città. Con Andrea s'incontrano di tanto in tanto, con grande gioia da parte di entrambi.

«Io, invece, mi sento come se fossi sempre stata madre. Mi è difficile, quasi impossibile, ricordare la mia vita prima della nascita di Andrea. Per fortuna, le ansie da neomamma sono passate quasi del tutto, e io e Andrea viviamo una vita semplice, fatta di scuola, parchi e cartoni animati. Per me, adesso, tutto, o quasi, gira intorno a lui. E non potrebbe essere altrimenti. Sento di aver vissuto la mia intera vita solo per arrivare a lui, e non potrei mai provare rancore o avere ripensamenti nei confronti di nessuno. Tutto ciò che ho fatto, ma anche tutto ciò che ho subìto, sono stati solo tessere di un grande puzzle che ritraeva, infine, l'immagine del mio splendido bambino.»

«Per salvare mia figlia ho finto di abortire»

«Signore mio, salva la vita del mio bambino. Fa il possibile, ho sentito il suo piccolo cuore, ho visto nell'ecografia il suo corpicino innocente. Cosa ha fatto di male per morire? Venerdì entrerò in una maledetta sala operatoria, con il mio bambino in grembo. E uscirò senza di lui, proprio come se fosse il frutto di una squallida malattia. Scansami dall'omicidio, Dio mio. Preferirei morire piuttosto che commettere questa azione.» Così Linda, una ragazza siciliana, scriveva nel suo diario alla vigilia di un aborto deciso da tutti, tranne che da lei. «Tranne che da me» mi ribadisce «perché io sono nata mamma. Ho sempre avuto l'ideale della maternità e considero l'aborto una cosa legalmente lecita, ma, per quanto mi riguarda, moralmente inaccettabile.

«La mia storia è questa. Sono nata a Licata, in provincia di Agrigento. Mi sono sposata a 20 anni con un carabiniere. Per me era un matrimonio d'amore, per lui no. Mi ha lasciato di lì a due anni. Dopo un anno di solitudine, in un momento di buio e di debolezza, ho conosciuto un uomo di 36 anni, conducente di tir, quelli che portano la frutta dalla Sicilia al continente. Lui mi diceva di volere un bambino, ma, quando sono rimasta incinta, ha cambiato idea. Sua madre ha saputo che avevo alle spalle un matrimonio fallito e gli ha detto che era meglio troncare la relazione. La bambina? Meglio abortire. Lo dicevano lui, lo diceva sua madre, lo dicevano i miei genitori. Mio padre e mia madre ritenevano che la nascita della bambina mi avrebbe compromesso sotto il profilo morale (i pregiudizi del paese, le chiacchiere...) e avrebbe condizionato troppo pesantemente la mia vita. Perciò mi convinsero ad abortire.

«Cercarono un posto in parecchi centri distanti dal mio paese (Agrigento, Palermo, Gela), ma dappertutto c'erano lunghe liste d'attesa. Finché la mia prenotazione fu accettata nell'ospedale di Caltanissetta. Fu a quel punto che mi ribellai. In silenzio. E senza potermi confidare con nessuno, perché anche la mia migliore amica mi aveva suggerito di interrompere la gravidanza, mettere un punto fermo nella mia vita e ricominciare daccapo. Quarantott'ore prima dell'intervento mi ribellai.

«Chiamai le suore salesiane del Sacro Cuore e una monaca ottantenne mi disse che mi avrebbe aiutato a salvare la mia creatura. Fui indirizzata al Centro di aiuto alla vita di Agrigento. I medici del Cav vollero innanzitutto accertarsi che la decisione di non abortire fosse mia, che nessuno, cioè, volesse costringermi a farlo. Una volta rassicurati, presero contatto con il primario dell'ospedale che doveva praticare l'intervento e gli comunicarono la mia intenzione. Il primario volle accertarsi, a sua volta, che non fossero stati i medici del Centro a farmi cambiare idea, quindi mi suggerì di dire apertamente che non volevo abortire, ma io gli risposi che sarebbe successa una tragedia e che non potevo assolutamente dire la verità. E allora li convinsi a fingere. Sì, a fingere di avermi fatto abortire anche se non era vero. Quando il mio fidanzato e sua madre mi diedero del denaro per pagare l'intervento, strappai le banconote dinanzi a loro dicendo che non avrei mai venduto mia figlia.

«Così, alle 7 del mattino del 3 luglio 2009 entrai in sala operatoria e ne uscii con la flebo al braccio. Ai miei genitori, che erano in attesa, i medici dichiararono che avevo abortito. "Adesso ti aspetta il peggio" mi disse il primario. "Avrai un destino molto difficile." A lui e alla caposala regalai due angioletti che avevo nella borsa.

«Tornata a casa, trascorsi qualche brutta settimana. Avevo le nausee da gravidanza, facevo lavori pesanti, mi caricavo di casse d'acqua minerale, e certo non ero nelle condizioni migliori. Soffrivo moltissimo. Ero stremata, ma dissi ai miei che avrei voluto andare a Bologna per continuare gli studi di teologia che avevo interrotto, e ottenni il permesso di partire. In realtà, il Cav mi aveva trovato una sistemazione presso le suore della Sacra Famiglia di Spoleto a Niscemi, dove ho vissuto da sola per sei mesi. Mesi molto difficili. Le suore e le volontarie mi hanno trattato come una figlia, con grandissimo affetto, ma la mia solitudine interiore era enorme. Avevo sognato una gravidanza allegra ed emozionante, piena di progetti e di piccole cose da comprare per la mia bambina. E, invece, dovevo vivere in assoluta clandestinità.

«Sentivo crescere la mia piccina dentro di me, ma mi chiedevo che cosa ne sarebbe stato di noi, della nostra vita, del nostro futuro. Nei momenti più duri guardavo il crocifisso appeso alla parete della mia camera e gli dicevo: "Sto soffrendo anch'io per un innocente. Tu mi capisci". Pensavo che se la mia famiglia mi avesse rifiutato, e non avessi trovato subito un lavoro, la piccola sarebbe andata in adozione. E questo non potevo accettarlo.

«Chiamai mia figlia Gianna, come una santa madre che si era sacrificata per la figlia. Cinque giorni dopo la sua nascita mandai un sms a mia mamma. Era in programma un pellegrinaggio a Roma per una visita al papa e le scrissi che non sarei andata da sola: mi avrebbe accompagnato un piccolo angelo, perché non avevo abortito. I miei organizzarono in fretta e furia la partenza per Bologna, mentre io, in realtà, ero a poco più di un'ora di viaggio da loro. Quando mi videro, mi abbracciarono e dissero di aver ammirato il mio coraggio.

«Adesso Gianna ha quasi 2 anni ed è la luce della casa. Io avrei bisogno di un lavoro stabile, ma per il momento mi sta aiutando Giorgia Meloni, il ministro della Gioventù, con una collaborazione al Modavi, l'associazione di volontariato che segue i giovani in difficoltà. A proposito, il 5 ottobre 2011 ho potuto salutare di persona il papa. Con Gianna, naturalmente.»

«Perché ho il diritto di essere la mamma dei miei figli»

«Ciao, sono M., ho 20 anni e sono una ragazza madre. Nel 2007 ho conosciuto l'uomo della mia vita, un ragazzo extracomunitario che mi ha fatto perdere la testa. Vivevo in una comunità per minorenni, e il mio ragazzo non piaceva a papà perché era senza permesso di soggiorno. Scappammo perciò in un'altra regione da un suo cugino, io restai incinta e lui fu arrestato e mandato in uno di quei centri per immigrati dove, dopo due mesi, si tornava liberi. Uscì nel settembre 2008 e ci sposammo in una città diversa dalla mia. Quando seppero che eravamo una coppia regolare, i miei ci accolsero. Mio padre diede un lavoro stabile a mio marito, il quale ebbe così il permesso di soggiorno, e ci trasferimmo in un appartamento preso in affitto. Poi tutto precipitò.

«Mio marito cominciò a consumare e spacciare droga, io me ne andai di casa e fui ospitata in una comunità per mamme e bambini in difficoltà. Nacque il mio primo figlio, mio marito si fece un paio di mesi di carcere per non aver rispettato un vecchio decreto di espulsione, e io andavo a trovarlo sperando che migliorasse. E invece, quando uscì, era peggio di prima: mi picchiava, trascurava il bambino, diceva che voleva portarlo nel suo paese per farlo educare da sua madre. A quel punto decisi di dare mio figlio in affido a una famiglia meravigliosa, dove sta tuttora, e che adoro. Avevo alle spalle un'infanzia difficile e non volevo che lui ripetesse la stessa esperienza: in fondo, non aveva chiesto lui di venire al mondo.

«Meglio così, peraltro, perché i mesi successivi furono tremendi. Quando mio marito entrò ubriaco nella comunità in cui vivevo, prendendo a pugni il ragazzo con cui stavo parlando, decisi di lasciarlo, ma lui mi aspettò a una fermata d'autobus e mi ferì gravemente con una bottiglia spezzata. Scoprii tardi di essere di nuovo incinta, e quando lui lo seppe, mi picchiò selvaggiamente, spegnendomi persino le sigarette addosso. Una notte in cui commisi l'errore di raggiungerlo nella casa abbandonata dove abitava mi aggredì e mi spinse con violenza contro una pietra, e poi venne in ospedale a dirmi che, se l'avessi denunciato, mi avrebbe ammazzato. Ero quasi al sesto mese di gravidanza.

«La mia piccola stella è nata nel gennaio 2010. Ho fatto appena in tempo a vederla che me l'hanno tolta. Capisce che cosa prova una madre a non poter tenere in braccio sua figlia nemmeno per un momento? Me l'ha presa un'infermiera e per tre giorni non me l'ha più portata in camera. Al terzo giorno ho chiesto di allattarla, ma sono venute due assistenti sociali a leggermi il provvedimento del tribunale: c'era scritto che per la bambina era stato disposto il decreto di adottabilità, perciò io avevo perso ogni diritto su mia figlia. Non potevo allattarla, abbracciarla, vederla. Sono entrata in ospedale con lei dentro di me e sono uscita sola. Come morta. Mia madre si è presentata scongiurando che le facessero vedere la nipote almeno una volta, ma l'hanno cacciata via.

«Io mi sento come una donna sulla cui ferita cade continuamente una pioggia d'acqua salata. Vado a trovare il mio bambino e mi cullo su quel nome – mamma – che l'altra mia creatura chissà dinanzi a quale volto potrà pronunciare. Qualche aiuto, le quattrocento ore di "borsa lavoro", una buona terapia psicologica – faticosa e dolorosa – mi aiutano a crescere. Sto molto meglio e non posso mollare. Sto combattendo con tutta l'anima per riavere mia figlia. Voglio gridare che non l'avrei mai abbandonata e le avrei assicurato una vita dignitosa. Ho pianto tanto, ho cercato e trovato una forza che non sapevo di avere. Ho fatto molti errori nella mia vita e non immaginavo di poter essere diversa. Adesso lo sono e so che posso essere una mamma vera, una brava mamma. Nell'ottobre 2011 ho saputo che la Cassazione ha deciso che non ho più il diritto di vedere mia figlia: sarà adottata senza che io possa abbracciarla nemmeno una volta. Vorrei allora che sappia che la sua mamma la veglierà sempre da lontano, che lei è il suo cucciolo, il suo angelo, la sua stella, il suo amore. E spero che qualcuno le tenga da parte questo libro per quando saprà leggere e vorrà conoscere la mia storia.»

Fin qui il racconto di M. Mi permetto di osservare che la decisione della Cassazione è disumana. Come si capisce da queste righe, M. è una persona fragile e sicuramente non sarebbe stata in grado, in questo momento, di mantenere la sua bambina a un livello dignitoso. La decisione più razionale sarebbe stata di darla in affido temporaneo a una famiglia, come è accaduto per il suo primo bambino, per verificare la maturazione e l'autosufficienza economica della madre, consentendole intanto di vederlo e di scaldarlo con il suo affetto. Quando la mia cagna ha avuto nove cuccioli, prima di darne via alcuni ho aspettato che fossero accuditi e allattati dalla madre per mesi. A M. non è stata concessa nemmeno l'illusione del primo abbraccio. Ebbene, così si comportano gli Stati autoritari.

«Ho sequestrato i miei figli per amore»

Marinella Colombo è un fascio di nervi. Esile, minuta, porta scolpiti nel viso cinque anni di sofferenza che appannano perfino il biondo dei suoi capelli. Così mi ha raccontato, di getto, la sua incredibile storia di mamma.

«Ho 50 anni e il 20 ottobre 2011 è cominciato contro di me un processo per sequestro di persona. Chi avrei sequestrato? I miei due figli, che hanno la sola colpa di voler vivere con me. La storia comincia a Capodanno del 1995 in Eritrea. Il Continente nero mi aveva affascinato perché lavoravo come traduttrice simultanea nei festival di cultura africana (sono laureata in lingue, pur occupandomi di import-export) e il mal d'Africa mi aveva riportato laggiù per una settimana di vacanza. Conobbi lì colui che sarebbe diventato mio marito, un tedesco che aveva fatto studi di archeologia prima di occuparsi di una ditta di traslochi a Monaco. Aveva un anno meno di me, era simpatico, venne a trovarmi a Milano, mi propose di trasferirmi a Monaco. "La Baviera non è la Germania" mi disse per superare le mie resistenze al trasferimento. Così, per due anni ci vedemmo nei weekend: uno andavo io, uno veniva lui. Finché mi convinsi a trasferirmi: per me era più facile trovare lavoro là di quanto non fosse per lui in Italia. Ci sposammo nel 1997, e un anno dopo nacque Leonardo. E lì cominciarono i problemi.

«Avevo 37 anni, ma mettere al mondo un figlio non significava per me aver vinto la corsa contro l'orologio biologico: non lo consideravo un oggetto di mia proprietà, ma un bambino che doveva svilupparsi grazie all'integrazione educativa del padre e della madre, in una visione solidale della famiglia. L'educazione di mio marito, invece, non gli consentiva di concepire la diversificazione dei ruoli tra di noi. Un esempio: io allattai Leonardo fino a un anno e lui s'irritava perché, se avessimo usato il biberon, avrebbe potuto allattarlo anche lui. Voleva allattarlo come se fosse la madre, ma era assente quando doveva fare il padre, assumendo un ruolo da persona adulta.

«Mentre io cercavo in ogni modo di trovare un compromesso per salvare la nostra famiglia, morì mio padre. Era stato innamorato di mia madre per tutta la vita come il primo giorno e mi aveva lasciato un fratello, allora pensai che, se fossimo morti io e mio marito, Leonardo sarebbe rimasto solo. Per questo nacque Nicolò. Ma il clima in casa non migliorò, nonostante un anno e mezzo di terapia di coppia. Un esempio: a Pasqua del 2006 mio marito mi fece un regalino. Pensai: "Che bello, forse riusciamo a ritrovarci". Poi mi accorsi che era avvolto in una carta natalizia. "L'avevo comprato per Natale" fu la sua spiegazione "ma non te l'avevo dato perché non avevi fatto la brava..." Avevo anche qualche sospetto sulla sua fedeltà, e così a fine novembre ci separammo. La casa di Monaco era mia, ma era proprio ciò che gli interessava; non chiese l'affidamento dei bambini, e solo dopo un pignoramento del tribunale accettò di pagare la quota minima di mantenimento dei figli: 199 euro ciascuno. Pensavo di aver risolto i miei problemi, quando mi piombò addosso lo Jugendamt, un'istituzione creata a suo tempo da Himmler per sorvegliare le decisioni sui minori in caso di separazione dei genitori. Avrei scoperto più tardi che lo Jugendamt non ha mai consentito che bambini residenti anche per breve tempo in Germania seguissero il genitore affidatario fuori del territorio tedesco sostenendo – come risulta al Parlamento europeo – che per i bambini andare all'estero rappresenta un pericolo. Avrei scoperto più tardi che era stato mio marito a sollecitarne l'intervento.

«Un'operatrice dello Jugendamt venne in casa mia, si chiuse in una camera con i bambini e poi se ne andò. Non ho mai potuto leggere un verbale, né quello che mio marito aveva dichiarato allo Jugendamt. Per dimostrare l'invadenza di questa istituzione basti dire che, malgrado io e mio marito fossimo d'accordo sul luogo in cui i bambini avrebbero trascorso le vacanze, il tribunale aveva nominato allo scopo due "curatori del procedimento". Da questo momento, il mio interlocutore non era più soltanto mio marito, ma lo Stato tedesco.

«Fu ordinata una perizia psicologica su tutta la famiglia e risultò che era "inimmaginabile dividere i bambini dalla madre". Alla fine del 2007 la ditta dove lavoravo (importazione dall'Italia di accessori per l'abbigliamento) fu assorbita da una multinazionale che aveva già una filiale a Düsseldorf. Vista la lontananza della nuova sede (Monaco è più vicina a Milano che a Düsseldorf) accettai con piacere il trasferimento a Milano dal luglio successivo. Presentai, perciò, al tribunale la lettera di assunzione e le nuove buste paga (fui assunta da gennaio) dalle quali risultava che i bambini erano a mio carico. Mi offrii di portare i figli a Monaco due volte al mese perché incontrassero il padre, mentre le altre due sarebbe venuto lui a Milano. A questo punto il curatore del procedimento scrisse al giudice che il trasferimento a Milano era sconsigliabile perché l'accento tedesco di Leonardo avrebbe comportato una sua discriminazione nelle scuole italiane. È inutile dire che il curatore non conosce l'italiano, e perciò non può stabilire se Leonardo ha o non ha un accento tedesco.

«Con le successive perizie arriviamo al paradosso: esse stabiliscono, infatti, che il padre non è ancora in grado di essere una figura di riferimento per i figli e, quindi, i bambini devono restare in Germania finché non lo diventi. Siamo nel giugno 2008, mi appello contro questa decisione e ottengo dalla mia ditta di rinviare a settembre il trasferimento a Milano. Il paradosso più grottesco arriva il 24 agosto: sono ricercata dall'Interpol per sottrazione dei minori, che in quei giorni sono in vacanza con il padre. Il 15 settembre mi trasferisco con i bambini a Milano e li iscrivo a scuola con il nullaosta del consolato, che attesta gli studi compiuti. Il 10 dicembre 2008 il Tribunale per i minorenni di Milano mi ordina di rimandare i bambini in Germania. Io li nascondo e li mando fuori città con mia madre. I miei avvocati Laura Cossar e Francesca Cunteri suggeriscono una mediazione, e il vicequestore incaricato di portarla avanti incontra me e mio marito più di una volta. Quando domanda al padre perché vuole riprendersi i figli che finora non ha mai chiesto, lui risponde: "I miei bambini appartengono alla Germania e alla Germania devono essere restituiti".

«Crediamo di aver raggiunto un accordo: io riporto i bambini a scuola, mio marito s'impegna a non far eseguire il rimpatrio. Poco tempo dopo, l'8 maggio 2009, vado a prendere i miei figli a scuola come sempre, ma non ci sono. Li avevano prelevati i carabinieri per rispedirli in Germania. Vinciamo un ricorso in Cassazione (che rinvia, però, al primo giudice per il provvedimento definitivo), ma i bambini restano in Germania e, nel gennaio 2010, il console italiano a Monaco dice che non può far niente. Mi introduco allora nella scuola di Leonardo, lo vedo per pochi secondi, che gli bastano per illuminarsi e chiedermi: "Mamma, quando ci liberi?". La settimana dopo vedo Nicolò in un parco e non auguro a nessuno un'esperienza del genere [*Marinella scoppia a piangere*]: quasi non lo riconosco, ha la faccia triangolare per quanto è smagrito. Mi avvicino e gli dico: "Nicolò, sono la mamma". Lui ruota la testa e rovescia gli occhi come fosse drogato; mi portano via di peso per lo shock. Torno a Monaco un mese dopo, il 19 febbraio 2010. Vedo i bambini soli per strada. Scendo dalla macchina, Leonardo grida "mamma" e si fionda in auto, Nicolò – anche stavolta sembrava un po' sedato – sale anche lui, ma più lentamente. Rientro in Italia attraverso la Francia e li tengo con me fino all'autunno.

«Il 27 ottobre 2010 mi presento in aula per il giudizio di rinvio deciso dalla Cassazione, ignorando che c'è un ordine di cattura nei miei confronti, vengo arrestata e rilasciata con obbligo di firmare le presenze in questura. A questo punto mia madre tiene per un po' i bambini a Milano, poi, nel gennaio 2011, le chiedo di portarli all'estero. La procura mi contesta il sequestro di persona per poter intercettare le mie telefonate, a marzo mi arrestano di nuovo e mi tengono a San Vittore finché non rivelo dove sono i bambini. Mio fratello, d'accordo con la polizia italiana, va a prenderli in Slovenia e io vengo trasferita agli arresti domiciliari. Il giudice di rinvio dichiara che i bambini devono tornare in Germania, ma dopo un periodo trascorso in comunità, perché io sono ancora il genitore di riferimento e bisogna prepararli alla nuova realtà. Invece vengono portati subito a Monaco. Da allora non li ho più visti. Vado tre volte alla settimana in commissariato, compongo il numero di cellulare di mio marito che, in genere, non risponde. Riesco a scambiare qualche parola con i bambini, controllati dal padre attraverso il vivavoce, non più di una volta al mese.

«I miei figli si sentono traditi, sono totalmente sfiduciati nei confronti delle istituzioni: non capiscono chi gli spiega che tutto questo avviene per il loro bene e sostengono che la loro vita non ha più senso. Sono bambini intelligenti, che a scuola andavano benissimo, mentre adesso sono stati retrocessi. Leonardo non dice più di voler diventare ingegnere, Nicolò è terrorizzato: se non si mise a correre quando ci vedemmo a Monaco, è perché temeva la reazione del padre, se e quando ci avesse trovato. Comunque vada il mio processo, i miei figli non avranno giustizia e resteranno prigionieri nel paese in cui non vogliono vivere. Ma i miei figli sono la mia vita e hanno bisogno di me.»

Rosa e i suoi due figli malati tornati bambini

«Adesso Alberto non vuole più uscire di casa, Giorgio è caduto dal letto e si è fatto male. Non ce la faccio più.» Ultime notizie dal calvario. Fizzonasco, frazione di Pieve Emanuele, provincia di Milano. Rosa Sparapano ha 65 anni e porta la croce da quando ne aveva 32. O meglio, se vogliamo metterci le due bambine perse subito dopo il matrimonio, da quando ne aveva 19. Alberto e Giorgio sono i due figli di Rosa, 40 e 43 anni, entrambi affetti da corea di Huntington, una malattia genetica ereditaria e degenerativa che nel 2001 aveva spento il loro papà Dionino dopo ventitré anni di sofferenza (si è ammalato a 38 anni, è morto a 61) e che adesso sta spegnendo anche loro lentamente, sotto gli occhi della mamma. Dionino, piastrellista abruzzese emigrato a Milano nel 1958, non ha dovuto sopportare solo la malattia. Nella casa di cura dove era stato ricoverato è stato addirittura picchiato. Umiliazioni, denunce, processo. Alla fine pesava 23 chili, era cieco e non riusciva a deglutire. Soltanto la moglie era in grado di riconoscerlo.

«Scoprimmo la malattia con dieci anni di ritardo» mi racconta Rosa. «Mio marito era cambiato, diventando gelosissimo. Solo dopo ho capito che temeva di perdermi per il suo decadimento fisico, che ancora non si era manifestato completamente.» Morì alla vigilia di Natale. «Eppure» continua «il fatto che sia morto il giorno della nascita di Gesù bastò a consolarmi, perché finalmente aveva riacquistato la dignità. E a ridarmi fiducia nella vita.»

Nel 2001 Giorgio, il loro figlio maggiore, era già malato da undici anni. Faceva il tecnico elettronico, il lavoro gli piaceva molto, ma ha dovuto smettere quando hanno cominciato a tremargli le mani. Alberto si è ammalato nel 1995. I test genetici avevano emesso la sentenza. Come accade sempre in questi casi, si spera nella scoperta miracolosa. «Le ricerche scientifiche non hanno portato finora a nessun risultato» dice sconsolata Rosa «ma io spero sempre che, una sera, dal telegiornale arrivi la buona notizia.»

Ma la notizia non arriva, e Rosa vive di ricordi. Dopo aver perso le due bambine, la nascita di Giorgio fu «quella di un piccolo principe». Poi arrivò Alberto e la famiglia sembrava avviata a un'ordinata e serena normalità: una casa spaziosa in un posto piacevole, il lavoro che non mancava, qualche progetto per il futuro. Nel 2009, dopo la morte di Eluana Englaro, andai a trovare Rosa e i suoi figli, e uscii da quella casa ritemprato dalla lezione di vita che ne avevo ricevuto. Giorgio non si alzò dal letto, ma mi disse cose di senso compiuto. Alberto parlava un po' a fatica, ma riusciva a fare discorsi filati. Gli portai le maglie della Juventus con la dedica dei campioni. Erano entrambi felici. «Adesso Giorgio non parla più» mi racconta la madre. «O meglio, dice qualcosa, ma non riesco a capirlo. Alberto ha smesso di uscire: prima andava fuori per compiacere il fratello, che lo seguiva sulla sedia a rotelle. Certi giorni si chiude nella sua stanza e abbassa le tapparelle.» Resto legato a un ricordo: quando gli chiesi se avrebbe voluto che, al momento opportuno, qualcuno gli staccasse la spina, Alberto rispose con un sorriso: «No, perché la vita è bella».

Rosa si addormenta ogni sera con una preghiera e si sveglia con una speranza. «Il mio amore di mamma? È diventato più forte, perché loro stanno tornando bambini e hanno tanto bisogno di me.»

X
Amore di papà

La storia di Lamberto, Sabina e Matilde

«Cara Matilde, ha appena albeggiato e tu dormi serena nel tuo letto. Vorrei vederti così anche fra qualche ora, anzi vorrei che come Aurora, la principessa delle tue favole preferite, tu potessi dormire ancora fino al bacio del tuo principe. Il principe Lamberto. Il tuo eroe, il tuo adorato papà. Non so dirti quando arriverà per stringerti fra le sue grandi braccia, ma voglio garantirti che sta facendo di tutto per tornare da te prima possibile. Per darti quel bacio pieno di amore che da quando sei nata non ti ha fatto mai mancare. Ricorda quei baci – quelli che ti facevano il solletico sotto il mento –, ricordalo mentre ti mordicchiava le orecchie, in questi giorni in cui lui non ti può chiamare perché, come ti abbiamo spiegato, sta in ospedale e non si può muovere e non ti può parlare. Pensa alle tante cose speciali che ti ha insegnato a fare. Alle storie meravigliose di papà piccolo che ti ha raccontato per farti addormentare. Tu sai distinguere il nome di ogni albero fin da quando hai 3 anni. Sai cogliere gli asparagi selvatici, conosci l'odore della terra, l'infinità di colori che le rose possono avere. Conosci il profumo del basilico e dell'alloro. Sai che per cucinare l'unico segreto è metterci l'amore, come hai visto fare da papà ogni volta che ti preparava la cena. Sai tante piccole cose che possono per tanti non avere nessuna importanza, ma le sai perché per lui era importante tu le sapessi. E sai soprattutto che nella vita ci vuole fiducia, speranza. Quando sulla strada sterrata di Polverosa, la nostra campagnetta, lui ti ha insegnato ad andare in bicicletta, tu cadevi spesso, ti amareggiavi, volevi rinunciare. Ma lui, passo dopo passo, caduta dopo caduta, ti ha convinta che tu potevi farcela a stare in equilibrio. Questa è sempre stata la forza di Lamberto: il suo equilibrio. Insieme alla sua tenacia. Tu sei il ritratto di tuo padre, fisicamente e caratterialmente. Ora devi solo avere pazienza, essere tenace come lui. Mettiti a disegnare perché ti piace tanto. Ultimamente papà ti ha insegnato a sfumare i colori. Pensa che questi giorni lontano da lui sono solo sfumature, scure, magari. Ma sfumature. Inizia a colorarle nei tuoi fogli e vedrai che ogni giorno si schiariranno anche nella malattia che vi tiene lontani. Perché di una cosa devi essere certa, piccola mia: lui sta lottando per tornare da te. Da te che sei la luce dei suoi occhi. I suoi occhi identici ai tuoi. Con amore infinito, Mamma.»

Questa lettera d'amore indirizzata a Matilde, ma in realtà diretta al padre, è stata scritta per interposta persona dalla madre. «Vanity Fair» l'ha pubblicata nel numero dell'11 maggio 2011. Da poco più di una settimana Lamberto Sposini stava lottando contro la morte in un letto della sala di rianimazione del Policlinico Gemelli di Roma. Autrice della lettera è Sabina Donadio, una bella donna di 40 anni, giornalista ormai di lungo corso, tra televisione e settimanali. È diventata compagna di Sposini nel 1997, poco dopo il suo ingresso al Tg5 di Enrico Mentana (lui ne era il vicedirettore), e nel 2002 ha dato alla luce Matilde. La loro storia è finita il 4 marzo 2006, quando lei ha scoperto che «lui non era dove mi aveva detto, ma si trovava a Parigi in compagnia di una collega». In nome della bambina e nel suo interesse, il rapporto tra Sabina e Lamberto non si è mai interrotto, anche se oggi la giornalista è felicemente unita a un nuovo compagno, dal quale nel 2009 ha avuto un figlio. Se ho chiesto a Sabina Donadio di incontrarla qualche mese dopo la lettera a «Vanity Fair», quando Lamberto aveva ormai lasciato l'ospedale per iniziare in una clinica specializzata una lunga ed efficace terapia di riabilitazione, è perché mi aveva colpito lo straordinario coinvolgimento affettivo di chi l'aveva scritta.

Sabina: «Accanto al suo letto mi sono chiesta: "Ami ancora quest'uomo?"»

Oltre che per Matilde, questa lettera d'amore non lo è anche per Lamberto?, le ho chiesto. «Lo è» risponde Sabina «ma in un senso diverso da quello che si può immaginare. Mentre per mesi sono rimasta accanto al suo letto, mentre cercavo di scrutare nei suoi occhi un pur minimo segnale di vita e di ripresa, mi facevo la stessa domanda, perché sentivo che la mia presenza turbava le persone che mi erano vicine e che mi giudicavano in silenzio. Tu ami ancora quest'uomo? Una parte di me gli sarà sempre legata, perché a lui devo moltissimo, perché la nascita di Matilde ha dato una dimensione straordinaria al mio essere donna, e perché mi sento anche debitrice a Lamberto di ciò che sono oggi professionalmente.

«Ci siamo uniti quando io avevo 26 anni e lui venti di più. Il nostro è un mestiere che si ruba con gli occhi, non ci sono più i grandi direttori che hanno la pazienza e la capacità d'insegnartelo, e allora devi attingere dalle persone con cui hai la fortuna di lavorare. Io sento di aver avuto il meglio intorno a me: Lamberto e quel che gli girava intorno. Negli anni in cui ho vissuto accanto a lui ho visto sempre un uomo con la schiena dritta. Adesso nel nostro mondo girano troppi sicari del giornalismo, e pochi uomini come lui. E se oggi ritengo di saper fare bene il mio mestiere, il merito è anche suo. L'ho lasciato per un tradimento che mi ha molto ferito, mortificandomi più di quanto potessi immaginare, ma è stata una scelta fatta con razionalità e consapevolezza. Il sentimento che avevo maturato con Lamberto si era trasformato nel tempo; diventando mamma sono cresciute le mie esigenze sentimentali, e non era più sufficiente quello che mi dava. A una ragazzina basta poco per essere appagata da un uomo affascinante come lui. A una donna adulta no, soprattutto se ha una bambina a cui rendere conto. Mi serviva altro rispetto alla passione e all'amore, che pure il suo papà conservava per me e non perdeva occasione di dichiarare. C'era il rispetto, una condizione che non si può perdere e che è imprescindibile dall'amore. Io guardavo Matilde, pensavo che un giorno anche lei sarebbe diventata donna, e mi sono detta di dover insegnare a mia figlia che l'amore deve restare sempre un sentimento sano, che fa stare bene, che non conosce vergogna. Lei non doveva vedere la sua mamma soffrire ingiustamente e non potevo, e neppure volevo, immaginare che un giorno si trovasse nella mia stessa situazione: avere accanto un uomo bellissimo e stimabile, ma con una componente narcisistica profondissima, con il bisogno di conferme costanti e il rischio d'inciampare puntualmente nell'universo femminile. Lo dovevo a Matilde, oltre che a me stessa. Lamberto non avrebbe mai voluto che la nostra famiglia si sfasciasse, riteneva di essere rimasto fedele al suo modello famigliare e all'amore che nutriva per me. Crescendo, non sono riuscita a sentirmi sulla sua stessa lunghezza d'onda e ho trovato un amore che mi appaga di più, in maniera assoluta, che è degno di questo nome. Io amo, e sono ricambiata.

«Lamberto aveva due figlie e un gatto. Dico "aveva" perché adesso il gatto non c'è più, e la sua morte è stata per lui una tragedia. Rocco aveva 14 anni, era il nostro gatto, l'avevamo preso piccolissimo ed era diventato grosso come un cane. Aveva la camicia bianca e i polsini, dicevamo noi alludendo al pelo bianco della pancia ripreso dalle macchie candide in fondo alle zampe. Quando io e Matilde ce ne siamo andate, Rocco era rimasto per Lamberto l'ultimo pezzo di famiglia. Fisicamente enorme, come il suo padrone. Nell'estate del 2010 Rocco si ammalò seriamente, e lui lo curava in modo eccezionale. "Mi costa più assistere lui che una persona anziana" sbuffava, e in effetti spendeva cifre incredibili per farlo star bene. Ogni mattina era attentissimo a non dimenticare di dargli l'aspirinetta, la pasticca per la pressione, il confetto per i reni. Quando mi sono trasferita a Milano per ragioni professionali (e anche perché il mio nuovo compagno lavora lì), Lamberto mi diceva che avevo "deportato" Matilde. Perciò, nel settembre 2010 l'ho riportata a Roma, nel quartiere dov'era nata, nella scuola dove aveva frequentato l'asilo. Da allora, Matilde ha vissuto una settimana con me e una con il padre, sempre accudita dalla nostra storica tata maremmana. La bambina ha trascorso la

Pasqua 2011 a Todi con il padre, che poi l'ha riaccompagnata da me in Maremma la sera del 25 aprile, lunedì dell'Angelo. Il mercoledì mattina, appena salita in auto per rientrare a Roma, ricevetti una telefonata da Lamberto: "Rocco sta malissimo, portalo tu dal veterinario, io non ce la faccio". Sapevo che per lui portare il gatto dal medico era uno strazio, ma io ero ancora troppo lontana per farlo. Andò in redazione con il cuore a pezzi e, alle 5 del pomeriggio, il veterinario gli disse che avrebbe staccato l'ossigeno, perché non c'era più niente da fare. Lamberto mi avvertì subito, poi indossò la sua maschera di perfetto anchorman e andò in onda senza che nulla trasparisse. Ma io sapevo come stava, e dissi a Matilde: "Stasera va' a dormire con papà, sei l'unica medicina che possa farlo star meglio". La mattina del giovedì lui accompagnò la bimba a scuola: erano una coppia assai curiosa, lui un gigante, lei piccolissima. Ci andai anch'io, per vedere come stava Lamberto. Era un uomo distrutto. Giovedì sera lo richiamai: "Mi dici che hai?" gli chiesi. "Non è possibile che tu stia così solo per Rocco, hai problemi di lavoro, di denaro, di qualcos'altro?" E lui: "Va tutto bene, ti stai facendo un film". Il venerdì mattina, 29 aprile, l'ho chiamato, ma non mi ha risposto. Allora gli ho mandato un messaggio: "Immagino che tu ti stia occupando di William e Kate, il matrimonio dell'anno, ma io voglio sapere come stai". Mi ha richiamato alle 13.45, però il mio cellulare era scollegato. Alle 14 Lamberto era sulla porta dello studio di via Teulada. Mara Venier gli ha chiesto: "Hai dormito stanotte, amore, o hai pianto per il gatto?". Lamberto ha fatto due passi indietro ed è crollato a terra.»

«Sul tavolo operatorio mi è apparso nudo nella sua fragilità»

«Quando l'ho visto sulla lastra metallica del tavolo operatorio, per la prima volta nella mia vita trascorsa in larga parte accanto a lui Lamberto mi è apparso nudo nella sua fragilità. Ho provato un amore infinito, come quello che può provare una madre, verso quell'uomo freddo, rigido, molto più vicino alla soglia della morte che a quella della vita. Ero in uno stato di trance e so bene che, agli occhi di chi mi vedeva e mi giudicava, avrei dovuto esercitare un ruolo diverso, meno coinvolto. Ma io sentivo di dover essere lì e di comportarmi come mi sono comportata. L'ho fatto per Matilde, e anche per me. C'era l'amore di una mamma che non può immaginare che sua figlia perda il padre in circostanze così drammatiche, ma su quel tavolo operatorio c'era anche un uomo che per tanto tempo è stato una parte importante di me stessa. No, non sentivo di tradire il compagno che oggi amo e che è il padre del mio piccolissimo figlio. Sapevo che lui non capiva, e forse non poteva capire. Avvertivo la sua sofferenza, immaginavo il giudizio della gente. Ma, al tempo stesso, sentivo di dover vivere quell'esperienza come la stavo vivendo.

«Lamberto poteva vivere o morire. Mentre il neurochirurgo Giulio Maira lo operava, cresceva dentro di me la certezza assoluta che si sarebbe ripreso e risvegliato. Era arrivato al Gemelli in coma, e da quel coma si doveva ripartire. Passavano i giorni e io continuavo a credere ciecamente nella ripresa. Tra noi – Lamberto, io, Matilde e Francesca, l'altra sua figlia – si era creato uno strano meccanismo di comunicazione che ignorava i medici e la malattia, il coma e la terapia intensiva. Io parlavo continuamente a Lamberto [*dagli occhi di Sabina scendono le lacrime*], gli raccontavo di Matilde, gli spiegavo che non poteva andarsene, mi aspettavo che mantenesse fede a quello che Matilde aveva scritto in un tema sul suo papà.

«Un mese prima dell'incidente, la maestra aveva chiesto ai bambini di descrivere il loro papà, e Matilde aveva scritto: "Il mio papà è una montagna, sempre pronto a sorreggermi, malgrado il suo immenso dolore alla schiena". Allora io dicevo a Lamberto: "Il tuo dolore alla schiena è passato, adesso devi superarne un altro, devi tornare a essere quella montagna lì". Lui non poteva sentirmi, ma io non smettevo di parlargli, di tenergli la mano, di essere certa che un giorno avrebbe riaperto gli occhi. Matilde è esattamente come Lamberto: introversa, timidissima. Al mio ritorno, la sera, non mi chiedeva niente. Mi guardava, e ai suoi occhi io dovevo delle risposte. Gli occhi dei bambini non li inganni: se non credi ciecamente a quello che dici, un bambino non lo convinci. Cinque giorni dopo l'incidente, Matilde ha disegnato la stanza della terapia intensiva dov'era ricoverato il suo papà. Non ci era mai entrata, e avrebbe rivisto Lamberto soltanto il 5 giugno, oltre un mese dopo il suo ricovero, eppure ha disegnato una stanza con gli stessi colori, la stessa fonte di luce, la stessa disposizione dei mobili. Insomma, la stanza com'era davvero. Lamberto si è svegliato venti giorni dopo l'intervento. Aveva ancora gli occhi chiusi, ma noi intuivamo che cosa nascondevano le sue palpebre: mentre gli parlavamo, vedemmo scendere le lacrime...»

«Un padre totalizzante e tenerissimo»

«C'era un'altra persona alla quale dovevo delle risposte: il mio nuovo compagno. Lui ha sofferto moltissimo perché non capiva, e la cosa mi è risultata veramente chiara solo dopo il risveglio di Lamberto, ma è difficile descrivere i sentimenti che si provano per un uomo in coma, che sopravvive con le cure dei medici senza nessuna garanzia di potercela fare. Un uomo in coma smette di essere l'uomo che tutti conoscono e diventa vulnerabile, indifeso. È impensabile che si possa essere gelosi del padre di mia figlia ridotto in quelle condizioni, mi dicevo. Ma io ho messo sul tavolo anche questo rischio. Se il mio compagno mi amava davvero, avrebbe dovuto capire che non potevo non essere dov'ero. E allora ho avuto la prova che il suo sentimento nei miei confronti è davvero autentico, profondo.

«La sera in cui Lamberto ebbe l'emorragia cerebrale, venne in ospedale una ragazza di 29 anni, carina com'ero io quando lo conobbi. "Sono la compagna di Lamberto" ci disse. Una ragazza premurosa, che sarebbe stata spesso accanto a lui. Tempo prima gli avevo chiesto di spiegare a Matilde che sarebbe stato naturale per lui rifarsi una vita lontano da me. La bambina rifiutava questa prospettiva ("Mio padre è soltanto mio" diceva) e io individuavo in questa ostinazione un malessere, il segnale di un percorso di sofferenza. D'altra parte, nonostante la mia insistenza Lamberto negava qualunque altro legame: "Non ho niente da dire a mia figlia, perché non c'è niente di cui io debba parlare". Io sentivo che c'era qualcosa, ma lui continuava a negare. Quel che so per certo è che, per Lamberto, contano davvero "solo" le sue figlie. Tutto il resto ha un'importanza che non sono in grado e non voglio stabilire. Lui mi scrisse in una lettera: "Ricordati che non ho solo Matilde, ma ho soprattutto Matilde".

«Con Francesca, l'altra sua figlia, non è mai riuscito a essere papà come lo è stato con la più piccola. L'ha avuta giovanissimo, a 19 anni, e con lei ha commesso tanti errori; il suo orgoglio e la sua presunzione non gli hanno mai permesso di avvicinarsi a lei come avrebbe dovuto. Francesca ama immensamente Lamberto, così come lui ama lei. Ma non erano mai riusciti a dirselo come stanno facendo ora che lui è in clinica. Hanno ritrovato un canale preferenziale: Matilde non può certo stare ogni giorno con il suo papà, ai bambini non è permesso; mentre Francesca accudisce con una dedizione assoluta e un amore infinito questo padre che nel corso degli anni non è stato presente come lei avrebbe desiderato, e che a volte l'ha ferita. Sono contenta che Matilde abbia una sorella come Francesca perché sono l'alfa e l'omega, ma si completano a vicenda nell'essere figlie di Lamberto, nell'amarsi totalmente, come è giusto che sia fra due sorelle, anche se hanno trent'anni di differenza.

«Com'è Lamberto come padre? Avvolgente, totalizzante, molto autorevole, ma al tempo stesso tenerissimo. Io ho dovuto spesso fare la parte della cattiva e non venivo presa mai sul serio da Matilde, che invece ubbidiva immediatamente ai suoi no. Lamberto mi ha sempre rimproverato di essere una madre totalizzante con mia figlia, perché spesso Matilde non capiva dove finivo io e iniziava lei. Al contrario del mio, il suo mondo affettivo aveva confini molto netti. Nei telegiornali si lavora ogni giorno dell'anno, e quindi nei primi anni di vita di Matilde Lamberto è stato un padre assente, ma la qualità del tempo che le ha dedicato è stata altissima. Per questo lei si è sentita sempre molto amata. E io, che mi sono sempre sentita poco amata da mio padre, lasciavo che lei coprisse questi miei vuoti affettivi. Il destino ha voluto che, venticinque giorni dopo l'incidente di Lamberto, anche mio padre sia stato ricoverato al Gemelli. Ho rischiato di perderlo, mentre Matilde rischiava di perdere il suo. E questo mi ha unito ancora di più a lei.

«Adesso mi chiedi come catalogare il mio rapporto con Lamberto. Ovviamente, tra noi non c'è più la passione, né ci sono le caratteristiche dell'amore tra un uomo e una donna come si intendono abitualmente. C'è quello che si prova per un uomo con il quale hai messo al mondo una figlia, frutto dell'amore. Nessuna infedeltà, nessuna ruggine, nessun conflitto può cancellare questa memoria affettiva e sentimentale. Ma se mi chiedi chi amo oggi, la risposta è che io amo senza alcun dubbio il mio nuovo compagno. Ci sposeremo tra poco. [*Sabina porta la fede nuziale.*] La mia vicinanza a Lamberto in questa circostanza è stata letta come anormalità. Ma, invece, è la normalità creata dall'amore per un figlio.

«Sei mesi dopo l'incidente, Lamberto ancora non è in grado di parlare, di camminare, ma lo farà. A Matilde ha dato il suo primo bacio con lo schiocco, le accarezza i capelli quando lei lo abbraccia. I suoi occhi le parlano e le raccontano molto. Matilde sta imparando una grande lezione: il buio scompare se si combatte. Le servirà a diventare una gran donna. Non è ciò che insegna un papà?»

Tiberio Timperi e la sua «guerra dei papà»

Quando Lamberto Sposini crollò a terra, il pomeriggio del 29 aprile 2011, lì accanto, in via Teulada, c'era Tiberio Timperi, da quattordici anni conduttore di «Mattina in famiglia», contenitore televisivo del weekend, passato da Raidue a Raiuno. Nella sua vita di papà, Timperi è assai meno fortunato di Sposini. Due anni e mezzo di convivenza con Orsola Gazzaniga, nel 2004 la nascita di Daniele, nel giugno 2005 il matrimonio (bella coppia: lei 33 anni in bianco con il bouquet, lui 41 anni in grigio con la gardenia all'occhiello), tre mesi dopo la separazione e l'inizio di un calvario nelle aule di tribunale che non si è ancora concluso con il divorzio, ma, soprattutto, che ha avuto per ostaggio un bambino di pochi anni.

«Daniele, attento!», «Daniele, arrivo...» Mentre concordiamo al telefono la data del nostro incontro, Timperi non perde d'occhio il figlio che gli sta vicino. Un padre premuroso e sereno? No, un padre premuroso e straziato, pieno di rancori, anche per una giustizia di fronte alla quale non c'è parità tra uomo e donna, e nel senso opposto a quanto abitualmente si crede. Ora, uno in faccia all'altro, mi trovo nella curiosa condizione d'intervistare un collega più giovane che conosco da almeno vent'anni. I suoi occhi azzurri, che tanta popolarità gli hanno procurato presso il pubblico femminile, non sorridono mai. Non cita mai la moglie e non vuole raccontare la telenovela giudiziaria che l'affligge. Vuole rendere la testimonianza di un padre separato e infelice che adora il figlio e sa quanto strazio interiore gli procuri la dolorosa vicenda famigliare.

«Il mio rapporto con Daniele è di profonda complicità. Alla mia domanda: "Che cosa siamo noi?", lui risponde: "Siamo una squadra". È un bambino dolcissimo e ironico, intelligente e sensibile: con una battuta riesce a smontare un intero meccanismo logico. Ho dovuto chiedere il divorzio quando mio figlio aveva appena 14 mesi. Mi manca la vita quotidiana: è questo che rende diversa la percezione della paternità quando sei separato. Mi manca il metterlo a letto tutte le sere, raccontargli una favola, dargli il bacio della buonanotte. Cerco di educare mio figlio proponendogli sempre una doppia lettura delle cose, lanciandogli messaggi anche durante i giochi, portandolo con me sul lavoro per fargli capire che cosa c'è dietro l'essere "famosi" e che faccio il mestiere che mi è sempre piaciuto.

«Dopo estenuanti controversie molto costose sotto il profilo economico ed emotivo, con l'affido condiviso posso tenere Daniele con me tredici giorni e dieci notti al mese, che comunque non è una condizione di parità con la madre. In questo sono più fortunato della maggior parte dei padri, che riesce a stare con il figlio non più di otto giorni al mese: un giorno a settimana e i weekend alternati.

«In un matrimonio sarebbe folle la proposta di un marito di fare il papà per soli otto giorni al mese. Eppure, per i padri separati questa è la norma. Così, l'articolo 3 della Costituzione sull'uguaglianza dei cittadini è stracciato, la legge sull'affido condiviso che garantisce al bambino un "rapporto armonico ed equilibrato con entrambi i genitori" è disapplicata, perché, in concreto, finisce sempre per avvantaggiare la madre. Per fortuna, le liti tra i genitori di Daniele si sono sempre mantenute nell'ambito legale, e davanti a lui non è mai accaduto niente di traumatico. È consapevole di avere due case, due camere per dormire, studiare e giocare, due ambienti diversi, anche di amicizie, a parte i compagni di scuola.

«Ne risentirà? Non lo so. È un bambino intelligente, mostra di sapersi adattare. Quando ti separi, difficilmente puoi rifarti una vita, se non hai una notevole agiatezza economica. Io, in questo senso, sono un privilegiato: il divorzio all'italiana costa, e in sei anni ho speso 100.000 euro tra avvocati e periti. Pensavo di essere solo, ma dal settembre 2010, quando dopo la mia lettera a "Panorama" i giornali si sono occupati della vicenda, mi sono invece trovato alle spalle un esercito di papà separati a disagio. Grazie all'assessore Sveva Belviso, oggi vicesindaco, è nata a Roma la casa per ospitare i padri separati in condizione di maggior disagio. Decine di migliaia di donne italiane smettono la divisa femminista un minuto prima del divorzio. Che per loro, come dice il magistrato Simonetta Matone, si trasforma in una rendita vitalizia. La donna diventa la Madre, ed è brava a prescindere. Il padre, con la "p" minuscola, è un farabutto che non vuole pagare. Ma quanto può pagare un uomo che si trova dalla sera alla mattina sbattuto fuori casa e guadagna 1000-1500 euro al mese? Io posso permettermi di versare alla mia ex moglie per mio figlio 3200 euro al mese, che lei gestisce come crede, e non ho alcun titolo per sapere come vengono spesi. Ammettiamo pure che diventino una somma a disposizione di mio figlio: come reagirà Daniele quando dovrà affrontare il mercato del lavoro? Avrà lo stimolo per competere o si adagerà su una rendita garantita? Che figli saranno quelli che crescono con l'affido condiviso? Quanto bullismo, anoressia, bulimia dovremo addebitare agli squilibri della legge? Io cerco di spiegarlo bene a Daniele: non sto facendo una battaglia contro le mamme, mi sto battendo per una legge che garantisca le mamme e i papà allo stesso modo. Un bambino ha bisogno di due genitori. Occorre conservarglieli.»

Anche Claudio, dopo otto processi, 46 udienze e 90.000 euro di parcelle agli avvocati, ha avuto l'affido condiviso dei due figli maschi, di cui porta l'iniziale del nome di entrambi, una «M», tatuata sul corpo. È venuto a prendermi alla stazione di Bologna per accompagnarmi al Bolero, il grande complesso per scambisti di cui abbiamo parlato in queste pagine. «Eppure, quando ho conosciuto mia moglie, avevo abbandonato questo mondo, raggiunto la pace dei sensi, lasciata ogni tentazione.» Poi le tensioni, le liti, la separazione, l'accusa (frequentissima) di abuso sessuale sui figli. «Ho dovuto denunciare mia moglie per diffamazione, è stata condannata in primo grado e ho rimesso la querela prima dell'appello. Adesso i figli stanno quindici giorni con me e quindici con lei, sanno di avere due case, ma paradossalmente vorrei che stessero di più con la madre. Perché io amo ancora mia moglie.»

Mi dice il matrimonialista Cesare Rimini: «Con l'affido condiviso è cambiata la botte, ma il vino è rimasto lo stesso, nel senso che il bambino continua a essere affidato alla madre. E qui i padri separati hanno ragione. Ma sbagliano quando – diventati ormai una potenza politica – vogliono tagliare a metà il rapporto con i figli. Il bambino deve avere una sola casa di riferimento, dove tenere i suoi giochi e i suoi libri. E invece, la consuetudine che sta prendendo piede (tre giorni con il papà, tre giorni con la mamma e weekend alternati) mi fa pensare alle due donne che chiedevano a Salomone l'assegnazione di un bambino: quando il re minacciò di tagliarlo a metà, la madre vera disse di darlo alla madre falsa, in nome del vero amor materno». Ma il viaggio che stiamo per compiere ci dimostra quanto la realtà sia drammatica e complessa.

Viaggio malinconico nella Casa dei papà

Non riesco a immaginarmelo in tenuta antisommossa R.G., poliziotto che ha ormai superato la quarantina. Il fisico minuto, lo sguardo mitissimo dei suoi occhi chiari, la postura timida ed elegante ne farebbero uomo da scrivania più che da piazza, «ma siamo pochi e spesso usciamo anche noi dall'ufficio per controllare il territorio e garantire l'ordine pubblico». Un vero signore, che mi racconta con pudore la sua storia di padre separato: «Siamo vissuti insieme io e mia moglie per vent'anni, da quando eravamo entrambi precari. Lei con un assegno di ricerca all'università, io con un contratto di collaborazione presso una società informatica. Quando ho vinto il concorso nella pubblica amministrazione e lei ha avuto un ruolo direttivo nel pubblico impiego, abbiamo deciso di avere un bambino. E così nacque A., una creatura meravigliosa che adesso ha 10 anni, seguito da una bambina che ne ha 4. Sembrava che tutto andasse bene, ma mia moglie ha perso la testa per un collega. All'inizio lo aveva tenuto nascosto, poi il distacco fra noi si è fatto sempre più evidente e abbiamo deciso di separarci.

«Ho dovuto rinunciare a tutto quello che avevo, a una moglie che credevo mi volesse bene e con la quale mi illudevo di passare la mia vecchiaia. Ho dovuto rinunciare a addormentarmi con i miei bambini nella casa coniugale, un appartamento signorile di proprietà dei miei genitori, che è rimasto a lei. Adesso lei guadagna 2000 euro al mese, io 1100, perché avevo fatto la cessione del quinto per comprare un'automobile, rimasta anch'essa a mia moglie. Per i minori devo pagare un assegno di 200 euro, che si raddoppiano con le spese extra. L'avvocato che avevamo in comune per la separazione propose che non ci fosse alcun assegno, ma il giudice – una donna – ha detto che la tradizione vuole che lo si dia. Insomma, io adesso devo vivere con 700 euro al mese. Troppo pochi per permettermi un affitto dignitoso. Così sono qui, in un bilocale che il comune mi ha assegnato all'Infernetto, dove pago un contributo di 200 euro. Ho un punto di riferimento e ho ritrovato un po' di serenità. Quando vengono a trovarmi, i bambini dormono con me nel lettone, anche se nel piccolo soggiorno ci sarebbe un divano-letto. Spero che la nuova relazione di mia moglie funzioni: quando l'ho vista in difficoltà, mi è parsa così fragile e mi sono preoccupato per i bambini. Mi auguro che sappia ritrovare un equilibrio. I bambini vogliono contare su genitori ancora uniti...»

L'Infernetto è una delle due località alla periferia di Roma dove il comune ha affittato dieci appartamenti in complessi dignitosi e perfino piacevoli da assegnare ai padri separati ridotti in miseria. L'altra località è Torre di Pratolongo a Castelmonastero, dove i venti miniappartamenti della convenzione (piccolo soggiorno-cucina, piccola camera da letto) si affacciano sul verde e i bambini in visita possono giocare. Fino all'autunno del 2011 il XII municipio era l'unico a praticare una convenzione del genere (200 euro di contributo su 850 di costo dell'appartamento). Ma il vicesindaco Sveva Belviso ha attivato una procedura per estendere all'intera capitale questi aiuti, attualmente previsti solo per gli sfrattati. Iniziative simili sono state adottate in Lombardia, a Milano (dove, secondo la Caritas, i padri separati sono 50.000) e a Rho.

In Italia gli uomini separati sono 4 milioni e, secondo un'indagine dell'agenzia di stampa AdnKronos, 800.000 vivrebbero sotto la soglia di povertà. E cresce in misura esponenziale il numero di coppie che vivono nella stessa casa senza relazioni affettive perché la crisi economica ha reso praticamente insostenibile la separazione. Ilaria Perulli, psicologa della cooperativa romana «Un sorriso», che è l'angelo custode dei padri separati da me intervistati, spera che anche gli uomini separati con figli ormai adulti trovino un aiuto, essendo a tutti gli effetti degli sfrattati.

C.R. ha la barba bianca e dimostra più dei suoi 43 anni. Milanese trapiantato a Roma da dodici anni, ha sposato nel 2001 un'insegnante, da cui ha avuto due figli che oggi hanno, rispettivamente, 7 e 9 anni. «Ci siamo separati nel 2007» mi racconta. «Nessuna questione sentimentale, nessun tradimento. Si è spento tutto all'improvviso. Perché? Lavoravo al sito Internet del ministero degli Esteri, ho perso il lavoro nel giro di quindici giorni e da lì è cominciata la nostra crisi. Mia moglie mi ha accusato di non essere capace di trovare un altro impiego. Parla bene lei, che è dipendente statale... Eppure ho fatto di tutto, dal pony express a lavoretti in albergo. Un giorno, rientrato da un viaggio di lavoro a Milano, ho trovato le valigie pronte. Dovevo andarmene. La casa è rimasta a lei, il mutuo che era cointestato è passato a lei, io adesso faccio il rappresentante di articoli di podologia e lavoro a provvigione. Contribuisco al mantenimento dei figli con 500 euro al mese e pago il 50 per cento delle spese mediche e scolastiche. Con il poco che mi resta, qualche mese riesco a fare la spesa e qualche mese no. Ogni tanto arriva il pacco del Banco alimentare, e si tira avanti. Avrei potuto tornarmene a Milano dove ci sono i miei, e anche per il lavoro sarebbe stato tutto più facile. Ho preferito, invece, fare il genitore e rimanere a Roma. I bambini, dopo lo smarrimento iniziale, ora mi sembrano equilibrati. I rapporti con mia moglie non sono conflittuali: riusciamo, insomma, a fare i genitori. Senza casa e senza stabilità lavorativa, ho dovuto concedere a mia moglie l'affido esclusivo dei figli. Adesso mi piacerebbe avere l'affido condiviso. Da quando ho scoperto questa "Casa dei papà" sono rinato. Quando vengono i bambini, dormiamo tutti insieme nel lettone...»

«So' etrusco...» mi dice M.U., nato a Cerveteri, un fustaccio di 40 anni che adesso ha un posto fisso come operaio di una ditta che fa lavori autostradali. È stato riassunto in seguito a una causa giudiziaria, dopo sei anni di contratti a termine e un tentativo di licenziamento. «Sposato nel 1995, separato nel 2004, unito di nuovo nel 2008, separato definitivamente nel 2010. E sempre per i soldi. Mia moglie ha la mia età, non lavora, o meglio fa qualcosina come estetista in nero. Quando mancano i soldi, ci sono sempre liti; la mia ditta ha provato a farmi fuori. Ti dicono: hai 40 anni, meglio un ragazzo. Non gliene frega niente dell'esperienza, basta cacciare pochi soldi. Il periodo della disoccupazione è stato terribile. Non potevo dare niente a mia moglie, e lei non mi faceva vedere la bambina. Una sera volevo fermarmi a casa per dormire con la piccola e mia moglie non mi ha aperto. Allora ho detto che avrei dormito in macchina là fuori. È venuta la bimba ad aprirmi e la madre le ha detto: "Va' a dormire in macchina anche tu". Lei si è impaurita, io sono entrato, mia moglie ha chiamato i suoi genitori. Il padre mi ha affrontato: "Prendi i tuoi bagagli e vattene". Lui mi ha dato uno spintone, io gli ho messo le mani addosso, la bambina è rimasta malissimo. Dall'aprile 2011 ho di nuovo il lavoro: guadagno 1100-1200 euro al mese, ne do 300 per il mantenimento della bambina, 50 in più di quanto dovrei. Ne spendo 200 per questa casetta, altri 200 per andare e tornare dal lavoro, e devo pagare qualche prestito di quando non lavoravo. Insomma, sto sempre sotto. Adesso che le do i soldi, mia moglie mi fa vedere più spesso la bambina. E lei mi dice: "Papà, perché non torni con mamma?". Io vorrei, lei no. Le amiche le dicono: "Attenta, lui fa l'angioletto, ma poi...". Però adesso lavoro, pago io per tutti...»

Il professore, il veterinario e lo scenografo, padri ridotti in miseria

C.P. mi fa venire un tuffo al cuore: 52 anni, camicia bianca, pettinatura curata, occhiali, tratto signorile. Appena mi dice: «Insegno scienze in un liceo classico e in uno scientifico», ripenso al mio professore di scienze al liceo dell'Aquila. I professori erano una casta autorevole e rispettata nella mia città, come i medici e gli avvocati. Parlavano un italiano perfetto, senza inflessioni dialettali, e l'insegnante di scienze sembrava che s'intrattenesse con noi prima di fare colazione in un circolo di St. James's a Londra. Che diavolo è successo in Italia negli ultimi quaranta-cinquant'anni se un loro collega è qui davanti a me perché non può pagarsi l'affitto e deve ringraziare la carità del comune se non dorme in un portone?

«È successo che gli stipendi degli insegnanti oggi sono quelli che sono e tutto è precipitato con la mia separazione. Nel 1989 ho sposato una ricercatrice mia coetanea. Non ci mancava niente, abbiamo avuto due figlie che oggi hanno 11 e 6 anni, e abbiamo acquistato un appartamento in comproprietà. È filato tutto liscio per sedici anni, fino al 2005. Poi non è accaduto nulla di folgorante, abbiamo scoperto interessi diversi, c'è stata una crisi personale per entrambi, più forte da parte di mia moglie, e così le piccole crepe, che evidentemente erano già presenti nel nostro rapporto, si sono allargate. Con la separazione nel 2008 abbiamo avuto l'affido condiviso. Le bambine stanno con la mamma il martedì e il giovedì, con me il lunedì e il mercoledì, i fine settimana sono alternati, mentre sono divisi a metà i tre mesi estivi e le vacanze di Natale. Se la situazione è equilibrata per quanto riguarda l'affido dei figli, non lo è affatto sotto l'aspetto economico. Io guadagno 1400 euro al mese, mia moglie 1000 di più. Io le ho lasciato l'uso gratuito della casa e contribuisco al ménage famigliare con 300-350 euro al mese, compresa la mia quota di spese mediche e scolastiche. Per due anni ho speso 800 euro di affitto per un piccolo appartamento in periferia. Bene, 1400 – 800 – 300 = 300. Mi dice lei come faccio a vivere con 300 euro? Quando alla radio ho sentito che esisteva a Roma una "Casa dei papà", stavo preparando un camper per dormire lì. Quando eravamo una famiglia unita non ci mancava niente, adesso viviamo nel disagio, non solo economico. La figlia maggiore si è chiusa, e ha trovato un suo equilibrio non pronunciandosi su quel che è accaduto; la piccola, invece, è più estroversa e manifesta il suo turbamento. L'affido condiviso dovrebbe chiamarsi il "falso condiviso" per tutti i problemi che comporta. Io, professore di liceo? Credo di aver compiuto un miracolo, e francamente non pensavo che ce l'avrei fatta.»

«"Quando sto con te mi manca la mamma, quando sto con la mamma mi manchi tu" mi dice la mia bambina di 8 anni. Ne aveva 4 quando mi sono separato» racconta E.D., 47 anni, impiegato all'Acea, l'azienda che gestisce acqua e luce a Roma. «Mia moglie ha 32 anni, è brasiliana di San Paolo. Ci siamo sposati nel 2001 e separati nel 2007. Le ragioni? Abbiamo valori diversi e diverse abitudini. Forse lei si è appoggiata a me per risolvere i problemi della sua vita (aveva 22 anni al momento del matrimonio), io cercavo un'indipendenza di coppia che non sono mai riuscito ad avere. Quando ci siamo separati, abitavamo in una casa del comune, a basso fitto (80 euro al mese), che ho completamente ristrutturato e, naturalmente, ho lasciato a lei. Io guadagno 1200 euro al mese, lei fa pulizie senza contratto. Contribuisco al mantenimento della piccola con 270 euro. Ma quando sono uscito di casa, non sapevo dove andare. Per un po' mi hanno ospitato amici e parenti, qualche volta ho dormito in macchina. Poi, finalmente, sono stato accolto qui. Quando vado a prendere la bambina per portarla da me, devo percorrere 20 chilometri nel traffico e a volte occorrono ore. Lei ha avuto una bella botta dalla separazione, ha ricadute cicliche, a scuola è distratta, bisogna impegnarsi molto nel sostegno psicologico. Ma quando arriva qui, è molto contenta. C'è un piccolo parco, gioca con gli altri bambini...»

«Io faccio il veterinario» mi dice S.C., 48 anni, magro, capelli e baffetti bianchi. «Mia moglie ha 43 anni e fa la pittrice decoratrice. Abbiamo cominciato a vivere insieme nel 2001, la bambina è nata nel 2005, e ci siamo separati nel 2010. Nessuna causa specifica per dividerci, tutto si è svolto consensualmente con un solo avvocato per entrambi. Non immaginavo che la mia vita sarebbe cambiata in modo così traumatico. Ho avuto sei mesi di sbandamento, dormivo un po' qui e un po' là, presso amici che, nei fine settimana, mi hanno consentito di tenere con me la bimba. Ed è stato fondamentale. La casa dei miei genitori, dove abitavamo, è rimasta a mia moglie. La separazione mi ha colto in un momento professionale e personale delicato perché avevo appena messo su un ambulatorio con prestiti di amici e parenti, e sto ancora restituendo il denaro. Questo non mi permette di avere una retribuzione ragionevole, per cui mi pesano anche i 600 euro al mese che devo spendere per il mantenimento della piccola. Per fortuna, lei ha accettato la situazione con molta serenità, la vedo quando voglio, anche se devo lavorare moltissimo per le ragioni che ho spiegato. Quando sono arrivato qui, pensavo a una specie di ghetto. Invece mia figlia ha legato con le altre bambine, arriva ed è felice. Non ho avuto il coraggio di dirle che un giorno tutto questo finirà...»

I miei incontri avvengono nell'appartamento assegnato a B.V., che è stato scenografo e direttore di scena in teatri importanti, «ma nel 2005 mi è scoppiato il pancreas e a 48 anni vivo con una pensione di invalidità di 460 euro al mese. Ho impegnato trentacinque anni a costruirmi una vita e cinque minuti a distruggerla. Mia moglie è un'insegnante di 46 anni. Ci conosciamo da quando eravamo bambini, da trentacinque anni, appunto. Ci siamo separati nel 2007, e il dramma è che lo abbiamo fatto quando io sono diventato inutile. Ho avuto una pancreatite tremenda, avevo dolori allucinanti, ho dovuto prendere tanta morfina e sono diventato a tutti gli effetti un tossicodipendente. Dopo l'intervento chirurgico, ho perso il lavoro, sentivo che mia moglie mi considerava una persona inutile, abbiamo cominciato a litigare e ci siamo separati per il bene dei figli. La casa era di mia moglie e, ovviamente, è rimasta a lei. Io sarei dovuto tornare dai miei genitori, ma alla mia età sarebbe stato un fallimento totale. Così, inabilitato a svolgere un lavoro vero per tutto il giorno, ho cercato di arrangiarmi. Ho dormito in macchina e, d'estate, sulle panchine di piazza Re di Roma. Volevo che i miei figli – un bambino di 10 anni e una bimba di 7 – capissero di avere ancora un padre, che non li avevo abbandonati. La separazione è un lutto, è come se ti amputassero una gamba. Io non avrei voluto separarmi, e quando ho dovuto farlo, ho dovuto combattere contro un mostro enorme, la rabbia. E allora ho dovuto chiedere aiuto: il centro di igiene mentale, i consulenti famigliari, una dottoressa mi hanno aiutato a gestire la situazione. Non mi vergogno a dirlo. Adesso sono qui. Dei 460 euro della mia pensione, 200 se ne vanno per l'affitto. Come vado avanti? Mangio poco, mi tengo i soldi per quando vengono i bambini, e pazienza se non posso comprarmi un paio di scarpe. Ma qui possiamo restare soltanto un anno. E dopo? Dove vado, dopo? Chi mi dà a 48 anni un lavoretto per mezza giornata? Sarebbe bello che sorgesse un villaggio prefabbricato per tenere a queste condizioni tutti i papà separati che non possono pagarsi un affitto regolare. Perché, guardi: un papà che esce di casa ha bisogno di un sostegno immediato, sennò impazzisce. Però, poi penso che stavo per morire e ogni giorno riesco ad apprezzare l'alba che spunta...».

In un angolo del piccolo soggiorno c'è un grande telescopio: «Così, quando vengono i bambini guardiamo la luna». C'è posto anche per i sogni, qui.

Quando i figli sono proiettili sparati contro il padre

Tutti i papà che ho incontrato nel residence romano hanno un rapporto accettabile con le loro ex mogli. E se bisogna riconoscere che in Italia i casi di conflittualità aperta sono una minoranza, ci sono migliaia di situazioni drammatiche. I due casi citati da Tiberio Timperi sono tra i più clamorosi degli ultimi anni.

Il 19 settembre 2010 Alberto Fogari, invece di riportare la sua bambina di 3 anni dall'ex compagna, ha ucciso lei e il suo cane, e si è suicidato lasciando questo biglietto: «Così potremo stare sempre insieme». Tre giorni prima il giudice aveva concesso a Fogari di stare con la piccola solo due weekend al mese. Negli stessi giorni Matteo Sereni, il portiere del Brescia che era stato decisivo nella vittoria contro il Palermo, ha approfittato della conferenza stampa del dopopartita per dire: «Sono contento di essere stato il migliore in campo; dedico le mie parate ai miei due figli, che non vedo da troppo tempo e non per colpa mia». La moglie Silvia Cantoro, sua ex procuratrice, replicò subito: «Può vedere i bimbi quando vuole, ma in sei mesi si è fatto vivo soltanto quattro volte». È evidente però che, se tutto fosse filato liscio, Sereni non avrebbe partecipato il suo disagio a milioni di italiani. In casi come questi, il contrasto di posizioni tra i coniugi è nettissimo. Ora, non è certo detto che i padri che denunciano una presunta discriminazione abbiano sempre ragione, ma non si può non restare sgomenti per la frequenza con cui la madre denuncia l'ex marito per abusi sessuali nei confronti dei figli, impedendogli così di vederli fino all'accertamento della verità. Che spesso è molto diversa.

A.Z., 53 anni, dipendente pubblico di Cesena, ha raccontato a Fabrizio Paladini di «Panorama» di essere stato assolto o prosciolto per cinque volte dalle accuse di molestie sessuali sulla figlia, che oggi ha 14 anni. La bimba avrebbe dichiarato alla psichiatra di essere stata invitata dalla madre a raccontare porcherie che avrebbe subìto dal padre e dalla sua nuova compagna. «Per fortuna» dice M.D. «mia figlia ha capito che le voglio bene e oggi il mio obiettivo sono i suoi 18 anni: so che allora saprà scegliere liberamente. Ma, intanto, chi mi restituirà più questi anni e queste sofferenze?»

I figli vengono usati come ostaggi. Spesso, nei casi più conflittuali, la madre fa un ritratto del padre talmente negativo che i bambini si rifiutano di incontrarlo. C.F., 45 anni, impiegato di Livorno, dopo aver superato anche lui il calvario delle denunce ai servizi sociali, ha dovuto aspettare che i figli si presentassero dall'assistente sociale per dirle: vogliamo trascorrere lo stesso tempo con mamma e papà. Si può immaginare quali traumi si nascondano dietro questo ping pong. «Poveri papà, ormai li hanno rottamati» scrisse Stefano Zecchi sul «Giornale» del 14 settembre 2010, ricordando che nel 95 per cento dei casi i figli vengono assegnati alla madre, che li usa come «proiettili di fucile da sparare contro il marito in quella che è una vera e propria vendetta».

Stefano Zecchi, il professore conquistato dall'alunna

Stefano Zecchi è inaspettatamente un papà felice. E, al tempo stesso, è figlio di sua moglie. Quando un professore universitario di 44 anni s'innamora di un'allieva di 24 si dice, in genere, che lei trova in lui il padre che spesso non ha avuto o non le è stato vicino. I due hanno deciso di sposarsi dopo dieci anni di convivenza («Mi ha convinto» racconta lui «la sua tenerezza verso una persona come me, che vedeva fragile, mentre lei – anche se giovane – aveva una sua solidità, un suo carattere»). Fino a 54 anni, Zecchi – ordinario di estetica alla Statale di Milano, salito in cattedra a 34 anni come docente di filosofia teoretica a Padova – aveva resistito fieramente al matrimonio.

«Ho vissuto con molte compagne, non ho mai pensato di sposarmi, e quando glielo dicevo al momento giusto, loro prendevano atto che non ero la persona giusta. (Una mia fidanzata lavorava con Berlusconi agli albori di Canale 5. Lui mi offrì un lavoro che non accettai, sicuro che sarebbero falliti...) La mia diffidenza verso la vita di coppia nasce, in realtà, dalla dolorosissima separazione dei miei genitori alla fine degli anni Cinquanta: una delle esperienze che mi ha più ferito. Abitavamo in piazza San Marco a Venezia, e quando, dopo la separazione, io e mia sorella seguimmo mia madre in un'altra casa, uscendo da scuola fingevo di prendere la stessa strada di prima perché mi vergognavo di dire che i miei non vivevano più insieme. I rapporti tra i miei genitori sono rimasti pessimi anche dopo la separazione. Mia sorella ha reagito in modo opposto al mio. Si è sposata a 18 anni, si è separata più volte e non ha mai voluto figli. Io avevo deciso di non sposarmi e di non avere figli, perché ho dovuto prendere atto che la famiglia svolge una funzione decisiva nella formazione di una persona.

«Anche dopo il matrimonio ho resistito all'idea di avere un figlio, perché mai avrei voluto che lui pensasse di me quel che io ho pensato di mio padre. Mia moglie, invece, voleva un bambino, e l'abbiamo avuto quando io avevo 59 anni e lei 39. Federico, il mio Frick, è stata la vera sorpresa della mia vita. Mai avrei immaginato di riconoscermi come padre e credo di aver sorpreso anche Sara, che riteneva di doversi fare carico dell'educazione del bambino. Pensavo che me ne sarei disinteressato, di aver messo al mondo, alla mia età, qualcosa che appartenesse molto più a lei che a me. A lei che, con la nascita di Federico, aveva lasciato la casa editrice in cui lavorava per fare l'insegnante e avere più tempo. E, invece, mi sono accorto di far bene anche il padre, e per Frick rinuncio a qualsiasi cosa. Alla Rai ho detto che c'è lui prima di tutto: meglio portarlo a pescare che stare davanti alle telecamere nel fine settimana. Meglio portarlo a Milanello o alla partita del Milan, visto che – passato il terrore che mi diventasse interista – è milanista come me.

Lo accompagno a scuola, e i primi tempi mi chiedevano se mia moglie era malata. Molti, naturalmente, mi dicono: "Che bello suo nipote!". Io me l'aspettavo, e Frick non l'ha presa male. Solo una volta mi ha detto tranquillamente: "Sai che ti confondono con un nonno?". "Be', certo," ho risposto «sono più anziano degli altri papà." Eppure l'età, il fatto che mi chiamino professore e che mi vedano in televisione mi ha dato ai suoi occhi un'autorevolezza che non vede nei genitori dei compagni. Mi considera al punto che, dopo un litigio con sua madre, mi chiese: "Scusa, papà, tu che sei importante puoi chiedere a Gesù di cambiarmi la mamma?". Pur avendo con entrambi i genitori un rapporto di grande confidenza, Frick ha diviso i nostri ruoli: la mamma è protezione e affettività, il papà è la storia. Questo mi carica di una responsabilità enorme: se deve capire il senso delle cose, chiede a me. La nascita di un figlio è stata una gigantesca esperienza antropologica. Lo dico senza enfasi, ma è così.»

XI
Amore e morte

Olindo e Rosa, uniti anche se lontani

Rosa Bazzi mi viene incontro con un sorriso spontaneo e luminoso nel corridoio delle sale colloqui del carcere di Bollate, a nord di Milano. Indossa una camicetta beige con pantaloni in tinta. «Ho accettato di vederla» dice stringendomi la mano «per capire come mai una brava persona come lei si è accanita contro me e mio marito.» Rosa e suo marito Olindo Romano, che incontro più tardi nel carcere di Opera, a sud del capoluogo lombardo, stanno scontando una condanna all'ergastolo per aver ucciso a colpi di spranga e di coltello, la sera dell'11 dicembre 2006 a Erba (Como), quattro persone: Raffaella Castagna (30 anni), suo figlio Youssef (2 anni e 3 mesi), sua madre Paola Galli Castagna (60 anni) e la vicina di casa Valeria Cherubini (55 anni). Il marito di quest'ultima, Mario Frigerio (63 anni), si salvò per un difetto alla carotide e fu creduto morto dagli assassini che, dopo il delitto, incendiarono la casa. La sua testimonianza, all'inizio incerta, è poi risultata decisiva. La sentenza, confermata dalla Cassazione il 3 maggio 2011, ha unito all'ergastolo l'isolamento diurno: questo vuol dire che, per tutta la giornata, né Rosa (che dorme con un'altra donna condannata per omicidio) né Olindo (che ha una cella singola) possono incontrare nessuno.

Il carcere di Bollate non ha l'abituale aspetto sinistro dei penitenziari. Il concorso volontario di architetti, agenti di custodia e detenuti ha incorniciato con colori vivi e raffinati le finestre che danno sull'esterno. Dentro c'è un grande giardino con un parco giochi per i figli dei detenuti in visita, e i colloqui con i famigliari avvengono, nella buona stagione, sotto ombrelloni bianchi. Una coppia di giovani, in piedi, si guarda senza parlare: le braccia dell'una appoggiate sulle spalle dell'altro. Per il mio colloquio con Rosa si è preferita una luminosa stanza all'interno.

Il carcere di Opera – definito ai tempi di Mani pulite un «grande albergo» rispetto all'inferno di San Vittore – è moderno, ma strutturato in modo più tradizionale. Ci sono decine di detenuti appartenenti alla criminalità organizzata sottoposti al regime duro del 41 bis, e da lontano vedo un muro grigio e sinistro con le piccole finestre della cella che custodisce l'ormai ottantenne Totò Riina.

Spiego a Rosa Bazzi che non sono venuto a parlare del delitto (sarà lei a farlo, toccando il tema della sua mancata maternità), ma a chiederle del suo amore per Olindo (al quale chiederò del suo amore per Rosa), reso spettacolare dalle loro inquadrature nella gabbia del processo: il tubare di due piccioni sarebbe apparso più freddo della loro tenerezza. L'aula della Corte d'assise dove si parlava di lame assassine, il racconto del testimone e degli investigatori, lo strazio silenzioso dei parenti delle vittime sembrava il fotogramma di un evento lontano: il mondo era loro, e soltanto loro. E l'unica preoccupazione di entrambi non era per la fatale enormità della condanna a cui andavano incontro, quanto per l'insopportabile separazione, non potendo condividere quella «cella matrimoniale» invano invocata da Olindo.

Tuttora non li sfiora la prospettiva di là da venire del primo permesso di libertà, né quella, ancor più remota, del fine pena. La loro settimana (a eccezione della quarta del mese) comincia e finisce il venerdì: per le due ore di colloquio, quando lei va e torna dal carcere di Opera, in attesa di un «ricongiungimento» che non servirà a farli incontrare più spesso, ma a risparmiare tempo e uomini per il suo trasferimento. Aspettando il venerdì successivo, Rosa ricama lenzuola per Olindo, e Olindo – il meno forte della coppia, in questo momento – spazza per tre ore al giorno il corridoio d'entrata e le aree adibite al passeggio. «Sempre senza incontrare nessuno» mi dice lui. «Per quattro anni e due mesi mi hanno sorvegliato a vista. Adesso mi hanno tolto da questo regime, ma ancora per tre anni dovrò restare da solo.» (Sorveglianza a vista significa che le luci della cella non si spengono mai, e che un agente guarda sempre quel che succede all'interno.)

Trovo Olindo ingrassato rispetto ai miei ricordi televisivi, ma lui nega. «Sono stato un anno in carcere a Parma e, senza far niente, sono sceso da 117 a 95 chili. C'era uno psichiatra che mi seguiva, forse mi ha fatto dimagrire la conversazione. Adesso peso 119 chili, qualcosa in più rispetto ai 115-118 che pesavo prima di essere arrestato. Ma dovrei scendere. Lele, per esempio, in due mesi ha perso una ventina di chili.» Lele chi? «Lele Mora, il mio buon vicino di cella. Pensava che lo avrebbero mandato agli arresti domiciliari, ha preso male il rigetto e si è ammalato di brutto.» (Mora non ha ucciso nessuno. Notissimo agente di star della televisione e amico di Silvio Berlusconi, al quale ha presentato qualche ragazza, è stato arrestato il 20 giugno 2011 per una bancarotta fraudolenta che l'accusa ha quantificato in 8 milioni e mezzo di euro. Anche per lui è stata predisposta la sorveglianza a vista: non si parlava di mandarlo a casa e temevano il suicidio.)

«Come passo le giornate?» riprende Olindo. «Come una marmotta. Mi sveglio, faccio colazione alle 7.30. Altrimenti, se dormo, la guardia lascia la colazione accanto alle sbarre. Fumo un paio di sigarette, mi rimetto in branda, mi addormento di nuovo fino alle 11. A ora di pranzo vedo i notiziari in televisione, poi lavoro un po' e, dopo cena, guardo la Tv fino a notte. Prima leggevo, adesso da un anno non leggo più niente.»

«Quando speravamo in una cella matrimoniale»

Olindo ha il viso tondo incorniciato da capelli radi, indossa una camicia blu e pantaloni dello stesso colore. «Mi piacerebbe stirare le camicie di Oli» dice Rosa. «Prima mi sgridava se trovava una piegolina. Adesso gli rimprovero di essere diventato cicciotto e barbone.» «Eh, sì» ricorda lui. «Prima Rosa mi stirava le camicie in modo perfetto. I vestiti me li preparava lei: questi pantaloni vanno abbinati con questa camicia e queste scarpe... Adesso, dopo cinque anni di isolamento, sono diventato un nullafacente e mi è passata la voglia. Passeggio da solo, da cinque anni non incontro altre persone diverse da mia moglie e dagli avvocati...»

Oli e Rosy si sono conosciuti tra la fine del 1982 e l'inizio del 1983. Lei aveva 20 anni, lui 21. «Ero stata investita da una moto ed ero rimasta tanto tempo in casa. Il giorno che sono tornata a uscire per fare la spesa, fuori del supermercato mi è caduto qualcosa e Oli me l'ha raccolto.»

«Facevo il muratore in un'impresa che prendeva in appalto lavori comunali e andai a sostituire a Erba uno stradino ammalato» ricorda lui. «In zona San Maurizio, dove abitava Rosa, le radici di un albero si erano espanse e stavo facendo con i sassi un cerchio più largo per mettervi dei fiori. Vicino alla chiesa in cui ci saremmo sposati c'era un piccolo supermercato. Rosy usciva, non ricordo di averle raccolto qualcosa in terra, abbiamo iniziato a parlare. Dopo qualche mese ci siamo fidanzati.»

«Scoprii che lui era amico di una mia amica e abbiamo preso a frequentarci. Una storia semplice, sa?, mica come quelle dei vip... Prima né io né lui avevamo avuto fidanzati. Amici sì, si andava in discoteca. Ma niente di particolare. Oli mi ha detto: "Guarda che prima di sposarci devo costruire la casa dei miei a Proserpio". Pensavamo di andare ad abitare lì anche noi. Poi lui ha pensato che era meglio essere autosufficienti e abbiamo comprato la casa dove poi ci siamo stabiliti.»

«Al momento del matrimonio Rosy aveva 21 anni, io 22.»

«Oli era diventato geometra, ma ha preferito impiegarsi come netturbino per avere più tempo libero.»

«Io e Rosy siamo andati sempre d'accordo. Come posso definire la nostra unione? È difficile trovare le parole. Incontri una persona e scopri che ci stai volentieri insieme. Poi, se ti sposi, ti accorgi di non vedere più i difetti dell'altro; anzi, qualche volta li consideri perfino dei pregi. E se non vedi più i difetti, ci stai bene per sempre.»

«Ci siamo sempre voluti tanto bene, fin dall'inizio. Oli è una persona seria: avremmo potuto rimanere amici, se ha deciso di andare avanti è perché mi voleva bene. Non abbiamo mai litigato. Lui ha sempre sostenuto che, se in un matrimonio si comincia a litigare, si stabiliscono subito le premesse della rottura. Certo, abbiamo discusso: io vedevo una cosa in un modo e lui in un altro. Ma litigare, mai. Vivevamo in un nostro mondo. La nostra casa – che io tenevo sempre perfettamente ordinata –, il nostro lavoro, i nostri amici. Se, quando era libero dal lavoro, Oli non era stanco, si prendeva il camper e si andava in giro dove ci piaceva. In casa io facevo le pulizie e tenevo gli armadi a posto, lui si occupava della lavastoviglie e, quando tornavo tardi, passava l'aspirapolvere e cucinava. Avevamo pochi amici, ma amici veri. Io non andavo in palestra né in discoteca: dovevo considerarmi per questo una persona malata? A noi piaceva restare in casa in pigiama e pantofole, scherzare e ascoltare la musica. Adesso, nelle due ore di colloquio, il tempo è tutto nostro. Possono esserci gli agenti che ci controllano, potrebbe venire anche il presidente della Repubblica, ma noi non ci accorgiamo della presenza di nessuno. Abbiamo tante cose di cui parlare...»

«Parliamo del passato, delle lettere che arrivano. Quando ero detenuto a Parma, arrivava di tutto, nel bene e nel male. Qui a Opera arrivano soltanto lettere di incoraggiamento. Abbiamo fatto richiesta di stare nello stesso carcere. So bene che non potrei vedere mia moglie più di adesso, ma stare sotto lo stesso cielo, respirare la stessa aria è diverso...»

«Quando ci hanno visto ridere in aula non era per indifferenza per quel che ci capitava intorno, ma perché Oli aveva tirato fuori la storia della cella matrimoniale. Era uno scherzo...»

«Rosy mi ricorda ancora quella battuta. Era nata quando non c'era il giudizio definitivo. Pensai: finché non arriva la condanna della Cassazione, perché dividerci? No, non avevo pensato che c'è la separazione tra uomini e donne. Magari ce la dessero adesso, la cella insieme... Lei mi chiede come descrivere l'amore per mia moglie. Bella domanda. Quando sei lontano, ti incontri tre volte al mese e ti senti al telefono una volta alla settimana... mi capita di pensare a quanti hanno scritto sull'amore in modo tanto diverso. La Chiesa pensa allo spirito e lo circoscrive con i suoi dogmi, la scienza prova a catalogarlo con le leggi della chimica. Senza disturbare Dio, penso che nel cosmo ci sia qualcosa che ci tiene uniti. Ci sono leggi alte e non sempre spiegabili a tutti: se la luna regola le maree, è possibile che ci sia qualcosa che ti consenta di compensare i sentimenti che non puoi esprimere da vicino alla persona che ami. Tutto cambia, scopri che i neutrini sono più veloci della luce, ma nella piramide della vita resistono le cose che tengono unite due persone. Ieri come oggi.»

Rosa: «Avrei voluto un figlio...»

Chiedo a Rosa se le sia mancato un figlio. So di toccare un tasto delicato, perché (anche se non glielo ricordo) tra le mille ipotesi fatte per motivare una strage assurda c'è anche quella di un'oscura e folle rappresaglia verso il piccolo Youssef. «Abbiamo cercato di avere un bambino» mi dice. «Dopo due anni è arrivato e l'ho perso. Dovetti subire un intervento pesante, e ricordo quando affrontammo l'argomento con un medico, seduti su un divano. Io volevo tentare di averne altri, il dottore disse che era molto rischioso. Allora Oli tagliò la testa al toro: "Se devo perdere la moglie per avere un figlio, è meglio fermarci qui, perché noi siamo una famiglia anche senza figli". Ne parlammo tanto, Oli mi ha fatto capire che davvero era meglio non riprovare. Io ho sofferto molto più di lui. Fosse arrivato... Ma siamo uniti ugualmente. Sono stata felice quando mia sorella e i nostri amici hanno avuto dei bambini.»

Quando gli parlo del figlio non avuto, Olindo si rabbuia: «Sono cose che capitano, non ci si può far niente. Ci hanno chiesto in tanti se i figli ci sono mancati, e la risposta è stata sempre no».

«Adesso non soffro in nessun modo per l'assenza di un figlio» mi spiega Rosa. «E pensare che siamo stati condannati per un bambino... A Oli questa cosa non va giù, perché lui, piuttosto che toccare un bambino, si farebbe del male da solo. Ancora oggi dice che la condanna per una storia in cui c'è di mezzo un bambino non è affatto piacevole...»

Mi colpisce l'espressione «condannati per un bambino». Non dice «per aver ucciso un bambino». E trasferisce inconsapevolmente sul marito l'accusa – respinta – di aver ammazzato il piccolo, innocente Youssef, quando nella confessione, poi ritrattata, è stata proprio lei, Rosa, a descrivere nei dettagli la macabra esecuzione da essa stessa compiuta.

È a questo punto che Rosa Bazzi inizia spontaneamente il racconto di un film opposto a quello proiettato dai giudici in tre gradi di giudizio. A cominciare dai rapporti con la famiglia di Raffaella. «Sono rimasta molto male quando voi giornalisti ci avete descritto come mostri perché, quando Raffaella è rimasta incinta e aveva bisogno di qualche cosa, noi abbiamo cercato di aiutarla. Quando ha avuto i dolori, siamo stati noi ad accompagnarla in ospedale. Mentre suo marito [*il tunisino Azouz Marzouk*] era in carcere, io ho regalato a Raffaella una tutina per Youssef e poi gli ho ricamato un bavaglino. E poiché avevo paura di sbagliarne il nome, è stata lei a indicarmi come scriverlo correttamente. Una cosa bellissima. Quando la nonna Paola Castagna veniva a tenere il bambino mentre Raffaella lavorava, le chiedevo sempre se Youssef stava bene. E se ero di turno in ospedale [*Rosa faceva le pulizie*], quando la ragazza portava il bambino per la visita chiedevo al dottore di farla passare prima e magari mettevo io stessa il nome del bambino in cima all'elenco. Purtroppo, con quel che è successo si è aperto dinanzi a noi un grande oceano e ci ha inghiottito. Qualcuno ha lavorato alle nostre spalle, e non è una cosa bella.»

Questo racconto dei rapporti di buon vicinato mi è sembrato all'inizio molto diverso da quello che in tante interviste pubbliche e conversazioni private mi ha fatto Carlo Castagna, padre di Raffaella e patriarca della famiglia, mobiliere stimatissimo a Erba e vero cristiano, al punto di aver perdonato Rosa e Olindo con parole che gli hanno procurato, insieme all'ammirazione di molti, anche le critiche e le ironie di tanti altri. Castagna ha sempre parlato di rapporti tesissimi, sfociati persino in una causa. Ma quando gli riferisco questi dettagli del colloquio in carcere con Rosa, Castagna mette nel conto che sia l'assistenza prestata alla partoriente sia la storia della tutina e del bavaglino possano essere vere. «Prima dell'arrivo di Azouz» mi dice «i rapporti tra Rosa e Raffaella erano buoni.» E aggiunge, con visibile sofferenza: «Purtroppo, tutto è cambiato dopo». E, per carità di patria, non parla dell'ultimo schiaffo ricevuto dal genero, che a suo tempo gli portò via i corpi di figlia e nipotino per seppellirli in Tunisia, e arrivò a dire che Rosa e Olindo potrebbero essere innocenti.

«I rapporti con Raffaella» dice Olindo «andavano a fasi alterne. C'erano momenti in cui si discuteva e si litigava per i loro eccessi, altri in cui si andava d'accordo. Ricordo che a quel piccolino lì [*Olindo usa un vezzeggiativo che non ho capito*] piaceva il camper. Quando era aperto ci saliva sopra...»

«Si litigava» mi racconta Rosa «quando Azouz, il marito di Raffaella, faceva girare la droga [*Azouz Marzouk è stato condannato per spaccio di sostanze stupefacenti*]. Venivano i suoi amici, suonavano da noi perché sbagliavano campanello, ogni tanto ne trovavi qualcuno steso per terra completamente "fatto", altre volte si picchiavano, era tutto un andare e venire. E quando chiamammo i carabinieri, il maresciallo ci disse di lasciar perdere, non c'era da preoccuparsi, Castagna è un suo amico...»

Se i rapporti con Raffaella erano così cordiali, salvo le liti per colpa di Azouz, come mai la sera del delitto Olindo e Rosa non si precipitarono ad abbracciare papà Castagna con una frase del tipo: lasciamo stare le nostre incomprensioni, quel che è successo è orribile, ti siamo vicini con tutta la nostra solidarietà?

Su questo punto, sia Olindo sia Rosa rispondono con freddezza. Dice lei: «Quando siamo rientrati in casa da Como [*secondo la sentenza, per precostituirsi un alibi*] mi ha colpito la naturalezza del signor Castagna: gli avevano ammazzato moglie, figlia e nipote, e lui stava lì fuori come adesso lei e io che stiamo parlando. Tanto che gli chiesi: "Vuole entrare in casa mia che fa freddo?". La verità è che, con il suo carattere così forte, Castagna mi faceva paura...». Quando domando a Castagna se è vera questa offerta di solidarietà, il padre di Raffaella si irrigidisce: «Mai avvenuto niente del genere. E se Rosa le ha detto questo, mi vengono perfino dei dubbi sui rapporti con Raffaella...».

Ricorda Olindo: «Rientrando abbiamo trovato tutta l'area transennata, tant'è che abbiamo dovuto lasciare l'auto lontano. C'era solo un corridoio, presidiato dai carabinieri, che portava in casa. Ho chiesto cosa fosse successo e ho visto Castagna solo dopo un po': ero ancora fuori del cortile. Era seduto sul retro della sua auto, c'erano degli infermieri ad assisterlo. Il mio sguardo ha incrociato il suo per pochi secondi. Come mai non gli ho detto niente? Non sapevo cosa dirgli. Per una forma di rispetto, e anche perché non mi lasciavano passare. Poi mi sono spostato e, al ritorno, lui non c'era più».

Il fatto che i coniugi non avessero domandato che cosa fosse successo ha subito insospettito gli investigatori, come la fretta con cui Rosa aveva esibito uno scontrino di McDonald's dove avevano cenato, la lavatrice in funzione in piena notte e, soprattutto, la ferita fresca a un dito della donna. La coppia fu arrestata l'8 gennaio 2007 e, due giorni dopo, entrambi fecero una confessione sconvolgente, poi inutilmente ritrattata in sede di udienza preliminare.

«Non ho più speranze»

Olindo mi racconta così il momento cruciale della vicenda: «Siamo passati in un batter d'occhi dal soggiorno di casa nostra alla caserma dei carabinieri di Como. È arrivato il maresciallo e ci ha detto: "Venite con noi che risolviamo tutto". Di quel giorno non ricordo quasi niente, se non che ho fumato una sigaretta e poi siamo andati in carcere, io al maschile e Rosa al femminile. Mi hanno consegnato il foglio delle imputazioni e poi sono rimasto un giorno da solo, senza che nessuno mi dicesse niente. Mi parve una situazione assurda. L'indomani sono entrati due carabinieri in borghese a prendermi le impronte. E sono rimasto un altro giorno lì. Infine mi hanno detto: "I casi sono due. Con le prove che abbiamo vi danno l'ergastolo e non uscite più, oppure, se confessi, esci nel giro di quattro o cinque anni, e Rosa torna subito a casa". La stessa cosa prospettarono a Rosa, ma nessuno sapeva dell'altro. Così ci hanno rimesso insieme e io ho detto: "Mi hanno prospettato il minore dei mali, che facciamo?". Rosa rispose: "Non abbiamo niente da confessare", ma aggiunse che c'era su di noi una pressione indicibile e che voleva venirne fuori al più presto. Allora le dissi: "Guarda, mi prendo io la colpa e tu vai a casa". Invece l'hanno interrogata per prima e lei si è assunta la colpa. Mi hanno richiamato, mi hanno fatto ascoltare la registrazione di Rosa, mi sono assunto io la colpa, ma le cose non quadravano. Gli inquirenti hanno cercato di farle quadrare, Rosa ha chiesto che cosa avevo detto io, lei si è adeguata e siamo finiti nel pasticcio».

«Io non avrei voluto confessare» mi spiega Rosa «ma loro mi tenevano lontana da Olindo, mi mostravano le foto del delitto, hanno fatto di tutto per incastrarci. Io non ho mai avuto la forza di prendere in mano un coltello, e ammazzerei così un bambino? E Olindo? Provi a fargli vedere una goccia di sangue e vedrà che reazione...»

Gli avvocati Fabio Schembri e Luisa Bordeaux, difensori degli imputati insieme al professor Vincenzo Nico D'Ascola, sostengono che nelle loro confessioni ci sono 243 errori, e che Rosa e Olindo si erano lasciati una porta aperta per ritrattare, come poi in effetti fecero. Ma i giudici, in sede processuale, hanno rilevato che solo chi ha materialmente compiuto il delitto poteva conoscere alcuni particolari contenuti nel racconto e che c'erano almeno 12 elementi di prova a loro carico. Il movente? L'odio nei confronti della famiglia Castagna, che di lì a qualche giorno avrebbe trascinato Rosa e Olindo dinanzi al giudice di pace per rispondere di lesioni e ingiurie.

Tuttavia, poiché la ragione del mio incontro con la coppia è un'analisi dei sentimenti, confesso a Olindo che mi ha sorpreso come, dopo la freddezza dei primi momenti, anche durante il processo non ci sia mai stato da parte loro nessun gesto di comprensione nei confronti dei congiunti delle vittime. «La nostra confessione» mi risponde «ha portato tutti a convincersi della nostra colpevolezza. Per l'accusa, tornare indietro sarebbe stata una disfatta. Ci siamo trovati a percorrere una strada a senso unico. Non ho mai detto niente a Castagna perché eravamo ormai tutti troppo coinvolti per poter tornare indietro. Io e Rosy sapevamo al 95 per cento che saremmo stati condannati. Era inevitabile, con tutto il clamore che c'era stato. Non ce la siamo presa più di tanto, perché sapevamo come sarebbe andata a finire. Eppure, la mia sensazione è che Castagna sa che non siamo stati noi a uccidere.» Sensazione sbagliata. Castagna è nettissimo: «Sono stati loro, e non capisco questa ostinazione nel negarlo».

Se non voi, chi?, chiedo a Olindo. «Non lo so, a Erba girava la droga, lì passava tanta gente strana, extracomunitari mai visti prima. Molti non avevano residenza nello stabile, il postino diventava matto con gli indirizzi. Ma non voglio assolutamente accusare nessuno, perché non finisca tritato per sbaglio come è capitato a me.»

E adesso? «Con mia moglie non ci portiamo troppo avanti. Andiamo per gradi. Adesso sono fiducioso nel ricorso alla corte di Strasburgo: cancellerà almeno la metà dei punti su cui la Cassazione ha fondato la nostra condanna.»

«Il nostro futuro l'hanno cancellato i giudici» mi dice Rosa «e anche voi giornalisti, che ci avete chiamato "mostri" senza aver letto bene i documenti del processo. Con ventisei anni di matrimonio alle spalle, io e Oli abbiamo tanto di cui parlare. Pensiamo alla corte europea, un domani alla revisione del processo. Ma non ho più speranze.»

Carlo Castagna scuote la testa. «Strasburgo, revisione... Che peccato! Così i signori Romano chiudono la porta a ogni percorso di pentimento...» L'anziano mobiliere li aspetta. Non può dire di avere le braccia aperte al perdono, perché quando l'ha detto è stato assalito. Anche i figli sono assai meno concilianti. Ma un cristiano autentico come lui non chiuderà mai le porte a una riconciliazione, se richiesta e sincera. Legge ogni sera i passi delle Sacre Scritture che sfogliava insieme alla moglie scomparsa. Su alcune pagine ci sono la sua calligrafia, i suoi segnalibro... La loro camera matrimoniale è una piccola cappella. «Io sono sereno» mi confida. «Beatitudine e solitudine...»

XII
Amore e spettacolo
Ieri

Sofia Loren: «Carlo, mio primo e unico amore»

Allora, è stato davvero Carlo il primo uomo con cui hai fatto l'amore? Prima di sparare a Sofia Loren la domanda secca, ci ho girato parecchio intorno, a cerchi sempre più stretti. E siccome non c'era niente, un nome, un episodio, un dettaglio al quale attaccarsi, alla fine ho preso coraggio e gliel'ho fatta. Sofia non se ne è meravigliata più di tanto, perché considerava del tutto scontata la risposta: «Certo, è stato il mio primo uomo. Non c'è alcun dubbio».

Ma, prima, nemmeno un flirt, un amore passeggero, un inganno fatale sulla soglia del mondo dello spettacolo? «Niente. O meglio, c'era stato un flirtino con un ragazzo che si chiamava Manlio. Ma non è successo niente. Anzi, se proprio vuoi saperlo, quando cercava di baciarmi, io scappavo. Non so, avevo paura... No, Carlo è stato la mia malattia. La mia prima esperienza, che è durata per sempre.»

Sofia Loren, monumento al cinema e alla bellezza italiana, ha 77 anni e il fisico, la voce, il fascino di una cinquantenne. Alterna il suo italiano per niente influenzato dai decenni di permanenza all'estero (vive a Ginevra, dove Carlo Ponti è morto nel 2007, a 94 anni) a irresistibili battute in napoletano, a dimostrazione del fatto che la grande attrice – due premi Oscar e corteggiata (a quanto pare, invano) dagli attori più belli e famosi di Roma e di Hollywood – è rimasta sempre, in fondo all'animo, la ragazza di Pozzuoli andata a Roma in cerca di fortuna, e protagonista di una favola infinita.

Nella capitale, in verità, Sofia era nata, da un'insegnante di pianoforte (Romilda Villani) e da un marchese agrigentino che lavorava nel settore immobiliare (Riccardo Scicolone). Il padre la riconobbe, ma non ne sposò la madre, che tentò di arginare i problemi economici ritornando dai suoi a Pozzuoli. Ma Roma era Roma. Romilda sapeva che Sofia, con un fisico così prorompente, avrebbe potuto avere un avvenire nello spettacolo, e così, quando la ragazza compì 15 anni, la riportò nella capitale del cinema. «Al cinema credevo anch'io» mi racconta la Loren. «Cercando tra le cose della mia infanzia a Pozzuoli, ho trovato un libro di storia delle elementari. Avevo scritto sulla prima pagina: "Sofia Scicolone un giorno sarà una grande attrice".»

Nel 1950, a 16 anni, partecipò al concorso di Miss Italia. Prima, a Miss Campania, era arrivata seconda. La stessa cosa avvenne, in sostanza, a Miss Italia. Vedendo che Sofia non avrebbe vinto, «uno della giuria disse: "Perché non premiamo una bambina così bella con un titolo nuovo, per esempio Miss Eleganza [*che fu inventato allora e sopravvive ancor oggi*]?". "Ma io non ho nemmeno un abito da sera" obiettai. "Che ci faccio con un titolo così?" Allora mi diedero un abito bellissimo. Avevo i capelli corti corti, come li portava Lucia Bosè, la diva del momento».

L'incontro della sua vita avvenne l'anno dopo, nel 1951. «Erano i primi tempi che stavo a Roma, e alcuni amici volevano mostrarmi che cosa succedeva in quello che sembrava il mio campo. Una sera mi portarono al Colle Oppio dove si svolgevano le finali di Miss Roma. Carlo era un membro della giuria, io ero nel pubblico. A un certo punto si avvicinò un signore e mi sussurrò: "Il dottor Ponti dice che, se vuole, può partecipare al concorso". E io gli risposi: "Grazie, preferirei di no. Ai concorsi di bellezza arrivo sempre seconda...". Lui, però, insistette: "Ci provi. Comunque vada, si divertirà". Mi lasciai convincere e, naturalmente, arrivai seconda. Ma, a fine serata, Carlo si avvicinò e mi chiese se potevamo parlare un momento. Facemmo una breve passeggiata nei giardini e lui mi disse le solite cose che si dicono in questo ambiente: "Lei ha un bel viso, perché non viene a trovarmi domani in ufficio?". Accettai. Mia madre voleva accompagnarmi, ma andai sola. Alloggiavamo sulla Nomentana, conoscevo pochissimo Roma e mi misi in viaggio verso il centro. L'indirizzo era via XXIV Maggio, ma al numero che mi aveva detto c'era una caserma dei carabinieri. "Vedi che non mi ha dato l'indirizzo giusto?" pensai. E, invece, un carabiniere mi indicò un palazzo attaccato alla caserma [*è il prestigioso edificio a un passo dal Quirinale dove ha abitato anche Gianni Agnelli*]. L'ufficio di Carlo era lì. Lui mi fece il classico discorso che fa ogni produttore a ogni ragazza che aspira a entrare nel mondo del cinema: "Ho lanciato molte attrici, potrei fare molto per lei...". Io non avevo mai girato un film, solo qualche inquadratura per i fumetti. Lui aprì alcuni bauli pieni di vestiti usati da attrici famose. Mi diede un bellissimo abito rosa portato da Gina Lollobrigida [*nata sette anni prima di Sofia, sarebbe stata sempre considerata la sua storica rivale sul set*]. Lo portai a casa e, appena l'ebbi indossato, mamma mi disse: "Sembri proprio una star...". Da quel momento Carlo mi telefonò quasi ogni giorno. Telefonate brevi, ma sufficienti a darmi l'impressione di conoscerlo da molto tempo. Insomma, ormai faceva parte della mia vita.»

«L'amore è come un terremoto»

Carlo Ponti aveva 39 anni, ventidue più di Sofia. Rampollo di un'importante famiglia di Magenta, marchese e nipote di un senatore del Regno, aveva tenuto a battesimo registi destinati a far carriera: Pietro Germi, Luigi Zampa, Steno, Luigi Comencini, Mario Monicelli. Era sposato dal 1946 con Giuliana Fiastri, figlia di un generale milanese, dalla quale avrebbe avuto due figli – Guendalina (oggi avvocato), nata nel 1951, l'anno dell'incontro con Sofia, e Alessandro, detto Alex (che avrebbe proseguito l'attività del padre come produttore), del 1953 –, ma la passione per Sofia mise ben presto in crisi il matrimonio.

Nella nostra conversazione, l'attrice ridimensiona le modalità del suo lancio cinematografico a opera del futuro marito: «Carlo era socio di Dino De Laurentiis, e non è affatto vero, come fu scritto, che si divisero per colpa mia. All'inizio, lui non si sbilanciò molto». Si dovette aspettare, infatti, il 1954, dopo una serie di parti di vario rilievo in una trentina di film minori, perché con *L'oro di Napoli*, prodotto da Ponti e De Laurentiis e diretto da Vittorio De Sica, che rimase letteralmente conquistato dalla Loren, Sofia raggiungesse un successo indiscusso, che sarebbe diventato sempre più grande. «Io non avevo nessuna esperienza di scuole d'arte drammatica» mi confida. «Mi buttarono all'improvviso davanti a una macchina da presa, e io tentavo di rubare pezzi di mestiere a chi li aveva. Cercavo di ricordare personaggi che avevo conosciuto nella mia vita e andavo avanti a spizzichi e bocconi, rubando tutto, rubando sempre.»

L'attrice e il produttore, intanto, si erano messi insieme, anche se con molta discrezione, vista la posizione coniugale di Ponti. Per ricordarlo, Sofia usa una frase in napoletano che, tradotta, suona più o meno così: «Zitti, zitti, ma al mercato lo sanno tutti». Lei colloca la svolta nel 1955, facendola coincidere con un film diretto da Mario Soldati. «Quando girammo *La donna del fiume*, si pose il problema: io volevo stare con Carlo, ma non potevo vivere con un uomo sposato. Troppo forte era stato il trauma della vicenda di mia madre, e io non avrei voluto ripetere per nessuna ragione una vita del genere.» Ponti decise allora di sposarla a Ciudad Juárez, in Messico. Nessuno dei due, naturalmente, mosse un passo: tutto avvenne per procura e ne uscì un gigantesco pasticcio. «Dovevamo fare un viaggio a New York» mi racconta Sofia «ed era impensabile che lui si presentasse con una donna non sposata. Sarebbe stato uno scandalo. Ma lo scandalo scoppiò ugualmente, perché la cosa del Messico non reggeva.»

In Italia, infatti, tre persone (una signora di Milano, un parrucchiere di Genova e un avvocato di Chieti), che non avevano mai conosciuto né Ponti né la Loren, denunciarono il produttore accusandolo di bigamia, poiché il suo matrimonio con la signora Fiastri era perfettamente valido. In questi casi, in genere, è la moglie a opporsi con ogni mezzo al fatto che il marito la lasci con due bambini piccoli per un'attrice molto giovane e avvenente. La moglie di Ponti, invece, capì subito intelligentemente di aver perduto il marito, concordò una sontuosa transazione economica a beneficio suo e dei figli, e diede addirittura la sua piena disponibilità a considerare nullo il legame coniugale davanti alla Sacra Rota. (Ma i giudici rotali non abboccarono, e così, nel 1962, il produttore si vedrà annullare il matrimonio messicano «perché mai esistito e quindi illegale» e, per di più, si ritroverà accusato di bigamia.)

Sofia era ormai diventata una star internazionale, acclamata anche a Hollywood. Nel 1957, a 23 anni, recitò accanto a Cary Grant e a Frank Sinatra in *Orgoglio e passione* di Stanley Kramer, e si parlò di una corte spietata fatta dai due attori alla bella collega italiana. Sofia ricorda benissimo quella storia: «Cary era davvero molto preso. Era bello, divertente, e lo apprezzavo sinceramente. Ma io avevo in testa soltanto Carlo. Quando si è molto giovani e trovi una persona che ami e che ti ama, non puoi immaginare di provare le stesse emozioni con un'altra persona che vive in un altro paese. Il corteggiamento di Cary, naturalmente, mi faceva piacere, arricchiva la mia esperienza, ma quando le cose si mettevano in modo seriamente rischioso, mi allontanavo».

Come andò con Sinatra? «Che belli quegli occhi azzurri...» ricorda. «Certo, anche Frank mi ha corteggiato. Ma ha capito subito che non c'era niente da fare...»

E Marcello Mastroianni? «Marcello» sorride «mi corteggiava a modo suo. Finito il film, non ci vedevamo più. Ma ne abbiamo fatti tanti di film in vent'anni di collaborazione... Era un piacere stare con lui.»

Vado al sodo. Senti, Sofia, ma che cosa trovavi in Carlo Ponti per poter resistere agli attori più celebri del mondo e a legioni di altri spasimanti? «Carlo mi ha sempre guardato con tanta tenerezza. Con lui mi sentivo forte. Per me è stato un faro che non si è mai spento.» E lui l'ha sempre ricambiata, esaltandola persino nelle interviste degli ultimi anni: «Sofia mi ha sempre illuminato con il suo buonsenso, con la sua saggezza. Eppoi è una cuoca fantastica...». Lei è scettica: «Sì, so cucinare, ma lui voleva mangiare solo risotti alla milanese. Voleva dimagrire, mentre a me piaceva bello tondo». Poi sorride: «Sai che mi diceva? Tu non sei un'attrice, tu sei un'artista...».

Nel 1962, proprio nel momento in cui i guai famigliari crescevano con lo scontato annullamento del matrimonio messicano, Sofia vinse l'Oscar a 26 anni per l'interpretazione, nella *Ciociara* (1960, tratto dal racconto di Alberto Moravia), del ruolo della protagonista rifiutato da Anna Magnani. Fu qui che la ragazza di Pozzuoli, che non aveva mai preso lezioni di recitazione, attinse al suo istinto e al suo carattere per offrire una delle migliori interpretazioni femminili della storia del cinema.

Nell'aprile 1966 arrivò finalmente il matrimonio civile in Francia. («Non restava che cambiare nazionalità» mi racconta. «Carlo e Giuliana presero la cittadinanza francese, divorziarono in Francia, e io sposai Carlo in Francia, diventando a mia volta cittadina francese.») Fu una cerimonia molto sobria, in municipio: lei – che nei film aveva indossato tante volte l'abito da sposa – dovette accontentarsi di un tailleur bianco, mentre lui era in grigio. Niente fiori, niente feste, solo qualche invitato. Mancava la mamma della sposa perché, si disse, aveva paura dell'aereo. Già dopo il matrimonio in Messico l'attrice aveva gridato: «Non m'importa se sia valido o no, io ho sposato l'uomo che amo!». Adesso era finalmente la signora Ponti. Nel 1968 nacque il loro primo figlio, Carlo jr (oggi direttore della San Bernardino Symphony Orchestra), nel 1973 Edoardo (regista). «L'arrivo dei figli realizzò il sogno della mia vita» mi confessa Sofia. «Avrei voluto avere i bambini prestissimo, a 18-19 anni. Volevo una famiglia grande, con tanti figli. Purtroppo, non è stato possibile.»

Sofia Loren e Carlo Ponti sono stati insieme per cinquantasei anni, di cui quarantuno di matrimonio riconosciuto dalla legge. Una vita senza un tradimento, giura lei. Perciò, quando le chiedo un giudizio sulle ragazzine di oggi che fanno sesso prestissimo, risponde: «Capisco che i tempi sono cambiati e che adesso c'è molta libertà. Ma la prima volta che fai l'amore deve restare un momento molto importante nella vita di una donna. Per arrivarci devi essere matura nella testa, devi essere innamorata veramente. Solo allora puoi dire di sì».

La definizione dell'amore che Sofia mi suggerisce alla fine della nostra conversazione è stupenda e, insieme, sorprendente: «L'amore è come un terremoto. Hai paura di essere inghiottita dalla terra, e invece ti ritrovi come un bambino appena nato, che scopre il bellissimo gioco della vita...».

Gina Lollobrigida: «Quell'ultimo matrimonio andato a monte»

«Ma lo sai che a 13-14 anni, quando ho cominciato a diventare donna, volevo nasconderlo perché non pensavo affatto di essere bella? Erano tanti i ragazzini che mi facevano la corte, ma io non mi piacevo. Anche dopo non mi sono mai ritrovata in quella famosa definizione di "donna più bella del mondo". Solo in età avanzata, riguardando le fotografie, mi sono convinta che non ero poi così male...» Non so se e quante bugie mi abbia detto l'adorabile Gina Lollobrigida nella lunga confessione che mi ha fatto sulla sua vita sentimentale, ma questa mi è sembrata una delle più grosse.

Il colloquio non si presentava facile. Al contrario di Sofia Loren e, come vedremo, di Claudia Cardinale, la cui vita amorosa è girata intorno a uno o due compagni, Gina ha avuto un solo matrimonio, meno lungo di quanto non dica lo stato civile, e quindi ha potuto liberamente permettersi di far girare la testa a decine di uomini. Credo che ne abbia avuti parecchi, anche se mi dirà che i suoi grandi amori sono stati soltanto quattro (e, tra questi, non c'è il marito). Ma Gina non è donna che sfoggi trofei e ha avvolto ogni nome che le facevo in una nebbiolina ora profumata, ora un po' agra, ma quasi sempre impenetrabile. Non mi aspettavo, tuttavia, che mischiasse le carte anche quando le ho chiesto del suo primo amore di ragazzina. «Ero talmente pestifera che mi misero nella classe dei maschi...» Figurarsi la pacchia dei compagni... «E invece no, ne diventai la capobanda. Mi sentivo così bruttina...»

A 84 anni, Gina ha ancora un fisico rispettabile, i grandi occhi assassini da gazzella e una voce giovane e bella: ha studiato canto, tanto che in un film interpretò un pezzo della *Tosca* senza bisogno del doppiaggio, e il grande Leonard Bernstein, attraverso Luchino Visconti, cercò di convincerla a fare di più. «Ma il canto, come la moda che pure mi aveva tentato, richiede una dedizione assoluta. E io ho sempre voluto essere libera di fare quel che mi piaceva in qualunque momento.»

La sua villa sull'Appia Antica è lo splendido monumento a un mondo che non c'è più, ma che l'ha celebrata come ogni donna sognerebbe di esserlo. La sua galleria fotografica la vede accanto a tutti i presidenti degli Stati Uniti e a tutti i papi. La sua camera da letto, adorna di specchi, è da grande romanzo d'appendice. Così come la sua collezione di icone russe e di pezzi d'antiquariato è da museo, al pari di molti suoi famosi gioielli. Ma lei, che spesso per divertirsi ne indossa anche di falsi, non si commemora e dà fondo al suo talento di scultrice e pittrice («A 8 anni il mio primo disegno comparve su "Topolino"»). Ha mille programmi ambiziosi e guarda sempre avanti. «Negli ultimi tempi ho avuto molte disavventure e ho capito che la vita è una sola e bisogna viverla fino in fondo, fino all'ultimo respiro. Non voglio perdere un solo attimo di tempo e sono pronta ad altre sfide.»

Le «disavventure» alle quali fa riferimento sono soprattutto la sfortunata fine del lungo amore con Javier Rigau Rafols, prestante imprenditore spagnolo che Gina ha conosciuto nel 1984 a Montecarlo, di trentaquattro anni più giovane di lei, che dopo una relazione durata ventidue anni avrebbe dovuto sposarla, prima a New York e poi a Roma, il 27 gennaio 2007. Ma nel giro di un mese, tra il 1° novembre e il 1° dicembre 2006, si passò dall'annuncio delle nozze a quello della separazione.

È stata la differenza di età a impedire l'ultimo passo? «Ma che età ed età» risponde Gina. «La colpa è stata della stampa. Un'intervista a "Le Monde" con cose che Javier non aveva mai detto è stata rilanciata in modo scorretto prima dai media italiani e poi dalla stampa spagnola, che in fatto di pettegolezzi feroci batte persino quella inglese. Hanno scavato in maniera ignobile nella sua vita, e lui per difendersi ha dovuto impiantare una quarantina di cause. Ma la nostra amicizia continua.» E infatti, quando fu dato l'annuncio della rottura («La decisione finale fu mia» mi dice), lui dichiarò: «L'amerò sempre».

Il matrimonio con Milko Skofic, il medico iugoslavo che diventò poi anche il suo agente, viene liquidato dalla Lollo come una delle pagine meno importanti della sua vita sentimentale. Eppure, le ricordo, vi siete sposati nel 1949 con nozze molto romantiche, in tenuta da sci al Terminillo, e il divorzio è avvenuto solo nel 1971. «Sì, ma la storia in realtà era finita molto, molto prima. L'ho sposato a 21 anni: i miei genitori [*il padre di Gina, nata a Subiaco, vicino Roma, era mobiliere*] avevano paura del mondo del cinema e volevano che prendessi marito. Ma soltanto dopo ebbi coscienza del passo che avevo fatto.» Da quel matrimonio è nato nel 1957 un figlio, Milko jr, che l'ha resa da tempo nonna.

«*Sono infedele di natura. E se m'innamoro...*»

Gina diventò famosa nel 1953 con *Pane, amore e fantasia*, in cui era la splendida «bersagliera» corteggiata da Vittorio De Sica nei panni di un maresciallo dei carabinieri. Corteggiamento che non si è fermato alla pellicola... «Ma no» si schermisce lei. «O meglio, sì, De Sica era molto galante, ma nella vita recitava più che al cinema. Era straordinario, si divertiva a interpretare un personaggio che non era lui. Però fu proprio lui a convincermi a continuare, sicuro che ce l'avrei fatta...» Non si sbagliava, al punto che già un anno dopo, quando andò a Hollywood per la prima americana di *Pane, amore e fantasia*, «Marilyn Monroe mi disse che non aveva dormito all'idea di conoscermi, perché aveva paura del confronto. Ti rendi conto? Era una ragazza di una modestia... Ci vedemmo sul set di *Quando la moglie è in vacanza*, il film in cui indossa un vestito bianco che viene sollevato da un soffio di vento. Poi siamo diventate molto amiche».

A Las Vegas, Gina fu corteggiatissima da Frank Sinatra, uno che difficilmente con le donne lasciava le cose a metà: «Frank fu molto carino con me. Gli portai in regalo due Salvador Dalí, lui rimase colpito e, benché fosse raffreddato, volle dare un concerto in mio onore. Poi lavorammo insieme. Sinatra beveva molto, e la mattina era inutilizzabile, così la produzione ci convocava a mezzogiorno. Una volta si presentò all'una, si scusò con me, e io feci una battuta sulla sua difficoltà di svegliarsi, e lui, del tutto privo di *sense of humour*, se la prese da morire».

Un altro americano che corteggiò per anni la Lollo fu il produttore miliardario Howard Hughes. «È stato il più costante perché riteneva di poter avere con facilità qualunque donna, soprattutto americana. Ma io ero ancora giovane, ingenua, pulita, sposata... Niente. E poi, sai che ti dico? Ho sempre diffidato dei ricchi, tanto più quando sono tirchi. Io ho guadagnato bene con il mio lavoro, ma forse, stupidamente, nelle mie relazioni non ho guardato al denaro e sono stata sempre attratta dai giovani, che sono più generosi e, quando amano, lo fanno sinceramente.»

Un'avventura clamorosa di Gina fu quella con il cardiochirurgo sudafricano Christiaan Barnard, diventato famoso nel 1967 per il primo trapianto di cuore. Bello lui, bella lei, scoppiò la passione. Si conobbero nel 1968 a Roma, a una festa organizzata dal produttore Alfredo Bini in onore del medico. Lui aveva 46 anni, lei 39, ed era all'apice della bellezza e del successo. Nel 1993, pubblicando la sua spregiudicata autobiografia *The Second Life*, Barnard raccontò con dovizia di particolari una notte di passione trascorsa nella villa dell'attrice: «Anche se si avvicinava ai quarant'anni» scrive «sembrava una ragazzina appena uscita da scuola. Usava pochissimo trucco, perché con i suoi splendidi occhi neri, il suo naso perfetto, le labbra piene e la carnagione senza difetti non ne aveva assolutamente bisogno». Barnard rivelò anche un dettaglio molto piccante: quando, dopo la notte d'amore, lei lo riaccompagnò in albergo alla guida della sua Jaguar, «si mise al volante indossando soltanto una pelliccia di visone. Sotto, era completamente nuda». La biografia di Barnard fu molto criticata. Gina, quasi vent'anni dopo, è ancora furibonda: «Si comportò malissimo. Un chiacchierone, un fanfarone alla ricerca di pubblicità. Non lo stimo e non mi va di parlarne».

La Lollo è stata amata anche da potenti uomini di Stato, da Kissinger a Perón, a Fidel Castro. «Kissinger è un uomo così intelligente e spiritoso che, dopo mezz'ora che stai con lui, ti dimentichi completamente che non è bello come Paul Newman e ci passi una serata fantastica. Una storia sentimentale? Fandonie...» E con Juan Domingo Perón, carismatico presidente dell'Argentina negli anni Cinquanta? «Andai a Buenos Aires con mio marito. Ventimila persone ad accogliermi all'aeroporto, quarantamila lungo il percorso. Dovettero sgomberare le strade perché, per vedermi, la gente saliva sui tettucci delle automobili. Un carrozziere, per amor mio, si offrì di ripararle gratis. Andammo a inaugurare un casinò con un treno tutto per noi. Al momento di scendere, però, il treno dovette fare retromarcia perché la ressa era tale che non si riusciva ad aprire gli sportelli. Ci furono nove feriti e trenta arrestati. Mi spaventai.» Poi c'è Fidel Castro... «Posso riferire che mi ha molto amata perché l'ha detto lui. Ero andata a Cuba per fotografarlo [*Gina Lollobrigida è stata una rinomata fotografa, avendo imparato il mestiere nientemeno che da Robert Capa, un'icona di quest'arte*]. Avevo prenotato un albergo, ma lui mandò non so quanti ministri a ricevermi e mi fece assegnare una villa. Mi era stato detto che avrei avuto un giorno di preavviso per l'incontro, e invece, mentre prendevo il sole nuda in giardino, vidi da lontano arrivare un militare. Era lui. Un istante per coprirmi, poi il panico: oddio, sono senza trucco, che vestito mi metto? Rimanemmo due ore a parlare, tra inglese e spagnolo, e poi tornò ogni giorno. Mi portò dal fratello Raúl, il quale s'indispettì: "Fidel, sono anni che non ti fai vivo e adesso vieni perché c'è lei?". Feci foto meravigliose. Io non ero Oriana Fallaci. Lui poteva raccontarmi tranquillamente qualunque cosa, sapendo che sarebbe rimasta tra noi...»

E quella storia con il ministro della Difesa siriano? «Lui disse che, per amor mio, aveva fatto sì che i soldati italiani in Libano venissero risparmiati dagli attentati di cui nel 1982 furono vittima americani e francesi...» E pensare che finora ne avevo attribuito il merito ai nostri servizi segreti...

Il catalogo delle conquiste della Lollo è ancora lungo: i calciatori Falcão e Pelé («Era troppo sicuro di sé, convinto che ogni donna dovesse cascargli ai piedi»), il ballerino di flamenco Antonio Gades («Una lunga amicizia, cominciata quando nel 1959 andai in Spagna a girare *Salomone e la regina di Saba*. Lui non era ancora famoso, poi è diventato amico di mio figlio»), forse un torero («Amo la Spagna, i toreri e i ballerini»).

Eppure... «Eppure non sono stata fortunata in amore. Se sei bella e famosa, sei molto ammirata, ma paghi un prezzo. Hai un'enorme possibilità di scelta, ma quando la cosa diventa seria, la popolarità risulta essere un ostacolo. Gli uomini, in fondo, sono più gelosi delle donne. Vogliono che la loro compagna gli stia accanto, a patto che non occupi un posto superiore al loro. Così tante storie si rivelano fuochi di paglia. Io invece, quando amo, amo davvero. Ma non sono fatta per il matrimonio, perché sono infedele di natura. Nel senso che, quando m'innamoro troppo, per difendermi tradisco. E torno libera.»

A proposito, i quattro grandi amori della tua vita? «Due russi (l'anima russa non è niente male), un americano e un italiano.»

Claudia Cardinale: «Ho conosciuto l'amore solo con Squitieri»

«Pasquale è stato l'unico uomo della mia vita» mi rivela Claudia Cardinale.

Certo, dico a Pasquale Squitieri, che incontro separatamente, pochi uomini possono affermare di essere stati amati come te. E poi, da una donna come Claudia... L'hai stregata? Lui non batte ciglio: «Ho fatto molto di più: l'ho resa libera. Pochi hanno capito Claudia: lei è una berbera. Hai presente i nomadi del deserto tunisino? Dovevo fare un film su Habib Bourguiba, il padre della Tunisia moderna, sono stato nel deserto con i Tuareg e finalmente ho capito questa donna. Lei non voleva fare il cinema, non lo ha mai chiesto, tutto il mondo si è offerto di fare qualcosa per lei. Ma lei è stata per troppi anni prigioniera, e io l'ho liberata».

Cominciamo dall'inizio. Claudia Cardinale nasce in Tunisia nel 1938 da genitori figli di emigranti italiani (il padre è ingegnere ferroviario). Studia dalle suore a Cartagine e sogna di fare l'esploratrice. «Volevamo organizzare con la mia classe un viaggio attraverso tutta l'Africa. Chi avrebbe mai detto che lo avrei fatto in tutto il mondo? Anche oggi, a 73 anni, con quattro film da fare, sono "la ragazza con la valigia"» sorride, alludendo al titolo di uno dei suoi primi film di successo, con la regia di Valerio Zurlini, girato nel 1961. Partecipa con le compagne di scuola a un documentario che viene presentato al Festival di Berlino, il suo primo piano colpisce un regista, vince in modo «inconsapevole» – come racconta nell'autobiografia *Io Claudia, tu Claudia*, scritta con Anna Maria Mori – un concorso per «la più bella italiana di Tunisia». Il premio consiste in un viaggio al Festival di Venezia, dove la notano, la spingono a studiare recitazione al Centro sperimentale di cinematografia di Roma, ma l'esperienza non le piace («Avevo la voce bassa, parlavo male l'italiano» mi dice quando osservo che la sua voce sensuale è stata ingiustamente doppiata per moltissimi anni). Insomma, esperienza chiusa e ritorno in Tunisia. «Quando la notai a Venezia» avrebbe raccontato Franco Cristaldi a Carla Pilolli di «Gente» nel 1971 «mandai un mio agente a offrirle un contratto, ma lei rifiutò e preferì tornare in Tunisia.»

Cristaldi, torinese di buona famiglia, era uno dei più potenti produttori cinematografici italiani (sarebbe morto d'infarto a Montecarlo nel 1992, a 67 anni). Aveva quattordici anni più della Cardinale e non la perse mai d'occhio. Su suo invito, Claudia tornò a Roma accompagnata dal padre e fu convinta ad accettare una piccola parte nei *Soliti ignoti* di Mario Monicelli. Il successo del film la rivelò al grande pubblico, ma lei chiese a Cristaldi di rescindere il contratto perché scoprì di essere incinta. («Il bambino fu frutto di una relazione violenta» mi conferma Claudia, che non ama ricordare questa storia. «Patrick, mio figlio [*oggi ormai ultracinquantenne*], sa benissimo chi è suo padre [*un francese che Claudia conobbe a 17 anni in Tunisia*], ma è una cosa nostra, privata. Non ha voluto conoscerlo, né io l'ho mai più visto né sentito dopo la nascita del bambino.») Claudia non volle abortire, e la coraggiosa decisione fu all'origine del suo destino di attrice. Cristaldi non voleva rinunciare a un'artista di cui era forse già innamorato, e lei non poteva rifiutare il «pacchetto» che le veniva offerto su un piatto d'argento: partorire in gran segreto a Londra e continuare una carriera che si annunciava prestigiosa. Di lì a poco, però, fece la traumatica scoperta di essere diventata una specie di proprietà di Cristaldi: il contratto in esclusiva con la Vides, che il produttore le aveva fatto firmare, limitava terribilmente la sua vita privata. Lo capì quando lui le impose di non rivelare la maternità per non compromettere la sua immagine di attrice. Per anni, Patrick fu presentato come il suo fratello minore, finché lei non rivelò la verità in un'intervista a Enzo Biagi per l'«Europeo» (20 aprile 1967).

Qualche tempo dopo la giornalista Laura Bergagna chiese a Cristaldi, famoso per i suoi silenzi con la stampa: «Dopo le recenti rivelazioni sulla vostra vita, molti sostengono che lei sia una specie di mostro che trasforma gli esseri umani in miti a prezzo del sacrificio della loro personalità o almeno della loro vita privata». E lui: «È assurdo. Nel caso di Claudia, poiché a questo allude, è stata la sua carriera, casomai, a essere sacrificata per difendere la sua vita privata. Ma sa che pubblicità se si fosse saputo che aveva un bambino? Fotografi, interviste, articoli... Ma ci sono prezzi che non si è disposti a pagare...».

«Cristaldi mi trattava come un'impiegata»

In quel periodo uscì anche la notizia delle «nozze segrete» di Cristaldi e della Cardinale. Negli anni Sessanta il puritanesimo americano era rigidissimo. «Per un'attrice» dichiarò un famoso produttore di Hollywood «essere sposata rappresenta da noi una garanzia forse superiore a un Oscar.» Claudia aveva lavorato per la prima volta negli Stati Uniti nel 1964 e la storia se fosse o no sposata era diventata un tormentone. Così il 28 dicembre 1966 lei e Cristaldi si presentarono davanti a un giudice americano e furono uniti in matrimonio. Mi racconta oggi la Cardinale: «Non sapevo che Cristaldi avesse organizzato il matrimonio. Non mi aveva detto niente. Mi sono trovata improvvisamente davanti a un giudice che doveva dichiararci marito e moglie. Non potevo reagire dinanzi a un fatto compiuto, ma mi sono molto arrabbiata e ho sempre impedito che il matrimonio fosse trascritto e riconosciuto in Italia».

Questa storia ha qualche vaga somiglianza con quella di Sofia Loren e Carlo Ponti, di cui abbiamo parlato. Quando si unì in matrimonio con la Loren per procura negli Stati Uniti, per le stesse ragioni di convenienza con il mondo di Hollywood, Ponti era ancora sposato. Come lo era Cristaldi quando portò la Cardinale dinanzi a un giudice americano. Aveva sposato, infatti, nel 1951 a Torino, con rito civile, la coetanea Rosa Simonetti, da cui ebbe un figlio. Si separarono legalmente nel 1964, ma poiché in Italia allora non c'era il divorzio, dovettero ricorrere a un ardito artificio per tornare liberi. Presero entrambi la residenza in Svizzera e chiesero a un tribunale elvetico di annullare il matrimonio perché «la signora era legalmente incapace di intendere e di volere per le sue particolari condizioni psicologiche». Il tribunale prestò loro fede, il matrimonio venne annullato e la sentenza fu trascritta in Italia. Dunque, Cristaldi era di nuovo libero. Tuttavia, mentre leggo sui giornali dell'epoca che lo scioglimento del vincolo avrebbe reso pressoché immediata la trascrizione in Italia del matrimonio americano, questo in realtà non si verificò mai. Claudia mi dice di non averlo voluto, ma Squitieri è convinto che nemmeno a Cristaldi sia mai venuto in mente di far ratificare in Italia il vincolo sottoscritto negli Stati Uniti. «Allora» mi fa notare il regista «tra coniugi esisteva soltanto la comunione dei beni: figuriamoci se quello avrebbe voluto dividere tutto con Claudia...»

In effetti, nonostante la loro vita comune fosse ormai consolidata, Cristaldi teneva la Cardinale a stecchetto. «Ero un'impiegata» mi racconta. «Un'impiegata con uno stipendio mensile nemmeno alto: 100.000 lire dopo il primo film, 150.000 dopo il secondo, 200.000 dopo il terzo...» «Sai quanto guadagnava nel 1975, quando ci siamo messi insieme?» mi spiega Squitieri. «Nella mia scrivania conservo il suo libretto di lavoro: dopo diciassette anni di film con Cristaldi e tutta la serie di successi internazionali che aveva riscosso, il suo stipendio mensile era di 1 milione e mezzo di lire. Nel 1963, quando fece il *Gattopardo* di Visconti, prendeva 150.000 lire al mese: la sua partecipazione veniva valutata, in realtà, 100 milioni... Quando tornammo dall'America, i suoi film avevano incassato 5 miliardi di lire, ma Claudia aveva in banca soltanto un paio di milioni. Io ero molto più ricco...»

«Se mi sono decisa a fare il cinema» ricorda Claudia «è stato per mio figlio. Altrimenti me ne sarei rimasta volentieri in Tunisia.» Le chiedo se per Cristaldi ha provato soltanto gratitudine o anche affetto. «Franco era una persona perbene [*per Squitieri, al contrario, era uno sfruttatore*], colta e intelligente. Ho avuto per lui gratitudine e anche affetto. Ma l'amore l'ho scoperto soltanto con Pasquale.»

L'incontro con Squitieri avviene nel 1974. Il regista doveva girare il film *I guappi* e voleva come protagonista un'attrice napoletana, ma il produttore gli impose la Cardinale, che a 36 anni aveva lavorato con i registi e gli attori più famosi, ed era all'apice del successo. «Venne a trovarmi nella villa sulla via Flaminia dove abitavo e l'incontro fu tutt'altro che gradevole. Ma, appena lo vidi, me ne innamorai. Dissi: "Lo voglio, dunque posso". È una frase che mi sono portata sempre dietro nella vita da quando ero bambina. Mi sono innamorata di lui, della sua intelligenza, della sua cultura, della sua aggressività. L'ho visto e mi sono detta: "Questo è l'uomo della mia vita, oggi sono tornata libera".» La storia, comunque, non iniziò durante la lavorazione del film: «Tutte le ragazze del set erano innamorate di lui, a cominciare ovviamente da me. Ma allora non accadde niente. Lui fece un gesto molto bello: l'ultimo giorno di lavorazione, mi fece trovare in camerino un grande fiocco rosa per ringraziarmi. Però, poi mi salutò».

Claudia decise di non rinunciare al suo grande amore. Quando Squitieri andò a Parigi per un altro film, lei gli corse dietro per presentargli i genitori: «Ti rendi conto?» ricorda oggi. «Un viaggio con i miei fatto apposta per lui.» Ma la fiammata decisiva scoppiò a New York. «Lui doveva girare un film in America con Dino De Laurentiis, io ho fatto la valigia e sono partita senza nemmeno avere il suo numero di telefono. Avevo, però, quello di un suo amico pittore. Così, appena arrivata all'aeroporto Kennedy, lo chiamai: "Sono Claudia Cardinale, può aiutarmi a cercare Pasquale Squitieri?". "È qui, glielo passo." "Sono all'aeroporto, vieni a prendermi?" chiesi a Pasquale. Dopo la telefonata passarono ore, e non sapevo se sarebbe venuto oppure no. Finalmente lo vidi spuntare e gli dissi: "Ho deciso di stare con te". E lui: "Quando arriveranno i giorni difficili, ricordati di questo momento". Aveva previsto tutto. Lui non fece più il film con De Laurentiis, io rimasi per un bel po' senza lavoro. Nessuno voleva inimicarsi un uomo potente come Cristaldi.»

Fecero la luna di miele più romantica che si possa immaginare. «Prendemmo uno di quegli autobus che attraversano gli Stati Uniti e viaggiammo per tutta l'America. Finalmente mi sentivo una donna normale, senza vincoli, senza paparazzi.» Era il 1975. Claudia aveva tenuto nascosta la «bomba» fino all'ultimo. Un mese prima della pazzia americana con Squitieri aveva dichiarato in un'intervista al settimanale «Oggi»: «Mio marito? È un uomo che non mi ha mai deluso. Avevo bisogno di una persona nella quale credere e in lui l'ho trovata». Quando scoppiò la «bomba» americana, il produttore annunciò in un comunicato di aver deciso insieme a Claudia di separarsi. E si faceva vedere in giro con attrici e attricette, prima di sposarne una di colore, la bellissima Zeudi Araya. Le amiche di Claudia la descrivevano contrariata perché Pasquale non aveva certo tenuto riservata la notizia del nuovo legame (anche lui si sarebbe separato dalla prima moglie, Silvana Filotico, che gli ha dato tre figli). In realtà, per entrambi era cominciata una fantastica nuova vita.

«Mi pentii di aver detto no a Marlon Brando»

Nacque presto una bambina. «Io volevo chiamarla con un nome russo, Anja» mi confida la Cardinale. «Lui tornò dal municipio e disse che l'aveva battezzata con il mio nome, Claudia [*Claudine, che ora vive in Francia*]. "Visto che non siamo sposati" mi disse "esiste ugualmente una Claudia Squitieri." Claudine ha gli stessi occhi e la stessa bocca del padre, mentre la forma del viso è mia. Lui è un uomo colto e ha educato così nostra figlia. Hanno un rapporto bellissimo.»

«È vero che quando nacque la bambina chiesi a Claudia di sposarmi, ma lei non volle» mi spiega lui. «Dopo tanti anni passati insieme, non era necessario» conferma lei. Che un giorno disse: «Il matrimonio trasforma l'amore in un'abitudine».

Squitieri ricorda con un misto di lusinga, curiosità e dispetto il fatto che sui media il suo nome compaia sempre in posizione subordinata rispetto a quello della Cardinale: «Sono l'unico regista italiano a essere stato invitato alla Casa Bianca dal presidente Carter per la proiezione di un film, *Il prefetto di ferro*, e tutti mi indicavano come il marito della Cardinale... E per me era un onore. Amore, sentimenti, tutte cavolate. La verità vera è che ho liberato Claudia da una corte di sfruttatori, ho salvato un soldato ferito bloccato in una trincea dal fuoco nemico».

Il regista e l'attrice hanno vissuto insieme per diciotto anni, dal 1975 al 1993, quando lei si è trasferita a Parigi perché la figlia studiasse e si laureasse alla Sorbona. Da quanto tempo vi considerate liberi?, chiedo a Squitieri. «Non ci siamo mai posti questo vincolo tradizionale, è un'ipocrisia.» «Ognuno dei due è libero» conferma Claudia «ma ci sentiamo quasi ogni giorno. Appena ho bisogno di un consiglio, chiamo sempre lui.»

Dal 2003 Pasquale è il compagno di Ottavia Fusco, versatile attrice e cantante piemontese, assai più giovane di lui. Lo rese noto lei stessa nel 2008 a «Diva e donna» per diradare i dubbi circa il rapporto tra Squitieri e la Cardinale. Ma da queste interviste si capisce che la solidità del loro legame prescinde da quella che abitualmente si chiama «fedeltà». «E io non sono certo gelosa delle sue amicizie femminili» precisa Claudia.

Claudia Cardinale, come si può immaginare, è stata molto corteggiata. «Steve McQueen veniva a casa mia, ma non abbiamo mai mescolato l'amicizia con altre cose. Con Jean-Paul Belmondo ci vediamo sempre, come con Alain Delon. Luchino Visconti sosteneva che io e Alain saremmo potuti diventare una coppia mitica. Quando nel *Gattopardo* dovevamo baciarci, Luchino mi diceva: "Claudine, la lingua. Voglio vedere la lingua...". Mastroianni? L'ho incontrato sul set del mio primo film, *I soliti ignoti*. Poi abbiamo fatto insieme *Il bell'Antonio* a Catania. Mauro Bolognini, il regista, mi ripeteva: "Perché qualche volta non gli fai un sorriso?". Una sera, mentre mi celebravano alla televisione francese, lui si alzò dalla poltrona, salì sul palco e mi disse: "Non mi hai mai creduto, ma io ti ho sempre amato". E io gli tiravo i calci da sotto l'abito da sera...»

Claudia, oggi, mi conferma di essersi pentita di non aver ceduto alla corte di Marlon Brando: «Avevo due miti. Lui e Brigitte Bardot, al punto che da ragazzina, in Tunisia, portavo la coda di cavallo come lei. Girammo insieme in Spagna un film, *Le pistolere*, i paparazzi impazziti dicevano BB contro CC, la bionda contro la bruna, si ammazzeranno, e invece, quando mi hanno decorato con la Legion d'onore, lei mi ha mandato un messaggio affettuoso: "Alla mia amata pistolera...". Con Brando com'è andata? Quando sono arrivata in America per un film, lui ha bussato alla mia porta, sapeva di essere il mio idolo e ci ha provato. Poi ha detto: "Ho capito, sei del segno dell'Ariete come me, non cadi". Ma appena ha richiuso la porta, mi sono detta: "Sei proprio una scema"». «Proprio una scema» conferma Squitieri. «È come se io avessi rimandato indietro Marilyn Monroe. Ma stiamo scherzando? Quelle sono esperienze importantissime...»

Il regista, però, non crede che la Cardinale abbia chiuso la porta a tutti, come dice lei. «Per esempio, non a Jacques Perrin, che è stato con lei l'interprete della *Ragazza con la valigia* e adesso fa il produttore. Ne abbiamo riparlato recentemente, quando abbiamo fatto il film su Claudia. È stato un amore bellissimo tra due ragazzi, ma c'è stato. E anche con Belmondo... Storielline, d'accordo.»

«Pasquale è stato davvero l'unico uomo della mia vita» mi conferma Claudia alla fine della nostra conversazione. Lei, che ai tempi della *Pantera rosa* fu definita da David Niven «la più grande invenzione italiana insieme agli spaghetti». «La definizione fu ripresa dal quotidiano inglese "Independent"» ricorda lei «e rilanciata dall'ambasciatore italiano a Berlino in occasione di una serata per i 150 anni dell'Unità d'Italia.» Non male, per una ragazza che è diventata attrice controvoglia...

Anna Magnani e Ingrid Bergman, rivali in amore

Un amore «triangolare» che, tra gli anni Quaranta e Cinquanta, fece impazzire i cacciatori di gossip fu quello tra Roberto Rossellini, Anna Magnani e Ingrid Bergman. Rossellini e la Magnani erano quasi coetanei (lui nato nel 1906, lei nel 1908) e conquistarono insieme il primo grande successo internazionale nel 1945 con *Roma città aperta*: la scena della Sora Pina che insegue un camion tedesco in cui era stato rinchiuso il marito e viene falciata dai nazisti è una delle più celebri della storia del cinema. Entrambi erano sposati da una decina d'anni. Matrimoni tormentati, specie quello di lei che, per avere un figlio, dovette aspettare d'incontrare un giovane e bellissimo attore, Massimo Serato, il quale poi si rifiutò di riconoscere il bambino costringendola così a dargli il proprio cognome, che peraltro era quello materno. Anche Rossellini aveva avuto nel 1941 dalla moglie un figlio, Renzo Rossellini jr, che avrebbe fatto il regista.

Quando nel 1948 lavorarono insieme a un film di non grande successo, *L'amore*, Rossellini e la Magnani erano già coinvolti in una storia sentimentale che, dato il carattere passionale di lei, doveva essere di puro fuoco.

Nel 1948 Ingrid Bergman, che aveva da poco superato la trentina, era già una star internazionale. Nel 1942 aveva ottenuto un clamoroso successo interpretando *Casablanca* accanto a Humphrey Bogart e nel 1945 aveva vinto l'Oscar come miglior attrice per *Angoscia*, il film di George Cukor. Reduce da un matrimonio fallito e da una breve relazione con il celebre fotografo di guerra Robert Capa, che la esortava a guardare al cinema europeo, restò affascinata da *Roma città aperta* e da *Paisà*, e scrisse a Rossellini una lettera alla quale nessun uomo avrebbe saputo resistere: «Se ha bisogno di un'attrice svedese, che parla molto bene l'inglese, che non ha dimenticato il tedesco, non riesce a farsi capire molto bene in francese e in italiano sa dire soltanto "ti amo", sono pronta a venire in Italia per lavorare con lei». La lettera fu recapitata al regista mentre pranzava con la Magnani all'hotel Luna di Amalfi. L'attrice reagì lanciandogli addosso un piatto di spaghetti.

Rossellini, comunque, la fece grossa. Infatti, mentre stavano per iniziare le riprese di *Stromboli terra di Dio* con la Magnani protagonista, cambiò idea e, su due piedi, affidò il ruolo alla Bergman. La vicenda drammatica della lavorazione del film è raccontata da Marcello Sorgi (*Le amanti del vulcano*) e da Mimmo Carratelli (nell'articolo *La Stromboli selvaggia di Ingrid e Rossellini*). Stromboli, con i suoi 370 abitanti, offriva allora uno spettacolo assai più struggente di quello di oggi. Era collegata al continente con un postale che partiva da Napoli una volta alla settimana. Rossellini, la Bergman e la troupe salirono, invece, su un barcone da pesca lungo quindici metri, caricandovi tutto il materiale tecnico e ogni genere di viveri. L'arrivo, dopo quattro ore di navigazione, per una scandinava di formazione anglosassone fu leggendario, grazie anche a un'eruzione in corso. Nell'isola non c'era un albergo e non c'era un telefono. Rossellini scelse per alloggio una casa rosa di fronte al mare, e lì nacque l'amore.

Oltre ai fotografi richiamati dalle voci sulla relazione tra l'attrice e il regista, piombò alle Eolie anche la Magnani, così inferocita da chiedere al regista tedesco William Dieterle di girare in quattro e quattr'otto un film concorrente a quello di Rossellini, *Vulcano*. Le riprese avvennero contemporaneamente, e si racconta che la Magnani, la sera, scrutava all'orizzonte le fioche luci provenienti da Stromboli, quasi a voler controllare da lontano l'amante ormai perduto. Dieterle se la cavò con sette settimane di riprese, meno della metà di Rossellini. Gli incassi di *Stromboli*, però, sommersero quelli di *Vulcano*. La beffa estrema per la Magnani fu che il 2 febbraio 1950, durante la prima del suo film, giornalisti e fotografi abbandonarono di corsa la sala perché la Bergman aveva partorito Robertino, il figlio di Rossellini.

Il puritanesimo americano non perdonò all'attrice svedese la sua relazione con il regista italiano. Esaltata fino a quel momento come modello di donna e di madre, la Bergman fu definita «l'apostolo della depravazione di Hollywood». Suo marito chiese il divorzio e ottenne l'affidamento della figlia, Pia, che confessò: «Non ho mai voluto bene a mia madre». L'opinione pubblica, però, s'intenerì quando nel 1952 nacquero le due gemelle, Isotta e Isabella. Ingrid dichiarò alla stampa di aver ritrovato a Roma la serenità, ma gli altri film che girò con Rossellini andarono malissimo, mentre la Magnani si prese la sua rivincita aggiudicandosi l'Oscar nel 1956 per *La rosa tatuata* (1955). L'anno successivo la Bergman, tornata trionfalmente a Hollywood, vinse il suo secondo Oscar con *Anastasia*, accanto a Yul Brynner. Nel 1957 Rossellini partì per l'India, da dove tornò con un documentario e una nuova compagna, Sonali Das Gupta. Cinque anni dopo la Bergman sposò un impresario teatrale svedese.

Anna e Ingrid morirono entrambe di tumore: la Magnani nel 1973, a 65 anni; la Bergman nel 1982, a 67. Rossellini, invece, morì d'infarto nel 1977, a 71 anni, subito dopo aver presieduto la giuria del Festival di Cannes. Commentò la Bergman: «Roberto è morto rapidamente, com'era vissuto».

Ornella Vanoni e Gino Paoli, amore e sofferenza

«Anche quando ho incontrato Gino Paoli ho sentito le arpe suonare» mi racconta Ornella Vanoni. «Avevamo entrambi 25 anni, abbiamo scoperto insieme la musica e l'amore. Io cantavo la "mala", conoscendo lui sono passata alla canzone. [*"Senza fine" fu un successo clamoroso.*] Prima di metterci insieme, ci abbiamo girato intorno molto tempo. A lui avevano detto che ero lesbica, a me che lui era gay. "Lascia che lo dicano," mi sussurrava Gino "così intanto scopo in pace le loro mogli..." Dopo settimane ci siamo chiariti: "Tu sei lesbica?". "No." "E tu sei gay?" "No." Allora è scoppiato l'amore.

«Lui, naturalmente, mi ha detto che eravamo liberi, anche se invece era, come si dice?, "lievemente sposato", e la moglie Anna, povera, piangeva sempre. Ero o non ero una donna di mondo? Ero o non ero stata la compagna di Strehler? E allora... È durata tre o quattro anni, ma non siamo mai vissuti insieme. Lui era sposato, io fidanzata con Lucio Ardenzi [*importante impresario teatrale*], che poi ho sposato anche se volevo scappare la sera prima del matrimonio. Ma come si fa? Chi lo dice a mamma e papà? Il vestito è già pronto... Io, però, sapevo che non poteva funzionare. Abbiamo fatto un figlio, Cristiano, che si avvia verso i 50 anni e mi ha dato dei nipoti. Ardenzi mi ha fatto recitare *L'idiota* di Achard, a Parigi lo faceva la Girardot: fu un successo grandissimo. Mi ha lanciato più come attrice che come cantante: ero un elemento erotico, diceva, ma non mi aiutava a essere popolare. Non piacevo alle donne, agli uomini penso di sì. Poi, piano piano, sono venuta fuori e ho scelto la musica. Come attrice avevo già avuto successo e ho deciso allora di sfidarmi: "Vanoni, adesso tu ti ammazzi, ma canti". E ho cantato. Oggi, quando canto, mi diverto e sono felice.

«Ho avuto altre storie importanti, sempre fondate sulla passione. Il problema è che una storia da tre mesi deve durare tre mesi, e invece la facciamo durare tre anni in attesa che si modifichi. L'amore più grande? Se per "grande" s'intende quello per cui ho sofferto di più, allora Paoli. Ma anche un avvocato veneziano, una storia di quindici anni fa: siamo stati insieme quattro anni e ci vogliamo ancora bene. Non ho un compagno da dieci anni e sono una donna felice. Certo, mi dispiace non poter condividere con un uomo che stimo le tenerezze e le cose della vita. Ma non è facile trovare uomini così, che a una certa età non abbiano con sé un bagaglio enorme e credano ancora nell'amore, nella tenerezza, nella condivisione. E, poi, io sono piuttosto impegnativa, anche sotto il profilo intellettuale.

«Gelosa? Credo di esserlo stata nella misura giusta, mai ipergelosa. Se esci con un uomo che, al ristorante, guarda una donna dell'altro tavolo, non è carino, ti senti sottovalutata. E se la realtà ti dice certe cose, più che gelosa ti senti umiliata. Tradimenti? Le donne ormai tradiscono quanto gli uomini perché non danno più importanza al sesso. Ma se un uomo molto innamorato può tradire, la donna molto innamorata non lo fa. È la prova della fragilità maschile, di chi vuole dimostrare a se stesso di essere un figo, di avere molto fascino. Ma il rapporto uomo-donna sta peggiorando. Vedo ragazze giovani e carine sole, c'è troppa offerta femminile, mentre gli uomini sono rimasti gli stessi: da un lato gli è tolto il piacere della conquista, dall'altro si spaventano e scappano. Le donne, infatti, sono diventate anche troppo aggressive e hanno poca stima degli uomini. Vittorio, l'avvocato veneziano che ho amato molto, mi diceva: "Ornella, mi dispiace deluderti, noi uomini siamo molto più banali". Che cosa vogliono le donne dagli uomini? La maggior parte cerca soldi e una bella vita. C'è una frase di Gaber: "Una donna che vuole un uomo concreto come un sognatore". È un ossimoro, ma è bello. Io vorrei un uomo così. Sebbene amore può essere anche entrare in un bar, vedere di spalle una ragazza con la testa reclinata perché è triste, avvicinarsi senza conoscerla, accarezzarle i capelli e abbracciarla. Non è questo l'amore universale di cui parla Gesù?»

Catherine Spaak: «Quando mi arrestarono con la mia bambina»

Catherine Spaak aveva 17 anni quando si sposò con l'attore Fabrizio Capucci, che ne aveva 24. «Era un amore tra ragazzi inesperti e molto immaturi. Potevamo fare solo guai.» Il frutto di quell'amore, Sabrina, nata nel 1963, fu un guaio? «Non l'ho mai considerata tale» mi risponde Catherine. «Semmai lo è diventato. Ma non lo fu all'inizio. Quando nacque, io ero molto preoccupata anche delle reazioni dei miei parenti, vista l'età che avevo. Venne a trovarmi mio zio Paul-Henri [*Paul-Henri Spaak, uno dei padri dell'Europa, firmò per il Belgio i Trattati di Roma del 1957*], al quale pure ero molto legata: non lo ricevetti, perché mi vergognavo. Sabrina nacque in aprile e il rapporto con Fabrizio degenerò prestissimo in stanchezza e incomprensioni. Io avevo cominciato a lavorare, e lui non mi aiutava. Provavo una grande solitudine. Così, in ottobre presi la bimba e salii sul primo treno per Parigi. Mi arrestarono alla frontiera, alla stazione di Bardonecchia. Avevo mia figlia segnata sul passaporto, mi rifiutai di scendere, e allora mi tirarono giù dal treno in manette. L'accusa era di abbandono del tetto coniugale e violazione della patria potestà. Mi trattennero qualche ora in caserma e poi mi accompagnarono a Roma: avevo una mano libera, l'altra ammanettata. I fotografi erano come impazziti, e per riprendermi sfondarono un finestrino. Alla stazione di Roma trovai mezza famiglia Capucci. Mi chiesero se volevo tornare a casa, risposi di no. Mi accompagnarono in albergo con la bambina. La sentenza arrivò prestissimo: ritiro del passaporto italiano (ma avevo quello francese, e loro non lo sapevano) e affidamento di Sabrina alla nonna paterna. Ricordo perfettamente la frase scritta sul provvedimento: "La madre – essendo attrice e quindi di dubbia moralità – non può tenere con sé la bambina".

«Se provavo l'amore materno? Certo, ho lottato per avere Sabrina. Da giovane avevo un carattere molto battagliero ed ero esaltata dalle difficoltà. Dopo l'affidamento della bimba alla nonna, andai in Francia dove avevo un impegno con Roger Vadim [*per girare il film "Il piacere e l'amore"*]. Avevo bisogno di lavorare, dovendo pagare una grossa cifra per il mantenimento di Sabrina. Potevo vederla una volta alla settimana e raramente mi veniva consentito di portarla a casa, e comunque solo per qualche ora. Non ha mai potuto fermarsi a dormire da me fino all'età di 12 anni, e forse appena un paio di anni prima ho potuto parlarle da sola. Anche durante le vacanze erano spesso presenti il padre, la nonna, gli zii. Sabrina, del resto, non aveva molta voglia di vedermi: non ero forse la madre cattiva, l'attrice che l'aveva abbandonata?

«A 12 anni era visibilissimo il suo turbamento: si trovava davanti due madri, quella che vedeva e quella che le era stata a lungo descritta. Un'autentica dissociazione. Poi i rapporti si sono un pochino normalizzati, ma quando, un anno dopo, le ho chiesto se voleva vivere con me, ha risposto che si sentiva più sicura dalla nonna. Avrei potuto cercare di impormi, ma desideravo rispettare le sue decisioni. Seguirono anni di aperture e di chiusure, una guerra senza mai una pace definitiva.

«Un giorno subì un gravissimo incidente stradale: finì con il motorino contro un palo ed ebbe una tremenda emorragia, e si salvò solo grazie al coraggio di un chirurgo, che decise di operarla anche in quelle condizioni. È successo circa vent'anni fa, quando lei era ormai grande. Le stetti accanto in ospedale per tutto il mese di agosto. Poi rimase per un mese a vivere con me e le consigliai un corso di Quadrinity Process, che avevo fatto anch'io prima dei quarant'anni. Serve a compiere una rivisitazione molto profonda della tua infanzia e delle persone che ti hanno allevato e che ti sono state vicine. In quel periodo conducevo il programma televisivo "Harem", lei veniva a trovarmi in redazione e io la portavo spesso in campagna, vicino a Orvieto, per agevolare la riabilitazione. Sembrava un rapporto recuperato. Nel frattempo era diventata una brava attrice: ha lavorato anche con Luca Ronconi. E invece, un giorno, venne in redazione e mi disse che non le piacevo più. Da allora è scomparsa.

«Fabrizio? Dopo quello che era successo con Sabrina, ce l'avevo con la sua famiglia. Quando, molti anni fa, ha avuto problemi di salute, mi sono interessata, ci siamo rivisti e sentiti qualche volta. Lui si è risposato e ha avuto altri figli da madri diverse.

«Sono diventata mamma per la seconda volta a 27 anni. Ero serena, tranquilla. Gabriele nacque nel 1971 dalla mia relazione con Johnny Dorelli. Sono stati anni molto allegri, molto felici, molto belli. Quanti? Io dico diciassette, Johnny dice meno, e mi fido della sua memoria. Ci siamo conosciuti nel 1968 durante le riprese del film *La vedova allegra*, ma non ci siamo messi insieme subito perché lui stava con Lauretta Masiero. Gabriele ha ormai 40 anni, ha lavorato parecchio con me, ha prodotto tanti spettacoli teatrali, ora sta realizzando il suo primo "corto" come regista. In quarant'anni abbiamo fatto grandi liti e grandi riconciliazioni. Adesso ha una bambina di 5 anni e io sono andata alla sua recita scolastica.

«Dorelli? Ci sentiamo, ci parliamo, ci raccontiamo tante cose. La storia con Orso Maria Guerrini, invece, non è stata né lunga né importante. È stata un'amicizia più che un amore. Un rapporto contrastato, fra due caratteri incompatibili. L'ultima volta che mi sono innamorata è stato dopo il 2000. Una storia durata cinque anni e finita molto male. Da allora, basta.»

Come cambia l'amore nel corso degli anni? «Cambia totalmente. Da giovane ti sembra tutto possibile, credi di avere la forza di realizzare ogni aspirazione. L'ho fatto nell'amore, nei sogni, nei progetti. Ho un bel rapporto con l'Invisibile, e dato che non potevo contare sugli umani, sono stata aiutata, sostenuta e protetta dagli spiriti. (Non è una religione, piuttosto una filosofia di vita, orientale ma senza etichette.) Poi, naturalmente, con il proseguire della vita molte cose non vanno bene e capita che gli spiriti non ti aiutino. Arriva il momento in cui sei stufa di vedere le stesse cose e le stesse persone, di ripetere gli stessi errori, e ti fermi. Fermarsi al momento giusto è fondamentale. In certi momenti bisognerebbe disfare tutte le maglie sbagliate della vita, come se fosse un pullover, e ricomporle in modo diverso. Ma occorre un grande coraggio per compiere questa operazione.

«Voglia d'innamorarmi di nuovo? Sto benissimo così. Dovrei incontrare una persona molto speciale per farlo. Un uomo e una donna, per realizzarsi, non hanno assoluto bisogno di un compagno. Io non avverto la solitudine, ho tanti interessi e tante passioni. È appena uscito *L'amore blu*, un mio romanzo in cui un ragazzo insegna che cos'è l'amore a una donna che ha vent'anni più di lui. E, in più, ho aperto un piccolissimo albergo di cinque stanze in Sabina...»

Catherine parla seduta su un grande divano dell'incantevole rifugio nel cuore di Roma che occupa da molti anni. Le travi sul soffitto scaldano il piccolo attico, un terrazzino si apre sui tetti. C'è un silenzio irreale, rotto ogni tanto dal fruscio d'ali di un gabbiano, un merlo, un passerotto che vengono a becchettare. E filtra un raggio di sole a illuminare di taglio un volto ancora molto bello.

XIII

Amore e spettacolo
Oggi

Elisabetta Canalis: «George è stato un fidanzato meraviglioso»

In Italia, la coppia artistica che ha battuto ogni record di durata è stata quella di Raimondo Vianello e Sandra Mondaini, così teneramente uniti – al di là del «Che barba, che noia!» della vita coniugale rappresentata in Tv – da andarsene praticamente insieme. A proposito di longevità di «rapporto d'ufficio» è impossibile pensare a Dario Fo senza Franca Rame e a Adriano Celentano senza Claudia Mori. Brad Pitt e Angelina Jolie si sono innamorati sul set di *Mr. & Mrs. Smith* e la conseguenza sono stati sei figli. Più recenti sono le relazioni fra Riccardo Scamarcio e Valeria Golino (con crisi ricorrenti), Stefano Accorsi e Laetitia Casta. Gli scenografi Dante Ferretti e sua moglie Francesca sono così uniti da aver diviso perfino i premi Oscar. «Lei è la mia tre quarti, io sono solo un quarto» è stata la dichiarazione d'amore di Dante rilasciata a Laura Laurenzi per «la Repubblica» (17 luglio 2010).

Ma nessuna storia di coppie dello spettacolo internazionale ha fatto tanto rumore come quella tra Elisabetta Canalis e George Clooney. È cominciata con una cena (Hotel Majestic di Roma) il 22 luglio 2009, ed è finita con una cena (Gatto Nero di Cernobbio) il 16 giugno 2011. Lei, 33 anni, sarda di Sassari, laurea in lingue e letterature straniere, dopo il successo come «velina» di «Striscia la notizia» (1999-2002) ha partecipato a sei film, cinque fiction e quindici programmi televisivi, di cui l'ultimo (*Dancing with the Stars*), a Los Angeles, le ha procurato una certa popolarità internazionale, anche se Elisabetta è stata eliminata presto («La prima puntata è stata vista da 90 milioni di spettatori. Grazie al programma in lingua inglese, adesso ho fan che mi scrivono da tutto il mondo, dalla Cina all'Australia»). Lui, 50 anni, indicato per due volte a distanza di tempo dalla rivista americana «People» come l'uomo più sexy del mondo, alla grande fama di attore ha aggiunto dalla fine del 2011 la definitiva consacrazione anche come regista (*Le idi di marzo*, presentato al Festival di Venezia con esito trionfale).

«Ho avuto solo due relazioni importanti nella mia vita» mi dice Elisabetta. «Una, con Christian Vieri, è durata tre anni. L'altra, con George, è durata due. In entrambi i casi non ho avuto il colpo di fulmine, in entrambi i casi "lui" mi ha conquistato piano piano. Quando ho incontrato Christian, eravamo tutt'e due molto giovani: io avevo 21 anni, lui 26. Ma il nostro lavoro ci ha dato la possibilità di fare una vita da adulti: vivevamo da soli già da qualche anno.» Entrambe le storie sono state molto coinvolgenti per Elisabetta, ed entrambe sono finite. Perché? Quanto c'è di vero nella sua fama di donna che si distrugge da sola? «Sono attratta, purtroppo, da uomini dal carattere molto forte e che hanno obiettivi ben precisi. Chi ha un carattere forte raggiunge in genere i suoi obiettivi, ma difficilmente è generoso nei sentimenti. Spende molto del suo impegno e della sua passione per ottenere ciò che si è prefisso. E, anche se inconsciamente, finisce con il mettere la propria compagna in secondo piano. Sia Christian sia George sono innamorati soprattutto della loro carriera. Ma a me è capitato di incontrare uomini simili anche nelle relazioni più brevi.»

Elisabetta giudica il rapporto con Clooney come il frutto di «un grande amore: è stato davvero come vivere in una favola». Le dico che sono rimasto colpito dalla signorilità personale e professionale dell'attore-regista americano, e lei conferma: «George è un gran signore anche nella vita privata. Sono stata molto rispettata come donna e come compagna». E molto corteggiata? «Sì, devo riconoscere di sì. È la persona che ha più valorizzato la mia sensibilità femminile. È stato un fidanzato meraviglioso, ma anche una delle persone migliori che abbia incontrato per la sua umanità. Una delle più belle e delle più generose verso chi ha poco o niente. Prima di conoscerlo, su molti temi ero superficiale. Lui mi ha aiutato a considerare le cose sotto un profilo più profondo. È stato per me una persona speciale, molto importante come può esserlo un padre.»

È stato più un padre o un compagno di vita? «Tra noi c'è stato più un rapporto padre-figlia. Non avevo potuto chiarirlo serenamente finora perché – io che pure ero abituata a parlare a ruota libera con i giornali – ho dovuto ritrarmi leggendo le invenzioni più assurde.» Come quella che il legame con Clooney sarebbe stato regolato da un contratto? «Questa è una storia pazzesca. Alcune mie amiche avrebbero visto sul suo tavolo un contratto da 50.000 dollari l'anno? George Clooney ha bisogno di contrattualizzare una donna? Eppure, di ombrellone in ombrellone, di parrucchiere in parrucchiere...»

La decisione di concludere la storia è stata comunicata il 22 giugno 2011 con due righe scritte a nome di entrambi: «Non stiamo più insieme. È molto difficile e molto personale, per questo speriamo che venga rispettata la nostra privacy». È stata davvero una decisione comune? «Assolutamente sì.» Improvvisa o meditata? «Non c'è stato niente di improvviso e niente di traumatico.» È vero che eravate arrivati a un passo dal matrimonio? «Questa è un'altra cosa che mi fa sorridere. Io e George non abbiamo mai parlato di matrimonio, e mai di figli. Non metto limiti alla possibilità di averne, ma né io né lui abbiamo mai ipotizzato di avere figli insieme. La chiusura del rapporto non è stata affatto determinata da una presunta questione matrimoniale, ma da nostre esigenze personali.»

E così Elisabetta si trova a Los Angeles sola, libera e bella... «È la prima volta che resto single per alcuni mesi dopo la chiusura di una storia. Con Christian non andò così. Adesso sono diventata più cauta. Negli Stati Uniti gli uomini sono spaventati da me, hanno paura a uscire per un drink. Non è curioso? Devo trovare un uomo forte che non si faccia spaventare dalla mia scorza un po' dura e sappia andare oltre.» E, visti i precedenti, che non sia troppo concentrato sulla carriera... «Già, ma non sopporterei nemmeno un uomo totalmente concentrato su di me. L'ideale sarebbe una via di mezzo.»

Eppure, Elisabetta Canalis dice di essere generosa in amore: «Mi sono gettata anima e corpo nella relazione con George. Quattro giorni dopo averlo conosciuto ho fatto le valigie e sono andata a vivere con lui. A giugno, dopo la rottura, sono tornata a vivere da sola e mi sono buttata sulle tante occasioni di lavoro vivendo a trecento chilometri all'ora. Mi alzo alle 6 di mattina e lavoro dieci ore senza battere ciglio. Ma se m'innamoro di uno che vive alla Guadalupa, mollo tutto e scappo da lui». Che differenza c'è, sentimentalmente, tra gli uomini italiani e americani? «L'americano è più aperto, più disponibile a manifestare le proprie emozioni. È più difficile che un italiano si apra subito, anche se generalizzare non ha senso.»

Elisabetta vuole godersi fino in fondo il successo americano. «La fine della relazione con George non mi ha affatto danneggiata. Sono stata con un uomo famoso in tutto il mondo, penso di andare avanti ugualmente da sola. Devo riuscire a dimostrare quel che valgo, come ho sempre fatto. Io devo tutto ai dodici anni di lavoro svolto in Italia tra cinema e televisione. Ma qui sto vivendo un sogno. Riuscire ad affermarsi in un paese diverso dal tuo, parlando una lingua che non è la tua davanti a decine di milioni di persone, mi carica di un'energia positiva fortissima.»

Lei era sbarcata a Los Angeles per seguire George Clooney. E l'ha seguito tante volte a villa Oleandra, sul lago di Como. Qualche nostalgia? «Nessuna. Io sono nata su un'isola, ed è difficilissimo che un isolano vada a vivere in riva a un lago. A me è capitato, ma penso sempre che, quando sono in Italia, in meno di un'ora posso tornare nella mia Sardegna. Mi manca moltissimo. E il mio futuro, in fondo, sarà lì.»

Belén, Borriello e la crisi dell'«Isola»

Belén Rodríguez, 27 anni, ha scelto invece, finora, i suoi amori fuori dal mondo dello spettacolo. «Appena arrivata in Italia nel 2004» mi racconta «dopo qualche storiella senza importanza mi sono perdutamente innamorata di Marco. Se sono rimasta qui, è per amore suo.» Marco è Borriello, il calciatore della Roma. Che cosa aveva di diverso dagli altri? «Era un ragazzo napoletano solo, indipendente, molto divertente. Bello come il sole, una bellezza stravolgente...» Belén vorrebbe trovare altri aggettivi, e si sente che il suo ricordo di Borriello è ancora molto forte. «Eravamo piccoli: lui 22 anni, io 19. Abbiamo vissuto insieme quattro anni come se fossimo sposati.»

Primo incontro? «In Sardegna, alla discoteca Billionaire. Lui era corteggiatissimo dalle ragazze, io seduta sulle scale del bagno. Era la prima volta che, da modella, mi portavano lì. La Sardegna, allora, era vivissima, ma io mi annoiavo, non conoscevo nessuno, non parlavo italiano. Quella sera guardai Marco e rimasi sconvolta per quanto era bello. A lui feci lo stesso effetto, e andammo via insieme. Abbiamo fatto l'amore subito, capisci il colpo di fulmine?, ci siamo fidanzati immediatamente e, dopo due giorni, andavamo insieme dappertutto.»

Ricordi? «Una storia di amore puro, più di così è impossibile viverne una. Ma ci siamo conosciuti nel periodo sbagliato, eravamo troppo giovani. Sarebbe stato diverso se io avessi vissuto qui con la mia famiglia... Lui, poi, aveva perso il papà molto giovane. Insomma, abbiamo bruciato un periodo importante della nostra vita, e io ne ho tratto molti insegnamenti, ma non consiglio a nessuno un'esperienza così prematura. Da ragazzi bisogna vivere la vita dei ragazzi.»

Motivo della crisi? «La gelosia. Una gelosia assurda rovinò la nostra relazione.» Se foste stati più maturi, vi sareste sposati? «Non mi piace pensare a un'ipotesi del genere, perché screditerei l'amore che provo oggi per un'altra persona, ma è probabile che la storia con Marco avrebbe avuto un'evoluzione diversa. Eppure, ogni cosa succede perché deve succedere. Io credo nella vita del giorno dopo giorno, nella legge di attrazione. In ogni momento, devi conquistare le tue cose.»

La loro storia finì per colpa di un pettegolezzo maturato nell'autunno del 2008 durante le riprese dell'«Isola dei famosi». Vladimir Luxuria – già deputata di Rifondazione comunista e vincitrice dello show battendo proprio Belén in finale – rivelò che sull'isola era voce comune che la ragazza di Borriello si fosse baciata con Rossano Rubicondi, l'affascinante marito della miliardaria americana Ivana Trump, e che lei stessa le avrebbe confessato di temere di essere stata inquadrata dalle telecamere.

Belén ribadisce la smentita che fece allora: «Sull'isola non puoi, non dico fare sesso, ma nemmeno scambiarti un bacio senza che le telecamere ti riprendano. Le confidenze con Luxuria, che consideravo una persona intensa e intelligente, nacquero da ragionamenti stravaganti frutto del digiuno che ci veniva imposto. Due mesi praticamente senza cibo mi avevano fatto perdere del tutto la lucidità. Sparavo cavolate colossali. Me ne resi conto solo quando potei mangiare il primo panino. Guai a chi sostiene che il digiuno purifica il corpo e la mente...».

D'accordo, ma con Rubicondi un certo feeling era nato... «Un flirt sessuale non è mai esistito. Non c'era attrazione fisica. Nel clima dell'isola, terribilmente condizionato dall'assenza di cibo e da privazioni alle quali non sei abituato, ogni sensazione che sostituisca quel che ti manca è importantissima. Rossano era simpatico e il suo modo positivo di guardare le cose mi faceva star bene. In altre condizioni, non me ne sarei accorta. Perché Luxuria ha tirato fuori questa storia? Credo perché gli autori del programma le domandarono di far alzare lo share...»

Borriello la prese male... «Malissimo. Lui mi chiedeva se Rossano mi piaceva, e io gli rispondevo di no, mi portava solo gioia e allegria in un momento non facile. Ma il mondo del calcio è molto difficile, direi molto immaturo, nel senso che basta una piccola contrarietà a produrre risultati negativi sul campo, anche se hai un talento illimitato. Negli spogliatoi puoi scherzare con il gossip, ma se vai in campo e i tifosi ti fanno i cori, sono guai. A Marco fecero i cori su Rubicondi, e lui ne risentì psicologicamente. E questa fu una cosa brutta, brutta, brutta. Se la tua compagna partecipa a un reality, è fatale che queste cose succedano, e tu devi tapparti le orecchie. Invece Marco è assai orgoglioso, e questa storia lo ferì moltissimo. Era già capitato in passato di lasciarci. Una volta, in particolare, per me era stata molto dura. Ero tornata in Argentina dai miei e, quando ci rimettemmo insieme, giurai che non avrei mai più sofferto così. Al ritorno dall'"Isola" Marco non voleva più vedermi e nemmeno parlarmi. Questa storia mi aveva fatto arrabbiare al punto che, quando finalmente ci incontrammo e lui mi chiese: "Mi ami?", io gli risposi: "Non lo so". Lo feci per ripicca, ma da allora non ci siamo più visti. Lì per lì non capii che ci eravamo lasciati sul serio, dati i precedenti. C'era un turbinio di trasmissioni televisive e giornali che parlavano di noi, io ero piena di lavoro e non riuscii a gestire la storia. Soltanto sei mesi dopo che ci eravamo lasciati definitivamente, di colpo mi cascò addosso una grande tristezza.»

«Quando Fabrizio è posseduto dal demonio...»

«Amore significa felicità. Senza amore puoi avere tutto, ma non sei completo. Io sono una persona che in amore dà tutto, sono pronta a fare follie, ma quando una storia importante finisce, ho bisogno di elaborare il lutto tranquillamente, di vivere la sofferenza con i miei tempi. Perciò, quando, dopo la chiusura con Marco Borriello, ho cominciato a frequentare Fabrizio Corona [*37 anni, titolare dell'omonima agenzia fotografica*], non avevo le idee chiare. E ho impiegato molto tempo prima di ritrovare l'equilibrio perduto. Solo dopo un anno che stavo con lui ho scoperto di amarlo. Con Borriello ci fu il classico colpo di fulmine, con Fabrizio ci sono state delle pause, e il sentimento che ci lega adesso è più maturo, più razionale. Perché, dopo ogni pausa, siamo tornati insieme? Perché proviamo una forte attrazione fisica e mentale. Lui è geniale, a parte i momenti in cui il pensiero gli scappa via dalla testa. Purtroppo, gli è successo spesso di essere posseduto da un'altra entità che, se non è il diavolo, gli assomiglia assai. Ha vissuto periodi allucinanti come fosse un personaggio di un film di Al Pacino, ha perso la bussola, è finito in prigione...»

Belén lo ha aiutato a ritrovare la retta via? «Penso di sì, almeno in parte. Certo, lui rimane lui, con la sua personalità di fuoco, e un'adrenalina inesauribile. Lui è sempre preso dal lavoro, si alza alle 5 e mezzo, si siede al tavolino, scrive su un foglio le sue idee, va in palestra perché la cura del fisico fa bene alla testa, poi arriva in ufficio prima di tutti e, se è necessario, ci resta fino alle 11 di sera. Lavorare, lavorare, lavorare. Quando è troppo stressato, non dorme e ha gli attacchi di panico. Se si cura lo stress, dorme come un angelo, è tranquillo, ma non è lui. Allora smette e torna se stesso, ma, insomma, è diverso dal Fabrizio di tre anni fa: troppo matto, non mi piaceva.»

Siete gelosi? «Un pochino, ma solo un pochino, perché l'esperienza con Borriello mi ha dimostrato che la gelosia estrema non porta da nessuna parte. Se non sei un po' complice, dove vai? Non c'è logica a mettersi l'uno contro l'altra, a rinfacciarsi quegli aspetti che ti hanno fatto innamorare.»

Mai attratta da uomini maturi? «No, perché ho avuto un padre spettacolare. Le ragazze che s'innamorano degli uomini molto più grandi lo fanno perché cercano in loro il padre che non hanno avuto.»

Belén crede all'amore per sempre? «Sì, assolutamente. Spero di poter invecchiare accanto a Fabrizio. Certo, dopo anni – soprattutto se vissuti con la furia con cui li abbiamo vissuti noi – la passione può calare, ma subentrano altre forme di attenzione. In questo, noi donne siamo una specie strana, da studiare. In che senso? Se voi uomini avete bisogno di una cosa, la chiedete con chiarezza. Noi, no. Aspettiamo che capiate da piccoli indizi qual è il nostro desiderio. Desiderio, per dirla tutta, che nemmeno noi, certe volte, conosciamo fino in fondo...»

Che cos'è l'amore? «Il sentimento che porta alla realizzazione di se stessi. Un sentimento con molte facce: il tuo partner, gli amici, la famiglia. Tutte ti aiutano a costruire la tua personalità. L'amore si tramanda da una generazione all'altra. Tu sei figlio dell'amore di tuo padre e tua madre, e li ricambi amandoli. L'amore che hai ricevuto lo restituisci in forma diversa al tuo partner, poi al bambino che nasce dal rapporto con lui. Tutto si fa per amore.»

Desiderio di figli? «Se non hai figli, non puoi raggiungere la felicità completa. Io vivo attualmente in un mondo che mi dà molte soddisfazioni, ma non rappresenta la realtà. Un mondo che un giorno ti fa sentire una regina e l'indomani può portarti alla depressione. Questo mondo potrebbe crollare da un momento all'altro, e io sto cercando di costruirmi una realtà più vera e più durevole. Mi sento pronta ad avere un figlio? La responsabilità è così enorme che, se ci pensi troppo, non lo farai mai. Fosse per Fabrizio, avremmo già dei figli. Io so di essere giovane, di dover lavorare e, con un bambino, è difficile girare da uno studio all'altro. Il bambino deve crescere con te e, anche se è piccolissimo e non sa che cosa gli sta capitando intorno, percepisce perfettamente il tuo stato d'animo. Ma, ripeto, la felicità completa arriverà solo con un figlio...»

Antonella Clerici: «Donne, contate solo su voi stesse»

«Un consiglio alle donne? Non mollare mai, fare leva su di sé. Vedo donne che cercano il marito importante, il fidanzato importante. Ma la cosa che più conta è crescere al proprio interno, strutturarsi per avere, dopo, più forza. E la forza più grande che una donna può avere è dipendere solo da se stessa. Io so essere una geisha in amore e anche una peperina, quando serve. Ma se sono più malleabile di quanto non s'immagini, è perché, dentro, sono strutturata. Fare televisione non è facile: devi studiare, leggere, informarti, costruirti quello che non ricevi da nessuno. Il resto, invece, puoi trovarlo. Io ho visto passare tanti governi e tanti direttori. Se sono sempre qui, è perché il mio valore prescinde da quello che passa. Oggi non è difficile arrivare, ma restare. Lotta sempre se credi nell'obiettivo e fallo contando esclusivamente su te stessa.»

È questo il testamento spirituale di una grande professionista come Antonella Clerici, passata in più di vent'anni dal giornalismo sportivo al varietà, dalle trasmissioni di cucina al Festival di Sanremo senza battere ciglio, e avendo successo anche là dove (Sanremo soprattutto) pochi avrebbero scommesso su di lei. Me lo consegna in una lunga conversazione sulla terrazza della sua nuova casa in un quartiere residenziale di Roma Nord: grande, bianca, allegra e luminosa, perfettamente in tono con il carattere della padrona. Intorno a noi viene ogni tanto a giocare la sua bellissima bambina, frutto dell'amore con Eddy, il suo ultimo compagno, che a un certo punto si affaccia anche lui, protagonista di un rapporto intenso e complesso di cui parleremo più avanti.

A 26 anni, uno in meno di quanti ne ha Belén nel 2011, Antonella Clerici si sposò per la prima volta. «All'epoca facevo la giornalista sportiva per Telereporter a Rho, nel 1989. A

Desio feci un'intervista a un giocatore di pallacanestro quasi a fine carriera, Pino Motta, che aveva due anni più di me. Lui amava la vita di campagna, con i cavalli, le pecore e i maiali. Io ero una donna in carriera. Nel frattempo, infatti, ero passata alla Rai e andavo a Roma per condurre la trasmissione sportiva "Dribbling". Lui voleva al suo fianco una moglie "contadina", nel senso migliore della parola, mentre io scalpitavo, ero una donna di città, desiderosa di esperienze sempre nuove. Durò due anni e, quando eravamo già in crisi, conobbi quello che poi sarebbe diventato il mio secondo marito.

«Tutti gli incontri importanti della mia vita, con gli amici oltre che con gli amori, sono avvenuti in circostanze magiche: come se una stella si fosse posata su di loro. Alla fine del 1990 mi chiesero di fare "Ristorante Italia" per Rai International. Quando andai alla Rai di Milano per dimettermi, dopo aver litigato con uno dei due produttori del programma, vidi un uomo di spalle. Era il suo socio. Si voltò e disse: "Piacere, sono Sergio Cossa". Ti giuro che in un nanosecondo mi sono sentita perduta. Avevo 28 anni, lui 45. Bellissimo, identico a Richard Gere, charmant, pieno di donne. (Anche oggi, a 65 anni, è splendido.) Io mi sento sempre meno bella delle altre, sono insicura. Mi dissi: "Figurati, questo non mi guarderà mai". Ero ancora sposata, anche se il mio era un matrimonio in crisi. Mi corteggiò con acume e intelligenza, e nacque un grandissimo amore. Ma non voleva impegnarsi, non parlava di matrimonio, non voleva figli. In casa sua mi aveva dato un cassetto per metterci la biancheria, e basta. La mia famiglia non lo amava, i miei ripetevano: "Ma che uomo è, se a 45 anni non vuole impegnarsi?". Furono tre anni difficili. Alla fine, me ne andai. E lui perse la testa.

«Mi ha inseguito per anni. Mi chiamava da ogni angolo del mondo: "Ciao, sto rientrando da Santo Domingo. Ti vedo?". Lui arrivava, ma io non mi facevo trovare. (Quello che ho sofferto in tre anni, gliel'ho restituito con gli interessi. Quando ci siamo rivisti, avevo ormai 38 anni, ci siamo sposati. Ma è durata poco, un paio d'anni.)

«Poi sono andata a Roma e ho conosciuto un ragazzo, Paolo Dal Pino. Abbiamo vissuto due anni insieme. Lui lavorava alla

"Repubblica" e, appena ha fatto carriera, l'ho lasciato. Ma è la persona che mi ha dato di più. Se lo avessi incontrato con la testa di oggi, lo avrei sposato. Allora, a 33 anni, mi piaceva l'idea dell'amore sfuggente, passionale, che ti fa soffrire. E non ho apprezzato il suo vero valore. In una bellissima lettera mi scrisse: "Sei una donna fantastica che sta sempre troppo avanti, non riesci a vivere il momento giusto". Aveva ragione: questo è il mio difetto. Non riuscire a godermi un uomo avvolgente che mi riempiva di coccole. Sarà perché mi occupo io di tutto, mi trovai accanto un uomo al quale non ero abituata. Un viaggio? Già prenotato. Un piccolo desiderio? Esaudito. Aveva comprato una casa per noi dietro piazza di Spagna, venduta quando ci siamo lasciati. Paolo, poi, si è sposato e ha due bambini. Non ho rimpianti, ma la donna che gli sta a fianco è fortunata.

«Ho poi avuto una storia con un altro Paolo, direttore d'albergo che lavorava sulle navi da crociera. Non un grande sentimento, ma una vacanza perpetua, trattata sempre come una gran signora.»

«Quando Eddy venne meno ai patti»

Infine Eddy, il compagno attuale. «Un altro grande amore della mia vita. Un altro caso in cui la stella si è posata su di noi. Alla fine del giugno 2006 io ero single e mi trovavo a Marrakech con i miei più stretti collaboratori, che avevo l'abitudine di portare in vacanza con me per una settimana. Notammo un giovane dalla carnagione scura che parlava con la sua ragazza: era belga, di lingua fiamminga. Mi accorsi che questo ragazzo mi guardava, incuriosito dalla gente che veniva a chiedermi l'autografo. Ma questa chi è?, s'informò in giro. Una conduttrice, ha fatto Sanremo con Paolo Bonolis, ha un programma di cucina in televisione... La sua fidanzata partì un giorno prima di me e bastarono poche ore per conoscerci. Eddy era il vicecapo villaggio del Club Med di cui noi occupavamo un'ala separata. Mamma congolese, padre belga, era destinato a fare il capo villaggio e girare per il mondo. Parlava un po' d'italiano e ricordò di aver notato in televisione una con un grande seno che saltellava davanti ai fornelli. Scattò una prima simpatia. "Vivo una breve avventura" pensai. "Perché no?" Finì con un bacio e con lo scambio dei numeri di telefono, sicuri che non ci saremmo più rincontrati.

«Un giorno vedo sul cellulare il numero del Club Med di Marrakech, richiamo e comincia una relazione telefonica. Lui 29 anni, io 42. Scopro un ragazzo che si è fatto da solo, molto strutturato, che mi avrebbe sempre tenuto testa. Torno in Marocco per un weekend con un'amica, inizia un rapporto fisico travolgente, comincia una grande passione. Pochi giorni dopo, a Berlino, si gioca la finale dei Mondiali di calcio Italia-Francia. Io voglio andare, lui è molto tifoso, chiede un permesso, mi raggiunge, affittiamo un aereo con un paio di coppie di amici e partiamo. Il giorno dopo la finale, lui torna a Casablanca e mi manda un sms molto carino in inglese. Gli rispondo: "Perché non cerchi un lavoro in Italia?". Conclusione: ci siamo conosciuti il 26 giugno 2006, a fine agosto vivevamo insieme.

«Lui ha lasciato il suo lavoro al Club Med, io ho messo a rischio qualcosa: la mia immagine di donna tranquilla in un paese non abituato alla multirazzialità, un'età diversa (io ho tredici anni di più), e lui con un carattere molto forte, poco abituato ai fotografi che t'inseguono per strada. Abbiamo combattuto una sfida razziale, culturale, caratteriale. Lui ragiona di testa, io di pancia. Arriviamo sempre a scontri fortissimi. Ho cercato di spiegargli che, se sta con una donna come me, deve rispettare regole non scritte. Capisco, gli ho detto, che a te piaccia stare con i tuoi amici e ti sia difficile rinunciare alle discoteche (in Belgio fa freddo, si sta molto al chiuso) e tirare fino alle 7 del mattino: mediamo tra la tua giovinezza e i doveri di una vita con una donna popolare. Qui evita di mettermi in imbarazzo, di far scoppiare uno scandalo.

«Non mi ha ascoltato. È andato a Torino a trovare un amico tifoso del Bologna, che doveva giocare contro la Juventus. Il Bologna vince, lo prego di non andare in discoteca, lui ci va, una ragazza gli si avvicina, arrivano i fotografi che li riprendono in un atteggiamento affettuoso, e le foto, naturalmente, escono sui giornali. Lui è venuto meno ai doveri del suo ruolo e per due mesi (marzo e aprile 2011) ci siamo lasciati. Eddy è andato in Congo a ritrovare le sue radici, io sono rimasta vicina alla bambina. Poi lui ha detto che gli mancavamo e abbiamo ricomposto, ma le differenze tra noi permangono. Lui scalpita, io freno. Lavora nel mondo dell'arredamento e collabora con me in alcune produzioni, anche se gli dà fastidio essere catalogato come il fidanzato di... I miei uomini non hanno mai lavorato con me, ma Eddy ha talento, è molto bravo, a me piace avere autori giovani. Non è nepotismo fine a se stesso. Lui non fa il mantenuto: avrebbe potuto farlo, ma non ha voluto.

«Sono consapevole di tante differenze tra noi. Abbiamo una diversa concezione del divertimento: io sono appagata dalla mia carriera, lui se la sta costruendo. Quando lui avrà 40 anni sarà ancora un bellissimo uomo, mentre io sarò invecchiata e ci saranno in giro tante belle donne più giovani di me. Per me è faticoso essere perfetta, tenere sempre a bada i chili di troppo. Lui ha la "bellezza dell'asino", che io non ho più. Ma ho tante altre cose che le ragazze più giovani non hanno. Eddy resta il grande amore della mia vita, comunque vada a finire. Adesso, però, le cose vanno bene: io sono diventata meno ossessiva, ho rinunciato a plasmarlo a mia immagine e somiglianza. Lui ha capito che stando con una donna come me deve comportarsi con molto rispetto. E, in ogni caso, ho questa bambina per la quale ho lottato molto.»

La bimba che gioca in braccio ad Antonella è frutto «di un grande amore e di una grande volontà»: «Nel novembre 2006, dopo poco più di due mesi di convivenza con Eddy, restai incinta. Ricordo, quando maturò il tempo per sentire il battito del cuore del bimbo, il dolore che provai nel non udirlo. Stavo facendo "Il treno dei desideri": accontentavo i desideri di tutti e il mio era morto. E io andavo in onda, come andai in onda quando morì mia madre a 55 anni. Ma avevo deciso che volevo un figlio a ogni costo, anche se ormai avevo raggiunto l'età delle ultime chance. Per un anno e mezzo cercai di restare incinta con i metodi naturali, poi mi sottoposi a pesanti cure ormonali. Eddy non capiva la mia voracità per le cure. Mi considerava una sua coetanea. E invece...

«Nel giugno 2008 andai al matrimonio di un'amica, faceva caldo, ero sudata. La mia dottoressa mi aveva raccomandato di non fare test di gravidanza per non deprimermi. E io, invece, andai in bagno con Oliver, il mio cane che ha 8 anni. Il test era positivo. Com'era possibile? Avevo 44 anni. Mi tornò in mente il caso della paziente di un ginecologo che aveva partorito a 48 anni. Chiamai la mia dottoressa: "Prima di gioire" mi disse "fai le Beta HCG". Ero incinta. Ho avuto una gravidanza meravigliosa e, quando ho visto la bimba uscire dal cesareo come un pollo con i piedini incrociati e i capelli attaccati, con Eddy che le stava dietro, ho provato un'emozione che non avrei più vissuto. Un'emozione che tu non potrai mai descrivere, ma che le lettrici capiranno. [*In realtà, avendo assistito alla nascita di entrambi i miei figli trent'anni fa, quando la presenza paterna in sala parto non era consueta, anch'io ho provato allora le emozioni più forti della mia vita.*] Adesso che guardo la mia piccina, penso che quando avrà 20 anni io ne avrò 66. Non riuscirò a vedere la parabola della sua vita, ma la vedrò crescere, le darò il mio imprinting, forse conoscerò i miei nipoti. Nella vita sono stata una maratoneta, lavoro da ventitré anni in Rai, a 38 ho avuto il mio primo programma in prime-time. Ho lottato nel lavoro e nell'amore. Sia nell'amore a due, sia nell'amore per avere una figlia. Niente è stato facile, non mi accontento mai, ma ho avuto più di quanto sperassi...»

Valeria Marini e i figli perduti

Anche Valeria Marini desidera fortemente un figlio. A 44 anni non ci ha rinunciato. «È un sogno che spero, prima o poi, si concretizzi. Non credo che un figlio sia incompatibile con il mio lavoro. Ma mi piacerebbe accompagnarlo a scuola, vederlo crescere e, un domani, fare la nonna. La vecchiaia? Arriva quando uno la vuole. Ma se mi chiedi del mio futuro, certo non mi vedo da sola. Voglio una famiglia...» Dietro il trucco perfetto e l'abito di scena (una showgirl come lei è sempre in scena), gli occhi grandi, belli e maliziosi si appannano di tristezza al ricordo di un figlio che sarebbe dovuto arrivare due volte e che, invece, non arrivò mai. «Tra i 14 e i 16 anni ero fidanzata con un giovane libraio, Giovanni. Restai incinta senza rendermene conto. Ero troppo piccola, non me la sentii di diventare madre.»

La seconda volta che aspettava un bimbo, Valeria stava con Vittorio Cecchi Gori, un amore tormentatissimo durato sei anni. Nell'autobiografia scritta con Gianluca Lo Vetro, avalla la tesi di un'interruzione di gravidanza frutto del gelo con cui il produttore accolse la notizia: «E come facciamo ad andare in barca?». Di qui la crisi e l'aborto. Adesso Valeria smentisce, e lo fa con sofferenza, come per cancellare la pagina più buia di quella complicata relazione: «Non ricordo che Vittorio abbia detto niente del genere. Non portai avanti la gravidanza per cause naturali, per lo stress...». Ammetterai almeno, le chiedo, che lui non era contento di diventare padre? «Attraversava un momento di grande difficoltà, non c'era la serenità per arrivare felicemente alla nascita di un figlio.»

Parliamo sulla terrazza dell'Excelsior a Venezia: c'è il Festival del cinema, i fotografi scattano, una giovane donna ci riprende con una telecamera, insomma da quasi vent'anni stare in pace con Valeria in un luogo pubblico è impossibile. Perché, le piaccia o no, lei – intelligente, simpatica, furbissima – è l'incarnazione del sesso inteso come allegra abbondanza, come gioia di vivere rumorosamente. Mentre lei si schermisce dai fotografi, ora sorridendo ora simulando il broncio, la rivedo com'era nella nostra prima intervista, a metà degli anni Novanta. L'appuntamento era al Caffè Greco di Roma, lei era in ritardo come quasi sempre e, mentre risaliva lentamente via Condotti, lasciava dietro di sé un profumo di felliniana memoria. Mi bastò uno sguardo per capire perché il grande Federico ne era così attratto. «Ero molto giovane e stavo a Cinecittà per un provino. Sentivo che una persona mi seguiva, mi girai ed era lui. "Come ti chiami?" mi chiese. "Sei veramente bella, sei una gloria..." Poi debuttai al cabaret del Bagaglino, il successo fu enorme, e Fellini si fece vivo di nuovo, ma davvero non ho mai capito se avesse realizzato che ero la stessa bionda che aveva seguito a Cinecittà. Dovevamo incontrarci, ma lui dovette andare a Hollywood per l'Oscar alla carriera e tutto saltò.»

Quando Fellini era in ospedale, vide qualcosa della Marini, prese la matita e fece un gran disegno dell'attrice da dietro. Dal fondoschiena usciva un animaletto con la scritta: «Io abito qui». Milo Manara, uno degli amici più stretti del grande regista, fece un disegno in cui alludeva alla Marini e in cui Miele, uno dei suoi personaggi, indossava la sciarpa e il cappello di Fellini. Era ormai la metà degli anni Novanta, quando l'attrice diventò il sex symbol nazionale: il suo calendario del 1996 vendette 3 milioni di copie, un record mai più battuto.

Prima di sbarcare a Roma, Valeria aveva avuto una storia d'amore in Sardegna, la sua terra, con Jovanotti. «Io facevo la ragazza immagine in una discoteca di cui lui era il disc-jockey. La nostra storia è durata sei o sette mesi, e tra noi sono rimasti affetto e amicizia. È stato molto bello rivedersi quando entrambi eravamo diventati famosi.» Tra tanti flirt annunciati, fotografati, confermati o più spesso smentiti, Valeria dal 1999 – e per circa una decina d'anni, tanti sono stati i lascia e piglia – è stata la compagna di Vittorio Cecchi Gori, di ventisette anni più vecchio di lei.

Che cosa l'ha attratta, che cosa l'ha indotta a stargli vicino anche in momenti in cui era chiaro che Cecchi Gori era diventato per lei più un peso che un appoggio? Perché la storia va al di là dello scontato rapporto tra l'attrice e il produttore. «Mi sono legata a Vittorio proprio per le sue difficoltà, la sua solitudine di combattente incompreso che lo porta ad avere, certe volte, anche atteggiamenti aggressivi. Un uomo di successo che, anche nei momenti in cui tutto sembrava andare bene, non si era mai sentito amato. [*Cecchi Gori è stato sposato per molti anni con Rita Rusic, con la quale ha prodotto anche "La vita è bella" di Roberto Benigni.*] Mi sono innamorata della sua fragilità e pure della sua simpatia. Ma è stato un amore molto difficile, molto travagliato; alla fine, ho visto che l'amore che ho dato non mi è stato ricambiato, anche se credo che lui mi abbia voluto bene e che nella vita quello che offri generosamente in qualche modo ti torna. Il sentimento è rimasto, ci sentiamo, se ha bisogno di qualcosa io sono sempre qui, ma c'erano stati troppi problemi, troppe tensioni, e io avevo bisogno di serenità.»

«Senza passione sessuale, l'amore non c'è»

Nell'ultimo arresto di Vittorio Cecchi Gori per bancarotta (25 luglio 2011), Valeria non gli era accanto e non è andata in televisione a difenderlo da leonessa com'era capitato un'altra volta. Era con lui, invece, la drammatica mattina del 5 luglio 2001 quando agenti della squadra mobile piombarono nella camera da letto di palazzo Borghese per una perquisizione. «La sera prima eravamo andati a una cena dei carabinieri e poi a dormire tranquillamente. Mi aveva colpito che uno del personale di casa aveva chiesto di andar via perché non stava bene. La mattina mi hanno svegliato parecchi agenti in borghese. Dovevano iniziare la perquisizione, ma davanti al palazzo c'erano già giornalisti e telecamere, e le agenzie di stampa battevano che nella cassaforte era stata trovata della cocaina. Io non so come ci fosse finita, chi l'avesse messa. Mi pare di ricordare che Vittorio non avesse nemmeno le chiavi della cassaforte. In ogni caso, con quello scandalo perse la Fiorentina. Comunque, lui è andato troppo avanti con certe situazioni e, alla fine, non è più riuscito a controllarle. Questo ha portato a tensioni tali che, a un certo momento, non ce l'ho più fatta.»

Evito di affliggere Valeria chiedendole di commentare il fascio di ritagli degli ultimi quindici anni che, di scoop in scoop, vanno dall'«amore eterno tra Valeria e Vittorio» a fidanzamenti durati quanto il settimanale che li annunciava. Gliene ricordo solo due. Il primo è una notte trascorsa nello stesso letto di Alfonso Signorini, il direttore di «Chi» e di «Tv Sorrisi e canzoni», che non fa mistero di essere gay. «Tra noi è vero amore» risponde sorridendo. «Lui mi ha detto di avere una passione autentica per me e di essere molto geloso. Abbiamo dormito abbracciati...» L'altro è l'ultima relazione, che dura da un paio d'anni, con l'imprenditore Giovanni Cottone, 54 anni. «Si occupa di elettronica, è molto protettivo. Ci siamo conosciuti sul lavoro, all'inizio io non pensavo a un rapporto durevole, lui sì. Siamo legati da un sentimento solido, direi che per me è vero amore. Ma non abbiamo una casa in comune e ci vediamo poco.»

Valeria avrebbe voglia di sposarsi: «Una voglia da morire. Ma sono talmente quadrata che dev'essere un vero colpo di fulmine.

Qualcuno l'ho avuto, ma sono diffidente, e qualche volta scappo dall'amore». E conclude sostenendo di non sapere quante volte si è innamorata: «Certe volte l'infatuazione si traveste da amore, altre volte cominci una storia senza sapere se c'è vero amore, oppure no. Il sentimento assume contorni diversi a seconda della persona con cui stai. Il sapore, la magia, la forza sono strettamente legati al rapporto con l'altro. Talvolta, come si dice, mi sono innamorata dell'amore più che dell'uomo con cui stavo. Ma io, che sono passionale, senza amore non saprei vivere. Non concepisco l'amore senza passione, e parlo naturalmente della passione sessuale. L'ho incontrata e la cerco sempre. Adesso la sto vivendo? Forse sì. La passione non può essere unilaterale, va vissuta in due. A proposito: sono monogama. Rispetto molto il mio partner. Un amore per volta, senza tradimenti...».

Christian De Sica: «Non siamo una coppia, siamo un bulldozer»

Christian De Sica sta girando l'ultimo film della serie *Vacanze di Natale* e ha trovato i soldi per un progetto più ambizioso: un episodio della vita del padre Vittorio che, durante l'occupazione di Roma, con la scusa di selezionare comparse salvò trecento persone dai nazisti facendole rifugiare nella chiesa di San Paolo. Christian ha compiuto 60 anni e, da trentuno, è sposato con Silvia Verdone, sorella di Carlo. Il loro è un autentico «amore per sempre». «Per la verità ci siamo fidanzati quando io avevo 22 anni e lei sette di meno. E siamo innamorati come il primo giorno. Tutti i miei coetanei che conosco sono separati e quasi tutti non si facevano capaci che il nostro amore potesse durare così a lungo. Si sono inventati, perciò, qualsiasi cosa: che ero impotente, poi che non potevo avere figli, poi che ero omosessuale. Quando sono dimagrito, hanno detto che avevo l'Aids e che Silvia era rimasta accanto a me per curarmi... La verità è che non siamo una coppia, siamo un bulldozer...»

Prima di Silvia, Christian ha fatto in tempo ad avere tre storie d'amore di una certa importanza: «La prima è stata con Raffaella De Laurentiis, figlia di Dino e di Silvana Mangano. Loro avevano una villa sull'Appia Antica, Raffaella passava sotto una transenna di filo spinato per uscire e andavamo a sbaciucchiarci lì intorno. Un giorno andammo alla proiezione di un film famoso prodotto da suo padre, *Sissi*. La Mangano vide che ci baciavamo e la storia finì. A 16 anni ho avuto un grande amore per Carla Henkel, una modella italiana di padre tedesco. A 18 sono stato per un anno con Isabella Rossellini. Roberto, il padre, chiamava mia madre e le chiedeva: "Ma, secondo te, quei due fanno l'amore?". Lei rispondeva: "Secondo me, sì". E lui soffriva, gelosissimo della figlia». (Ho letto anche di una storia con Ornella Muti. «Non è vero, abbiamo girato un film insieme nella più assoluta castità.»)

Mentre amoreggiava a destra e a manca, Christian, compagno di scuola di Carlo Verdone, andava a fare i compiti da lui, senza filarsi più di tanto la sorella, che in effetti era ancora una bambina. Poi le cose cambiarono: «Per sottrarla a un fidanzatino che aveva la moto, me la comprai anch'io. Quando Carlo si accorse che uscivo con la sorella, mi aspettò sotto casa e finì con una scazzottata. "Tu sei un puttaniere ed esci con mia sorella, che è una ragazzina con la coda di cavallo..." In realtà, Carlo era geloso, perché uscendo con la sorella non uscivo più con lui. Finì che fui convocato in casa Verdone davanti a madre, padre e perfino a un sacerdote. Mi presentai con un mazzo di fiori, e Silvia origliava da dietro una porta. Giurai che l'amavo come niente al mondo e che avevo intenzioni serissime. Fino a quando Mario Verdone, il padre, sbottò: "Ma che commediante, che buffone...". Poi andai in Francia, per uno sceneggiato sulla Repubblica di Vichy, e Silvia venne con me. Lei studiava il francese e io giravo. Non avevamo una lira: io le passavo per pranzare la mia colazione, due uova con il bacon, e il mio unico pasto era la cena con lei. Al padre la fuga romantica non piacque. Le intimò di tornare a Roma e ci sposammo. Quando ci siamo conosciuti, Silvia era vergine, non era ancora completamente donna. Io sono stato il suo primo uomo e lei, per me, è stato il grande amore che mi mancava».

Il segreto dei vostri trentun anni di matrimonio? «Abbiamo avuto la fortuna di crescere insieme e adesso abbiamo quella di invecchiare insieme. Abbiamo riso di noi stessi, non ci siamo mai presi sul serio, abbiamo affrontato serenamente momenti molto difficili, come quando, alla morte di mio padre, scoprimmo di non avere una lira. Abbiamo tirato su due bellissimi figli… Eppoi c'è stata la straordinaria forza di Silvia. Una donna innamorata dà al suo uomo la carica per fare cose che lui da solo non farebbe mai. Le donne sono più concrete, hanno più coraggio e anche una faccia di bronzo più tosta. Io avevo il complesso di essere il figlio di Vittorio De Sica, e Silvia mi diceva: "No, tu sei un numero uno per conto tuo, sei il migliore, devi sfondare". Andò così che Maurizio Costanzo, anni prima di comparire in televisione con "Bontà loro", mi provò in un programma da Milano sul secondo canale della Rai. Si chiamava "Alle sette della sera", doveva durare sei puntate e ne durò ventiquattro. Era il varietà, e io non mi consideravo in grado di farlo. Il merito è stato tutto di Silvia.»

La moglie di De Sica ha rinunciato alla sua carriera per seguire il marito. «Lei faceva la "speakerina" con Simona Izzo a "Prossimamente". Il capo della rivista Rai la notò e voleva farle fare "Domenica in". Anche Nanni Moretti si era interessato a lei. In quel periodo era lei a mantenermi, perché non avevo scritture. Vivevamo in un appartamento piccolissimo e Silvia cucinava. Poi, piano piano, io ho cominciato ad avere successo, i soldi veri sono arrivati con *Sapore di mare* dei Vanzina e lei ha rinunciato a tutto. L'attore fa la vita da zingaro. Due zingari rischiano di non incontrarsi mai…»

«*Quando scoprii a villa Borghese di avere una sorella…*»

Non so se la solidità della vita coniugale di Christian De Sica sia anche una reazione indiretta all'incredibile bigamia del padre Vittorio. De Sica, classe 1901, sposò nel 1937 Giuditta Rissone, che aveva conosciuto dieci anni prima e dalla quale ebbe una figlia, Emilia. Cinque anni dopo, nel 1942, sul set del film *Un garibaldino al convento*, s'innamorò di un'attrice catalana, Maria Mercader, parente di quel Ramón Mercader che aveva assassinato Trockij in Messico per ordine di Stalin. (Questa circostanza fu negli anni motivo di battute da parte di Christian che, per difendersi dalle ramanzine dei genitori, ogni tanto esclamava: «Non dimentichiamo che in questa famiglia c'è un assassino...».)

Cominciò così una surreale vicenda familiare. Vittorio De Sica ottenne dalla Rissone il divorzio in Messico nel 1954 e sempre in Messico, cinque anni dopo, sposò la Mercader. Ma né il divorzio né il matrimonio furono riconosciuti dalla legge italiana. Così nel 1968 risposò l'attrice a Parigi, dopo aver ottenuto la cittadinanza francese. Intanto lei lo aveva reso padre di due figli, Manuel (1949), oggi musicista, e Christian (1951). «Mamma e papà» ricorda l'attore «si sono sposati quando io e Manuel eravamo già grandi. Siamo vissuti per quattro anni a Parigi, e quando i documenti furono a posto andarono a sposarsi in un piccolo paese vicino alla capitale. Testimoni, mia zia e Roberto Rossellini. Mamma era già pronta con l'abito bianco e papà stava ancora a letto. Lei cominciò a tormentarlo: "Sei andato in bagno, hai preparato il vestito, guarda che ci aspettano tutti". E lui: "Marì, se mi rompi ancora, non ti sposo più...".»

Fin qui niente di diverso dalle peripezie di Carlo Ponti, di Franco Cristaldi o di Dino De Laurentiis. La differenza è che De Sica continuò per decenni ad avere due famiglie. Christian glielo ha sempre perdonato. «Papà era davvero innamorato di Giuditta Rissone e di mia madre. Quando nacque Manuel, per non dispiacere a Giuditta – che desiderava un maschio – le disse che mamma aveva avuto una femmina. Quando andò a vivere con mamma, papà non aveva una casa. Così, sia Manuel che io siamo nati in albergo. Insomma, una vita da zingari. Soltanto quando io ebbi un anno, papà comprò un piccolo appartamento vicino a piazza Bologna. Costava 11 milioni e papà firmò undici cambiali da un milione. Stava con noi fino a una certa ora della sera e poi andava a dormire a casa di Giuditta.

Festeggiava due Natali, due Capodanni. Mangiava sempre due cotechini e due capponi. La notte di San Silvestro stava con noi fin quasi alla mezzanotte e poi attraversava in taxi Roma per raggiungere sotto i petardi l'altra casa, che si trovava ai Parioli. Mia madre naturalmente sapeva tutto, ogni tanto si faceva un piantarello, ma resisteva per non darci un dispiacere. Né io né Manuel sapevamo niente della doppia vita di papà. Lui, in fondo, era ancora un uomo dell'Ottocento e si vergognava di ammettere con nostra sorella di avere altri due figli, e con noi di avere un'altra famiglia e un'altra figlia. Soltanto quando fummo cresciuti, un giorno arrivò la telefonata di una ragazza che voleva conoscerci. Ci demmo appuntamento a villa Borghese e ci disse: "Sono vostra sorella".»

Quando Vittorio De Sica morì nel 1974 vicino a Parigi, la famiglia di Christian si trovò letteralmente senza un soldo. Quello che era stato un attore straordinario e uno dei più grandi registi della storia del nostro cinema aveva perso tutto al gioco, lasciando anche un bel po' di debiti in giro.

«Quando eravamo piccoli» ricorda Christian «papà ci diceva: "Bambini, scegliete il posto dove andare in vacanza: Campione, Sanremo, Venezia, Montecarlo o Saint-Vincent?". Tutte località dotate di casinò. Noi sceglievamo Sanremo perché, oltre al mare, c'erano altri bambini italiani con cui giocare. Ogni sera tornava con una battuta: "È andata benissimo. A un certo punto perdevo trenta e alla fine ho perso soltanto quindici". Una volta a Parigi ci disse: "Ragazzi, mettete lo smoking che vi porto a Montecarlo, al gala della Croce Rossa, con Grace Kelly. Vedrete le Blue Bell con delle cosce pazzesche". Corremmo a prendere l'aereo per Nizza, ma arrivammo quando il gala allo Sporting era già finito. Papà, naturalmente, se ne andò subito al casinò. "E noi che facciamo?" gli chiedemmo. "Eccovi cinquecento franchi per tornare a Parigi." Noi ci rifiutammo e ci mettemmo a dormire in smoking sui divani del casinò. L'indomani, pentito, ci portò a spasso.

«Dopo i weekend a Montecarlo, scoprì i circoli di Parigi in cui si giocava. L'appartamento era sempre pieno di fiori, di grandi mazzi di rose e di regali importanti. Erano le case da gioco che volevano adescare papà. Mia madre voleva farlo interdire. Quando lui morì, dovetti restituire a mano a mano i prestiti: al vecchio Rizzoli, agli strozzini e perfino ai casinò. Non sapevo che i debiti di gioco si estinguono con la morte.

«Però allo Sporting di Montecarlo mi sono tolto una grande soddisfazione. Ero all'inizio della carriera e fui invitato a cantare durante un importante show patrocinato da Grace Kelly.

C'era Nureev e un sacco di bella gente. Vedendomi emozionatissimo, Joséphine Baker mi diede un bicchier d'acqua prima di entrare in scena. Andò bene e passai i soldi che avevo guadagnato a papà che, anche quella sera, aveva naturalmente perso tutto. Quando mia madre vide che lui, ben pettinato, si alzava dal suo posto, gli chiese: "Dove vai?". E lui: "A giocare". "Con quali soldi?" "Me li ha dati Christian." Perse anche quelli, ma io ero orgoglioso...»

Pasqualino Zagaria, sessant'anni d'amore

«Mi chiamo Pasqualino Zagaria, e poiché nel 2012 festeggio i miei primi cinquant'anni di matrimonio (ho chiesto al papa di tenersi libero), che, con i dieci di fidanzamento, diventano sessanta di vita insieme, credo di aver diritto di raccontare la mia storia, il mio "amore per sempre", in questo libro. Fosse stato per i miei genitori, non avrei festeggiato niente, perché mi volevano prete. Le famiglie povere per nobilitare la razza volevano che un figlio tentasse di diventare prete o notaio. Io avevo la faccia da prete e mi mandarono in seminario ad Andria. Fui scoperto mentre guardavo le monache spogliarsi e fui espulso insieme con un mio compagno. Il rettore del seminario disse: "Meglio due ragazzi fuori oggi, che due cattivi sacerdoti domani". Noi eravamo disperati perché perdevamo l'anno scolastico, ma il rettore mi disse: "Senti, Zagaria, durante le recite, che tu faccia Giuda o san Pietro, la gente ride sempre. Forse la tua missione è proprio di far ridere la gente".

«La prima ragazza che conobbi, a 15 anni, si chiamava Lucia e ne aveva 13. Io la fermai: "Signorina, le devo parlare". Lei scappò, ma poi mi diede il primo bacio. Suo e mio. Me ne andai dal mio paese, Canosa di Puglia, con una compagnia di varietà, perché volevo fare l'artista. Non guadagnavo quasi niente. Ho dormito nei portoni e alla stazione di Milano: mi feci operare alle tonsille, pur non avendone stretto bisogno, per stare qualche giorno al caldo. La ragazzina mi aspettò per otto anni, finché mi presero come attore a Radio Bari. Mi dissi che finalmente ero tornato vicino a casa e potevo pensare seriamente a lei, che intanto aveva aperto un negozio di parrucchiera. Comunque fosse andata, non saremmo morti di fame. Il problema è che non piacevo affatto alla sua famiglia. Il padre le chiese: "Che fa il tuo fidanzato?". E lei: "L'artista". Lui: "Sì, ma come lavoro che fa?". Quando scoprì che non facevo nient'altro, disse che ero un mascalzone che voleva vivere sulle spalle della figlia.

«A un certo punto mi offrirono un lavoro di fotoromanzi a Roma, allora ero magro e carino. "Come facciamo con i tuoi, che non vogliono lasciarti venire con me?" chiesi alla mia ragazza. "Scappiamo" propose lei. E mi disse che aveva un milione su un libretto di risparmio. "Prendo il milione e fuggiamo." Andò male. I tre fratelli avevano sospettato la fuga e bloccato il libretto, il padre mi voleva ammazzare, e fuggimmo con 12.000 lire in tasca per raggiungere Bari.

«Chiedemmo di sposarci a padre Stefano, che era stato mio professore di greco e latino in seminario. Alle 7 del mattino. Ci disse: "Sbrighiamoci, perché poi ho un matrimonio". "E il nostro non è un matrimonio?" gli chiesi. "Sì," rispose lui "ma dopo c'è un matrimonio vero, di quelli con i fiori." Tornammo marito e moglie in casa di mio padre e io preparai il pranzo di nozze: bucatini con le cozze.

«A Canosa, intanto, il padre di Lucia aveva bruciato i caschi da parrucchiera per evitare che io facessi il pappone sulle spalle di sua figlia, nonostante le donne del paese avessero fatto una petizione per farle riaprire il negozio. Affittammo una casa e lei mise un casco lì dentro. Io avevo 25 anni, Lucia 23.

Dopo nove mesi nacque Rosanna. Traslocammo mettendo qualche mobile su un camion sgangherato e ripartimmo da zero. Furono anni difficili. Finii in mano agli usurai e, per pagare i debiti che non finivano mai, impiegai dieci anni. Ricordo un momento terribile quando Rosanna aveva 6 o 7 anni: gli usurai venivano a casa e si prendevano tutto, una collanina, un lenzuolo ricamato. Un prestito di 800.000 lire mi costò 5 milioni.

«La piccola cresceva male, e il dottore mi disse che l'assenza cronica di bistecche e l'alimentazione insufficiente rischiavano di portarla al rachitismo. Alla fine, gettai la spugna. Dissi a Lucia: "Lascio le compagnie di varietà e mi metto a fare l'impiegato, so anche scrivere un po' a macchina...". Chiesi aiuto a un onorevole, amico di mio padre. "Non sei nemmeno diplomato" mi disse. "Non posso farti entrare in banca come impiegato. Comincia come commesso, studi un po', fai i concorsi interni e vedrai." Avevo l'appuntamento per l'assunzione un lunedì. Io e Lucia passammo il sabato e la domenica senza aprire bocca. La notte della domenica, mia moglie mi chiese: "Ma tu, in banca, ci vuoi proprio andare?". Io risposi: "No, ma ci devo andare". E lei: "Ho fatto tanti sacrifici per seguirti nelle tue pazzie, non ho voglia di vivere accanto a un uomo triste". Così non andai più all'appuntamento e continuai a fare l'artista.

«Ma non ce la facevo a viaggiare ancora al seguito delle compagnie. Perciò, in campagna a Roma, vicino al cimitero del Verano, bruciai il baule che mi portavo dietro dicendo: "Devo trovare lavoro a Roma". Facevo il cameriere di giorno e la sera andavo all'Ambra Jovinelli, un teatro molto popolare dove si cominciava a fare il cabaret. Una sera vennero a vedermi il cantante Lando Fiorini e il regista della Rai Leone Mancini. Dopo lo spettacolo, Fiorini mi disse: "Tu meriti un cabaret migliore, reggi bene i monologhi, non ti perdi nei congiuntivi. Vieni al Puff e io, a un certo punto, ti chiamerò sul palcoscenico". Andai. C'era gente ricca e anche un po' chic. Quando salii sulla pedana, mi venne di parlare pugliese. Appena dissi "Cheri raghezzi", la gente cominciò a ridere. Allora pensai che i ricchi si sarebbero divertiti a essere scambiati per poveri. "Io vengo da un teatro nobile, mica un posto come questo di puttene e ricchioni, si vede dalle pellicce finte che siete senza una lira..." Andò. Mi scritturarono a 5000 lire al giorno. All'Ambra Jovinelli ne prendevo 8000 e qualche mille lire le rubavo con l'amministratore della compagnia, ma sentii che al Puff avrei trovato la mia occasione.

«Il dialetto pugliese mi portò al cinema a girare con donne bellissime: Edwige Fenech, Gloria Guida, Lilli Carati, Barbara Bouchet. Il figlio di Barbara, che oggi è uno chef famoso, mi ha confessato che a 12-13 anni voleva ammazzarmi perché in un film avevo toccato il sedere a sua madre. Infine, il grande successo televisivo di nonno Libero, e non solo.

«Io e Lucia abbiamo due figli. A Rosanna, che ci ha dato due nipoti, si aggiunse Walter, che non è sposato. Il segreto dei sessant'anni di coppia? Ci siamo inventati la vita insieme, abbiamo sofferto insieme e ora ce ne godiamo insieme i frutti. Come ha fatto a reggermi così a lungo? Lei è per natura una carta assorbente, ma posso dire che ci siamo assorbiti a vicenda. Le uniche serie crisi le abbiamo avute in cucina. Lei ama i cibi semplici e dimagranti, che a me fanno schifo. Tolta la cucina, il resto ha funzionato. Affetto, amore, comprensione, che è la cosa più importante. Adesso io ho 75 anni, lei 73. Questa è la storia d'amore di Pasqualino Zagaria, in arte Lino Banfi.»

Federica Pellegrini: «Non sono una mangiatrice di uomini»

«Un bacio, soltanto un bacio, nel 2006. Nessuno di noi l'aveva cercato, ci siamo trovati insieme in quel momento, ci siamo baciati e la storia non ha avuto seguito.» Così, tra un turno di allenamento in piscina al mattino (due ore e mezzo) e uno pomeridiano (altre due ore e mezzo, più novanta minuti di palestra), Federica Pellegrini, la nuotatrice più brava della storia italiana, mi racconta la nascita del suo amore per Filippo Magnini, il campione di nuoto con cui si è fidanzata durante i Mondiali di Shanghai del 2011, riprendendo il discorso interrotto cinque anni prima. Nell'ultimo numero di ottobre 2011, un settimanale titola in copertina che l'amore tra i due è già a rischio, visto che lui si lascia fotografare a cena con un'altra ragazza. Ma Federica smentisce risolutamente ogni nuvola: «È stata tutta una montatura, perché il fidanzato di quella ragazza (che io conosco) è il migliore amico di Filippo. Era presente anche lui a quella cena, ma è stato tagliato dalle foto».

Cose che capitano quando gli amori fanno rumore, e lei può riprendere serenamente il racconto della sua storia con Magnini. «Filippo e io siamo stati sempre molto amici, siamo entrati insieme in Nazionale quando io avevo 14 anni e lui 20, insomma ci conosciamo da sempre. Dopo Shanghai abbiamo cominciato a frequentarci, e adesso siamo così...»

«Così» significa che state insieme... «Ci siamo ritrovati dopo

Shanghai e stiamo molto bene anche fuori del nuoto. Facciamo insieme le cose che le persone normali fanno tutti i giorni e le facciamo molto lentamente, per far crescere la nostra storia giorno dopo giorno. Vedremo dove ci porta... Con Filippo non viviamo insieme. Io abito a Verona, lui a Roma. Ci vediamo nei weekend; io scendo, lui sale. Ipotesi matrimoniali? Non ne abbiamo assolutamente parlato, ne siamo ben lontani.»

Ma, dovendo scegliere, preferirebbe il matrimonio o una lunga convivenza? «Io, in questo senso, sono tradizionalista. Mi piace l'idea del matrimonio quando si è sicuri di volerlo fare. Non amo i colpi di testa, se non si va d'accordo nella vita di tutti i giorni basta un niente per far saltare tutto. Un po' di convivenza serve per studiarsi prima di procedere...»

Il discorso scivola fatalmente, a questo punto, sul precedente e un po' tempestoso amore di Federica, quello con Luca Marin, interrotto proprio a Shanghai. Ho letto che, di punto in bianco, lei lo avrebbe freddato con un: «Io non ti amo più...». «Senta, sono state scritte tante cose, ma io non rispondo a queste bassezze. Luca sa benissimo che la nostra rottura non è arrivata all'improvviso e che, da mesi, qualcosa non andava. Se poi si presenta davanti alle telecamere per dire altro, non mi interessa.»

Siete stati insieme tre anni... «Anni con cose molto belle e altre meno belle, come capita a chiunque. Sono stata molto innamorata di lui, è stata la storia più importante della mia vita prima dell'ultimo incontro, ma crescendo si cambiano molti parametri e, per quanto mi riguarda, alcune cose che tre anni fa mi andavano bene, adesso non funzionano più.»

Ho letto anche che pensava di avere dei figli con Marin. «È stato un altro equivoco. Mi hanno chiesto come mi sarei vista dieci anni dopo e ho risposto che mi sarei vista con dei figli. Ma non ho mai affermato che ieri li avrei voluti con Luca e oggi con Filippo. Sono cose talmente importanti che non possono essere ridotte a una battuta detta alla leggera.»

Il nuoto è compatibile con la famiglia? «Per come lo sto vivendo adesso io, no. In certi periodi dell'anno è così massacrante che è persino difficile fare la spesa. Per me continuare a nuotare, con un figlio, sarebbe impossibile perché io sarei una mamma possessiva, vorrei stare con lui ventiquattr'ore al giorno senza aiuti e senza mollarlo a nessuno.»

Si discute molto del suo carattere. Federica si prende tutto: medaglie, primati mondiali, copertine, uomini. «Questa frase mi piace a metà, quando parla di sport. Non mi piace essere definita mangiatrice di uomini, non mi ci sento assolutamente. Sembra che faccia tutto da sola, invece queste cose si fanno in due...»

Ma ha un carattere così forte? «Penso di sì. All'esterno si vede il carattere durante le gare, ed è ovvio che per raggiungere certi risultati si deve essere determinati. Ma nella vita privata non sono sempre così. Anzi, sono tranquilla, alla mano. Romantica? Sì. Dolce? Anche.»

Può tracciare un ritratto sentimentale suo e di Filippo? «Siamo abbastanza simili. Lui è molto più chiacchierone di me, ci siamo trovati in un momento della nostra vita denso di cambiamenti, stiamo crescendo sentimentalmente insieme, ed è una cosa molto bella.»

Immagino che i giornali (lo abbiamo visto anche con la copertina di cui parlavamo poco fa) abbiano reso più difficili questi rapporti... «E invece no, sinceramente. Io e Filippo siamo stati sempre uniti e pronti ad ascoltare quello che uno dice dell'altro senza guardare i giornali. È vero che i giornali hanno creato molti equivoci, ci sarebbe moltissimo da chiarire, ma non ne vale la pena: meglio seppellire la roba del passato. Guardiamo soltanto alla storia tra me e lui. Le reazioni della sua ex? Ogni persona reagisce a suo modo, c'è chi vuole parlare, c'è chi vuole sfogarsi. Sia io che Filippo siamo rimasti feriti da tante cose...»

XIV
Amore e politica

E Berlusconi disse: «Ecco il vero letto di Putin»

«Vuole vedere il letto di Putin?» Silvio Berlusconi si alza da tavola e mi accompagna nello spazioso spogliatoio che introduce nella sua camera da letto a palazzo Grazioli. «Eccolo.» È un piccolo dipinto rettangolare, verosimilmente dell'Ottocento russo, che mostra una stanza dominata da un solenne letto a baldacchino, piuttosto alto e con le spalliere decorate. «L'ho fatto vedere a un mio amico architetto, ora purtroppo scomparso, e lui mi ha detto: "Non mi piace. Adesso te ne regalo uno io".» Fa ancora due passi ed entriamo nella stanza che, fra quelle degli uomini politici della storia dell'Italia unita, ha ospitato più donne in atteggiamento, come dire?, confidenziale, battendo certamente il record stabilito nel Ventennio dall'inquilino di palazzo Venezia, qui di fronte, che riceveva le sue ospiti per brevissimi amplessi nella Sala del Mappamondo.

Bene, siamo nella camera da letto più ambita d'Italia. Ero entrato qui già una volta, a metà della legislatura 2001-2006, quando Noemi Letizia andava ancora alle medie, Patrizia D'Addario conduceva in Puglia una vita già tempestosa e Ruby Rubacuori, preadolescente in Tunisia, non era ancora diventata la nipote di Mubarak. Berlusconi mi aveva portato in bagno per dimostrare che era vero quel che andava dicendo: il «contratto con gli italiani», firmato a «Porta a porta» alla vigilia delle elezioni del 2001, era appeso sul retro della porta per memoria quotidiana. Non credo ci sia ancora e, in ogni caso, mai avrei immaginato di tornare qui per visitare il sancta sanctorum al quale sembrano affidate incredibilmente le sorti della Repubblica.

«Ecco il letto che mi ha regalato il mio amico architetto. Bello, no?» Bello, niente da dire. La bella copia del lettone di Putin raffigurato nel quadro. Stessa struttura (baldacchino, veli a garantire la sensuale intimità degli ospiti, tessuti preziosi, misure molto spaziose), ma uno stile più «nostro», più elegante. «Ho il dubbio» celia il padrone di casa «che qualcuna delle mie amiche venga qui più per il letto che per me.» Poi mi confida: «Sapesse com'è bello lasciare nel buio della stanza le imposte leggermente scostate e far entrare un filo di luce dai lampioni della strada...».

Ho scritto due libri sull'influenza dei sentimenti in politica (*L'amore e il potere* e *Donne di cuori*) a cui rimando i lettori interessati all'argomento. Qui basti ricordare i casi più clamorosi del secondo dopoguerra.

François Mitterrand ha avuto un numero di donne incalcolabile. Nel 1991 ha nominato primo ministro una favorita, Édith Cresson, definita «pupa nel serraglio» dal leader dell'estrema destra Jean-Marie Le Pen. Dopo undici mesi di governo disastroso, la dirottò al Parlamento europeo. Inoltre, ebbe per trent'anni una seconda famiglia, che abitava in un appartamento di Stato, si muoveva su aerei di Stato e veniva protetta da personale dello Stato. Tutti sapevano, tutti tacevano. Solo nel 1994, quando la figlia «illegittima» Mazarine aveva compiuto 20 anni, «Paris-Match» ebbe il coraggio di rivelare la storia.

Anche Jacques Chirac è stato un professionista del sesso, mentre Valéry Giscard d'Estaing era solito lasciare in una busta sigillata i suoi recapiti del weekend, che amava trascorrere con persone e in circostanze non riferibili. Immaginate se un fotografo avrebbe mai potuto appostarsi nei pressi delle residenze pubbliche o private di questi signori, e se un magistrato avrebbe mai osato intercettare le telefonate di visitatori e visitatrici, o dello stesso prestigioso inquilino di quelle dimore.

John F. Kennedy, il presidente del Sogno americano, era lo Strauss-Kahn della Casa Bianca. Mollò Judith Campbell, amante del capomafia Sam Giancana, e la povera Marilyn Monroe (la cui morte rimane assai oscura) solo dopo che il capo dell'Fbi, J. Edgar Hoover, gli ingiunse di farlo se non voleva giocarsi la rielezione. Dalle recentissime memorie di Jackie Kennedy abbiamo scoperto che un'icona assoluta della democrazia e dell'integrazione razziale come Martin Luther King, controllato dall'Fbi, frequentava donne a rotta di collo e sarebbe stato protagonista di un'orgia prima di pronunciare il discorso che l'avrebbe consegnato alla Storia: «*I have a dream*, io ho un sogno...».

La bulimia sessuale di Bill Clinton è un ricordo troppo fresco per ricamarci sopra. Dopo aver fatto sesso con Monica Lewinsky (e forse non solo con lei) alla Casa Bianca, Clinton non ha pensato minimamente a dimettersi, né glielo ha chiesto la sinistra democratica europea. Esibendo un vestito macchiato di sperma presidenziale, la Lewinsky – a pensarci bene – è andata ben oltre la D'Addario. La statura politica di Clinton non è certo stata accresciuta dall'episodio, ma il presidente degli Stati Uniti ha potuto completare il suo mandato.

Perché la storia di Berlusconi è diversa? Perché sono diversi lo Stato e la società in cui il Cavaliere si muove e opera. E la sua bulimia sessuale e le sue imprudenze sono imperdonabili perché il troppo è troppo e lui conosce la sensibilità di una parte del suo elettorato (quello cattolico, in particolare), ma soprattutto perché non ha la protezione socio-istituzionale che hanno gli altri capi di Stato e di governo. E non ha il diritto alla privacy che il garante riconoscerebbe a ogni cittadino.

Ero negli Stati Uniti quando, nei giorni del decennale degli attentati dell'11 settembre 2001, Barack Obama si rivolse alle Camere riunite invocando una strategia bipartisan per far fronte alla crisi. Bene, raramente in passato un presidente americano è stato massacrato ogni giorno dagli avversari politici come lo è stato Obama dai repubblicani nel 2011. Ma quando un commesso ha annunciato: «Signori, il presidente degli Stati Uniti d'America», si è capito subito che tutti gli riconoscevano l'autorità della carica. E lui è entrato stringendo mani e scambiando baci a destra e a sinistra.

Al contrario, una metà degli italiani considera Berlusconi un «abusivo» dal 1994 e, se la magistratura riuscisse dove la politica non è riuscita, si udirebbe uno scroscio di applausi molto consistente. Sapendo tutto questo, e sapendo che niente in Italia è meno privato della vita privata del presidente del Consiglio, il Cavaliere avrebbe dovuto contenersi. Travolto dal suo carattere, ora ne paga il conto. E, con lui, lo pagano altri. Senza l'accanimento contro Berlusconi, infatti, non ci sarebbe stato l'accanimento dei giornali di destra contro Gianfranco Fini e la sua compagna Elisabetta Tulliani, non ci sarebbero state le inchieste giornalistiche sulla casa di Montecarlo e le polemiche che ne sono derivate, non si sarebbe notata la macroscopica disattenzione verso questo caso da parte dei grandi quotidiani che avevano visto nel presidente della Camera il maglio per demolire il Cavaliere prima e meglio della magistratura.

Carla e Veronica, due amori diversi

Berlusconi ha avuto due mogli, Carla Elvira Dall'Oglio e Miriam Raffaella Bartolini, in arte Veronica Lario. Con Carla si sposò nel 1965: lei aveva 25 anni, lui 29. L'aveva conquistata dopo un incontro alla stazione centrale di Milano seguendola in macchina e facendosi trovare come per caso alla fermata dell'autobus dov'era scesa. Marina nacque nel 1966, Piersilvio nel 1969. Si separarono nel 1985, ma hanno tuttora un ottimo rapporto.

Quando finì il loro matrimonio, Silvio conosceva Veronica Lario da sei anni. Si erano incontrati nel 1979 a una cena di attori in casa di Berlusconi, ma lui non ricorda di averla notata in quell'occasione – come mi avrebbe confermato lei –, e se ne invaghì l'anno dopo vedendola alla prima del *Magnifico cornuto* di Fernand Crommelynck, con Enrico Maria Salerno. Fu una corte di «telefonate e tenerezze», mi confessò lei. Veronica aveva 24 anni, Silvio venti di più. Andarono a vivere insieme nel 1981, quando lui era formalmente ancora sposato con Carla. Nel 1984 nacque Barbara, nel 1986 Eleonora e nel 1988 Luigi. Si sposarono nel 1990, dopo che lui ebbe ottenuto il divorzio. La signora Lario mi ha confidato di aver sposato l'imprenditore geniale e di essersi adattata con difficoltà a vivere con il leader politico. Non a caso, tra il 2001 e il 2006 lo accompagnò solo in quattro incontri ufficiali (Benedetto XVI, Putin, Bush, Blair). «Mio marito "è tanto"» mi disse nel 2007. «Non ha bisogno di aggiungere niente a se stesso, sta bene da solo...»

Quando chiedo a Berlusconi qual è stata la differenza tra l'amore per Carla e quello per Veronica, mi risponde: «Sono stato innamorato di entrambe, credo di essere stato un buon marito, sono stato e sono un ottimo padre e un bravo nonno».

L'«affetto» per Veronica portò il marito a manifestare il «desiderio» per altre donne. Credo che tra i due ci sia stato un patto di reciproca libertà, vincolato tuttavia a una discrezione che il Cavaliere ebbe qualche difficoltà a rispettare, un po' per carattere e un po' perché è la persona al mondo meno provvista di privacy. A fine gennaio 2007, abbiamo visto, incontrando Mara Carfagna alla festa dei Telegatti di Canale 5, le disse: «Se non fossi già sposato, ti sposerei». (Lui sostiene di aver detto soltanto: «Sei una donna da sposare».) Questo provocò una caustica lettera di Veronica Lario alla «Repubblica» (31 gennaio) in cui giudicava l'apprezzamento lesivo della sua dignità. Berlusconi si scusò pubblicamente e l'incidente sembrava rientrato. Ma, come vedremo, due anni dopo le cose precipitarono.

Berlusconi: «Ecco come sono nate le cene a casa mia»

Nell'arco dei suoi sessant'anni di vita sessuale Berlusconi non è mai stato monogamo. E non credo che, né all'asilo né a scuola, abbia mai corteggiato una sola bambina per volta. Ma il «salto di qualità», chiamiamolo così, ad avviso di chi scrive avvenne nell'estate del 2006.

All'immediata vigilia delle elezioni politiche del 9-10 aprile i sondaggi erano stati nettamente favorevoli al centrosinistra, però l'andamento dello spoglio dei voti sembrò ribaltare le previsioni al punto che, nella tarda serata del 10 aprile, a scrutinio molto avanzato, il ministro dell'Interno Beppe Pisanu si presentò a palazzo Grazioli, annunciò al Cavaliere la vittoria e, con un gelato in mano, si mise a guardare «Porta a porta» per averne conferma. «Successe invece» ricorda il presidente del Consiglio «che improvvisamente le operazioni di spoglio dei voti si bloccarono in Campania e in Calabria e alle 3 di notte la situazione si ribaltò. Ci fu qualcuno che, in modo organizzato, trasformò le schede bianche in voti a favore della sinistra.» Il centrodestra perse alla Camera per 24.577 voti, ne prese 200.000 in più al Senato, che Romano Prodi compensò conquistando la maggioranza dei voti all'estero, in un'incredibile vicenda di brogli bipartisan.

Quando, in estate, andai a trovare Berlusconi in Sardegna per il mio libro *L'Italia spezzata*, lo vidi per la prima volta profondamente depresso, ed ebbi la sensazione che le compagnie femminili cominciassero a crescere e che le sue notti fossero diventate più lunghe. Veronica era ancora presente. A pranzo, si dimostrò la donna intelligente e garbatamente polemica di sempre, ma il fuoco covava sotto la cenere. E, intanto, cominciavano le feste che, nel 2008, avrebbero assunto un ritmo costante.

«Villa Certosa» mi dice il Cavaliere «è una tenuta in cui ci sono moltissime cose da ammirare e, naturalmente, moltissime persone vogliono incontrarmi, anche per visitare questo parco delle meraviglie. Il numero di impegni cresceva e, a un certo momento, non riuscivo più a controllarlo. Decisi così di organizzare serate in cui in una sola volta riuscivo a incontrare tanta gente insieme.»

Belle ospiti, mi par di capire... «Non solo. Ma erano nati numerosi club a mio sostegno: "Silvio ci manchi", "Meno male che Silvio c'è", "Silvio ritorna", e così via. Molti di questi ragazzi e ragazze chiedevano di incontrarmi, e così, anche a Roma, ogni tanto organizzavo delle cene per parecchi invitati.»

Dopo la vittoria elettorale del 2008, le feste si fecero più assidue, sia in Sardegna sia a Roma. La prima forte incrinatura all'immagine del presidente del Consiglio si ebbe nella primavera del 2009. Il 25 aprile fece un memorabile discorso a Onna, la frazione dell'Aquila distrutta tre settimane prima dal terremoto e vittima nel 1944 di un'orribile e gratuita rappresaglia tedesca in cui furono massacrati 17 cittadini inermi. Dico «memorabile» perché Berlusconi, con al collo il fazzoletto della brigata Maiella, pronunciò un discorso unitario da autentico statista, che riscosse il plauso anche dell'opposizione. Purtroppo, l'indomani andò a Casoria per festeggiare il diciottesimo compleanno di una ragazza, Noemi Letizia, nascondendo la fuga a Gianni Letta, che lo avrebbe frenato, ma non all'opinione pubblica, perché si fece fotografare con ciascuna delle decine di persone (dai genitori della ragazza a cuochi e camerieri) presenti alla festa. Si trattenne a Casoria meno di tre ore, accompagnato da otto auto. («In quelle condizioni, come avrei potuto fare qualcosa che non fosse più che lecita?» mi disse il Cavaliere.) Ne nacque uno scandalo internazionale, anche perché Noemi confessò candidamente di chiamare «Papi» il presidente del Consiglio. Ora, se lui aveva festeggiato i diciotto anni di Noemi, l'aveva frequentata da minorenne...

(La sera del 28 aprile 2009, in un'intervista all'Ansa, la signora Lario definì «ciarpame senza pudore» la candidatura di alcune donne al Parlamento europeo patrocinata dal marito e lamentò che Silvio, reduce dal compleanno di Noemi Letizia, avesse trascurato quello dei figli. Berlusconi negò quest'ultimo punto, ma la rottura tra loro era ormai clamorosa e insanabile. Lei presentò istanza di divorzio, ci fu una battaglia milionaria sugli alimenti, ma alla fine di ottobre 2011 la pratica risultava messa «in sonno».)

«Non ci fu alcun peccato» mi ribadisce Berlusconi. «Io non ho neppure mai sfiorato Noemi. Era una ragazza simpatica e allegra, era la personificazione della spontaneità e della felicità.»

Ma anche lei è venuta alle sue cene in Sardegna... «Una volta sola e con un'amica, per la cena di Capodanno. Tutto il resto è stato una montatura. Una montatura totale...»

Era una serata particolare. In un'intercettazione successiva con Gianpaolo Tarantini, un personaggio al quale deve molti dei suoi guai, Berlusconi si vanterà di aver avuto, quella sera, undici ragazze in fila davanti alla camera da letto e di essersene «fatte» soltanto otto. Si trattava di una battuta, dirà il presidente del Consiglio.

Tarantini era entrato nella corte di Berlusconi nell'estate del 2008. Nato a Bari nel 1975, titolare con il fratello di un'impresa di attrezzature sanitarie, cercò di svilupparla legandosi dapprima alla sinistra pugliese e poi contattando il presidente del Consiglio: «Io ho voluto conoscere Berlusconi e, a tal fine, mi sono sottoposto a spese notevoli per entrare in confidenza con lui e, sapendo del suo interesse verso il genere femminile, non ho fatto altro che accompagnare da lui ragazze che presentavo come mie amiche, tacendogli che a volte le retribuivo». (Le «spese notevoli» di cui parla Tarantini sono, fra l'altro, i 70.000 euro che gli costò nell'agosto 2008 l'affitto di una villa a Capriccioli, splendida località della Costa Smeralda, a un passo da Villa Certosa.)

In casa Tarantini giravano tante belle donne e anche tanta droga, ragione per cui l'imprenditore fu arrestato il 18 settembre 2009, a scandalo ormai scoppiato. Tra le donne da lui retribuite all'insaputa di Berlusconi (così ha sempre giurato il Cavaliere), la più nota è Patrizia D'Addario, 44 anni ben portati, che – vedremo tra poco – fu ospite due volte a palazzo Grazioli. Nei nostri incontri degli ultimi due anni, dopo l'esplosione del caso D'Addario, ho chiesto ripetutamente al Cavaliere come abbia potuto affidarsi a un uomo come Tarantini. Una volta mi disse che glielo aveva presentato Manuela Arcuri. Adesso sembra, invece, che lo abbia conosciuto attraverso Sabina Began. («Lei dice di avermelo presentato insieme con la moglie. È possibile, ma io non lo ricordo.»)

Sabina Began, 37 anni, è una splendida donna. Attrice tedesca di origini bosniache, ha studiato all'Actors Studio di New York, ma non è entrata finora nella storia del cinema. Si ricorda un suo lontano debutto in Tv nel 1997 accanto allo scomparso Alberto Castagna, il mattatore di «Stranamore», e poi la partecipazione a qualche fiction. La Began sostiene di aver incontrato Tarantini perché amico della deputata pugliese del PdL Elvira Savino. Tarantini mi disse, invece, che non era stata la Began a presentarlo a Berlusconi. In ogni caso, lo spregiudicato e fragile personaggio entrò nelle simpatie del presidente del Consiglio.

«Non avevo nessun motivo di diffidare di Tarantini» mi racconta Berlusconi. «Un giovane imprenditore di successo, una famiglia di imprenditori, frequentava la migliore società barese, era accreditato anche presso gli amici di D'Alema, era molto vicino al vicepresidente della regione [*Sandro Frisullo, esponente di punta del Partito democratico, poi arrestato nello scandalo della sanità pugliese*]. Insomma, le informazioni sul suo conto erano molto buone. E, nelle cene, si è comportato sempre con molta educazione e molto rispetto. Vero, Alfredo?»

«Se si intercettano gli ospiti del presidente del Consiglio non c'è libertà»

Alfredo Pezzotti, 48 anni, da Marino (Roma), è da un ventennio il maggiordomo di Berlusconi a palazzo Grazioli. Alfredo si avvicina all'altro lato del lungo tavolo rettangolare da pranzo (Berlusconi occupa il posto centrale) e dice che Tarantini si sedeva lì, quasi intimidito, senza mai aprire bocca. «Si faceva sempre accompagnare da belle ragazze, Manuela Arcuri per esempio. E questo rendeva più gradevole la cena. C'erano sempre molti ospiti, si parlava di tutto, di politica, di sport, di gossip e il presidente, che è un padrone di casa inimitabile, affascinava tutti raccontando aneddoti, battute e, a grande richiesta, cantava le sue canzoni...»

Già, ma in nome di che cosa veniva invitato Tarantini? Qui traspare la debolezza di Berlusconi. Sotto sotto, lui lo ammirava perché sembrava un giovane imprenditore di successo, abile nelle relazioni politiche (bipartisan) e sociali, e soprattutto capace di tenere in piedi una famiglia e di essere al tempo stesso un playboy professionista.

«Quanto a Tarantini» prosegue Alfredo «si invitava da solo. Mi telefonava e mi domandava quando ci fosse una cena del presidente e si presentava sempre ben accompagnato. Tutti se ne andavano alla fine della cena. Che io ricordi, delle ospiti di Tarantini, qui si è fermata soltanto la signora D'Addario. Doveva andar via anche lei, ma era tardi, mi disse di sentirsi molto stanca e mi chiese se poteva fermarsi a dormire nella nostra foresteria perché, disse, temeva di addormentarsi guidando sino a Bari.»

(Patrizia D'Addario, avvenente escort barese dal passato tempestoso, conquistò la ribalta mondiale il 17 giugno 2009 quando, in un'intervista a Fabrizia Sarzanini del «Corriere della Sera», rivelò di essere stata per due sere tra le ospiti di palazzo Grazioli e di aver trascorso con il presidente la notte del 4 novembre 2008, registrando l'incontro e divulgandone poi l'audio. La D'Addario, in quell'occasione, fu retribuita da Tarantini, che disse di aver preso l'iniziativa all'insaputa di Berlusconi. Interrogata sulle ragioni che l'avevano indotta a rivelare dettagli tanto privati, lei dichiarò di essersi voluta vendicare del mancato interessamento del Cavaliere per sbloccare una vecchia pratica edilizia sulla quale – come mi avrebbe poi confermato il sindaco pd di Bari, Michele Emiliano – nessuno sarebbe potuto intervenire. L'intervista finì sui media di tutto il mondo e la signora ebbe qualche occasione per mettersi in mostra. Quando le luci si spensero, la D'Addario, in una clamorosa intervista a «Libero» pubblicata il 16 luglio 2011, raccontò che le venne «imposto di rilasciare decine e decine di interviste, a cominciare da quella concordata dal mio avvocato con il "Corriere della Sera", per far esplodere il caso e arrivare allo scandalo ... Sono stata usata dai nemici di Berlusconi a mia insaputa, ovviamente, strumentalizzata e poi gettata via ... L'idea di rendere pubblici i miei due incontri con Berlusconi e di consegnare i nastri ai magistrati non è stata mia. Non l'ho mai pensato e non l'avrei fatto se non mi avessero messo paura. Tentai di ribellarmi, ma fu inutile ... Fu il mio avvocato, Maria Pia Vigilante, a dire che dovevo consegnare quel materiale per difendere la mia vita, sosteneva che dovevo farlo per proteggere mia madre e mia figlia». La Vigilante, naturalmente, smentì: «Come la D'Addario ha dichiarato in più occasioni, la scelta di rendere pubblica la vicenda fu sua e io mi sono limitata ad assisterla».)

«Insomma, a queste cene, normalissime cene» mi racconta Berlusconi «partecipavano anche trenta-quaranta persone: c'erano da quattro a sei musicisti, sei camerieri, anche reclutati da agenzie esterne, diversi uomini della sicurezza. In nessuna occasione si è mai verificata alcuna situazione licenziosa. Mi piace intrattenere gli ospiti, raccontare la politica a modo mio, far la corte alle belle signore e farle sentire delle principesse, mi piace cantare le mie canzoni. Non posso andare al cinema, a teatro, al ristorante, perché vengo assalito dalla gente, come mi capita sempre e ovunque. Potrò permettermi di ospitare chi mi pare a casa mia, o no?»

Presidente, il suo «dirimpettaio» Benito Mussolini, riceveva – diciamo così – in ufficio una donna al giorno. Erano «visitatrici fasciste» entusiaste del Duce, che venivano da tutta Italia. Ma, prima di entrare nella Sala del Mappamondo, le loro referenze erano state controllate dai servizi di sicurezza. Quel che lascia interdetti è la leggerezza, mi permetta, con cui lei faceva entrare qui chiunque e capisce che, in tempi di telefonini, di microtelecamere... nessuna identificazione, nessun controllo... «Io non sono Mussolini, sono un democratico vero, e da me tutti potevano filmare o registrare tutto» protesta Berlusconi «e anzi tutti si volevano far fotografare con me. Erano situazioni normalissime, senza nessun segreto, senza assolutamente nulla da nascondere. Anche nel dopocena non c'era veramente nulla che si potesse filmare. E, infatti, che cosa è venuto fuori, a parte le invenzioni di chi si è fatto convincere da qualcuno, magari per soldi, a raccontare frottole contro le testimonianze di decine e decine di miei ospiti? Niente. Le uniche normalissime foto che ho visto sono state scattate nella toilette di cortesia...»

E prosegue: «No, non è un paese libero quello in cui vengono messe sotto intercettazione per molti mesi le persone che accettano un invito a cena del presidente del Consiglio. Non è un paese civile quello in cui le ospiti del presidente del Consiglio si vedono perquisite nella propria casa, si vedono sequestrate le loro cose, vengono "tradotte" in questura, come se fossero parte di un'associazione criminale, vengono confinate in una stanza senza possibilità né di bere né di mangiare e trattenute in questa condizione fino a sera. Una cosa barbara e inaccettabile. Non è un paese civile quello in cui vengono pubblicate dai giornali conversazioni private senza la minima rilevanza penale. Inoltre le frasi estrapolate dal contesto possono assumere un significato molto diverso da quello che avrebbero se fossero ascoltate in viva voce. Se, ad esempio, dico a qualcuno: "Non posso fare quel che mi chiedi perché faccio il presidente del Consiglio a tempo perso", è chiaro che si tratta di una battuta».

Elisa: «Noi, ragazze dell'Olgettina»

«Vennero qui, alle 7.30 del mattino, tre uomini e una donna. Perquisirono dappertutto, la donna mi fece spogliare. Trovarono 4000 euro, un regalo del presidente... Poi mi portarono in questura.» Elisa Toti, una bella donna di 32 anni, non ama ricordare quella fredda mattina di venerdì 14 gennaio 2011 quando un nuovo cataclisma giudiziario – il più pesante e il più insidioso di tutti – si abbatté sulla testa di Silvio Berlusconi.

Vado a trovarla nell'autunno dello stesso anno per vedere come sono questi famosi appartamenti dell'Olgettina che il Cavaliere fece mettere a disposizione di alcune amiche. Elisa abita in un bilocale gradevole, al primo piano di uno stabile del complesso di buona edilizia immerso nel verde, dove incontro genitori con i passeggini e studenti del vicino San Raffaele. («Mi avevano proposto un monolocale al quarto piano, ma soffro di vertigini e ho preferito scendere...») L'arredamento non è ricco, ma di gusto: pochi mobili bianchi, due divani, un televisore.

Il 14 gennaio le «ragazze dell'Olgettina» erano otto: oltre a Elisa Toti, Iris Berardi, Maria Esther Garcia Polanco (in arte Marysthell), Aris Espinosa, Barbara Guerra, Ioana Visan, Imma De Vivo e sua sorella Eleonora (le gemelle napoletane già «meteorine» del Tg4 di Emilio Fede). «Iris e Marysthell se ne sono andate» dice Elisa «e siamo rimaste in sei.» La Toti, senese, diploma di liceo scientifico, due anni all'università per studiare economia e lingue, un diploma di web designer, ha alternato quest'ultima attività a quella di modella, di valletta (con Gigi Sabani, Pippo Franco, Gerry Scotti), di commessa, di hostess nei congressi medici, di impiegata in un'agenzia di assicurazioni. Un grande amore l'ha trattenuta nella sua bella città. «Poi, nel 2008, lui si è messo con un'altra e io sono partita per Milano, tornando a fare qualcosa per Mediaset. Ho conosciuto Silvio alla partita Milan-Udinese, ci siamo scambiati i numeri di telefono, mi ha invitato a trascorrere qualche giorno in Sardegna a Villa Certosa per il Capodanno 2009. C'erano una trentina di persone, ragazze, cantanti, mogli di cantanti. Poi sono scesa a Roma, chiamata dalla redazione del "Grande Fratello". Sono andata qualche volta ad Arcore con la mia auto e a palazzo Grazioli in taxi. Com'erano queste serate? Potevano esserci venti ragazze o dieci o cinque. C'era un aperitivo lungo, perché lui arrivava sempre tardi, cenavamo con lui, si guardavano documentari sulle regioni italiane, poi si chiacchierava e, alla fine, si ballava. C'era Mariano Apicella, Danilo alla tastiera, Mena, la soprano. Lui non ballava mai, noi sì. Balli sensuali? Sì, come in discoteca.»

E l'appartamento all'Olgettina? «Io abitavo già in questa zona, a Cologno Monzese, dove ci sono gli studi Mediaset. Ho visto che c'era vicino Milano 2 e ho pensato: l'ha fatta lui, forse può aiutarmi a trovare un buon affitto. Mi ha detto di rivolgermi alla Minetti, che si occupava degli appartamenti, e sono finita qui. Ho firmato il contratto, non sapevo che fosse gratis, l'ho scoperto quando mi hanno detto che era tutto a posto. È andata così fino a marzo. Da aprile, pago io: 900 euro al mese. Quando ci sono state le perquisizioni, ci arrivarono le lettere che annunciavano uno sfratto, poi mai eseguito. Adesso faccio l'annunciatrice a Mediaset Extra, presento i programmi della settimana. Silvio? Qualche volta l'ho rivisto. Era mio amico prima, lo è rimasto. Che male c'è?»

«Io non ho mai pagato nessuna persona per intrattenere dei rapporti di sesso» mi dice il presidente del Consiglio. «Se ho dato e se do degli aiuti a qualcuno, è perché sento il dovere di aiutare chi ha bisogno. Per un'iscrizione all'università, per un'esigenza imprevista, per un intervento medico, per un debito che incombe, per una necessità famigliare...

«La storia dell'Olgettina nasce così. Alcune ragazze volevano trasferirsi a Milano 2 per essere più vicine alla zona dove lavoravano. Nicole Minetti aveva trovato un appartamento poco costoso in un condominio di nuova costruzione proprio in quella zona. C'erano diversi appartamenti liberi e quindi le ragazze, amiche tra di loro, trovarono conveniente trasferirsi vicino a lei. Non disponendo tuttavia di un contratto di lavoro a tempo indeterminato, furono richieste di presentare al locatore una fideiussione. E la Minetti, che ha un cuore d'oro, si prestò a puro titolo di amicizia per far sottoscrivere delle fideiussioni da suo padre, che è un valente imprenditore, consentendo così alle sue amiche di locare gli appartamenti. Tutto alla luce del sole, e con la Minetti che ha dato prova di tenere in gran conto i rapporti di amicizia.»

Come ha conosciuto Nicole Minetti? «La Minetti viene da un'ottima famiglia, si è laureata all'università del San Raffaele con 110 e lode, è di madrelingua inglese. L'ho incontrata proprio in ospedale, al San Raffaele. Mi disse che tutta la sua famiglia aveva sempre votato per me e che il suo sogno era quello di fare politica. Mi diede il suo numero di telefono e io chiesi referenze a don Verzé [*fondatore del San Raffaele, conosce Berlusconi dalla costruzione di Milano* 2], che si disse interessato ad avere una persona vicina al San Raffaele nel consiglio regionale della Lombardia. È una ragazza seria e intelligente. Tra le altre cose, col suo perfetto inglese organizza benissimo le visite a Milano degli ospiti stranieri della Regione.»

«A Ruby non ho fatto nemmeno un'avance»

La conversazione con il presidente del Consiglio tocca a questo punto l'argomento più delicato, la vicenda di Karima El Mahroug, in arte Ruby. Il 15 aprile 2010 la Procura di Milano apre un fascicolo contro Lele Mora, l'agente dello spettacolo amico di Berlusconi attualmente detenuto nel carcere di Opera per induzione alla prostituzione, anche minorile. Due poliziotti, l'ispettore capo Vito Albanese e l'agente scelto Marco Salvoni, stanno indagando da tempo su un giro di prostitute che frequentano un grande albergo nel centro di Milano. Tra queste, c'è Ruby.

Il caso vuole che, nel tardo pomeriggio del 27 maggio, lo stesso agente Salvoni fermi Ruby in corso Buenos Aires: l'ha vista, seguita e denunciata all'istante al 113 Caterina Pasquino, una modella anch'essa in contatto con Lele Mora, che per quattro mesi, fino ad aprile, ha abitato con lei e che l'accusa di averle sottratto 3000 euro da un cassetto e qualche gioiello. In questura si scopre che Ruby è minorenne, e quindi il pubblico ministero di turno, Annamaria Fiorillo, ne dispone il ricovero in una comunità. Ne vengono contattate sette (Zattera, Mariuccia, Alfieri, Martinitt, Stelline, Spazio Aperto, Oklahoma), ma non c'è posto da nessuna parte. Intanto Caterina – che poi ritirerà la denuncia contro Ruby – ha avvertito dell'arresto della ragazza Michelle Conceicão Santos Oliveira, 32 anni, brasiliana, in quel momento coinquilina della ragazza. Michelle va in questura, cerca al telefono Nicole Minetti, non la trova, e si mette in contatto con Berlusconi, che è a Parigi. Dichiarerà al pubblico ministero: «Gli ho detto che Ruby era stata arrestata e che era un problema, perché lei era minorenne, cosa che lui non sapeva». (Ruby racconterà ai magistrati che alle feste del Cavaliere aveva dichiarato l'età di 24 anni. Ed è agli atti che, ventisei giorni prima del suo fermo, il 1° maggio 2010, denunciando lo scippo di una borsetta nella zona di corso Buenos Aires aveva detto ai carabinieri della stazione di Milano Crescenzago di essere nata il 1° novembre 1991, invece che 1992, cioè di essere maggiorenne. Per aver declinato false generalità sta subendo un processo.)

Berlusconi chiama il capo di gabinetto della questura di Milano, Pietro Ostuni, gli segnala il caso, gli dice che Ruby è la nipote di Mubarak (così il funzionario ai magistrati) e gli chiede di affidarla al consigliere regionale Nicole Minetti (maggiorenne e incensurata, come prevede la norma). Quando, alle 23.53, Ostuni chiama la questura, da venti minuti sono in corso le telefonate senza esito per trovare una comunità disposta a ospitare la ragazza, che perciò viene affidata alla Minetti ma domiciliata presso Michelle, dove già abitava. Uscita dalla questura, la Minetti chiama Berlusconi e gli passa Ruby. Dichiarerà la ragazza: «Il presidente mi ha detto di non farmi più vedere né sentire, perché non gli avevo rivelato di essere minorenne».

Le indagini sul giro di prostituzione continuano, e il 9 giugno l'ispettore capo Albanese ne segnala gli sviluppi alla magistratura, annotando che del giro fa parte quella Ruby fermata il 27 maggio e affidata alla Minetti. Intanto la ragazza quattro giorni prima si era messa al centro di un'altra indagine, accusando Michelle di essere una prostituta, alla quale si aggiungevano denuncia e controdenuncia per il presunto furto di una collana.

Mora era già da tempo sotto schiaffo quando, in estate, vengono indagati per le feste di Arcore pure Nicole Minetti ed Emilio Fede, intercettati da mesi. Il 21 dicembre viene iscritto nel registro degli indagati anche Berlusconi, e la bomba esplode il 14 gennaio con l'irruzione all'Olgettina. Il pubblico ministero Ilda Boccassini chiede il giudizio immediato per il presidente del Consiglio per aver pagato una prostituta minorenne e per aver «concusso» il capo di gabinetto della questura di Milano. Recita a questo proposito l'articolo 317 del codice penale: «Il pubblico ufficiale che abusando della sua qualità o dei suoi poteri induce taluno a dare o a promettere indebitamente a lui o a un terzo denaro o altra utilità è punito con la reclusione da quattro a dodici anni». Valuti il lettore se questo è il caso che abbiamo raccontato. Non è facile trovare un giurista, pure marcatamente antiberlusconiano, che dia un fondamento a tali accuse e alla necessità del giudizio immediato.

Abbiamo chiesto al procuratore capo di Milano Edmondo Bruti Liberati e al presidente del tribunale Livia Pomodoro in quali casi per episodi del genere si è fatto ricorso al giudizio immediato e, al di là della loro cortesia, non siamo riusciti ad avere risposta.

A questo punto potrebbe nascere il sospetto che – se difficilmente Berlusconi potrà essere condannato in aula – già lo è stato nel processo mediatico celebrato in tutto il mondo. Il processo, apertosi il 6 aprile 2011, durerà almeno fino al maggio 2012 giacché il 22 ottobre il tribunale ha fissato entro questa data ben 21 udienze. Intanto ha respinto tutte e 16 le eccezioni della difesa, la più evidente delle quali è la competenza del tribunale dei ministri.

Riprendiamo la nostra conversazione con Berlusconi a proposito della Minetti: oltre ad assistere gli ospiti stranieri in visita alla regione Lombardia, faccio osservare al presidente, si è occupata anche d'altro, come l'assistenza a Ruby. Mi pare, dunque, che risolva pure situazioni imbarazzanti… «Sulla storia di Ruby si è detto di tutto e di più. Per cominciare, la stessa Ruby ha affermato e ha giurato di non aver avuto da me neppure un'avance. A una cena e davanti a una trentina di persone, Ruby fece un racconto molto drammatico. Ci disse di avere 24 anni, di essere egiziana e figlia di genitori altolocati e imparentati con il presidente Mubarak. Aggiunse che sua madre era una cantante molto nota e ci mostrò perfino un video con questa bellissima signora. Ci disse di essere disperata perché, venuta in Italia a seguito di un grave disaccordo con i genitori, e arrivata a Milano, si era trovata senza casa. Ci raccontò di essere rimasta seduta su un marciapiede per due ore, di notte, fino a quando non fu raccolta da un anziano tassista che la portò a casa sua, si comportò con molto rispetto e le trovò lavoro in un ristorante. Ma il proprietario del locale la insidiava. Lei se n'era andata e si trovava di nuovo senza una casa e senza un centesimo in tasca. L'aiutai subito con una dazione di danaro ma poi, avendomi chiesto un incontro urgente, mi raccontò di aver trovato la possibilità di diventare socia al 50 per cento di una sua amica in un centro estetico in corso Buenos Aires a Milano, a condizione di poter apportare in proprietà una serie di apparecchiature e laser molto costosi. Trasferii questo elenco al mio amministratore Spinelli, che le versò quasi 50.000 euro che lei s'impegnò a restituire con gli utili futuri del centro estetico. Tutto questo Ruby l'ha confermato per iscritto e l'ha giurato.»

Lei sa che i pubblici ministeri di Milano non credono a questo racconto... «Tutti sanno benissimo che questa è la realtà. Si utilizza questa vicenda per costruirci sopra un attacco contro chi è considerato nemico da abbattere. La Procura di Milano ha formulato contro di me un'accusa infamante che ha fatto il giro del mondo, infangando non solo il presidente del Consiglio ma anche il governo e l'Italia, che il presidente del Consiglio rappresenta all'estero. Hanno aggiunto a questa accusa anche un'accusa di concussione per una mia richiesta di informazioni a un dirigente della questura di Milano, che nega di essere stato forzato ad alcunché e anzi garantisce sull'assoluta gentilezza della mia richiesta di informazioni. Il resto è noto. In questura furono ben lieti di togliersi una preoccupazione e Ruby se ne tornò nella casa della sua amica Michelle, dove già risiedeva. Con l'incombenza per la Minetti di sentirla al telefono ogni due, tre giorni per sapere se stesse bene. Tutto qui. Si è trattato di un atto di buona volontà nei confronti di una persona in difficoltà.»

Nessuno ha creduto alla storia della nipote di Mubarak... «Non una "nipote", ma una "parente" di Mubarak. E hanno torto perché, proprio una settimana prima della mia telefonata alla questura di Milano, io ebbi un summit ufficiale con il presidente Mubarak. Durante il pranzo a Villa Madama, raccontai al presidente egiziano la storia di questa ragazza, figlia della cantante che sarebbe stata sua parente. Mubarak ammise di conoscere la cantante, di essere suo amico, di non ricordare la figlia, ma di volersene informare. E quindi io restai nel dubbio se davvero la ragazza fosse parente (non nipote) di

Mubarak o meno. Paolo [*si rivolge al sottosegretario Bonaiuti*], ricordi cosa ci disse il presidente egiziano?»

Bonaiuti: «Discuteste a lungo su questa vicenda. C'ero io, c'erano i ministri Frattini e Galan, c'era Valentino Valentini [*deputato poliglotta e assistente di Berlusconi per la politica estera*], c'erano gli interpreti, e tutti hanno reso precisa testimonianza in tal senso».

«Dunque,» continua Berlusconi «quando mi si disse che questa Ruby era in questura, pensai che potesse verificarsi un incidente diplomatico proprio come quello del figlio di Gheddafi in Svizzera, delle conseguenze del quale mi stavo occupando personalmente proprio in quei giorni.»

Se la Carfagna non fosse sua amica, sarebbe ministro?

Presidente, il caso Minetti non è isolato. Lei sa che molti nel suo stesso elettorato le contestano di aver attribuito a giovani donne senza esperienza seggi parlamentari, in Italia e in Europa, che in genere vengono assegnati secondo altri criteri. «Chi è stato eletto al Parlamento europeo, il seggio se l'è conquistato con una campagna elettorale e con decine di migliaia di voti. E non si tratta solo di persone di bella presenza, ma anche di persone laureate con il massimo dei voti, e preparate. Credo di aver dato una possibilità a persone giovani e preparate di dimostrare le loro capacità e il loro valore. Tutti hanno dato ottima prova di sé, sia nel lavoro quotidiano dove si sono distinti per assiduità, si pensi che la loro presenza al voto arriva al 97-98 per cento, sia sul territorio, dove hanno riscosso vivo apprezzamento».

Se Mara Carfagna non fosse stata sua amica, sarebbe diventata ministro? «Forse no, ma ha tutte le qualità per esserlo, e si è rivelata un ottimo ministro. Nei 160 Consigli dei ministri svoltisi in questa legislatura fino alla fine di ottobre 2011 ha fatto sempre ottimi interventi, ha ottenuto dal Parlamento l'approvazione di due leggi importanti e abbiamo ricevuto ottimi riscontri dalle sue missioni all'estero. Non è solo bella, è anche bravissima. E poi, nella campagna per le elezioni regionali, ha ottenuto il record nazionale delle preferenze con 56.000 voti. Ciò quindi conferma quanto le dicevo sull'apprezzamento che questi giovani hanno riscosso.»

170.000 intercettazioni: «Nessun imbarazzo»

Tutta la vita privata di Berlusconi è stata scandagliata da telefonate rese pubbliche a Milano nel gennaio 2011, e a Bari e Napoli tra il settembre e l'ottobre successivi. Al contrario di quanto si dice e si scrive spesso, le trascrizioni, i video e gli audio delle intercettazioni non sono a disposizione del pubblico, ma solo delle parti, cioè dell'ufficio del pubblico ministero e della difesa, oltre che degli ufficiali di polizia giudiziaria che si sono occupati delle indagini. Poiché è assai improbabile che un difensore si affretti a distribuire ai giornali conversazioni molto imbarazzanti per il proprio assistito, è facile immaginare da chi vengano diffuse. A Milano, la disponibilità degli atti presso la difesa e le principali agenzie di stampa fu pressoché contestuale. La quasi totalità delle conversazioni è irrilevante ai fini processuali, ma è stata ampiamente ripresa dalla stampa internazionale, con gravissimo danno per l'immagine del presidente del Consiglio italiano.

Le intercettazioni di Milano si riferiscono al «giro» dell'Olgettina, curato in particolare da Nicole Minetti, che peraltro viene ascoltata anche nei suoi sfoghi contro il Cavaliere. Per molti mesi lo sono state tutte le persone che hanno frequentato le abitazioni di Berlusconi. I contatti – tra intercettazioni e tabulati – sono stati 77.092, di cui 315 hanno riguardato il presidente del Consiglio che, come parlamentare, andrebbe tutelato. Altri 100.000 contatti sono invece nelle carte di Bari, relative a diciassette feste a palazzo Grazioli, cinque ad Arcore e una vacanza in Sardegna, quasi tutte con il coinvolgimento di Gianpaolo Tarantini tra il settembre 2008 e il maggio 2009. Le ragazze che hanno frequentato Berlusconi sono una quarantina e le conversazioni ascoltate sono prodighe di dettagli e di liberi commenti, come accade spesso quando si parla in privato.

Chiedo a Berlusconi: non prova imbarazzo per quello che è venuto fuori dalle intercettazioni telefoniche? «Dalle mie telefonate non è venuto fuori proprio niente di imbarazzante e di men che corretto. Peraltro, al telefono, nelle conversazioni private, tutti si lasciano un po' andare. Quel che hanno detto di me alcune ospiti? La magistratura ha fatto intercettare per un anno e mezzo tutte le persone che sono venute a cena da me e, naturalmente, di queste telefonate sono state pubblicate soltanto le frasi che potevano contribuire a mettermi in cattiva luce. Con questi sistemi, magistratura e media uccidono la libertà e calpestano il diritto alla privacy che è un diritto di libertà fondamentale. L'articolo 15 della Costituzione garantisce l'inviolabilità delle comunicazioni fatte con qualunque mezzo, dalla corrispondenza alle telefonate. Vorrei vedere che cosa verrebbe fuori se fossero pubblicate le conversazioni private di certi magistrati e di certi politici!»

La cosa sgradevole è che l'opinione pubblica abbia avuto l'impressione che Tarantini invitasse a casa sua alcune ospiti per essere ricambiato con favori presso enti e istituzioni pubbliche, come Finmeccanica e la Protezione civile. «Non ho reso un solo favore di questo tipo a Tarantini. Non l'ho assolutamente presentato e messo in contatto con persone di Finmeccanica. Un giorno lo sentii al telefono mentre ero a fianco di Guido Bertolaso, glielo passai per un saluto. Ma nemmeno dalla Protezione civile Tarantini ebbe alcunché.»

«Lavitola? Mai utilizzati cellulari panamensi»

Sulla scena irrompe a questo punto Valter Lavitola, 45 anni, sposato, con un figlio, socialista craxiano e massone dall'età di 18. Uomo intelligente e spregiudicato, conosce Berlusconi a metà degli anni Novanta, tenta invano la carriera politica, non viene eletto alle elezioni europee del 2004 con Forza Italia, e i più stretti collaboratori del Cavaliere lo convincono a non ricandidarlo alle elezioni politiche del 2008. Direttore dell'«Avanti!» dal 2003 e proprietario della società editrice che lo pubblica, Lavitola si occupa di esportazione di pesce dal Sud America ed è presente agli incontri di Berlusconi con il presidente di Panama. Ma la simpatia del Cavaliere per lui ha soprattutto un'altra origine: il giornalista ha avuto un ruolo determinante nella scoperta degli strettissimi legami tra Giancarlo Tulliani, fratello della compagna di Gianfranco Fini, e la famosa casa di Montecarlo, venduta da Alleanza nazionale a una società dello stesso Tulliani.

Tra l'inizio di settembre e la metà di ottobre 2011 Lavitola è stato al centro di un complicatissimo giro di fascicoli tra le magistrature di Napoli, Bari e Roma. Dapprima Napoli ordina di arrestare lui (latitante a Panama) e Tarantini per estorsione ai danni di Berlusconi, il quale sarebbe stato costretto a dare 800.000 euro all'imprenditore pugliese per farlo tacere, con la complicità di Lavitola. La Procura di Napoli chiama a testimoniare la vittima Berlusconi (che nega risolutamente di esserlo) e minaccia di farlo prelevare dai carabinieri. Ma Berlusconi non si presenta, perché sente odore di trappola: va da testimone ed esce da indagato. E infatti, poco dopo, gli arriva addosso il sospetto di aver indotto Tarantini a mentire sul giro di ragazze, sempre con la complicità di Lavitola, mediatore tra i due. Le parti si invertono: Berlusconi è l'accusato e Tarantini la vittima, e viene perciò scarcerato dopo un mese di prigione, dov'è finita per errore anche la moglie.

Ma Napoli, com'era chiaro fin dall'inizio, non è competente a giudicare per fatti avvenuti tra Bari e Roma. Dunque, a Bari il pubblico ministero chiede di annullare l'ordine di cattura di Lavitola, mentre il gip lo conferma. Lavitola resta latitante e, in collegamento da chissà dove, ospite di Enrico Mentana a «Bersaglio mobile» su La7, massacra mediaticamente i più aguzzi cronisti «manettari» che il giornalista gli mette davanti.

Di più: Antonio Laudati, il procuratore capo di Bari insediatosi il giorno in cui ci fu la fuga di notizie sulla D'Addario, viene denunciato dal suo sostituto Giuseppe Scelsi, l'uomo forte della procura prima che lui arrivasse. Accusato di aver ritardato l'inchiesta sulle escort, Laudati deve rinunciare a occuparsi ancora di Berlusconi, ma davanti al Consiglio superiore della magistratura attacca severamente Scelsi, incolpandolo di gravi errori nella conduzione delle inchieste su Tarantini e sulla sanità pugliese. A Roma, intanto, i procuratori mettono sotto torchio Tarantini, accusato qui di estorsione: un ricattatore o solo il devastante amico del premier aiutato perché ormai in rovina, come sostiene Berlusconi?

«Lavitola è stato l'editore e il direttore dell'"Avanti!", un quotidiano storico di antica tradizione democratica» mi dice il presidente del Consiglio. «A seguito delle accuse, infondate, che gli sono state rivolte ha subìto certo un discredito, ma prima tutti lo consideravano una persona seria e capace. È stato anche nostro candidato alle elezioni europee del 2004 e ha ottenuto più di 50.000 voti.»

Un'intercettazione del 2009, pubblicata dalla «Repubblica» il 17 ottobre 2011, rivela che Berlusconi aveva un rapporto confidenziale con Lavitola, e che questi tendeva ad assumere un ruolo di «consigliere del governo» (aspirava addirittura a un sottosegretariato alla presidenza) che il Cavaliere non ha mai inteso dargli.

È incredibile leggere nelle ultime intercettazioni che lui si aspettasse rilevanti incarichi di governo, persino alcune delle deleghe di Gianni Letta... «Non sono mai stato a conoscenza di niente di tutto questo. Tenga conto che nemmeno la sua candidatura alle elezioni europee del 2004 passò attraverso di me.»

Ma le pare ammissibile usare un cellulare panamense per parlare con Lavitola? «Non ho usato nessun cellulare panamense. Lavitola chiamava ripetutamente Alfredo, che aveva da me avuto la raccomandazione di non passarmi alcuna telefonata. Lavitola pensò che io non mi fidassi dei normali telefoni, e allora disse ad Alfredo che gli avrebbe fatto avere dei telefoni sicuri. Alfredo me ne parlò, ma io rifiutai l'offerta e commentai che quelli erano sistemi da criminalità organizzata. Una sera Alfredo si affacciò alla porta del mio studio con un cellulare in mano. "Dottore," mi disse "Lavitola ha chiamato almeno venti volte, vuole rispondergli almeno una volta?" Ci parlai, ma con il convincimento che il cellulare fosse quello di Alfredo...»

Alcune intercettazioni con Lavitola riferiscono di uno sfogo in cui lei diceva: «Portiamo in piazza milioni di persone, facciamo fuori il Palazzo di giustizia di Milano, assediamo "Repubblica"». Massimo Donadi, presidente dei deputati Idv, ha detto che lei parla come un black bloc... «Un'assurdità. Per l'ennesima volta è stato vergognosamente travisato il senso della conversazione, che andava esattamente nella direzione opposta. Ogni comportamento o manifestazione eversiva è esecrabile. Figuriamoci se me ne voglio intestare una o capeggiarla. Ho denunciato gli incredibili livelli di violenza raggiunti da un nutrito gruppo di facinorosi nella manifestazione di Roma del 15 ottobre, chiedendo l'individuazione e la punizione dei violenti. Quindi, lo ribadisco, io non ambisco ad alcuna rivoluzione, se non a quella liberale. Una specie di rivoluzione, però, la stanno tentando di fare alcune procure politicizzate. Pensi al caso Mediatrade: quando in un processo mi consentono di esercitare il diritto di difendermi, i risultati si vedono e vengo immediatamente prosciolto. Quando in un paese democratico – e questo accade solo in Italia – si arriva a violare il domicilio del presidente del Consiglio, e a considerare possibile indiziato di reato chiunque vi faccia ingresso, significa che il livello di guardia è stato ampiamente superato, e che è giunto il momento di ristabilire una reale separazione fra i poteri e gli ordini dello Stato. Sia chiaro che io non ho alcun timore di farmi giudicare; davanti ai magistrati non sono mai fuggito, e la montagna di fango delle accuse più grottesche e inverosimili in quasi vent'anni di persecuzione giudiziaria non ha partorito un topolino: i pubblici ministeri che hanno ossessivamente indagato sulla mia vita non hanno trovato uno straccio di prova che abbia retto al vaglio dei tribunali. Pensi a tutte le volte in cui il Csm ha agito di fatto da terza Camera, pretendendo di giudicare cosa il Parlamento e il governo debbano o non debbano fare, con ciò stravolgendo il principio della divisione dei poteri. E gli esempi potrebbero continuare.

«Lo dico, quindi, senza ipocrisie: non è un paese normale quello in cui i magistrati, e non il popolo, tentano di mandare a casa i governi a colpi di inchieste. Perché questo è un paese in cui tutti sanno che, accanto alla stragrande maggioranza di magistrati che fanno solo e bene il loro lavoro, ce ne sono alcuni che perseguono invece disegni politici. Ebbene, io credo necessario garantire che i risultati elettorali non vengano annullati dall'azione di chi usa la giustizia come arma di lotta politica e magari per costruirci sopra carriere politiche: è una garanzia minima che la democrazia deve dare a se stessa.»

«Bunga-bunga? Quattro salti senza di me...»

Il giro di denaro tra lei, Lavitola e Tarantini ha fatto sospettare ai pubblici ministeri che dovesse comprare il silenzio di queste persone. «Un sospetto infondato e ridicolo. Dopo lo scandalo della sanità a Bari, Tarantini si ritrovò sul lastrico. Venne da me sua moglie a dirmi che non avevano neppure i soldi per la cena delle loro bambine. Mi commossi. Era molto triste vedere qualcuno, che si era conosciuto in una condizione di grande benessere, finito in una situazione così drammatica. Fu così che cominciai ad aiutarli. Poi Lavitola, che conosceva i Tarantini perché accompagnava il figlio alla stessa scuola della loro figlia, fece di testa sua chiedendomi in seguito di rimborsargli quanto aveva anticipato. Infine, qualche mese fa, Tarantini chiese insistentemente di vedermi. Lo incontrai con sua moglie e con Lavitola. Mi disse di voler tornare a fare l'imprenditore e mi chiese di concedergli un finanziamento di 500.000 euro per riprendere, in Sud America, un'attività simile alla precedente e in particolare per la commercializzazione delle protesi, promettendomi che mi avrebbe restituito il finanziamento sino all'ultimo centesimo. Lavitola mi disse che poteva mettergli questa somma a disposizione in Uruguay presso una banca di cui era cliente. Mi sembrò un progetto serio. Mi lasciai convincere e misi a disposizione di Lavitola analoga somma in Italia. Si ricordi, dottor Vespa, che sta parlando con un signore il cui gruppo versa all'erario, ogni giorno che Dio manda in terra, 2,1 milioni di euro, 4 miliardi al giorno di vecchie lire. Cinquecentomila euro sono un quarto di ciò che paghiamo al fisco ogni giorno, cioè quanto paghiamo ogni due ore di attività. Da quando sono in politica, abbiamo versato al fisco 17.871 miliardi di lire di imposte, 9,2 miliardi di euro. I 500.000 euro vanno valutati in proporzione a queste cifre.»

Converrà, presidente, che la rappresentazione data al pubblico delle sue serate abbia creato malessere in tanta gente, specie di orientamento cattolico. «Mi dispiace davvero che le versioni fornite dai giornali di alcune cene svoltesi in casa mia abbiano potuto turbare i sentimenti di qualcuno. Ma io, cattolico, ho avuto sempre un profondo rispetto per la religione e per la sensibilità di chi la pratica. Vivere la religiosità per me non significa solo avere una chiesa nella casa di Arcore, in cui si sono celebrati matrimoni, funerali e battesimi di miei congiunti, né sentirsi al sicuro per le preghiere di otto zie suore di Maria Consolatrice. Le mie radici si saldano in quei valori cristiani e quindi umani con i quali sono cresciuto in famiglia e nell'ambiente ecclesiale della scuola salesiana, e che poi ho trasmesso ai miei figli. Valori preziosi che non sono per me negoziabili. Figuriamoci, dunque, se posso permettere che in casa mia si compiano atti blasfemi.»

E nemmeno gli approcci saffici di cui si è favoleggiato… «Ma quali approcci! Chi ha raccontato cose di questo genere deve aver avuto qualche buon motivo, non certo commendevole, per inventarsele. Ci sono decine e decine di miei ospiti che possono testimoniare la correttezza e l'eleganza dei comportamenti di tutti gli invitati. Mi dispiace, ma non c'è nulla, assolutamente nulla di quel che ho fatto che non rifarei. Devono scusarsi i pornogiornalisti e i pornomagistrati che mi hanno ricoperto di calunnie.»

Credo che il mondo cattolico sia rimasto molto turbato anche da alcune intercettazioni dalle quali si intuiva che alcune sue ospiti si sarebbero travestite da suore e avrebbero avuto atteggiamenti sacrileghi. Berlusconi scuote vigorosamente la testa: «Non c'è mai stato in modo assoluto alcun atteggiamento che potesse offendere chicchessia e tantomeno la nostra religione, e certamente mai nessuno si è travestito da suora o vi sono stati accadimenti sacrileghi».

Ricordo che in una cena ristretta in casa di un ambasciatore straniero lei raccontò la storiella del bunga-bunga, che alludeva a un certo trattamento riservato ad alcuni prigionieri di una tribù africana. Non avevo mai sentito quel termine (seppi poi che si riferiva a certi rituali africani) e mi sembrò sul momento assolutamente innocente. Salvo scoprire, secondo l'interpretazione che ne è stata data, che in casa sua avrebbe nascosto chissà quali perversioni sessuali… «Quando qualcuna delle mie ospiti diceva: "Dopo cena facciamo un po' di 'bunga-bunga'" si riferiva a fare quattro salti. A cui io, peraltro, non partecipavo a causa di un antico e sempre rispettato "fioretto".»

Un fioretto? «Uno dei miei tre fioretti. Non fumo da quando riuscii a salvare la mia prima avventura imprenditoriale da una fine non gloriosa. Non gioco da quando mi esposi al rischio di una pessima figura pretendendo, da dilettante, di potermi confrontare con un professionista delle "tre carte". Non ballo da quando ne feci promessa se una mia amica, che rischiava di morire, si fosse salvata.»

Non ha dato il suo numero privato di cellulare a troppe ammiratrici? «Ma io non ho un cellulare...»

Non ci credo. «E invece è così. Tutte le chiamate passano attraverso la mia segreteria. Una volta avevo anch'io un cellulare, ma non l'ho più potuto tenere da quando constatai di essere non controllato, ma ipercontrollato. Le pare un paese civile e libero questo?»

«*La vera storia della lettera della Banca centrale europea*»

Le inchieste giudiziarie sulle vicende Lavitola-Tarantini relative ai retroscena delle frequentazioni femminili di Berlusconi hanno riempito le pagine dei giornali tra l'estate e l'autunno del 2011, quando più grave si è fatta la crisi finanziaria internazionale e sull'Italia si è abbattuta la speculazione. Il governo ha varato tre manovre tra luglio e settembre, impostate più sulle tasse (70 per cento) che sui tagli (30 per cento), prima di emanare alla fine di ottobre un decreto finalizzato alla crescita.

Il presidente del Consiglio è stato accusato di aver sottovalutato la situazione e di aver adottato le misure senza polso fermo e con continui ondeggiamenti, in evidente contrasto con il ministro dell'Economia Giulio Tremonti, nonostante questi fosse indebolito dalla richiesta di arresto per corruzione avanzata dalla Procura di Napoli contro il suo braccio destro Marco Milanese, poi respinta dalla Camera dei deputati.

Berlusconi mi racconta così i diversi passaggi della vicenda. «Nella manovra di luglio, su richiesta della Banca centrale europea, avevamo adottato misure per raggiungere il pareggio di bilancio nel 2014. La mattina di martedì 9 agosto parlai con il presidente della Bce, Trichet, e con il governatore della

Banca d'Italia, Draghi, che l'avrebbe sostituito in novembre. Li informai del fatto che avevamo la certezza che si stesse preparando una vasta operazione di vendite di nostri titoli del debito pubblico sul mercato secondario. Chiedemmo perciò alla Banca centrale di aprire il lunedì successivo un ombrello di garanzia sui nostri titoli. Trichet mi rispose che era disposto a intervenire, ma avrebbe dovuto chiedere il consenso delle banche centrali e dei principali governi. Aggiunse che era tuttavia indispensabile mettere a punto una nuova manovra per anticipare al 2013 il pareggio di bilancio. Per questo, Trichet mi disse che intendeva mandarci gli ispettori della Bce. Noi respingemmo questa ipotesi e chiedemmo di indicarci quali provvedimenti avremmo dovuto assumere per raggiungere il risultato richiesto. Ci mandarono così una lettera firmata da Trichet e da Draghi, che ci chiesero di tenere riservata. [*La lettera, pubblicata dal "Corriere della Sera" il 29 settembre, contiene la richiesta di interventi durissimi anche su pensioni e pubblico impiego, che raffreddò all'istante l'iniziale consenso della sinistra.*] Poiché l'acquisto massiccio dei nostri titoli da parte della Bce sarebbe dovuto partire da lunedì 15 agosto, ci fu chiesto di approvare il necessario decreto legge entro il venerdì precedente, in modo da avere il tempo per avvertire governi e banche centrali, visto che i fondi che sarebbero stati destinati all'operazione erano pur sempre soldi dei cittadini europei.

«In meno di tre giorni dovemmo mettere d'accordo alleati di governo, la Confindustria, Confcommercio, i sindacati e quant'altro. Lavorammo intensamente per le resistenze di Tremonti a toccare l'Iva, che pure era uno dei provvedimenti raccomandati dalla Bce, per la resistenza dei sindacati e della Lega a ritardare i termini delle pensioni d'anzianità, riuscendo peraltro a ritardare un poco soltanto il pensionamento femminile. Introducemmo nella manovra un contributo di solidarietà del 5 per cento sui redditi superiori ai 90.000 euro e del 10 per cento sopra i 150.000. Nella conferenza stampa di presentazione della manovra dichiarai che questo contributo mi faceva male al cuore e m'impegnai a migliorare la manovra durante l'iter parlamentare. In effetti abolimmo poi quella norma ingiusta, limitammo i contributi di solidarietà al 3 per cento e solo nei confronti degli aventi un reddito annuo superiore a 300.000 euro, aumentammo l'Iva di un punto e anticipammo ulteriormente il pensionamento femminile. Anche il Quirinale ci aveva chiesto di non blindare la manovra. E noi ci trovammo al bivio: se avessimo blindato il provvedimento, ci avrebbero accusato di essere un regime; non avendolo blindato, ci accusarono di essere confusi e indecisi...»

«Ecco come vorrei i poteri del primo ministro»

Davvero pensa di poter concludere la legislatura nell'autunno del 2013 in una situazione come quella che si prospetta? «Sono convinto che farlo sia nell'interesse del paese. Dobbiamo varare le riforme di cui l'Italia ha la necessità assoluta per modernizzarsi e per garantire ai cittadini un regime di vera civiltà e di completa libertà.»

Ma l'opposizione consentirà che il Parlamento realizzi queste riforme? «Credo che sia anche interesse dell'opposizione, se dovesse tornare ad avere responsabilità di governo, migliorare l'architettura istituzionale dello Stato. L'istituzione di un Senato delle Autonomie, il dimezzamento del numero dei parlamentari e il passaggio di fatto al monocameralismo velocizzerebbe molto di più l'iter legislativo rendendo il Parlamento molto più efficiente. Si aggiunga che è interesse di tutti dotare il primo ministro dei poteri che hanno i suoi colleghi europei, compresa la nomina e la revoca dei ministri.»

E al capo dello Stato che cosa resterebbe? «Al capo dello Stato resterebbero gli stessi poteri di oggi e, innanzitutto, quello di sciogliere le Camere. Non ci sono i numeri per arrivare al presidenzialismo tante volte evocato.»

Pensa di portare a termine anche un'altra riforma costituzionale come quella della magistratura? «Ci stiamo provando. Abbiamo presentato la legge, la maggioranza è coesa, ma navighiamo tra i gorghi regolamentari del Parlamento. Ce la metteremo tutta.»

La terza riforma promessa dal governo è quella fiscale, più semplice perché non ha rilievo costituzionale. «La legge delega è già stata presentata al Parlamento. Non si può andare avanti con un sistema fiscale che risale agli anni Settanta e che è ormai costituito da una selva di leggi di difficilissima interpretazione anche da parte degli stessi fiscalisti...»

Pensate soltanto a una specie di testo unico di più facile applicazione o possiamo sperare in una diversa modulazione delle aliquote? «Pensiamo di spostare parte dell'imposizione dalle persone alle cose. L'aumento di un punto dell'Iva fatto nell'ultima manovra non compromette questo disegno, che prevede maggiorazioni delle imposte indirette in favore delle posizioni fiscali delle persone, delle famiglie e delle imprese.»

Lei grida sempre allo scandalo per le intercettazioni, ma ancora non riuscite a fare una legge. «Ne siamo stati sinora impediti dalla corrente di Fini e, per la verità, punteremmo a una legge più completa di quella all'esame del Parlamento, che riguarda solo il divieto di pubblicazione. Sarebbe giusto autorizzare le intercettazioni solo nelle indagini riguardanti il terrorismo nazionale e internazionale, i delitti della criminalità organizzata (mafia, camorra, 'ndrangheta, e così via), gli omicidi, la pedofilia...»

E la corruzione? «Mettiamoci anche la corruzione e anche altri reati che prevedono una pena edittale superiore a un determinato numero di anni. Ma le intercettazioni devono servire solo alle indagini, non dovrebbero poter essere esibite come prove nei processi, né dall'accusa né dalla difesa, come accade per esempio in Gran Bretagna. E, naturalmente, non dovrebbero essere pubblicate, con la previsione per chi lo facesse di una serie di sanzioni non lievi.»

Ma intanto? «Intanto, realisticamente, manderemo avanti il progetto esistente. Meglio di niente...»

«Nuovo partito no, nuovo nome sì»

Ammettiamo che si debba votare nella primavera del 2012. Pensa di andarci con la legge elettorale in vigore? «Torno a ripetere che la maggioranza che sostiene il nostro governo è in grado di portare la legislatura alla sua scadenza naturale. Per quanto riguarda questa legge elettorale, io non la considero poi così malvagia. Ricordo che la definizione "porcellum" di Calderoli nacque per la grave anomalia imposta dal presidente Ciampi, che pretese che il premio di maggioranza per il Senato fosse assegnato regione per regione invece che nazionalmente, come per la Camera.»

Darà atto che la spinta per fare qualche cambiamento è forte... «E infatti immaginiamo di poter tornare a un sistema che preveda le preferenze, anche se sono note le riserve che avevano consigliato di abolirle (la forza economica del candidato, i finanziamenti illegittimi, la possibile compravendita di voti...). Ma proporremo insieme di introdurre anche per il Senato il premio di maggioranza "nazionale" come per la Camera.»

E l'idea di tornare ai collegi uninominali con una quota proporzionale, il «Mattarellum», con il quale lei vinse nel 1994 e nel 2001? «Per noi è impensabile tornare a un sistema proporzionale senza premio di maggioranza e senza l'indicazione del primo ministro. Sarebbe la fine del bipolarismo. Sarebbe un ritorno a quella Prima Repubblica che ci ha lasciato un debito di 2000 miliardi di euro, con i governi che duravano in media undici mesi.»

Si parla insistentemente di un nuovo partito, o almeno di un nuovo nome per il Popolo della Libertà. «Facciamo un passo indietro. Tra le cose che ascrivo a merito del mio impegno politico ci sono: primo, non aver consentito a comunisti ancora ortodossi di prendere il potere nel 1994. Secondo, aver fatto diventare forza di governo la Lega, che era il partito della secessione. Terzo, aver portato dentro il cosiddetto "arco costituzionale" la destra, che ne era tenuta fuori dal dopoguerra. Quarto, aver costruito per gli italiani che non si riconoscono nella sinistra il Popolo della Libertà, una grande casa dei moderati in cui si sono ritrovati i vari movimenti politici, tra cui il principale era Forza Italia. Una casa che è la costola italiana della grande famiglia europea della democrazia e della libertà, il Partito del popolo europeo, di cui ha adottato integralmente la "Carta dei princìpi e dei valori".»

Dunque? «L'unica cosa sulla quale stiamo riflettendo è che il nome del Popolo della Libertà, nell'uso corrente, viene sostituito da un acronimo – PdL – per di più incomprensibilmente declinato al femminile, la PdL. Questo acronimo non suscita emozioni, non commuove. Stiamo perciò cercando un nome che non sia sostituibile dal suo acronimo.»

Com'era Forza Italia. «Esattamente. Al congresso del partito, che si terrà all'inizio dell'anno prossimo, chiederemo un parere e un voto per un eventuale nuovo nome scelto tra quelli che stiamo analizzando e che non posso rivelare perché alcuni non sono ancora depositati. Ma desideriamo mantenere in modo assoluto la missione e la dimensione unica di casa dei moderati italiani.»

«Dai cattolici nessuna spallata al governo»

I cattolici riuniti a Todi a metà ottobre hanno ipotizzato la nascita di un nuovo movimento, pur senza arrivare a una conclusione unitaria su questo punto. Lei ha preso atto del fatto che il cardinal Bagnasco non l'ha, come dire?, scomunicata politicamente, ma lì si è guardato a una scomposizione e ricomposizione politica per il dopo Berlusconi. Che effetto le fa? «Non c'è stata nessuna spallata al governo e tantomeno una scomunica politica che mi riguardi. A Todi il cardinal Bagnasco ha fatto uno splendido discorso nel quale ha esplicitamente affermato che l'impegno dei cattolici in politica deve fondarsi sulla difesa dei princìpi e dei valori in cui essi credono, a partire dai diritti non negoziabili della persona. Cioè quei princìpi, come il diritto alla vita e il matrimonio tra uomo e donna, predicati con forza e intelligenza dalla dottrina della Chiesa e, in particolare, da papa Benedetto XVI. Sono proprio questi i valori che il governo e il Popolo della Libertà hanno sempre difeso e tutelato, a differenza di quanto fatto dalla sinistra. Trovo quindi indegno che certi giornali e una certa parte politica abbiano ancora una volta strumentalizzato il discorso alto e nobile del capo dei vescovi italiani, trascinandolo nel consueto e grottesco teatrino della politica.»

Casini si dice pronto a rientrare nel centrodestra, a patto che lei se ne vada. «È una condizione irragionevole, priva di qualunque senso. E francamente non riesco a capire quali siano le vere motivazioni politiche che tengono l'Udc fuori dal centrodestra, quando in Europa siamo entrambi membri del Partito popolare europeo.»

Perché non riesce a fare quello che vorrebbe? «Perché l'architettura istituzionale italiana non lo consente. Il presidente del Consiglio ha l'unico potere di cercare di convincere i suoi colleghi di buona volontà a convenire su una proposta di legge da mandare in Parlamento.»

Se avesse una bacchetta magica? «Cambierei appunto l'architettura costituzionale dello Stato, consentendo al primo ministro di governare davvero. Il paese soffre terribilmente della parcellizzazione delle responsabilità decisionali. I cittadini soffrono di un'incontestabile pressione fiscale, burocratica, giudiziaria, e ci domandano: perché non intervenite? Perché non ne abbiamo la possibilità. Perché il percorso legislativo è defatigante. Perché, infine, dobbiamo fare i conti con un'opposizione che a tutto pensa fuorché all'interesse dell'Italia e degli italiani. Io, poi, non sono un politico di professione. Io non agisco pensando alla mia carriera politica, come fanno invece tutti i politici di professione...»

Nel 2008 aveva 70 seggi di maggioranza alla Camera e il controllo pieno del Senato, una situazione mai registrata nella storia della Repubblica... «Già, ma subito dopo le elezioni è cominciata la guerriglia della componente di Fini, che ci ha impedito di fare molte cose, a partire dalla riforma della giustizia e poi, per ragioni puramente personali, è passata all'opposizione.»

Si sente assediato? «Assolutamente no. Ma vedo tanti piccoli uomini posseduti dall'invidia.»

Se non fosse assediato dai processi, avrebbe governato meglio? «Indubbiamente alcuni magistrati hanno cercato di interferire con l'attività di governo, ma comunque ho cercato di fare sempre il meglio nonostante questa oggettiva persecuzione.»

Riuscirà a portare per mano l'Italia fuori dalla crisi attuale? «Non illudiamoci: nessun governo può agire da solo in una situazione internazionale molto complessa e con i mercati finanziari che si muovono con assoluta irragionevolezza. C'è un divorzio tra economia reale e finanza che appare in tutta la sua evidenza. È la fotografia di quell'orologio rotto al quale alludeva mio padre: segna l'ora esatta soltanto due volte al giorno...»

«Mi auguro di non dovermi ricandidare»

Pensa di ricandidarsi alle prossime elezioni? «Farò quel che il mio partito e la coalizione mi chiederanno di fare. Mi auguro che ci siano le condizioni per cui io possa lasciare ad altri la responsabilità della candidatura alla presidenza del Consiglio, magari restando nel partito come "padre fondatore".»

È Angelino Alfano il candidato a cui pensa? «L'abbiamo scelto all'unanimità come segretario del Popolo della Libertà nella nostra direzione nazionale. È straordinariamente bravo, è leale, è generoso, è rispettoso degli altri. In ogni caso, il candidato premier sarà scelto in modo democratico.»

Con le primarie? «Sì, con un sistema elettorale di questo genere.»

Il suo candidato al Quirinale resta Gianni Letta? «Sì, è davvero l'unico protagonista dell'attuale politica che vedo meritevole di quella investitura.»

Si proietti avanti di molti anni. Quale sistema augura all'Italia? «Un sistema bipolare. È quello che ho cercato di costruire io sul modello della più grande democrazia del mondo, gli Stati Uniti d'America. O di qua o di là. Tertium non datur.»

Con la scelta di Ignazio Visco a governatore della Banca d'Italia, apprezzata da tutti, Berlusconi ha schivato la triplice insidia di scontentare Tremonti (sostenitore di Vittorio Grilli), Napolitano (sostenitore di Fabrizio Saccomanni) ed entrambi, oltre al «direttorio» della banca, con la designazione di Lorenzo Bini Smaghi, sostenuto da Nicolas Sarkozy, che vuole il suo posto alla Banca centrale europea per un francese, dopo la nomina a presidente di Mario Draghi.

Il Cavaliere ostenta ottimismo. Ce la farà? E le sue serate saranno dedicate soltanto a Gianni Letta? Quando gli ricordo che a fine settembre il settimanale «Oggi» ha pubblicato un elenco di 131 sue presunte fidanzate, e gli chiedo se è vero che lui ha commentato «Solo queste?», il presidente mi corregge con un sorriso ammiccante: «Che male informati...».

Lui è un gran filone, ma con tante donne intorno ho avuto la sensazione nettissima che soltanto di due sia stato davvero innamorato. Una si chiama Carla, l'altra Veronica.

XV
Amore di Dio

Chiara innamorata di Francesco?

Santa Chiara era innamorata di san Francesco? La domanda non è blasfema, visto che il tema è trattato da tanta pubblicistica cattolica e ripreso da Rodolfo Doni in *Francesco d'Assisi*, pubblicato dalle Edizioni Paoline e considerato dai francescani uno dei testi di riferimento. Scrive padre Ernesto Balducci, biografo del santo: «Fra quelle donne ... ce n'era una che lo amava e che egli amava. Di quale amore si trattasse è difficile dirlo. Non era un amore fisico ma non era nemmeno, come suol dirsi, un amore spirituale...».

Nel suo libro sul Poverello, Franco Cardini ammette che nel comportamento di Chiara vi fosse «la giovanile baldanza e forse un pizzico di giovanile imprudenza ... Si è parlato anche di amore terreno, sia pure appena accennato e subito sublimato in Dio ... O, almeno, di amore di lei per lui. Fantasie romantiche, certo; ma in fondo, perché no? ... Una ragazzina maturava allora in fretta più che oggi ... Forse sta tutto lì, negli sguardi di una quasi-bambina che fa del bel cavaliere ventenne l'idolo dei suoi sogni segreti, l'"amore" di Chiara per Francesco. E se così è, non è poca cosa. Ma non ne sapremo mai niente...». (Doni non se ne scandalizza: «Il gesto di Maria Maddalena che scioglie i capelli ai piedi del Signore – l'atto più femmineo della donna verso l'uomo – è un precedente di trasporto amoroso che Gesù stesso non rimproverò, ma anzi gradì, tanto che poi a lei per prima si svelerà da Risorto».)

Francesco era un uomo affascinante, ma non bello. Come ricordano Indro Montanelli e Roberto Gervaso nell'*Italia dei Comuni*, aveva la testa grossa, la fronte bassa, gli occhi neri, il naso dritto, le orecchie piccole, le mani lunghe e bianche. Figlio di un ricco e rozzo commerciante di stoffe, Pietro Bernardone, faceva la «dolce vita». Dovette arruolarsi per difendere Assisi da Perugia, poi, a 25 anni, sentì improvvisamente la voce di Dio e cambiò abitudini in modo radicale. Era il 1206. Rubò al padre per distribuire il denaro ai poveri, ma lo fece in modo così clamoroso che il parroco di San Damiano, temendo rappresaglie, lo rifiutò.

Bernardone non gradì affatto la conversione del figlio, tolto presto dagli studi (che Francesco peraltro non amava) per tuffarlo negli affari. A ogni furto lo riempiva di bastonate, finché il giovanotto non fece il celebre gesto entrato nella leggenda. Dinanzi al vescovo di Assisi, che gli aveva ordinato di restituire al padre il dovuto, gettò ai piedi di Bernardone la borsa con il denaro e i ricchi abiti di famiglia, restando completamente nudo. Il vescovo gli diede una mantella e lo mandò, come sguattero, in un convento. Il Signore apparve all'ormai Poverello e gli strinse ancor di più i freni dell'indigenza. Così Francesco abbandonò bisaccia, bastone e calzari (per reggere una veste di tessuto povero e pesante, si cinse i fianchi con una corda) e, da quel momento, accettò solo doni in natura, avendogli il Signore proibito di maneggiare denaro.

A Innocenzo III, che lo aveva convocato a Roma, si presentò così miserando che il papa lo cacciò, dicendo che il suo posto era tra i porci. Senza battere ciglio, il Poverello se ne andò in un porcile e tornò dal pontefice coperto di sterco. Innocenzo si scusò. Poi, un po' per aver subìto il fascino dell'uomo, un po' per toglierselo di torno, gli consentì di fondare l'ordine dei frati minori e gli fece assegnare dall'abate benedettino del monte Subasio una cappella così piccola da chiamarsi «Porziuncola», intorno alla quale, con i suoi primi seguaci, Francesco costruì capanne di argilla.

Fu qui che venne raggiunto da Chiara, anch'essa figlia spiritualmente scapestrata di una famiglia assai ricca. Sfuggendo ai genitori disperati, la giovane si presentò da Francesco, che le tagliò i capelli e le diede un saio. A sua volta ottenne di fondare un ordine che ne porta tuttora il nome, le clarisse, le quali alternavano la preghiera ai lavori manuali e alla cura dei lebbrosi.

E fu proprio rispetto ai lebbrosi che si manifestò la primissima forma d'amore di Francesco. Un giorno, subito dopo la conversione, mentre andava a cavallo ne incontrò uno: non esitò a scendere a terra, a dargli il denaro che il poveraccio gli aveva chiesto e a baciarlo sulle piaghe. Poco dopo ripeté quel gesto assai coraggioso con tutti gli ospiti di un lebbrosario. E la cura dei lebbrosi diventò presto per lui una santa abitudine: lavargli i piedi e baciargli le piaghe lo faceva sentire più vicino a Gesù Cristo.

Osserva René Fülöp-Miller: «L'amore fu l'essenza della vita di Francesco; egli lo visse in tutto ciò che fece, lo proclamò in ogni sua parola: l'amore gli dette un potere maggiore di quello dei papi più potenti, una devozione più viva di quella dei monaci più devoti, una saggezza superiore a quella dei dottori più colti; lo rese il più lieto fra la gente lieta, il più cavalleresco di tutti i cavalieri e il più immortale fra i "trovatori"». E un laico come Luigi Salvatorelli aggiunge: «L'amore di san Francesco per tutto il creato rappresenta qualcosa di radicalmente nuovo. È la sensazione diretta del divino presente in tutte le cose; è la percezione precisa, entusiastica della bellezza conferita all'universo da Dio».

«S'immerse nudo nella neve alta»

Come tutti gli uomini d'amore destinati alla santità, anche Francesco ebbe nel diavolo un interlocutore potentissimo e un nemico spietato. Le bastonature notturne subite da Satana che, dopo notti di battaglia, lasciavano il frate esausto e livido dinanzi ai confratelli interdetti sono molto simili a quelle testimoniate da padre Pio. Le tentazioni di lussuria provate da chi era stato un giovane licenzioso furono frequentissime. E, in genere, Francesco le allontanava flagellandosi. Ma una volta non ci riuscì e allora, racconta Tommaso da Celano, «aprì la celletta e, uscito nell'orto, s'immerse nudo nella neve alta. Poi prende la neve a piene mani, la stringe, ne fa sette mucchi a forma di manichini, si colloca dinanzi a essi e comincia a parlare così al corpo: "Ecco, questa più grande è tua moglie; questi quattro, due sono tuoi figli e due tue figlie; gli altri due sono il servo e la domestica, necessari al servizio. Fa' presto, occorre vestirli tutti, perché muoiono dal freddo. Se poi questa preoccupazione ti è di peso, servi con diligenza unicamente il Signore". All'istante il diavolo confuso si allontanò».

L'amore di Francesco per Gesù si sublimò, in un giorno di preghiera, sul monte della Verna. Tra le ali di un serafino, gli apparve un uomo crocifisso. E quando la visione svanì, sulle mani e sui piedi del frate comparvero i segni dei chiodi, mentre sul fianco destro c'era una cicatrice rossa che colava sangue, imbevendone – raccontano i testimoni – la tonaca e le mutande. Era il 15 settembre 1224. Nello stesso anno, Francesco scrisse il suo testamento spirituale nel *Cantico delle creature*, il primo testo della letteratura italiana, un capolavoro di quella universale e, soprattutto, la più straordinaria dichiarazione d'amore alla vita e alla natura: «Laudato sie, mi' Signore, cum tucte le Tue creature, spetialmente messor lo frate sole ... per sora luna e le stelle ... per frate vento ... per sor'aqua ... per frate focu ... per sora nostra matre terra ... per sora nostra morte corporale, da la quale nullu homo vivente pò skappare...».

«Sora morte» lo colse nel 1226, all'età di 44 anni. Due anni dopo era santo. La stessa rapida carriera toccò a Chiara, morta nel 1253 a 59 anni. Fu proclamata da Pio XII patrona della televisione, avendo «visto» una funzione natalizia con tanto di presepe a Santa Maria degli Angeli mentre era nel chiuso della sua cella.

Il generale dei francescani: «Anch'io mi sono innamorato»

«Ma lo sa che mi sono innamorato anch'io?» Prima di indossare il saio? «No, già lo indossavo, sia pure durante il triennio di prova, quando fai la promessa di povertà, castità e obbedienza, e vedi se te la senti di continuare.» Come andò? «Prima di allora avevo avuto solo qualche cottarella di quelle che capitano ai ragazzi. Poi ero entrato in seminario soprattutto perché mi piaceva la compagnia degli amici che ci stavano. Ma quando al mio paese, Sant'Angelo di Piove, vicino a Padova, arrivò una missione popolare con un frate dell'ordine del santo, rimasi così appassionato delle cose che diceva e soprattutto della sua vita che decisi di provare.»

Fu allora che arrivò la tentazione. «Avevo 20 anni e lei 19, aveva appena finito le scuole superiori. M'innamorai sul serio di questa ragazza conosciuta in parrocchia. Davvero una bella persona. Per me era una cosa seria ed entrai in crisi. Ho avuto in quel momento la fortuna di essere affiancato da un grande formatore. "Marco," mi disse "non facciamo tragedie, decidi tu che cosa vuoi dalla vita." Feci così una riflessione molto serena e capii che quel che volevo dalla vita non era il matrimonio, ma qualcosa d'altro. E decisi di proseguire sulla strada che avevo scelto.» E la ragazza come la prese? «Ci rimase male, ma anche qui avemmo la grazia di condividere la mia scelta: se crediamo tutti e due in Gesù, ci dicemmo, questo ci aiuterà.»

Marco Tasca, 54 anni ben portati, capelli grigi a spazzola, camicia celeste che esce dal saio bruno, è uno di quei veneti che fanno simpatia appena aprono bocca. È ministro generale dei frati minori conventuali, quelli del Sacro Convento di Assisi, per intenderci. Ed è uno dei quattro san Francesco d'oggi. Gli altri tre sono i generali dei minori, dei cappuccini e del terz'ordine regolare: 30.000 frati, oltre alle migliaia di suore e ai 600.000 laici che hanno fatto a Francesco una promessa di vita. («Sono divisioni storiche che non hanno più senso» mi spiega però Tasca.) I quattro generali comandano l'intero gruppo a turno, un anno per ciascuno, e s'incontrano tre volte l'anno: il 24 dicembre, il lunedì dell'Angelo e alla vigilia della festa del Santo. Volevo chiedere a padre Marco che cosa resta oggi dell'amore di Dio che invadeva Francesco, e ho dovuto aspettare l'appuntamento per quasi un semestre. «Ho i miei fratelli sparsi nei cinque continenti» si scusa «e il mio dovere è stare con loro.»

Il racconto del suo innamoramento giovanile mi rilassa: ho davanti a me un uomo, non una combinazione di puro spirito. Un uomo che, dopo l'amore giovanile, ha avuto altri momenti di smarrimento: «Be', certo, durante la vita capita di innamorarsi, di incontrare una donna e di dire: "Guarda quanto è brava, che bella vita fa". Ma questo non ha mai messo in dubbio la mia scelta».

Per spiegarmi quanto conti ancora oggi l'esempio di san Francesco («un grande innamorato»), padre Marco cita sempre un episodio che capitò a Paolo VI: «Un giorno andò a trovarlo un monaco buddista, delegato del Laos, allora tormentato paese chiave negli equilibri dell'Estremo Oriente. "Vede, Santo Padre," gli disse "a noi gli americani propongono tecnologia, i russi armi, i tedeschi soldi. Se lei ci manda un altro san Francesco, vedrà che ci converte tutti." Questa è la chiave di volta della parola "amore" in san Francesco: un essere appassionato che ti coinvolge e ti converte. Più che ai suoi scritti, è al suo stile di vita che bisogna guardare. Le fonti ci dicono che, ogni volta che nominava Dio, Francesco si leccava le labbra...».

Oggi quanti frati si leccano le labbra? «Tanti. I frati praticano l'amore di Dio e l'amore verso la nostra vita con l'attivismo. Mamma mia, quanto lavorano. Pensi all'Honduras: abbiamo una parrocchia che abbraccia un'area di 250.000 abitanti e 26 chiese. Sa quanti frati la curano? Tre, per carenza di sacerdoti. I miei fratelli fanno un'attività pastorale enorme. La loro passione è la loro sfida. Il secondo aspetto dell'amore di Dio sta nella fraternità. Francesco dice che nessuno di noi si è scelto i fratelli che gli stanno accanto, è Dio ad averli messi lì. All'inizio del suo cammino, a Rivotorto, Francesco sentì che uno dei frati che lo seguivano si lamentava. "Che succede?" gli chiese. "Ho fame" gli rispose l'altro. Allora Francesco disse: "Bene, adesso ci fermiamo tutti a mangiare qualcosa". Avrebbe potuto dirgli: "Mangia qualcosa", ma in questo caso il frate si sarebbe sentito diverso e più debole degli altri. Stare insieme è indispensabile per la vita fraterna. Guai a isolarsi: l'individualismo è il nostro nemico. E ricordi: quando si nomina Dio, bisogna leccarsi le labbra...»

«Quando dissi alla mia ragazza: "Voglio aiutare i poveri"»

Ho incontrato l'amore di Dio mangiando un piatto di pastasciutta in Kenya, a Nairobi e a Chaaria, un villaggio sperduto a quasi 400 chilometri a nord della capitale. Intorno alla tavola della mensa di Nairobi c'erano cinque sacerdoti della Consolata, di età variabile tra i 72 e gli 89 anni, che hanno trascorso in Africa gran parte della loro vita religiosa dedicandola completamente ai poverissimi – così poveri che per noi è difficile immaginarlo – che qui certo non mancano. Alla mensa di Chaaria erano invece seduti tre «fratelli» – così si chiamano i religiosi non consacrati – del Cottolengo di Torino. Hanno 34 anni, 41 e 49. Ho visto quel che fanno e con chi lo fanno: mi sarà difficile dimenticarlo. Un tempo i fratelli erano, in genere, religiosi che non riuscivano a diventare preti. Facevano gli stessi voti (obbedienza, castità, povertà) senza la consacrazione. Adesso ci sono persone che scelgono questa strada in modo primario, anche se nessuno – credo – ha alle spalle la storia di Beppe Gaido, il meno giovane di loro.

I genitori di Beppe, che avevano una panetteria in un piccolo centro del Torinese, hanno fatto studiare i figli (lui e la sorella) con molti sacrifici. Beppe era prodigo di soddisfazioni, ma quando a 18 anni ha superato la maturità classica con il massimo dei voti, aveva già scelto una strada molto diversa da quella immaginata dalla madre. Dalla madre, e non più dal padre, perché il fornaio, cardiopatico, era morto da poco di tumore alla laringe. Beppe l'aveva assistito nelle notti in corsia, aveva registrato nell'orecchio e nell'anima il respiro faticoso e drammatico dei tracheotomizzati, il rumore regolare e sinistro degli strumenti che conservano la vita annunciando la morte. In quelle notti interminabili capì che cos'era la sofferenza. Non gli piacque come i medici avevano trattato suo padre, mentre restò ammirato dalla passione con cui gli infermieri non specializzati – gli ultimi della classe – assistevano gli ammalati. Decise, perciò, di arruolarsi come infermiere generico tra i fratelli del Cottolengo, l'istituto fondato nel 1828 da un canonico piemontese, don Giuseppe, che si definiva «manovale della Provvidenza» per accogliere «i rifiuti degli altri ospedali», in particolare gli handicappati.

«Quando a 19 anni, nel 1981, entrai nel Cottolengo» mi racconta «ero fidanzato da quattro anni con la mia compagna di banco del ginnasio e del liceo. Lei ha sofferto molto per la mia scelta – io avevo una prospettiva, che a lei veniva a mancare – ma non l'ha mai ostacolata. Chi, invece, fece di tutto per trattenermi fu mia madre. E c'era da capirla: vedova da due anni, aveva puntato tutto su di me. Ma la mia decisione era presa fin da prima che ottenessi la maturità. Il problema era come dirglielo. Avevo scritto una lettera al superiore del Cottolengo comunicandogli che, superato l'esame, nell'autunno sarei andato da loro, dopo aver affrontato mia madre e la sua prevedibile resistenza. Avevo pregato un amico di consegnare la lettera, ma l'avevo lasciata nella mia stanza senza chiudere la busta. Mia madre la vide, la lesse, ma quando l'amico si presentò per prenderla, non gli disse niente. E non disse niente nemmeno a me. Ne parlò, al contrario, con la madre della mia ragazza (i nostri genitori si conoscevano) e decisero di organizzarci un weekend per noi due soli a Bardonecchia. La domenica, la madre della ragazza telefonò felice alla mia: "Sono stati tutto il giorno mano nella mano...". E invece non c'era niente che potesse riportarmi indietro. Ne avevo parlato con molta sofferenza alla mia fidanzata: "Voglio provare," le avevo detto "non sono sicuro di riuscire, non ho avuto l'illuminazione, è una scelta razionale". E lei: "Ti lascio andare". Avevo deciso di parlarne con mia madre all'ultimo momento, ma a un certo punto lei mi affrontò: "Mancano quindici giorni, quando me lo dici?". Il nostro parroco le diede manforte: "Come fai ad abbandonare una donna vedova da due anni? Fai la carità in casa, piuttosto...". Ma la mia strada era segnata. Avevo deciso di lavorare gratuitamente per i malati poveri e mi sembrava che il Cottolengo fosse la scelta giusta. Non volevo farmi sacerdote per essere più libero nel mio servizio. Non volevo portare Gesù agli altri con l'eucaristia, ma cercare il Gesù che si nasconde negli altri, soprattutto nei malati. La mamma si sentì tradita e per tre anni non mi ha perdonato. Poi ha cominciato a seguirmi, ha visto quello che faccio e adesso è la prima delle mie sostenitrici.»

Furono i superiori del Cottolengo a impedire a Beppe di fare l'infermiere generico: consideravano sprecata la sua intelligenza. Lo convinsero, perciò, a laurearsi in medicina. La prima specializzazione fu in malattie infettive a Torino, la seconda in malattie tropicali a Londra. Poi, finalmente, l'Africa e, dal 1998, quest'angolo sperduto degli Altopiani centrali del Kenya, sfiorato da migliaia di turisti ignari, impegnati in safari fotografici senza avere la più pallida idea di quanta sofferenza umana si nasconda a pochi chilometri dalle giraffe che ostentano flessuose la loro eleganza.

«Tocca a me stabilire chi vive e chi muore»

Arrivando a Chaaria, Beppe Gaido trovò un primissimo nucleo di assistenza creato dai suoi predecessori del Cottolengo: un dispensario e un ricovero per handicappati da 28 posti. Oggi gli handicappati sono 50 e, in luogo del dispensario, c'è un ospedale con 140 posti letto, sempre occupati. («Ci fossero altri 50 posti per gli handicappati, li riempiremmo in dieci minuti.») La gente arriva qui da ogni dove. «Anche dai confini dell'Etiopia, perfino da Nairobi, per fare una gastroscopia.» Chaaria è a 25 chilometri da Meru, quaranta minuti di strada sterrata nella stagione secca, tre ore in quella delle piogge. La popolazione, di poche migliaia di persone, campa di agricoltura: granturco, fagioli e, da un po', anche tabacco, sulla spinta di una multinazionale. Si vive in media cinquant'anni: c'è l'Aids che abbassa la media, benché negli ultimi anni le cose vadano un po' meglio. A Meru c'è un ospedale pubblico che funziona come si può immaginare, ma nella regione depressa di Tharaka, verso sud, non esiste alcun presidio sanitario per un raggio di 80 chilometri, «e vengono tutti qui».

Fratel Gaido nasce come internista, ma adesso pratica qualunque tipo di intervento chirurgico. «Me lo hanno insegnato i medici volontari italiani, che spendono ogni anno quindici giorni delle loro ferie venendo qui a operare al ritmo di otto interventi al giorno. E vengono anche tanti infermieri: da Milano, Torino, Catania, molti dalla Sardegna. Ci aiutano qui, e ci aiutano soprattutto quando tornano in Italia, perché diffondono la voce di chi siamo e piovono le donazioni.»

Fratel Giancarlo, laurea in scienze dell'educazione, attinge alle sue vecchie cognizioni di ragioniere per tenere i conti: «Noi spendiamo in media 65.000 euro al mese, di cui 15.000 per le medicine. Il 28 per cento – 18.000 euro – arrivano dal Cottolengo, il 20 dalle offerte, oltre il 50 da Chaaria». Poi i fratelli riescono a ottenere piccoli contributi dai pazienti che possono permetterselo. «Facciamo 1400 parti all'anno» dice Gaido. «Su 10.000 ricoveri all'anno, 1000 persone non pagano niente, 1500 offrono un piccolo contributo. Solo i dipendenti pubblici sono coperti dalla mutua, che riconosce tariffe superiori alle nostre, bassissime. Alle donne diciamo di far bere al marito una birra in meno alla settimana per trovare gli 8 euro di un parto normale e i 25 di un cesareo. Un'ecografia da noi costa 2 euro e mezzo, all'ospedale statale di Meru 15, in una clinica privata 25. Le malattie croniche comportano lunghissimi periodi di degenza gratuita, così i cronici sono rifiutati dalle altre strutture e vengono qui. Sono malati gravi di Aids (1500 ricoveri all'anno), di paralisi virali, di tumori. C'è tantissima tubercolosi. La vaccinazione antitubercolare è in calo nel Terzo mondo perché, nei sempre più numerosi soggetti con Hiv, ottiene l'effetto contrario, di farla esplodere. Poi c'è la malaria, che uccide ed è la causa dell'80 per cento dei ricoveri in pediatria. La storia che in Africa non ci sono tumori è falsa. Ci sono tantissimi linfomi, leucemie. Le donne sono le più disgraziate per la frequenza dei tumori alla cervice e al seno. Prevenzione? Di là da venire.»

Giro nei reparti dell'ospedale. Non c'è un posto libero, tanto che in caso di necessità si mettono due ammalati nello stesso letto. Le infermiere portano la bella divisa bianca e blu della tradizione britannica, e i bambini che vanno a scuola (ne incontro molti sulla strada per Chaaria), magari non hanno da mangiare, ma indossano tutti la divisa arancione. Anche gli ammalati sono in divisa: un camicione azzurro, più elegante, a vedersi, della sfilata di pigiami e camicie da notte multicolori dei nostri ospedali. Ci sono molte donne (quelle con il pancione un po' si vergognano dinanzi allo straniero), uomini anziani che non usciranno più di qui, e tanti bambini. Ne vedo un paio nelle incubatrici: in Italia sarebbe del tutto normale, qui significa aver regalato la vita (e forse la speranza) a qualcuno. E ci sono molti orfanelli: due dormono in un lettino, la loro madre è morta, il padre ha promesso di venire a riprenderseli quando saranno più grandi.

I reparti che colpiscono di più chi viene dal nostro mondo sono quelli dei malati terminali e degli handicappati. I terminali che incontro sono persone anziane, non so quanto veramente consapevoli della loro sorte, ma mi paiono sereni. Ricevono assistenza, accudimento, conforto; avranno una sepoltura. I parenti, spesso, non vogliono che gli vengano restituiti i corpi dei loro cari, tranne i musulmani i quali, puntualissimi, si presentano per compiere il rito funerario entro le 24 ore. Ma quando nessuno si presenta, non puoi certo seppellire il morto lì per lì nel cimitero dietro l'ospedale. Devi aspettare ventuno giorni, e fratel Giancarlo deve correre a Meru per ottenere l'autorizzazione del magistrato: per i poveri, anche la morte è una complicazione.

Gli handicappati fanno una grande tenerezza. È stato insegnato loro a infilare, con straordinaria pazienza e precisione, le perline in un filo, così da farne collane e rosari bellissimi. Quando uno di loro mi si avvicina per farmene dono, mi spiegano che, se fosse stato curato in tempo, sarebbe stato recuperabile. Ha infatti qualcosa di simile a una tetraparesi spastica, la malattia che – ben curata – non ha impedito ad Antonio Guidi di fare il neurologo e diventare sottosegretario di Stato.

Si capisce subito che, se fossero nati in Italia, molti di questi ammalati non si troverebbero in simili condizioni. Su cento persone che muoiono qui, quante ne morirebbero da noi?, chiedo a fratel Gaido. «Venti.» Mi guardo intorno e vedo tanta gente ingiustamente condannata. «Noi fratelli ci sottoponiamo a una trasfusione di sangue ogni tre mesi, ma è una goccia nel mare. Il sangue manca. Quello che chiediamo ai parenti con prudenza (c'è l'Aids) non basta. Allora, se devo decidere a chi fare una trasfusione, trascuro i malati di cancro, poi gli adulti gravi, e finisce che la faccio ai bambini. Potrei salvare qualche malato di tumore con la chemioterapia, ma una cura completa costa 20.000 euro. E con 20.000 euro salvo tanta gente in più. Insomma, alla fine tocca a me stabilire chi deve vivere e chi deve morire.»

Quando la scelta è fra pillola e aborto

Quando chiedo ai fratelli che cos'è l'amore di Dio, fratel Beppe mi risponde che, alla soglia dei 50 anni, gli è rimasto il «nocciolo». E il nocciolo è Matteo 45: quel che farete al più piccolo dei miei fratelli, lo farete a me. Giancarlo (34 anni, religioso da dieci, a Chaaria da due) vede in ogni povero Gesù crocifisso, Roberto (41 anni, arrivato qui l'anno scorso) è in linea con i confratelli. Ma poi c'è il dramma quotidiano di confrontarsi con se stessi e con problemi per i quali la Chiesa non sempre ha una risposta pronta.

Si prenda, per esempio, la contraccezione. Qui le donne lavorano molto più degli uomini, in casa e nei campi. Gli uomini passano la giornata a masticare *miraa*, una specie di marijuana che viene coltivata in quantità e persino esportata. E a bere birra, tanta birra locale, preparata con il miele e il granturco. Si ubriacano spesso, litigano, si uccidono anche a colpi di machete nei regolamenti di conti, si suicidano. E fanno sesso, tanto sesso. Qui le donne si sposano molto presto e arrivano rapidamente a quattro figli. Vai a spiegare che bisogna fare l'amore solo nei giorni non fertili. Quando il marito torna ubriaco, ti picchia e ti ordina: «Apri le gambe!», la scelta è secca: o la pillola o l'aborto. Te li raccomando gli aborti da queste parti: vai dalla mammana, ti infila il ramoscello di un tubero nella cervice e in un paio d'ore ti vengono le contrazioni e abortisci. Quando va bene. Ma talvolta va male: il bastoncino non è infilato correttamente, e arrivano le infezioni e la morte.

E allora che devono fare i religiosi: obbedire alla Chiesa o alla realtà? Fanno l'una e l'altra cosa, come quasi tutti i missionari: non consegnano direttamente la pillola, ma indirizzano all'ospedale pubblico che, almeno in questo, è efficiente, inondato dall'Organizzazione mondiale della sanità di pillole anticoncezionali e preservativi. Già, i preservativi. Anche quelli sarebbero proibiti dalla Chiesa. E con l'Aids, come la mettiamo? Non diciamo sciocchezze del tipo: il virus li sfonda. Tant'è vero che anche a Roma qualcosa si sta muovendo, nel nome del male minore. Chissà...

C'è poi il peso della scelta personale. Anche Giancarlo era fidanzato, prima di entrare al Cottolengo a 21 anni, con una ragazza che voleva farsi suora. Alla fine, lei ha rinunciato e lui no, seppure il fatto di non essersi sposato gli ha pesato. Quando racconto a fratel Beppe che una suora, come vedremo tra poco, mi ha confessato di essersi presa le sue belle cotte, lui non se ne meraviglia affatto. «Il problema» mi dice «si affaccia più forte con il passare degli anni. Tra i 20 e i 40 la vita religiosa è troppo piena di cose da scoprire per farti pensare ad altro. Certo, c'è il problema fisico, ma pazienza. È dopo i 40 e soprattutto alla mia età che cominci a pensare: se non faccio un figlio adesso, non lo farò più. Non conta fare sesso o non farlo, ma pesa chiedersi: "Invecchiando, avrò qualcuno con cui parlare?".» Lo ascolto e penso che qui intorno ci sono sette chiese di confessioni protestanti i cui pastori vivono serenamente con mogli e figli.

Fratel Beppe guida veloce, mentre con l'ambulanza mi riaccompagna verso quella che noi chiamiamo «civiltà». Non possiede niente, ma questo non gli manca. Torna in Italia ogni tre anni. Ha quindici giorni di ferie all'anno, che passa in altri paesi dell'Africa a spese della madre o della sorella. Ogni tanto va a Meru e chiede al superiore, che per turno ora è Giancarlo, di dargli qualche spicciolo per bere una birra. O qualche scellino per comprarsi una maglietta, quando non arriva da casa. Come dice Gesù nelle parole di Matteo? Tutto ciò che farete al più piccolo dei miei fratelli, lo farete a me...

«Caro papa, se pillola e condom servono a salvare una donna...»

Il primo ad alzarsi da tavola, dopo aver mangiato la pastasciutta alla casa madre della Consolata di Nairobi, è padre Egidio Pedenzini. È un bell'uomo robusto della Valsugana, prete dal 1966 («Ero diocesano, ma quella vita non mi piaceva. Allora sono andato alla Consolata»). Dimostra meno dei suoi 72 anni: capelli bianchi e pizzetto, porta nel bagaglio un dottorato in antropologia culturale ottenuto negli Stati Uniti e ha fretta di raggiungere la nuova missione che ha impiantato a Sereolipi (Fiume sterile) nel Kenya settentrionale, verso l'Etiopia. È un posto molto arido, non piove da un anno e mezzo, ci vivono 7000-8000 persone, tutti pastori nomadi. «E patiscono la fame, perché il bestiame è lontano dalle baracche e il cibo non basta mai. Le mucche sono così deboli che per prenderne un po' di latte dobbiamo metterle in piedi afferrandole per le corna e per la coda. Qualche volta arrivo con un camion di granturco, fagioli, olio, ma è sempre troppo poco. Come s'impianta una missione? Si costruisce una casa in cui abitare, si va in giro a raccogliere gente per farne una comunità, si costruisce un asilo. Qui la gente è molto religiosa. La religione tradizionale africana facilita l'incontro con la nostra: credono in un Dio creatore e alla sopravvivenza dopo la morte. Gli sacrificano gli animali e pregano. Le donne si lasciano battezzare e, dopo qualche anno di istruzione, fanno battezzare anche i piccoli. Con gli uomini è più difficile. Quanto si campa? Meno di 50 anni, anche se la mortalità infantile è arginata dalle vaccinazioni.»

La vita di tutti questi missionari è piena di episodi straordinari. Padre Egidio me ne racconta uno vecchio di quasi quarant'anni: «Abitavo in una capanna, coperto da uno straccio intorno alla vita e con due lance per difendermi. I leoni venivano ad annusarmi, ma non si sa mai... Io dormivo tra le mucche, con un pezzo di legno per cuscino. La vigilia dell'ultimo dell'anno del 1973 avevo una fame atroce: una tazza di tè al mattino, una alla sera e basta. È entrato un leopardo, si è preso un capretto e l'ha portato via. Io, mezzo addormentato, gli ho lanciato il *rungo*, che è una mazza di legno, e un guerriero morani gli ha tirato una lancia. Siamo usciti, c'era il capretto morto e il leopardo era scomparso. Il guerriero suggerì di lasciare lì il capretto come esca e di aspettare il ritorno del leopardo, ma io avevo troppa fame e lo convinsi a mangiare il capretto e a tornare a dormire. Durante la notte sentii un animale che succhiava qualcosa accanto al mio giaciglio. Presi il *rungo* e gli diedi una gran mazzata. Era un cane... Ma la gente disse ammirata: "Il padre non dorme mai"».

Padre Egidio si alza, dice qualcosa al cellulare in swahili (metà arabo, metà bantu) e si avvia alla porta. «Che cos'è l'amore di Dio? Si vive, non si definisce. L'amore di Dio è qualcosa che nasce dentro, grazie alla vocazione che abbiamo ricevuto di stare con i più poveri. D'altra parte, il primo annuncio del Vangelo è l'amicizia, il contatto con i meno fortunati. Nasce tutto da lì.»

Padre Franco Cellana, trentino della Val di Ledro, ha passato trentacinque dei suoi 70 anni in giro per il mondo – dieci in Spagna, quattordici in Tanzania e undici in Kenya – e ora è superiore generale della Consolata per il Kenya e l'Uganda.

L'istituto missionario della Consolata prende il nome dal santuario torinese ed è stato fondato a cavallo tra l'Ottocento e il Novecento. «I primi dei nostri» mi racconta padre Franco «vennero qui nel 1902. Erano in quattro e volevano andare in Etiopia, ma il capo karuri della tribù Kikuyu li prese in simpatia e li convinse a piantare la loro prima tenda fra le sue montagne. Aveva una trentina di mogli, ciascuna con un numero...» Oggi la Consolata ha 1014 missionari in 25 nazioni del mondo, di cui 116 nelle 31 missioni in Kenya. Qui ci sono in tutto, tra sacerdoti, suore e i pochi fratelli, 2020 missionari raggruppati in 204 strutture di 60 congregazioni (molto presenti sono i comboniani). I missionari della Consolata si occupano in particolare dei giovani: le loro scuole sono state frequentate da larga parte dell'élite keniota, a cominciare dal presidente della Repubblica. (Quando un missionario fu ucciso da una banda che voleva derubarlo, l'inchiesta finì nelle mani di una giudice della tribù nomade dei Samburu che aveva studiato alla Consolata. «Voi avete fatto tanto per me» disse ai confratelli della vittima «e io farò giustizia.» Nel giro di un anno gli assassini furono individuati, arrestati e condannati.) Tutte le 31 missioni keniote della Consolata hanno scuole primarie e secondarie, e a Nairobi i corsi di lingua e filosofia diventeranno presto facoltà universitarie. Hanno poi aperto 3 scuole professionali e, nel corso dei decenni, 4 ospedali, oggi affidati in parte alla cura di altre congregazioni.

Durante la conversazione padre Franco affronta senza imbarazzo anche il tema della contraccezione e ricorda che in Uganda un missionario disse a Giovanni Paolo II: «Caro papa, noi dobbiamo prevenire la morte e, con la vita, assicurare a queste persone anche la dignità. Perdoni, quindi, la pillola e il condom». Il pontefice rimase molto colpito. Come vi regolate?, gli chiedo. «Ufficialmente non si può accettare né la pillola né il condom. Ma quando ci troviamo in una baraccopoli, dobbiamo seguire criteri di prevenzione sanitaria e salvaguardare la dignità della donna e dei suoi figli. Certe volte, in pochi mesi, l'Aids si è portato via prima il marito e poi la moglie. Se un malato di Aids rientra a casa e vuole fare tutte le sere sesso con la moglie, dobbiamo proteggere o no quella sventurata? E allora la mandiamo in un ospedale...»

«Siamo venuti per dare, abbiamo ricevuto molto di più»

«Per me, l'amore di Dio è riconoscerne la bellezza nel volto della gente» dice padre Gerardo Martinelli. «Riconoscerlo nella grandezza di ogni uomo.» Martinelli, trentino di Rovereto, ha 70 anni, di cui trentanove trascorsi in Kenya. «Sono stato in una quindicina di missioni, soprattutto in quelle dove gli altri si rifiutavano di andare. Mi ha colpito l'entusiasmo di tanta gente mentre spiegavo il Vangelo. Ricordo una Pasqua in cui tutti si sono messi a battere le mani e i piedi in chiesa. Riconoscevano la grandezza e lo splendore di Dio nel loro Kirinyaga, il dio del monte Kenya. Perché non siete venuti prima a spiegarci queste cose?, mi chiedevano. Ho visto un entusiasmo sconosciuto in un paese cristiano.»

Quando padre Martinelli arrivò in Kenya per la prima volta, nel 1972, andò a riceverlo all'aeroporto monsignor Ambrogio Ravasi, un brianzolo di 82 anni, arrivato qui nel 1971 dopo essere stato il superiore della Consolata negli Stati Uniti. «Dopo dieci anni in Kenya» mi racconta padre Ravasi «mi fecero vescovo di Marsabit, una nuova diocesi del Nord, la più difficile: deserto, nomadi, povertà, predoni, una terra dimenticata dal governo colonialista inglese. Una diocesi grande quanto l'Italia settentrionale. Abbiamo costruito dispensari, scuole, pozzi, strade. Poi, anche un centro di catechesi. La gente era già pronta a ricevere i valori della nostra Chiesa. Apprezzano la dignità dell'uomo, la sua elevazione spirituale, hanno il senso della comunità, mentre nei nostri condomini a malapena ci salutiamo.» Padre Ravasi ricorda le aggressioni dei rapinatori, l'assassinio di tre sacerdoti, e si sente ricco per ciò che ha ricevuto. «Siamo venuti per dare, lei non ha idea di quel che abbiamo avuto. Dovevo fare il prete a Milano, una sede ricchissima, poi quando sono partito mia mamma piangeva, anche se diceva di essere contenta. E così, visto che lei vuole sapere da ciascuno di noi che cos'è l'amore di Dio, le dirò che per me è un fuoco interno, un virus benefico che si alimenta con quel che facciamo e con quel che vediamo.»

In fondo alla tavola ci sta ascoltando il più vecchio della compagnia. Padre Antonio Bianchi ha 89 anni, bellissimi capelli candidi e un'aria da ragazzo impertinente. «Ho solo la quinta elementare e leggo un libro al giorno per recuperare.» È in Kenya dal 1956, quando c'erano ancora gli inglesi. La madre lo mandò in seminario a 10 anni, voleva che diventasse gesuita «perché quelli a trent'anni ancora studiano». «Ma io lessi su una rivista che un missionario andava a curare i lebbrosi in canoa e dissi: voglio fare quella roba lì.»

In cinquant'anni è stato in undici missioni. «Ho aperto scuole e dispensari, ho cercato di esprimere l'amore per questa gente educandola e guarendola.» Quanta gente ha salvato? Padre Antonio si copre la faccia appoggiando le mani sui capelli bianchi: «Chi li ha contati? Tra i miei santi ci sono un medico e alcune suore: arrivava tantissima gente per essere curata, ma anche quando erano sfiniti, non hanno mai rimandato indietro nessuno. Mai una domanda, solo cure. L'amore di Dio l'ho trovato tra la gente. Ho investito uno e ho ricevuto mille. Certo, loro [*indica gli altri missionari*] dicono che sono un po' eretico perché non ho più la fede che avevo in seminario, però io a Gesù voglio molto bene e gli chiedo di aiutarmi a sciogliere i miei dubbi, perché i dubbi sono frutto d'intelligenza. E allora, quando vedo tante malattie e tanta povertà, la teologia che ho studiato con i cappellani militari non mi serve molto. Così prego Gesù di aiutarmi a capire, lo prego di voler bene a quella gente, di aiutarmi a curarla. E sono un po' più sereno...».

«Quando diedi ai miei bambini il veleno per topi»

Chiedo a padre Franco Cellana di accompagnarmi nei luoghi di missione: gli slum di Nairobi, ghetti abitati da milioni di persone che vivono in condizioni per noi inimmaginabili. Una domenica mattina andiamo a Kibera, il ghetto più grande: 800.000 abitanti rinchiusi in una selva inestricabile di case di fango e lamiera. Kibera significa «foresta» e, in effetti, qui c'era un bel bosco quando, dopo la fine della prima guerra mondiale, gli inglesi ci impiantarono, per gratitudine, i sudanesi del Sud che li avevano aiutati. Ma con il passare degli anni ai sudanesi si sono aggiunte molte delle cinquanta principali tribù keniote e, al posto degli alberi, è nata una gigantesca baraccopoli.

Nella visita ci accompagna Nancy, una collaboratrice del missionario nel settore educativo. Nancy dimostra più dei suoi 30 anni perché è alla sua seconda vita, e la prima è stata sufficiente a segnarla per sempre. Obbligata dai suoi a sposare a 17 anni un ubriacone, a Eldoret, una località a 260 chilometri da Nairobi, verso l'Uganda, a 19 aveva già due figli. Picchiata e costretta a fare sesso ogni sera, nel 2001 la donna scappò di casa con i bambini: Tony, 2 anni, Serena, 1. Trovò un alloggio di fortuna, ma non aveva i soldi per pagarlo: gli affitti arretrati crescevano e, quando lei diede un acconto al padrone di casa, lui le disse che non era sufficiente e la cacciò. Nancy era disperata: prese del veleno per topi, lo fece bere ai figli e lo ingurgitò lei stessa. Poiché la cosa avvenne all'aperto, un missionario che passava di lì s'insospettì e rimediò in tempo, con un'immediata razione di latte, e poi con il resto.

La situazione di Nancy restava, tuttavia, disperata. Un giorno padre Franco notò la ragazza mentre vendeva per strada calzini e mutande da uomo. Nancy gli chiese qualche scellino e il missionario le domandò di mostrargli il fagotto che aveva al collo, ma lei scappò. Il missionario tornò di lì a poco: dal fagotto usciva il pianto di un bambino. Stavolta riuscì a farselo mostrare e vide un piccolo handicappato con i piedi e le mani girati all'incontrario. Franco, che parla perfettamente lo swahili, le diede il suo indirizzo pregandola di presentarsi l'indomani. Così il piccolo Tony fu ricoverato in un ospedale e affidato alle cure di Gianfranco Morino, un chirurgo italiano che da trent'anni vive qui e opera soprattutto le persone più povere. Dopo tre interventi, oggi il bimbo cammina e riesce anche a saltare.

Nancy fu mandata a scuola e continua tuttora a studiare, perché le serve un titolo più elevato per poter sostituire i missionari nella gestione delle scuole. Per ora le sono stati affidati i bambini poveri di sette scuole alla periferia di Nairobi. Si tratta di scuole statali, e quindi non si paga nessuna retta, ma si pagano la divisa, la mensa, i libri. Con l'aiuto degli insegnanti, Nancy individua gli studenti più poveri e li dota del necessario. Se i bambini si addormentano sul banco, è perché mangiano poco e vivono in uno slum molto rumoroso. Sul rumore i missionari non possono intervenire, sul cibo sì. Portano, perciò, regolarmente alla scuola sacchi di granturco, di fagioli e di riso. Così tutti mangiano e diminuisce il numero di coloro che si addormentano in classe. Nel contempo, però, aumenta quello dei bambini che hanno fame, perché i prezzi degli alimentari sono cresciuti e molte famiglie non possono pagare la mensa.

Ora Nancy ci segue nello slum e distribuisce ambitissimi lecca-lecca. Nemmeno a Calcutta ho visto una situazione urbanistica così disperata, ma noto una differenza: qui i bambini non sono denutriti, e giocano, sorridono, piangono proprio come accade nei nostri parchi. Il problema è che lo fanno in strade che sono fogne a cielo aperto e sull'uscio di case in confronto alle quali le baracche dei rom italiani sono ville lussuose. Avevo visto in paesi poveri strade sterrate molto dissestate, non mi era invece mai successo di camminare su strati pressati di carta, suole di scarpe, gomma, ortaggi, rifiuti di ogni tipo.

Ogni mattina 200.000 persone si muovono da qui per andare a lavorare a Nairobi, quasi tutti a bordo di scassatissimi pulmini da 14 posti, che intasano il traffico della città oltre l'immaginabile. Lungo i binari della ferrovia si vende di tutto e, quando arriva il treno (ho visto un merci di autentica latta), si ha il tempo di scansarsi. C'è ogni tipo di mercato anche lungo le strade principali. Con l'equivalente di 1 euro si comprano cinquanta pomodori non grandissimi oppure trentacinque banane. Un paio di jeans non costa molto di più, mentre costa 8 euro un paio di scarpe sportive simil Hogan o simil Nike. L'acqua viene distribuita da giganteschi container: è gratuita solo quella frutto della solidarietà internazionale. Dai pali della luce scende ogni tanto qualche filo, che serve a illuminare questa o quella baracca. Siccome le persone violente non mancano, la sera gli ingressi di tanti piccoli quartieri vengono chiusi con porte di latta e grosse catene, come usava da noi nei varchi dei muri di cinta. Solo che qui i muri sono fatti di latta e di fango.

Nonostante il Kenya sia un paese in espansione, non esiste per ora un piano governativo per dare maggiore dignità alla vita di queste persone, anche perché hanno votato per la parte perdente alle elezioni del 2007 (conclusesi, peraltro, con una guerra civile e centinaia di morti per aspre divergenze sul loro esito). Qualche opera di tamponamento viene compiuta dalla solidarietà internazionale. Dentro parecchie baracche ho visto celebrare il rito domenicale dai ministri di tante chiese o sette protestanti. Anglicani e luterani sono molto attivi, ma il servizio più autorevole e organico è riconosciuto ai cattolici. In una grande chiesa di Kibera ho contato non meno di 1500 persone che occupavano ogni posto libero, e padre Franco mi dice che le messe sono sempre seguitissime.

Al concerto di Riccardo Muti del luglio 2011 a Uhuru Park, nel centro cittadino, un centinaio di bambini hanno cantato il *Va' pensiero* a memoria. Sono istruiti, vestiti e sfamati da Comunione e Liberazione, e formeranno la classe dirigente di domani. È girando in posti come questi che si capisce che un numero elevatissimo di persone ha davvero dedicato la propria vita agli altri e che per tanta gente la parola «amore» ha un significato profondamente diverso da quello comune.

Anche suor Teresa si è presa le sue cotte

Il turista assomigliava a un Bruce Chatwin invecchiato. Del geniale archeologo, esploratore e scrittore inglese aveva il fisico asciutto e l'aria da viaggiatore colto e professionale. Indossava un cappello coloniale e uno zainetto nero. Entrato in Santa Maria della Vittoria, a un passo da piazza della Repubblica a Roma, puntò dritto alla cappella Cornaro e, lì, sull'*Estasi di santa Teresa* di Gian Lorenzo Bernini, capolavoro al contempo spirituale ed erotico del barocco italiano. Un cherubino conficca un dardo d'oro nel corpo della santa procurandole una sensazione che lei stessa descrive così: «Pareva che me lo configgesse a più riprese nel cuore, cacciandomelo dentro fino alle viscere ... lasciandomi avvolta in una fornace d'amore».

L'estasi amorosa delle sante per Gesù, con carnalissime manifestazioni d'abbandono, è piuttosto frequente. Lo stesso Bernini ne ha scolpita un'altra nella chiesa romana di San Francesco a Ripa: anche lì la beata Ludovica Albertoni è ritratta mentre prova le stesse sensazioni di santa Teresa d'Ávila.

Anche Caterina da Siena, l'ignorante ventiquattresima figlia del tintore Jacopo Benincasa elevata dal miracolo divino a dottore della Chiesa e a patrona d'Italia e d'Europa, si sposò a 20 anni con Gesù, che le diede un anello visibile a lei soltanto e la decorò di stigmate visibili, dopo la morte, anche agli altri. «Gesù dolce, Gesù amore» la udivano sussurrare, mentre aveva luogo in lei una bellissima trasfigurazione fisica. Ho visto la sua cella nella grande casa paterna a Siena: è senza finestre e di dimensioni tali che un letto non ci sarebbe entrato. Infatti, non c'era. La ragazza ci aveva messo una panca, che le serviva da divano di giorno e da giaciglio la notte. Altri arredi, un crocifisso e un cofano per riporvi insieme biancheria e cilicio.

Ho ripensato a questa dedizione totale di molte donne al Cristo incontrando un'altra suor Teresa in una villetta di mattoni grigi a Nairobi. «L'amore di Dio? Dice il Signore che soltanto i semplici e i puri di cuore lo conoscono. Chissà se rientriamo in questa categoria...» Suor Teresa Marcazzan, che non dimostra i suoi 70 anni, ha il volto aperto e sorridente. È in Africa da trentanove anni, di cui dodici trascorsi in Uganda: «Eravamo tre giovani suore bianche in mezzo alla popolazione nera, dopo il colpo di Stato di Idi Amin, quando non s'incontrava nessun bianco nelle strade. Mi ero laureata in pedagogia, filosofia e poi in teologia all'Università Gregoriana, e mi misero a fare pacchi in una libreria di Kampala. Mi sentivo un uccellino senza ali. Poi ho ripensato alla parabola del chicco di grano che, se non muore, non può portare frutto e, da ragazza ribelle qual ero, capii che soltanto nell'obbedienza avrei trovato la santificazione. In Uganda ho vissuto davvero la Chiesa dei poveri e ho trovato il senso della vocazione».

Adesso suor Teresa è a capo, nell'Africa di lingua inglese, delle Edizioni San Paolo. Pubblica un centinaio di libri all'anno e confesso un po' di emozione nel ricevere in dono da lei una Bibbia in swahili. Pubblicata per la prima volta sette anni fa, è alla sua decima ristampa e ha già tirato 200.000 copie. Girando tra gli scaffali della casa editrice, non nascondo il mio ammirato imbarazzo: non immaginavo che la Chiesa qui fosse così vitale, con decine di volumetti dedicati ai problemi più delicati della vita educativa, matrimoniale e sessuale, scritti con molta chiarezza e senza tabù di sorta.

Suor Teresa ha deciso di farsi suora a 14 anni, mentre suor Raffaella Saba, originaria di Cagliari e in Africa da trentun anni, dopo quattordici passati negli Stati Uniti, ha preso i voti a 21. «Mi piaceva l'apostolato nelle comunicazioni sociali e feci la mia scelta all'improvviso, dopo aver frequentato una settimana biblica» mi dice. Aveva un ragazzo: «Lui l'ha presa bene, siamo ancora amici». Anche a suor Teresa il cuore ha battuto non solo per Gesù. «Nella vita, qualche cotta si prende. Sono una donna, in fondo. Anche le persone sposate non sono immuni da altri innamoramenti, ma se il sentimento matrimoniale è forte, la coppia regge. Così da noi. Se la vocazione è solida, una si dice: ho preso una cotta, ma passerà. E a me è passata.»

Cambiare religione per amore

C'è chi resiste in trincea con entusiasmo e chi, come Georg Reider, francescano, fa scelte radicalmente diverse.

«Quel che maggiormente mi accora, creda, è questa inscalfibilità della Chiesa, sorda ai lamenti. La mia conversione alla Chiesa luterana è stata tale per non volermi consentire il taglio doloroso di una necessità emozionale, ma al contempo è ancora saldamente portatrice della fede e del suo esercizio per me stesso e, ancor di più, verso gli altri. La mia "cronaca" vorrei, invece, fosse eco per gli altri che si trovano in conflitto tra il soddisfacimento delle proprie "più che umane", umorali ed emotive esigenze e l'ottemperanza verso gli obblighi ecclesiastici, la cui rigidità non è riconoscibile nelle Sacre Scritture, né tantomeno nella prassi della Chiesa del primo millennio. Della narrazione di questa triste conflittualità si legge sulle pagine dei giornali e ne sono certamente vergati i diari dei curati di ogni latitudine. Io voglio invece citarne un altro, quello meraviglioso raccontato da Bernanos e filmato da Bresson, dove il giovane prete morente dice al suo ex compagno di seminario (spretato, tubercolotico, che ha abbandonato il sacerdozio per una donna) chiedendogli l'assoluzione: "Che cosa importa? Tutto è grazia".»

È un brano della lettera che mi ha scritto Georg Reider, 56 anni, per trentatré frate francescano e per ventisei sacerdote, che ha lasciato nel 2011 la Chiesa cattolica per quella luterana. Altoatesino di Caldaro, con il centro cooperativa Tau organizza corsi di formazione giovanile. Anzi, organizzava, perché dopo il passaggio al campo luterano i francescani gli hanno detto, naturalmente, di cercarsi un'altra sede.

Reider ha cambiato religione per amore, unendosi a una teologa luterana di Dresda, con la quale, peraltro, non intende sposarsi. Ma il suo gesto è anche una protesta per l'«inscalfibilità» della Chiesa – così la definisce – soprattutto su due punti centrali, per i quali mi rimanda a un'intervista concessa il 12 luglio 2011 al quotidiano «Alto Adige» di Bolzano: «L'obbligo del celibato per i preti è una scelta personale e non dovrebbe essere legato al sacerdozio. Ognuno dovrebbe essere libero di legare alla vocazione sacerdotale la vita coniugale o quella celibe. In secondo luogo, il ruolo della donna nella Chiesa. Se la Chiesa lo permettesse, le donne potrebbero apportare grandi contributi anche a livello sacramentale e ministeriale, come nella società civile». Reider protesta anche per «la marginalizzazione dei divorziati e dei separati» e per il vincolo della Chiesa a princìpi gerarchici. Ma, come sempre in questi casi, è difficile capire se la crisi spirituale è stata la porta dell'amore per una donna o se è accaduto l'inverso.

E don Salvo disse: «Ciao, suocera!»

«Ciao, suocera! Chiamo ancora così la mamma di Lellina, la ragazza che sarebbe dovuta diventare mia moglie. Abbiamo mantenuto un rapporto bellissimo: del resto, non ho lasciato sua figlia per un'altra donna. L'ho lasciata per il Signore, per un motivo alto. Con Lellina no, chiusura totale. Da quando le ho detto che volevo farmi prete, non l'ho più incontrata. Lei ha sperato per un po' che ci ripensassi, prima di entrare in seminario. So che ha vissuto momenti terribili, ha visto Dio come un nemico che ti toglie l'amore. Poi, lentamente, si è riconciliata con la fede, dopo qualche anno si è sposata in chiesa, adesso ha due bambini...»

Don Salvo Morghese è un giovanottone di 40 anni, ha le mani bianche e le dita affusolate da sacerdote, e da quattro anni fa il parroco a Paceco, 11.000 abitanti a 5 chilometri da Trapani. Guida il cammino pastorale di due parrocchie unificate e corre dalla mattina alla sera. Si alza prima delle 7, prega, controlla il suo profilo su Facebook (Turi Turiddu, 3500 amici), apre l'ufficio parrocchiale, va a pranzo dalla mamma a Trapani, la sera per la cena si arrangia, non viene aiutato né da una perpetua, né da una parrocchiana volenterosa. Va a letto tardi, perché un parroco ha sempre da fare.

Eppure, quando aveva 20 anni, mai avrebbe pensato d'indossare la tonaca o, comunque, quel colletto tondo e rigido sotto l'abito scuro che ne tradisce la condizione religiosa. «Dovevo diplomarmi in ragioneria a Trapani e chiesi gli appunti d'italiano a una ragazza, Lellina, che aveva finito un anno prima di me ed era già iscritta a economia e commercio» mi racconta. «Io facevo il dj in una radio locale, ero dark, vestivo sempre di nero, ha presente i Depeche Mode, il gruppo britannico della musica synth pop? Be', io ero così. Mi piaceva moltissimo andare in discoteca e ballare. Lellina era più tranquilla di me, ma dagli appunti d'italiano nacque l'amore. Passammo insieme i quattro mesi più belli della mia vita. Eravamo innamoratissimi, progettavamo un futuro insieme, la famiglia, i figli... Poi, Dio è entrato prepotentemente in me. Com'è successo? La mamma di Lellina è una neocatecumena e ci invitò a frequentare il suo stesso gruppo parrocchiale. Una sera si discuteva dell'amore di Dio e ho percepito in maniera netta e improvvisa il grande amore che Gesù nutriva per me. Un amore così grande che esigeva una risposta. Quella sera stessa, uscendo dalla chiesa, mentre accompagnavo Lellina a casa le dissi: "Ho capito di amare un'altra persona più di te". Lei mi guardò sconcertata. Aggiunsi che l'altra persona era Gesù, che senza di lui l'amore era un sentimento banale. Lei ci restò un po' male, come se avesse capito il cambiamento che stava maturando in me.»

Questo accadde un venerdì sera. Due giorni dopo era la giornata di preghiera per le vocazioni. Salvo e Lellina parteciparono a un incontro in seminario. «Quello fu un giorno particolare, perché alcuni seminaristi portavano la loro testimonianza. Alla fine il sacerdote che guidava la preghiera disse: "Se tra voi c'è qualcuno che sente la chiamata del Signore, risponda di sì, perché lui non vuole l'infelicità di nessuno". La mia ragazza era accanto a me, aveva tra le mani un piccolo pieghevole con l'immagine di Gesù e la scritta: "Vieni e seguimi". Me lo allungò: "Questo è per te". Quella sera cambiò tutto. Ebbi la certezza che il Signore mi aveva chiamato e io gli avevo risposto. Il rapporto con Lellina entrò in crisi in quel momento. Cercammo di capire insieme che cosa stesse accadendo e andammo a confidarci con il suo parroco. La domanda era terribile: perché Dio rovinava il bellissimo rapporto d'amore che stavamo vivendo? Il sacerdote le disse: "Se il Signore lo ha chiamato, non possiamo metterci contro di lui; ma se non è così, Salvo lo capirà subito". Uscendo dalla parrocchia, avevo fatto la mia scelta e lo comunicai a Lellina. Lei ci rimase malissimo. "Perché dobbiamo lasciarci?" mi chiese piangendo. "Può davvero il Signore volere questo? Perché non dobbiamo essere felici come lo siamo adesso?" Io cercavo di farle capire che la chiamata del Signore era così forte da non poter essere conciliata con il suo amore. Ma lei non si convinceva, tant'è vero che, quando tornai a casa, la chiamai e restammo due ore al telefono. Mia madre aveva capito tutto, ma non mi disse niente. Però quando mio padre le chiese se stavo litigando con Lellina, gli rispose: "Tuo figlio si vuole fare *parrino*", cioè prete. Papà la prese per matta: "Finiscila...".

«L'indomani, io avevo una grande confusione in testa. Andai al seminario e, prima il vicerettore, poi il rettore mi dissero di non prendere decisioni affrettate. ("Pensavo che il tuo fosse soltanto un fuoco di paglia" mi confessò anni dopo il rettore.) Diventai sacerdote il 7 ottobre 2000, sette anni dopo aver lasciato Lellina. Tre anni di filosofia in seminario, tre anni di facoltà teologica tra Messina e Palermo. E adesso, eccomi parroco a Paceco. Pentito? Mai. Lei mi chiede che cos'è per me l'amore. Ogni mattina mi sveglio con il desiderio di amare gli altri. Rendere assoluto l'amore di Dio mi aiuta a rendere relative le cose brutte che vedo ogni giorno e che potrebbero farci perdere il senso di orientamento. Il motto che mi sono dato da diacono è questo: la mia vita per tutta la vita. Quando parlo ai giovani che vogliono sposarsi, la mia benedizione è questa: "Spero che possiate dirvi io per te darei la vita".

«Io ho dato la mia a Gesù. Mi è mancata una compagna? [*Don Salvo sorride.*] A volte sì, a volte senti il bisogno di una persona che ti stia accanto per condividere i tuoi pensieri, i tuoi sentimenti. Ma poi mi sono detto: io non soffro di solitudine affettiva, perché sono sempre circondato da persone che mi vogliono bene, hanno tanto bisogno di me che alla fine mi manca perfino il tempo per poter pensare e pregare da solo. Posso confessarle una cosa? Mi sarebbe piaciuto avere un figlio. Il senso di paternità non mi ha mai abbandonato. Deve essere bello veder crescere un bambino con i tuoi lineamenti e quelli di sua madre. Ma senza una compagna come si fa? Non ce l'ho, non posso averla e non voglio averla. La mia vocazione è così chiara…»

Anche don Alessandro Digangi, il parroco milanese che abbiamo già incontrato in queste pagine, era fidanzato. «Nel 2000 ero andato a Roma con la mia ragazza al Giubileo della Gioventù con Giovanni Paolo II, per fare quindici giorni di volontariato. Avevo 18 anni e pensavo di iscrivermi a medicina o a chimica. Domenica 20 agosto il papa pronunciò una celebre omelia. Alle 11.48 disse: "Chi di voi giovani sente dentro di sé una chiamata particolare vada a servire il Signore più da vicino. Non si lasci prendere dal dubbio e dalla paura, sicuro che riceverà il centuplo di quanto ha quaggiù, e la Vita Eterna". A quel punto ho sentito qualcosa dentro, ho guardato la mia ragazza senza dirle niente, ho capito e sono tornato a casa con una grande gioia nell'anima. Stefania mi lasciò prima di quanto pensassi. Mi scrisse una lettera: "Non posso combattere contro Dio, ti lascio alla scelta migliore".»

Il suo superiore, don Renzo Vanoi, prefetto di Milano Ovest, è entrato in seminario quando frequentava la seconda media e ha deciso di farsi prete a 19 anni: «Vedevo alcune persone, come il mio parroco, felici, e le ho seguite. Mi è mancata una compagna? All'inizio sì. Quando tornavo a casa e incontravo i miei amici con le loro ragazze, ne soffrivo. Poi ho acquisito la consapevolezza della rinuncia per una conquista maggiore. Entrare nell'amore di Cristo non è facile. I nostri schemi d'amore sono ingabbiati in meccanismi umani: che cosa offro del mio tempo, del mio affetto. Amore è anche saper soffrire, è misericordia per gli altri. Amore è perdono».

Ho potuto scrivere questo libro grazie alla disponibilità di tante persone di ogni età e di ogni condizione sociale, famigliare, sentimentale, celebri e sconosciute, che hanno accettato di aprirmi il loro cuore. Li ringrazio sinceramente.

Ringrazio come sempre Nicoletta Lazzari, che al magnifico ruolo di editor ha affiancato questa volta quello di donna acuta e sensibile: i suoi incoraggiamenti mi hanno molto aiutato.

Grazie a Paola Miletich, che ha collaborato alle ricerche, al centro documentazione Mondadori, di rapidità ed efficienza esemplari, e alla mia cara Anna, che del libro ha subìto tante fatiche organizzative e – prima lettrice dei singoli capitoli – ha detto di riconoscersi in molte pagine. Spero sia un eccellente auspicio.

Volumi citati

Alberoni, Francesco, *Sesso e amore*, Milano, Rizzoli, 2005.
Barbagli, Marzio (a cura di), *La sessualità degli italiani*, Bologna, il Mulino, 2010.
Barbagli, Marzio e Colombo, Asher, *Omosessuali moderni*, Bologna, il Mulino, 2007.
Benvenuto, Sergio, *La gelosia. Impulso naturale o passione inconfessabile?*, Bologna, il Mulino, 2011.
Cardinale, Claudia e Mori, Anna Maria, *Io Claudia, tu Claudia*, Milano, Frassinelli, 1995.
Cardini, Franco, *Francesco d'Assisi*, Milano, Mondadori, 1997.
Carratelli, Mimmo, *La Stromboli selvaggia di Ingrid e Rossellini*, «L'Isola», 2003.
Crepet, Paolo, *L'autorità perduta*, Torino, Einaudi, 2011.
Doni, Rodolfo, *Francesco d'Assisi*, Milano, Edizioni Paoline, 2001.
Fattorini, Giovanni, *Aborto. Un medico racconta trent'anni di 194*, Milano, Guerini e Associati, 2008.
Fede, Emilio, *Samba dei ruffiani*, Milano, Mondadori, 2001.
Ferro, Tiziano, *Trent'anni e una chiacchierata con papà*, Milano, Kowalski, 2010.
Guerritore, Monica, *La forza del cuore*, Milano, Mondadori, 2010.
Logli, Laura, *Sposami ancora*, Milano, Cairo, 2010.
Lombardo Pijola, Marida, *Facciamolo a skuola*, Milano, Bompiani, 2011.
Marini, Valeria con Lo Vetro, Gianluca, *Lezioni intime*, Milano, Cairo, 2008.
Montanelli, Indro e Gervaso, Roberto, *L'Italia dei Comuni*, Milano, Rizzoli, 1965.
Pasolini, Pier Paolo, *Lettere 1940-1954*, 2 voll., Torino, Einaudi, 1986, vol. I.
Rossi Marcelli, Claudio, *Hello daddy!*, Milano, Mondadori, 2011.
Schorter, E., *Written in the Flesh*, Toronto, Toronto University Press, 2005.
Sorgi, Marcello, *Le amanti del vulcano*, Milano, Rizzoli, 2010.
Voltaire, *Dizionario filosofico*, trad. it. Torino, Einaudi, 1950.

Indice dei nomi

Arnoldo Mondadori Editore S.p.A.

Questo volume è stato stampato
presso Mondadori Printing S.p.A.
Stabilimento Nuova Stampa Mondadori - Cles (TN)

Stampato in Italia - Printed in Italy